Le quatrième sacrifice

Peter May

Le quatrième sacrifice

roman

Traduit de l'anglais par Ariane Bataille

ÉDITIONS FRANCE LOISIRS

Titre original : *The Fourth Sacrifice*

Édition du Club France Loisirs,
avec l'autorisation des Éditions du Rouergue.

Éditions France Loisirs,
123, boulevard de Grenelle, Paris
www.franceloisirs.com

ISBN : 978-2-298-00030-6

À Carol

Prologue

Il sait qu'il va mourir. Il en éprouve presque du soulagement. Finies les interminables nuits solitaires. Finis les cauchemars. Il peut enfin se libérer de toute la noirceur qu'il traîne après lui, du fardeau qui l'accable. Savoir sa mort si proche est en même temps effrayant. Mais la drogue a refoulé sa peur.

Il est vaguement conscient de la familiarité des choses qui l'entourent : les murs nus, dégradés, le châssis rouillé de la fenêtre, le linge qui sèche sur le balcon. Il flotte encore dans l'air une odeur de cuisine à laquelle se mélangent des relents d'égouts, plus forts quand il pleut comme maintenant. Il entend le crépitement de la pluie sur les vitres. Elle brouille les lumières de l'immeuble d'en face, comme les larmes tièdes et salées qui roulent sur ses joues. Un profond sentiment de tristesse l'envahit soudain. C'est absurde ! Sa vie, la vie de ses parents, et celle de leurs parents avant eux, ont-elles eu un sens ?

Des mains rudes le forcent à se mettre à genoux. On lui passe une corde autour du cou. Il perçoit l'éclat rouge des caractères quand la pancarte tombe devant ses yeux. On lui tire les mains dans le dos. Il sent le contact doux et familier de la soie autour de ses poignets, puis une brûlure quand le cordon se resserre brutalement. Il aurait été moins brutal. Malgré la drogue, la peur refait surface et lui étreint la gorge. Un éclair de lumière brille sur le métal sombre et terne. Une main l'oblige à baisser la tête. Inutile de résister. Inutile d'avoir des regrets.

Il sent une présence sur sa droite, voit sur le linoléum pâle l'ombre de la lame qui se lève. Il avale sa salive. Aura-t-il mal ? Que vaut son exécuteur ? Puis, fugitivement, il se demande si le cerveau cesse de fonctionner dès l'instant où la tête est coupée. Il entend le sifflement de la lame et retient son souffle.

Non, cela ne fait pas mal, a-t-il le temps de se dire alors que la pièce tourne autour de lui et qu'il voit deux jets de sang s'échapper de l'étrange apparition de son propre corps décapité. Mais il ne pourra jamais le raconter. Il y a tellement de choses qu'il ne pourra jamais raconter.

Chapitre premier

I

Sous le ciel d'un gris plombé, la pluie tombait sur Pékin comme des larmes. Quelle ironie, pensa Margaret. Les siennes avaient séché depuis longtemps. De son balcon du sixième étage, elle apercevait, à travers les arbres du parc, le reflet terne d'un petit pavillon sur le lac piqueté de gouttes de pluie. Par-dessus le grondement de la circulation et les voix mélancoliques des fourreurs russes, montait de la rue le gémissement d'un violon à une corde accompagnant les modulations plaintives d'une voix de femme en train de chanter des airs de l'opéra de Pékin.

Elle rentra dans sa chambre d'hôtel et enfila un manteau léger sur son jean et son chemisier. Elle avait choisi cet hôtel à cause de sa proximité avec l'ambassade américaine. Et non pas à cause de la proximité du parc Ritan. Voilà ce qu'elle s'était dit. Mais le parc était son dernier lien avec Li. L'endroit où la mort d'un homme les avait rapprochés, puis séparés. Un échec de plus dans sa vie. Elle prit un parapluie, et ferma la porte à clé derrière elle, enfin résolue à prendre la décision qu'elle repoussait depuis trop longtemps.

Au quatrième étage, une femme d'un certain âge, aux cheveux cuivrés laqués et au maquillage outré, monta dans l'ascenseur. Elle avait un badge sur le revers de sa veste bleue. Dot McKinlay, lut Margaret avec surprise. La clientèle de l'Hôtel Ritan se composait surtout d'épouses de commerçants russes pressées de dépenser leurs roubles avant que le taux de change ne dégringole davantage. Les lèvres peintes de la femme s'étirèrent en un semblant de sourire qui découvrit des dents jaunies.

— Vous v'nez d'où ? demanda-t-elle avec l'accent traînant du sud des États-Unis.

Le cœur de Margaret fit un bond.

— Du sixième étage, dit-elle sans quitter les chiffres lumineux affichés au-dessus de la porte, comme pour les inciter à défiler plus vite.

Dot se mit à rire, franchement amusée.

— Ah, j'aime l'humour. Vous v'nez du Nord, pour sûr. Nous, nous sommes du Sud. Louisiane. Y a plus rien au Sud, à part le golfe du Mexique.

Elle rit encore, comme pour prouver que les gens du Sud avaient autant d'humour que ceux du Nord.

— Les Mamies Globe-trotters de la vieille Dot, voilà comment on nous appelle. On a été partout. Pas d'bol d'avoir choisi la Chine en pleine crise du riz. Les nouilles, on s'en lasse vite, vous êtes pas d'accord ?

Elle se pencha pour ajouter sur le ton de la confidentialité :

— Et si j'avais su qu'cet hôtel serait plein d'ces foutus Russkofs, j'aurais réservé ailleurs.

Elle hocha vigoureusement la tête.

— N'empêche, ça fait du bien d'savoir qu'y a une compatriote à bord. Même si vous venez du sixième étage.

Elle sourit de toutes ses dents.

— Pourquoi vous boiriez pas un verre avec nous ce soir ?

— Malheureusement, je ne pourrai pas, dit Margaret en la regardant dans les yeux. Je pars demain.

Les portes s'ouvrirent au rez-de-chaussée, juste au moment où Dot allait exprimer ses regrets. Margaret se dépêcha de dépasser un groupe d'une douzaine de vieilles dames exhibant toutes un badge à leur nom ; elle entendit Dot leur annoncer :

— Hé, vous devinerez jamais qui...

Non, pensa Margaret en poussant les portes vitrées pour sortir sous la pluie chaude, poisseuse, elles ne devineraient jamais. Les gardiens postés à l'entrée la regardèrent de travers quand elle ouvrit son parapluie devant eux. Cela ne faisait que deux semaines que les journalistes occidentaux avaient cessé de faire le pied de grue à la porte dans l'espoir d'obtenir des photos ou une interview. Les deux gardes de sécurité en uniforme brun, engagés par l'hôtel, avaient été obligés de faire leur boulot sérieusement au lieu de passer la journée à fumer et à se donner des airs importants. Ils n'aimaient pas beaucoup Margaret.

Préférant retarder le moment fatidique, elle choisit le chemin le plus long, à travers le parc. Elle sut immédiatement que c'était une erreur. L'endroit lui évoquait trop de souvenirs et de regrets. Elle se hâta de dépasser les petits groupes d'adeptes du *tai qi* en train de pratiquer sous les arbres, et sortit par la porte sud. Après avoir dépassé le service consulaire de l'ambassade bulgare et le service commercial américain, elle s'arrêta devant le bâtiment n° 3 de l'ambassade des États-Unis. La Chancellerie. Elle poussa la porte du pavillon d'entrée et se retrouva face à un garde de la sécurité chinoise.

— Margaret Campbell, dit-elle. J'ai rendez-vous avec l'ambassadeur.

Un marine impassible, en grand uniforme, la regarda depuis sa cabine en verre, juste à l'intérieur de l'entrée de la Chancellerie. Une jeune fille asiatique apparut sur sa gauche ; aussitôt une porte s'ouvrit avec un long bourdonnement électronique.

— Entrez, dit la jeune fille en souriant.

Margaret avança, et entendit la porte se refermer derrière elle.

— Bonjour, je m'appelle Sophie Daum. Je vais m'occuper de vous.

— Vraiment ? demanda Margaret en lui jetant un regard soupçonneux.

Petite, avec des cheveux courts, de magnifiques

yeux en amande, des traits anguleux mais non dénués de charme, elle paraissait à peine sortie du lycée.

— Qu'est-il arrivé à l'officier de sécurité régional ?

— Oh, Jon Dakers est très occupé ces jours-ci. Je suis sa nouvelle assistante.

— Vous n'avez pas un nom très oriental pour une Chinoise américaine.

— Vietnamienne américaine, rectifia Sophie. J'ai été adoptée par une très vieille famille, une très vieille fortune de Californie.

Elle conduisit Margaret en haut d'un escalier, orné de chaque côté par les portraits des anciens ambassadeurs américains en Chine.

— J'imagine que vous me trouvez trop jeune pour ce poste. Comme tout le monde.

Elle essayait d'avoir l'air jovial, mais Margaret sentit une certaine lassitude dans sa voix.

— Pas du tout, dit-elle. Vous avez l'air assez grande pour entrer au cours moyen.

S'apercevant soudain que le sourire de la jeune fille s'était figé, elle regretta aussitôt sa pique :

— Désolée. Je suis d'une humeur de chien, aujourd'hui. Sophie s'arrêta, se retourna pour lui faire face, et dit sans sourire, le regard dur et froid :

— Écoutez, docteur Campbell, je serai polie. Mais j'ai vingt-trois ans. J'ai un diplôme en criminologie, et je fais partie de l'équipe de sécurité du ministre de la Défense. Je suis ceinture noire de taekwondo ; je pourrais vous jeter en bas des marches à coups de pied dans le cul. Je me fiche de votre humeur, la mienne me suffit.

— Ho, fit Margaret en levant les mains. D'accord.

Sophie lui adressa un sourire aigre.

— Écoutez, ça fait un mois que je suis ici, et on n'arrête pas de me dire que j'ai l'air d'une collégienne. C'est déjà assez dur de la part des mecs sans qu'une femme vienne en rajouter.

— Et combien de mecs avez-vous menacé de balancer à coups de pieds au cul en bas des marches ?

— Vous êtes la seule, dit Sophie en retrouvant le sourire.

— Je prends ça comme un compliment.

Sophie ouvrit les portes vitrées donnant sur la réception du bureau de l'ambassadeur. À leur droite, la secrétaire du chef de mission adjoint était au téléphone. À leur gauche, le bureau de la secrétaire de l'ambassadeur était vide. Elle sortait justement du saint des saints.

— Oh, bonjour, dit-elle en tenant la porte. Entrez. L'ambassadeur vous attend.

Margaret suivit Sophie dans le silence feutré du bureau de l'ambassadeur. C'était une vaste pièce – haut plafond, hautes fenêtres, grand bureau ciré faisant face à la porte, avec le drapeau américain derrière. Sur la gauche, un canapé et plusieurs fauteuils entouraient une table basse. Des tableaux prêtés par une galerie d'art américaine décoraient les murs, et des coffres chinois empilés servaient de meubles classeurs. L'ambassadeur, en bras de chemise, et un autre homme, plus jeune, vêtu d'un costume sombre coupé sur mesure, se levèrent pour accueillir les deux femmes.

— Margaret, dit l'ambassadeur en s'inclinant avec courtoisie. Je crois que vous connaissez le premier secrétaire, Stan Palmer.

— Bien sûr.

Tout le monde se serra la main puis s'assit. Le premier secrétaire servit le café qui venait d'être apporté sur un plateau.

L'ambassadeur lança un regard curieux à Margaret. Elle paraissait fatiguée, plus âgée que ses trente et un ans ; ses yeux bleu pâle étaient tirés, ternes, ses cheveux retombaient tristement sur ses épaules.

— Alors, vous avez pris une décision.

Margaret hocha la tête.

— Je veux rentrer chez moi, monsieur l'ambassadeur.

— Quand ?

— Demain.

— C'est très soudain, n'est-ce pas ?

— J'y pensais depuis un moment.

Le premier secrétaire se pencha en avant.

— En avez-vous informé les Chinois ? demanda-t-il sur un ton presque méprisant.

Margaret hésita.

— J'espérais que vous le feriez.

L'ambassadeur fronça les sourcils.

— Pourquoi ? Y a-t-il un problème ?

Margaret secoua la tête.

— Non, je... j'en ai assez, c'est tout. Je veux juste rentrer.

— Vous auriez déjà pu rentrer il y a deux mois et demi. Vous le savez.

Le ton de l'ambassadeur semblait légèrement accusateur.

— Dès que nous avons obtenu votre libération.

— Bien sûr. C'est moi qui ai décidé de rester et de coopérer avec eux. Je pensais que c'était mon devoir. Je le pense toujours. Mais j'ai passé des soirs et des soirs seule dans ma chambre d'hôtel à regarder CNN, et des jours et des jours à refaire le même témoignage. J'en ai assez. Je ne pensais pas que ça durerait aussi longtemps.

Elle se tut un instant, l'esprit traversé d'une horrible pensée.

— Je suis libre de m'en aller, n'est-ce pas ?

— Pour ma part, vous l'êtes.

L'ambassadeur se pencha en avant pour poser une main réconfortante sur son bras.

— Vous avez fait plus que votre devoir, Margaret. Plus qu'ils n'étaient en droit d'attendre.

Il se tourna vers le premier secrétaire.

— Stan préviendra les Chinois, n'est-ce pas, Stan ?

— Certainement, monsieur l'ambassadeur.

Mais Stan ne paraissait pas content du tout. Il détestait jouer les garçons de course. En redescendant les escaliers, il ignora Sophie, comme si elle n'existait pas – manifestement, elle ne comptait pas – et s'adressa à Margaret :

— Bon... les charges contre votre policier chinois ont été abandonnées.

Il passa une main dans ses cheveux clairsemés, parfaitement coupés.

— Vraiment ? fit Margaret avec une indifférence feinte.

— Vous l'ignoriez ? fit Stan avec une surprise également feinte.

— Pour commencer, dit Margaret avec irritation, il n'est pas *mon* policier chinois. Ensuite, les autorités ne m'ont rien dit.

— Vous n'avez donc eu aucun contact avec lui ?

— Non, je n'en ai pas eu. Et je n'ai pas l'intention d'en avoir. Malgré elle, elle ne put dissimuler sa colère et sa peine. Stan fut prompt à en tirer profit.

— Ah oui ? Vous me surprenez.

Il sourit.

— J'ai entendu dire que lui et vous étiez... heu, comment dirais-je... proches.

— Ah oui ? Je suis surprise qu'un homme tel que vous perde son temps à écouter de tels commérages – et les prenne pour argent comptant.

— Ah, c'est là que vous vous trompez, Margaret.

Stan était si lisse qu'il en brillait presque.

— Les commérages sont le moteur d'une ambassade. Voyons, sans eux, comment saurait-on ce qui se passe ? Vous savez bien que les diplomates et les politiques ne se disent jamais la vérité, n'est-ce pas ?

Il lui serra la main.

— Bon voyage de retour.

Et il disparut dans les profondeurs feutrées du bâtiment.

— Connard, grommela Sophie.

— Vous aviez remarqué, vous aussi ? dit Margaret avec un sourire contrit. Si je possédais votre talent, je lui aurais botté le cul avec plaisir.

— Il est bien placé sur ma liste.

Elles partagèrent un moment de gaieté juvénile – une véritable bouffée de fraîcheur pour Margaret après des semaines, des mois de stress.

Le marine pressa un bouton, la porte s'ouvrit. Sophie accompagna Margaret dehors.

— Écoutez, dit-elle. Vous faites quelque chose ce soir ?

— Vous voulez dire à part ma valise, et regarder CNN ?

— Oui, à part ça.

— Pas grand-chose. Mais je devrais peut-être consulter mon agenda pour en être sûre. Pourquoi ?

— Il y a une réception à la résidence de l'ambassadeur, pour Michael Zimmerman.

— Qui ?

Sophie fit la grimace.

— Oh, allez, vous me faites marcher ?

Margaret secoua la tête.

— Vous ne savez pas qui est Michael Zimmerman ?

Margaret continua à secouer la tête.

— Ce n'est pas la peine d'insister, ça ne changera rien.

— Mais où avez-vous passé les cinq dernières années ? Vous ne regardez jamais la télévision ? Enfin, en dehors des actualités ?

— Pas depuis très longtemps, Sophie.

Margaret ne se souvenait même pas quand elle avait regardé autre chose que CNN dans une chambre d'hôtel chinoise.

— Alors, qui est-ce ?

— L'homme le plus sexy du monde – enfin, d'après un sondage de *Cosmopolitan*.

— Je croyais que c'était Mel Gibson.

Sophie secoua la tête.

— Vous n'y êtes plus du tout.

La pluie avait cessé ; elles descendirent lentement vers la rue.

— Michael Zimmerman est archéologue.

— Archéologue ? s'étonna Margaret. Ce n'est pas très sexy. À moins que ce soit l'incarnation vivante d'Indiana Jones ?

Sophie eut un sourire rêveur.

— Ah, pas loin. Il a réalisé toute une série de documentaires pour NBC sur les grandes découvertes archéologiques du monde entier. Il bat tous les records d'audience.

Margaret semblait sceptique.

— Le public américain découvre soudain la culture. Quel est son secret ?

Sophie haussa les épaules.

— Il a quelque chose... je ne sais pas, il rend tout si vivant. Elle réfléchit un instant.

— En plus, il a un beau cul.

Margaret hocha la tête, l'air très sérieux.

— Ah, quand il s'agit de culture, ça aide, c'est sûr.

Elle traversa le pavillon de l'entrée, récupéra son sac et son parapluie, et sortit dans la rue, suivie de Sophie.

— Alors, pourquoi l'ambassadeur donne-t-il une réception en son honneur ? demanda Margaret.

— C'est une soirée de préproduction. Le tournage commence demain sur le site des tombeaux Ming, à l'extérieur de Pékin. Une nouvelle série de documentaires sur l'un des archéologues les plus vénérés de Chine. Un type dont je n'ai jamais entendu parler. Mais ici, c'est une célébrité. Les Chinois se sont mis en quatre pour faciliter le tournage, alors l'ambassadeur participe comme il peut.

— Et Zimmerman présente la série ?

— Oui. C'est sa société de production qui la réalise. Alors, vous voulez venir ? Je peux vous faire porter une invitation à votre hôtel.

Margaret réfléchit. Sa valise serait vite faite, et rater une dernière soirée de CNN et de room service ne lui briserait pas le cœur.

— D'accord. Pourquoi pas ? Comme ça je pourrai toujours voir si le cul de M. Zimmerman est à la hauteur.

Margaret marcha au hasard, sans savoir où elle allait, ni ce qu'elle avait envie de faire. Elle n'était sûre que d'une chose : elle ne voulait pas rentrer à l'hôtel. Au fond d'elle-même, elle ressentait le besoin de se laisser engloutir une dernière fois par cette ville, par son énergie, sa vie trépidante. Mais tout cela n'avait aucun sens sans l'homme qui la lui avait fait découvrir, lui avait appris à l'aimer.

Pourquoi ne l'avait-il pas contactée ? Pas un appel, pas une lettre. Rien. Malgré ce qu'elle avait laissé entendre au premier secrétaire, elle était au courant de la libération de Li. Les autorités chinoises lui avaient appris, au cours de l'un de ces innombrables témoignages, qu'il avait été réintégré dans ses fonctions. Elle avait espéré qu'il la contacterait. Elle avait attendu soir après soir à côté du téléphone de sa chambre d'hôtel un appel qu'elle n'avait jamais reçu. Une fois, elle avait essayé de le joindre à la Section n° 1 du Département des enquêtes criminelles de Dongzhimen ; elle avait demandé, en anglais, à parler au chef de section adjoint Li Yan, ce qui avait provoqué une certaine confusion à l'autre bout de la ligne. Finalement, quelqu'un lui avait demandé, dans un mauvais anglais, qui elle était, puis l'avait informée que le chef de section adjoint Li n'était pas disponible.

Le bus n° 4 sortit de la brume. Margaret joua des coudes avec les Chinois qui faisaient la queue pour grimper à bord, et tendit ses cinq fen à la conductrice. Elle ignora les visages qui se tournaient avec curiosité ; écrasée au milieu des autres passagers, elle s'accrocha à la barre du plafond. Incroyable, pensa-t-elle, comme on peut se sentir seul dans une ville de onze millions d'habitants.

Elle descendit juste après l'Hôtel de Pékin, d'où les journalistes occidentaux avaient observé les tanks avancer sur les étudiants de la place Tiananmen, des années plus tôt. Elle traversa l'avenue Changan en empruntant le souterrain. C'était idiot, elle le savait ; pourquoi s'infliger une douleur supplémentaire ? Mais ses pieds la conduisirent tout de même au coin de la rue Zhengyi où elle s'enfonça à l'ombre des arbres, loin du grondement de l'avenue. Sur sa droite, le ministère de la Sécurité publique se cachait derrière un grand mur de pierre qui abritait autrefois l'ambassade de Grande-Bretagne. Plus loin, les immeubles des appartements mis à la disposition des officiers supérieurs de la police dépassaient des arbres aux feuilles encore vertes en ce début d'automne.

Elle se sentit mal, la gorge serrée. Elle repéra tout de suite l'appartement de Li, au deuxième étage, les trois pièces qu'il avait partagées avec son oncle. Elle sourit en se rappelant la nuit qu'ils y avaient passée ensemble, quand ils n'avaient pas fait l'amour parce qu'elle avait trop bu. Et elle se souvint d'un wagon de chemin de fer froid, humide, sur une voie de garage anonyme, dans le nord du pays, où ils étaient enfin tombés dans les bras l'un de l'autre et s'étaient déclaré leur amour. Lorsqu'ils étaient revenus à Pékin pour révéler la raison pour laquelle trois hommes avaient été assassinés, pour laver Li des accusations portées contre lui par des gens qui avaient peur, il lui avait demandé de l'attendre. Il avait dit qu'il l'aimait. Elle avait attendu. Attendu.

Elle essuya ses larmes et se rendit compte que le garde de l'entrée la regardait bizarrement, étonné de voir une *yangguizi* blonde aux yeux bleus pleurer sur le trottoir, devant un immeuble anonyme. Elle fit rapidement demi-tour. C'était futile, stupide. C'était le passé ; elle partait le lendemain matin. Sa vie était trop chargée de douleur pour regarder en arrière. Elle ne pouvait qu'avancer.

Un petit taxi rouge passait au ralenti de l'autre côté de la rue. Elle lui fit signe, traversa la rue en courant, et sauta dedans dès qu'il s'arrêta.

— *Ritan fandian*, dit-elle, émerveillée, une seconde, que le chauffeur comprenne où elle allait.

Mais elle retomba aussitôt dans sa tristesse. La Chine, le chinois, les Chinois avaient mis longtemps à pénétrer son âme, à s'infiltrer sous sa peau. À quoi bon, maintenant ?

Tandis que son taxi remontait vers l'avenue Changan, un grand Chinois athlétique aux cheveux très courts sortit à vélo de l'enceinte des immeubles. Il portait une chemise blanche au col ouvert enfoncée dans un pantalon foncé. Il s'arrêta un instant pour fouiller dans ses poches, puis s'adressa au garde :

— Tu as une cigarette, Feng ?

Le garde parut gêné. Les autres officiers ne lui adressaient jamais la parole, ils ne connaissaient même pas son nom.

— Bien sûr, chef de section adjoint Li, dit-il en sortant un paquet presque plein de sa poche. Tenez, gardez-le. J'en ai d'autres.

Li le prit et sourit.

— Je t'en rapporterai un ce soir en rentrant.

— Pas la peine.

— Si. Mon oncle me disait toujours : « Un homme qui a une dette est un homme qui porte un fardeau. » À ce soir.

Il alluma une cigarette et suivit, sans le savoir, le sillage du taxi de Margaret.

II

Il faisait presque nuit lorsque Margaret passa le barrage de sécurité du bâtiment n° 1 de l'ambassade américaine, sur Guanghua Lu, à l'ouest du parc Ritan. La résidence de l'ambassadeur, une maison à un étage au toit de tuiles brunes, se dressait au bout d'une allée pavée, bordée de parterres de fleurs impeccables et de saules pleureurs. En haut d'un grand mât, la bannière étoilée flottait mollement dans la brise du soir. De la rue, Margaret avait entendu les sons d'une musique traditionnelle chinoise. Maintenant, en s'approchant des doubles portes rouges, elle pouvait voir, sur sa droite, à travers une cloison à claire-voie, des musiciens – trois hommes et deux femmes – jouer sur une terrasse éclairée.

L'ambassadeur et sa femme, une jolie femme d'une cinquantaine d'années, l'accueillirent à la porte. C'était la première fois que Margaret la rencontrait.

— Oh, oui, dit l'épouse de l'ambassadeur en la

regardant avec curiosité quand elle lui fut présentée. L'affaire du riz. J'ai beaucoup entendu parler de vous.

Sentant l'embarras de Margaret, et ayant peut-être eu vent de son caractère imprévisible, l'ambassadeur l'invita rapidement à pénétrer dans un hall dallé de marbre foncé, et la prit par le bras pour la guider vers un salon noir de monde.

Il fit signe à un serveur.

— Que voulez-vous boire ?

— Vodka tonic avec glace et citron.

Le serveur hocha la tête et disparut.

Sophie, souriante, surgit alors de la foule.

— Ah, bonsoir, contente que vous soyez venue.

— Je laisse à Sophie le soin de vous présenter à nos invités, dit l'ambassadeur avant de disparaître avec un sourire et un geste de la main.

Margaret se sentit soulagée. Elle se sentait mal à l'aise en sa présence – sans doute parce que lui-même paraissait gêné.

— Vous avez faim ? demanda Sophie en la guidant vers la salle à manger où une très longue table ployait sous une profusion de salades et de plats, froids et chauds.

Tout paraissait délicieux, mais Margaret n'avait pas faim.

— Peut-être plus tard, dit-elle en cherchant des yeux le serveur chargé de lui apporter sa boisson. Qui sont tous ces gens ?

Elle commençait à se demander ce qu'elle faisait là. Personne ne ressemblait de près ou de loin à la description que Sophie lui avait faite de Michael

Zimmerman, et elle ne se sentait pas d'humeur à papoter de tout et de rien.

— Oh, il y a des cadres de l'équipe de production, des représentants des sociétés qui sponsorisent la série. Ces Chinois, là-bas...

Elle indiqua de la tête un groupe d'hommes debout, visiblement peu à l'aise dans leurs costumes, et tenant leur verre de vin comme s'ils ne savaient pas quoi en faire.

— ... représentent les différents ministères qui ont autorisé le tournage.

— Excusez-moi, je crois que c'est pour vous.

Margaret se retourna et se trouva face à un jeune homme en costume sombre qui tenait son verre de vodka tonic.

— Oh, merci, dit-elle en le lui prenant des mains.

— Tout le plaisir est pour moi, dit-il.

Et il ajouta en s'adressant à Sophie :

— Je crois que l'ambassadeur vous cherche.

Sophie sursauta.

— Oh, vraiment ? Je reviens tout de suite.

Margaret but une longue gorgée de vodka et fut étonnée de voir que le jeune homme n'avait pas bougé.

— Ça ne vous ennuie pas, ce genre de réception ? dit-il en tirant sur son col.

— Si, répondit-elle, un peu surprise. Mais dans mon cas, c'est une punition auto infligée. Vous, au moins, vous êtes payé pour.

Il la regarda d'un air bizarre.

— Pardon ?

Un nuage d'incompréhension l'enveloppa soudain. Elle agita son verre dans sa direction.

— Eh bien, vous êtes... ? Là, pour... ?

Elle n'eut pas le courage de terminer sa phrase, et éclata de rire.

— Vous m'avez pris pour un serveur ?

Le visage du jeune homme s'éclaira, ses yeux étincelèrent.

— Oh, mon Dieu, je suis désolée, dit-elle sans oser le regarder en face.

Mais elle se rendit compte, en lui jetant un coup d'œil en biais, qu'il n'avait absolument pas l'air offensé.

— J'ai bien peur de m'être, comme vous, infligé cette punition.

Son large sourire creusait des fossettes sur ses joues. En réalité, il était plus vieux que Margaret ne l'avait d'abord supposé. Entre trente-cinq et quarante ans. Une pointe de gris perçait çà et là dans ses cheveux auburn rejetés en arrière.

— Le serveur vous cherchait à l'autre bout de la pièce. Comme il m'a dit que vous étiez avec Sophie, j'ai pris le verre, en me disant que si je trouvais Sophie, je vous trouverais. Je ne me suis pas trompé.

Margaret n'avait pas encore surmonté son embarras.

— Je suis désolée, répéta-t-elle sans trouver autre chose à dire.

— Ne le soyez pas. C'est ma faute. Je tenais tellement à rencontrer la femme qui voulait...

Il marqua volontairement une pause pour assurer son effet.

— ... vérifier si mon cul était à la hauteur, que j'ai complètement oublié de me présenter.

Margaret sentit le rouge lui monter aux joues.

Il tendit la main.

— Michael Zimmerman.

Margaret vécut l'un des rares instants de sa vie où elle se retrouvait incapable de sortir deux mots. Comment était-il au courant de sa conversation avec Sophie ? Comment avait-elle pu le prendre pour un serveur ? Elle ne savait pas ce qui, des deux, était le plus embarrassant. Et ces yeux souriants qui continuaient à la fixer. Elle retrouva son aplomb juste à temps.

— En fait, le seul moyen de le vérifier serait de le mesurer sur une table d'autopsie.

— Ah oui. Sophie m'en a parlé. Nous travaillons tous les deux sur les morts.

— Vraiment ?

— Vous les découpez, je les déterre.

Margaret lui jeta un regard dur.

— Je vois, c'était un coup monté. Sophie n'était même pas là quand j'ai commandé mon verre. Qui est-elle ? Votre petite sœur ?

— Presque. Elle était à l'école avec ma petite sœur. Elle est amoureuse de moi depuis l'âge de trois ans. J'en avais quinze à l'époque.

Il prit sur la table un verre de vin rouge dont il but une gorgée.

— Elle pensait que vous aviez besoin d'être réconfortée.

— Oh, vraiment ?

Margaret ne savait pas trop si elle avait envie qu'on s'apitoie sur son sort.

— Ne lui en veuillez pas. C'est une gamine bien. Et intelligente. Il but une autre gorgée de vin.

— Elle n'en revenait pas que vous n'ayez jamais entendu parler de moi.

— Vous non plus, sans doute. L'ego doit en prendre un coup quand on découvre qu'on n'est pas aussi célèbre qu'on le pensait.

— Hé... Ne vous en prenez pas à moi, maintenant, dit-il en souriant. J'ai accepté de participer à cette blague puérile à l'unique condition que vous soyez super-belle.

Margaret ne put s'empêcher de sourire.

— C'est vrai ?

— Je vous ai regardée entrer, et...

— Et... ?

— Et je me suis dit que quelqu'un d'aussi moche avait sûrement besoin d'être réconforté.

Margaret rit, et fut surprise de se sentir attirée par lui. Elle en fut perturbée. Qu'elle pût être attirée par le stéréotype masculin idéal des lectrices de *Cosmopolitan* l'horrifiait. Mais elle se consola en se disant que ce n'était pas l'image qu'elle trouvait séduisante, c'était l'homme. D'ailleurs, elle l'avait pris pour un serveur ! De toute façon, cela faisait longtemps qu'elle n'avait pas eu l'occasion de flirter innocemment.

— J'aurais dû me rendre compte qu'un serveur aurait eu davantage de classe, dit-elle.

— C'est certain. C'est ce qu'on me reproche. Le

manque de classe. Vous savez, ce snobisme élitiste qui consisterait à réserver mes documentaires sur l'archéologie à une obscure chaîne câblée regardée par quinze téléspectateurs.

— Aïe. Aurais-je touché un point sensible ?

— Non. Une immense blessure béante. Je viens d'être malmené par le critique télé du *New York Times* selon qui je rabaisse l'histoire au niveau d'une série télé.

— C'est vrai ?

— Euh, en quelque sorte, oui. Mais, vous savez, ce que ce type ne voit pas, c'est qu'une série qui raconte une bonne histoire est une bonne série, or l'Histoire regorge de bonnes histoires à raconter. Vous êtes médecin légiste, non ?

Margaret hocha la tête.

— Donc personne ne sait mieux que vous que chaque crime a son histoire, motivée par un certain nombre de choses – avidité, convoitise, jalousie... Et c'est votre boulot de décortiquer ce qui obscurcit cette histoire, pour reconstituer, bout par bout, la preuve qui finira par faire éclater la vérité.

Margaret se mit à rire.

— À vous entendre, ce serait follement excitant. Je peux vous assurer que la plupart du temps, c'est plutôt ennuyeux.

Il émanait de lui une intensité étonnante, comme s'il avait besoin de toute sa concentration pour décrire ce qu'il avait en tête.

— Bien sûr. C'est une opération pénible, méticuleuse, qui demande une patience infinie et beaucoup de lucidité. Mais la vérité n'est jamais ennuyeuse – cet extraordinaire mélange de passion et de faiblesse humaine, et aussi de ténèbres parfois, qui pousse à commettre un crime. Vous comprenez ce que je veux dire ?

Margaret secoua la tête. Elle ne voyait pas du tout où il voulait en venir.

— Je crains que non.

— Eh bien, voilà ce que je fais, dit-il. Comme vous. C'est ça, l'archéologie. Décortiquer, enlever des couches pour découvrir la preuve, tous les petits indices que nous a laissés l'Histoire, et qui finiront par dévoiler la vérité au grand jour. Et la vérité peut être extraordinaire. Fascinante, émouvante, pleine des mêmes passions, faiblesses et ténèbres qui motivent les crimes sur lesquels vous enquêtez. Pourquoi ne raconterais-je pas ces histoires aux gens ? Ce sont de belles histoires. Une belle histoire vaut toujours la peine d'être racontée. Et si vous la racontez bien, vous avez un public large.

Il s'arrêta brusquement, comme surpris par son propre emportement, incertain de son effet.

Margaret haussa les épaules.

— Donc... le critique du *New York Times* peut aller se faire foutre ?

Michael marqua un temps d'arrêt avant d'éclater de rire, un rire sans retenue, contagieux.

Margaret commençait à comprendre la raison de son succès sur le petit écran : une flamme et une personnalité qui obligeaient son auditoire à l'écouter, à entendre son histoire, une intensité qui pouvait devenir fatigante à la longue. Mais il était sauvé par son sens de l'humour. Et son cul.

Il vida son verre, en prit un autre.

— Ça vous dit de sortir ? On manque un peu d'air ici.

De la salle à manger, ils passèrent sur la terrasse. Il y faisait effectivement plus frais, une légère brise agitait les feuilles d'un saule pleureur qui, dans la journée, devait offrir une ombre agréable.

Margaret termina sa vodka.

— Vous en voulez une autre ? demanda Michael.

— Non. Cela ne m'inciterait qu'à me soûler.

Puis elle se dépêcha d'ajouter :

— De toute façon, les serveurs ne sont pas terribles ici.

Il sourit, mais perçut la mélancolie qu'elle essayait de dissimuler.

— Vous avez passé des mois difficiles.

— Vous êtes au courant de tout, dit-elle sur la défensive. Il haussa les épaules.

— Non. Tout ce que je sais, c'est que vous êtes celle qui a diffusé ces rumeurs alarmistes sur le Net à propos du riz génétiquement modifié.

— Ce n'étaient pas des rumeurs alarmistes, rétorqua-t-elle.

— Hé, fit-il en levant les mains pour se protéger. Je ne sais pas ce que vous en pensez, mais déclarer que la moitié de la population mondiale est en danger a quand même quelque chose d'alarmiste.

Elle se calma un peu, se força à sourire.

— Nous redoutions le pire. Vous devriez être content que ça se soit bien terminé. Mais ne sous-estimez pas cette affaire. D'accord, le virus n'était pas présent dans tous les grains de riz, et Dieu merci beaucoup de gens sont naturellement immunisés, mais des millions sont encore menacés.

— J'ai lu qu'un traitement est bientôt au point.

— Espérons-le.

Un silence étrange s'installa entre eux, rompu par Michael :

— Donc, je suppose que c'est à cause de vous qu'on est obligé de manger toutes ces foutues nouilles. Vous devez avoir une sacrée cote auprès des Chinois.

Elle eut un sourire penaud.

— Dans quelques semaines, la nouvelle récolte sera prête. Ils sont revenus aux vieilles semences naturelles. Et ils peuvent obtenir trois récoltes par an. Ils vont bientôt retrouver leur précieux riz.

Ils écoutèrent en silence les étranges cadences de la musique traditionnelle chinoise, la plainte du *er hu* à deux cordes, le souffle lancinant de la flûte de bambou pourpre, les deux lunes dansantes, le son nasillard du tympanon. Margaret ne savait pas quoi dire. Elle avait écarté les trois derniers mois de sa vie en une phrase, sans difficulté, comme si c'était peu de chose. Elle prit conscience de la présence purement physique de Michael, debout à côté d'elle, et s'étonna d'être attirée par cet homme alors qu'elle souffrait encore de ne pas avoir revu Li. Cela lui fit presque peur.

— Il faut que je m'en aille, dit-elle.

— Vous venez à peine d'arriver.

— Oui, mais c'est votre soirée. Je ne veux pas vous accaparer.

— Vous pouvez m'accaparer autant que vous le voudrez.

Elle le regarda, cherchant un sourire sur son visage, or il ne souriait pas. Un frémissement d'appréhension lui traversa la poitrine. Puis, soudain, il se détendit à nouveau.

— Écoutez, pourquoi ne viendriez-vous pas assister au tournage demain ? Nous réalisons une reconstitution spectaculaire sur le site des tombeaux Ming. Ce n'est qu'à une heure de Pékin.

— Je suis désolée, je ne peux pas, dit-elle. Je prends l'avion dans la matinée.

Il fronça les sourcils.

— Où allez-vous ?

— Je rentre chez moi.

— Où ça ?

— Chicago.

— Quand revenez-vous ?

— Jamais.

Le caractère définitif du mot la frappa comme un coup de poing, et la ramena sur terre.

— Je dois vraiment partir.

— Alors, ça va vous deux ?

Ils se retournèrent. Sophie venait d'apparaître sur la terrasse.

— Tu ne m'avais pas dit qu'elle partait demain, dit Michael d'un ton presque accusateur.

— Et nous n'avons pas été présentés comme il faut, ajouta-t-il en se tournant vers Margaret.

— Ça vaut probablement mieux, dit Margaret. Si on ne se dit pas bonjour, on n'a pas à se dire adieu.

Elle se tourna vers Sophie.

— Merci pour l'invitation. J'ai apprécié. Mais je dois faire ma valise.

Elle se força à sourire, leur adressa un signe de tête, et se dirigea vers la salle à manger qu'elle traversa en se glissant au milieu des invités.

Dans la rue, elle s'arrêta un instant pour reprendre son souffle. Le son de la musique n'était plus qu'un tintement lointain. Elle s'appuya d'une main contre le mur pour retrouver son équilibre. C'était sa première confrontation avec la vie réelle, avec la normalité, depuis trop longtemps. C'était beaucoup trop grisant. Comme la première bouffée de cigarette après des années d'abstinence. Il fallait y aller plus doucement.

III

Il entendit Margaret appeler au secours. Des cris longs, insistants. Mais il ne voyait rien – juste une lueur vacillante, quelque part dans l'obscurité qui l'enveloppait comme un filet dans ses mailles poisseuses. Le ton plaintif de sa voix était effroyable ; il savait qu'il ne pouvait pas la rejoindre, qu'il ne pouvait pas l'aider. Il se redressa dans son lit, soudain réveillé, baigné de sueur, entortillé dans ses draps. Et la longue sonnerie du téléphone le tira de sa torpeur. Il sauta du lit, courut dans le séjour. Au passage, il heurta la petite table du téléphone qui tomba par terre en se décrochant.

— *Wei... wei...*

Nu comme un vers, Li rampa sur le linoléum en essayant de repérer le combiné à la lueur de la rue.

— Li Yan, dit-il quand il l'eut retrouvé.

— Chef de section adjoint Li, ici le policier de garde de Beixingqiao Santiao. Il y a eu un autre meurtre.

Il alluma la lampe, à côté du canapé, s'assit et regarda sa montre : 4 heures du matin.

— Une autre décapitation ?

— Oui, patron.

— Où ça ?

— Un appartement au quatrième étage du n° 7 Tuan Jie Hu Dongli, dans le district de Chaoyang.

— Qui est là-bas ?

— L'inspecteur Qian vient de partir. Vous voulez que je vous envoie une voiture ?

— Non, j'irai aussi vite à vélo. Je pars tout de suite.

Li raccrocha et resta un moment sans bouger, le cœur battant, le souffle court. Un autre meurtre. Il en eut la nausée. Il retourna dans sa chambre enfiler un jean, une paire de baskets et un tee-shirt blanc, décrocha sa veste en cuir noir de l'armoire, et vérifia qu'il avait bien son porte-carte marron de la Sécurité publique. Puis il alluma une cigarette, et fit la grimace. Soudain, il éprouva le besoin d'entrer dans la chambre de son oncle. Elle était exactement comme avant sa mort, avec ses affaires personnelles sur la commode, ses photos aux murs ; Yifu, jeune policier, partant pour le Tibet en 1950 ; Yifu avec sa femme – la tante que Li n'avait jamais connue ; Yifu au banquet donné à l'occasion de son départ en retraite, son visage rond rayonnant, son regard habituellement brillant légèrement voilé – il avait bu trop de bière. Li sourit en posant la main sur le cadre, comme si le fait de toucher l'image de son oncle créait un lien avec lui dans une autre vie. Mais il n'avait que du verre sous ses doigts, froid, sans vie. Il fit demi-tour, éteignit la lumière et se hâta de sortir de l'appartement.

Il enfourcha son vélo, passa devant le garde de nuit qui le salua d'un signe de tête, et remonta la rue Zhengyi vers Changan est. Il pédala avec énergie à la lumière des lampadaires dont les ampoules luisaient à travers les arbres. La plupart des néons et des projecteurs de couleur illuminant les nouveaux immeubles étaient déjà éteints. C'était l'heure la plus obscure de la nuit. Li s'efforça d'écarter les pensées les plus sombres qui assaillaient son esprit.

Cette affaire de meurtres en série était sans précédent à Pékin. Quatre meurtres en quatre semaines. Des meurtres sanglants, laissant penser à des exécutions, obéissant tous au même rituel bizarre, effrayants par leur préméditation froidement calculée. Il essaya de ne pas penser à la scène qui l'attendait. Il avait vu beaucoup de morts dans sa vie, victimes de meurtre, ou de mort accidentelle, mais jamais il n'avait vu autant de sang. Comment un corps pouvait-il en contenir une telle quantité ? L'effet était encore plus choquant quand il était aussi rouge, aussi frais, aussi vivant.

Il passa sous le pont du Deuxième périphérique, puis devant le China World Trade Center, et prit le Troisième périphérique en direction du nord. Dans deux heures, la ville se réveillerait, les pistes cyclables seraient encombrées, la circulation commencerait à s'engorger et, à 8 heures, la plupart des artères principales de la ville seraient bloquées ; des files d'automobilistes frustrés se déchaîneraient sur leurs klaxons, les moteurs vomiraient leurs fumées nauséabondes dans l'atmosphère déjà polluée. Rouler à vélo dans Pékin avait cessé depuis longtemps d'être un plaisir.

Pour le moment, le périphérique était désert. Il n'y avait pas une voiture en vue. Il aurait pu se croire seul au monde. Jusqu'à ce qu'il bifurque, à l'est, dans Tuan Jie Hu Dongli et tombe sur des centaines de gens amassés autour des voitures de police garées sur le trottoir, au pied du n° 7. Tous les habitants de la rue avaient été réveillés par les sirènes. Ils s'étaient habillés en vitesse, certains avaient gardé leurs pantoufles ; le visage bouffi de sommeil, les cheveux hirsutes, ils se pressaient autour des véhicules pour voir ce qui se passait. Des douzaines d'agents en uniforme dressaient des barrières pour contenir la foule. Les gens continuaient à sortir des immeubles. Li dut forcer le passage pour pouvoir approcher et montrer sa carte de la Sécurité publique à un jeune policier qui voulait l'empêcher d'aller plus loin. Un autre, à l'entrée de l'immeuble, le reconnut.

— Où est l'inspecteur Qian ? demanda Li.

Le policier montra du pouce la porte, derrière lui.

— En haut. Au quatrième.

Les murs du couloir étaient sales, dégradés. Ils n'avaient probablement jamais été repeints depuis la construction de l'immeuble dans les années 1970. L'escalier sentait l'humidité et le renfermé, mélangés à des relents d'urine. Sur chaque palier encombré de vieux vélos rouillés, les portes des appartements étaient protégées par des grilles en acier. Li grimpa les marches deux par deux. Au quatrième, des policiers en uniforme fumaient à la porte de l'appartement d'où s'échappait une lumière vive.

Li les salua d'un signe de tête et se faufila à l'intérieur. Il vit, sur sa gauche, une cuisine minuscule et, sur sa droite, des toilettes. Au-delà se trouvait une pièce étroite meublée de placards intégrés à un bout, et d'une table jonchée des détritus de la vie quotidienne : journaux, cigarettes, cendrier plein à ras bord, assiettes sales du dîner. D'un côté, il y avait une chambre à coucher, de l'autre, un minuscule salon contenant un canapé et une télévision, et un balcon vitré fermé par une porte moustiquaire. Il planait dans l'air une odeur de tabac froid, de cuisine, et de quelque chose d'autre, étrangement présent, presque sucré, mais que Li ne parvenait pas à identifier.

Il sentit le sang avant de voir la forme ramassée du corps dont la tête avait roulé soixante centimètres plus loin, sur le côté, les yeux ouverts. Le flash du photographe de la police imprima cette image dans le cerveau de Li, la grande flaque rouge paraissant encore plus vive dans cette lumière aussi soudaine qu'aveuglante.

L'inspecteur Qian le salua d'un signe de tête et dit d'un air sinistre :

— Pareil que les autres, patron.

Qian avait une dizaine d'années de plus, et beaucoup plus d'expérience. Mais il n'avait ni le flair ni l'imagination qui avaient propulsé Li audessus de lui, à l'âge de trente-trois ans. Il n'en nourrissait aucune rancune. Qian connaissait ses limites, et savait jauger le talent des autres. C'était un homme sur lequel Li pouvait se reposer en toute confiance : franc, direct, avec lequel il n'y avait aucun risque de malentendu.

— Fais dégager l'endroit dès que le photographe aura fini. Il y a trop de monde ici.

— D'accord. Je crois que ça y est. Le doc est en train d'examiner le corps.

Qian entreprit de faire sortir tout le monde.

Le docteur Wang Xing, le médecin légiste de service au Centre de détermination technologique criminelle de Pao Jü Hutong, était accroupi à côté du corps, une cigarette non allumée coincée entre les lèvres. Quand il se releva, il retira lentement ses gants tachés de sang et enjamba avec précaution un endroit où le linoléum était arraché et le parquet soulevé. Évitant la grande flaque de sang qui s'égouttait dans le trou et les éclaboussures caractéristiques laissées par les giclées de sang qui avaient jailli des carotides, il passa dans l'entrée. Il décolla délicatement la cigarette de ses lèvres et sourit :

— « Si tu peux conserver ton courage et ta tête quand tous les autres les perdront... »

— Rudyard Kipling, dit Li.

— Ah ? Un lettré ! s'exclama Wang.

— Mon oncle avait un recueil de ses poèmes.

— Bien sûr... c'est normal, non ?

Le médecin laissa tomber ses gants souillés dans un sac en plastique et dit, presque en chantonnant :

— Il faut attraper ce type. Sinon vous perdrez la *vôtre*. Puis il sortit un briquet de sa poche.

— Ne l'allumez pas ici, conseilla Li. Je suppose qu'il est inutile de vous demander la cause de la mort ?

Wang haussa les épaules et rangea son briquet.

— Il me semble évident qu'on lui a coupé la tête. Pas aussi proprement qu'à la première victime – peut-être que la lame commence à s'émousser.

Li ne releva pas la plaisanterie.

— D'après la quantité de sang versée, je pense qu'on peut affirmer que le cœur battait toujours quand il a reçu le coup. Alors, oui, je n'hésiterais pas à parier gros sur la mort par décapitation.

— Seulement si le gouvernement décidait de légaliser les jeux d'argent.

Wang sourit. Sa passion pour les cartes et le *mah jong* était célèbre.

— C'était une image, bien sûr.

— Bien sûr, dit Li.

Il n'aurait pas été surpris que Pao Jü Hutong soit le théâtre de paris sur l'issue des autopsies.

— Et l'heure de la mort ?

— Ah. Là, c'est vraiment la loterie.

— D'après vous ?

Le pathologiste se gratta le menton d'un air pensif.

— La rigidité complète du cadavre apparaît au bout de douze heures. Il n'en est pas encore là.

Wang regarda sa montre.

— Je dirais qu'il est mort depuis environ neuf heures. Ce qui fait... entre 8 heures et 8 heures et demie, hier soir, à deux ou trois heures près.

Il agita sa cigarette vers Li.

— Je vais fumer dehors. Si vous avez besoin de moi... Et il sortit sur le palier.

Li avança avec précaution dans le salon, Qian sur les talons, et observa la scène.

Le corps avait basculé sur le côté. Il y avait quelque chose d'étrangement fœtal dans cette position ultime. À part les poignets attachés dans le dos. Li s'accroupit pour mieux voir. Un cordon de soie. Comme les autres. En se relevant et en se déplaçant, il vit les yeux de la tête détachée du corps le regarder. Ils lui donnèrent l'impression déconcertante de suivre ses mouvements. Puis il aperçut, par terre, une pancarte, autrefois blanche, baignant à moitié dans la flaque de sang. Le cordon qui l'avait maintenue autour du cou de la victime était coupé, imprégné de sang séché. Li souleva avec précaution la pancarte par un angle, la retourna. Un surnom, « Fouilleur », était barbouillé en rouge, à l'envers, barré d'une croix. Audessus, trois traits horizontaux. Le chiffre 3. Le même scénario.

Li se leva et promena les yeux autour de la pièce. Quelque chose clochait. Il y avait un canapé, une table, une lampe, un meuble de télévision, un petit poste dessus. Le canapé était vieux, mais personne n'avait l'air de s'y être assis. Il n'y avait ni babioles, ni affaires personnelles, ni papiers, ni courrier. Li contourna le corps et vit que la corbeille à papier, à côté du meuble de télévision, était vide.

— On sait qui c'est ? demanda-t-il en se dirigeant vers la cuisine.

— On est en train de chercher, patron, dit Qian. C'est un appartement privé. Le type le louait depuis trois mois, mais aucun de ses voisins ne sait qui il est. Ils ne l'ont presque jamais vu.

— Et le comité de quartier ?

— Sait pas non plus. L'appartement était probablement fourni par son *danwei*[1]...

Li maudit la privatisation. C'était sans doute une bonne chose que les gens puissent posséder leur propre maison, mais cela brisait la structure traditionnelle de la société chinoise. Les extrémités opposées du spectre de la nouvelle économie,

1. Unité de travail.

propriété privée et chômage, engendraient une large population non déclarée à peu près impossible à suivre. Une pépinière de criminels. Il ouvrit les placards de la cuisine. À part quelques boîtes de conserve et paquets de nouilles, ils étaient vides.

— Qui a donné l'alerte ?

— Un couple, à l'étage du dessous.

Qian fit la grimace.

— Le type s'est réveillé parce que son drap était trempé. Il a pensé un instant qu'il s'était pissé dessus. Il a allumé la lumière. Le drap était rouge vif. Il s'est mis à hurler en croyant que c'était son sang. Sa femme s'est réveillée et s'est mise à hurler à son tour. Puis elle a vu une grosse tache rouge au plafond, et le sang qui gouttait. Ils sont assez secoués tous les deux.

Il suivit Li dans la chambre, l'observa pendant qu'il tirait la couverture, examinait les draps, fouillait la table de nuit, puis se mettait à genoux pour regarder sous le lit.

— Qu'est-ce que tu cherches, patron ?

Li se releva, pensif.

— Personne n'habite ici, Qian. Quelqu'un est venu, s'est fait à dîner, a passé la nuit. Mais cet endroit n'est pas habité. Il n'y a pas de vêtements, pas d'objets personnels, pas de provisions...

Qian haussa les épaules.

— Il y a du linge qui sèche sur le balcon.

— Montre-moi.

Ils traversèrent le salon en faisant très attention où ils posaient les pieds et passèrent sur le balcon.

Une chemise et deux paires de chaussettes pendaient d'un séchoir circulaire fixé au plafond. Li retint Qian qui allait le toucher. Il fouilla ses poches, en sortit une petite lampe électrique et la dirigea au-dessus du séchoir ; dans le halo lumineux, ils virent les fils argentés d'une toile d'araignée. Li éteignit sa lampe.

— Quelqu'un a lavé du linge ici. Mais ça fait drôlement longtemps. Descendons voir les gens du dessous.

Le policier assis chez le vieux Hua parut content de pouvoir s'en aller. En passant devant Qian, il mit une main devant sa poitrine, imita une bouche qui s'ouvrait et se fermait, et leva les yeux au ciel. Le contraste avec l'appartement du dessus ne pouvait pas être plus grand. C'était un endroit habité, encombré de meubles et d'objets familiers. Il y avait des photos de famille sur les murs, un calendrier, des vieilles affiches de pub des années 20 et 30 pour le savon et les cigarettes. Ça sentait le linge sale, la sueur, la cuisine. Ça sentait la vie.

— Prenez du thé, dit le vieil homme en faisant un geste vers la table. L'eau est encore chaude.

Li et Qian refusèrent. De la salle de bains leur parvint un bruit d'eau.

— C'est sa troisième douche, dit le vieux Hua. Cette vieille folle croit qu'elle a encore du sang sur elle. Je lui ai dit qu'elle n'en avait plus. Mais elle n'écoute rien.

Le vieil homme était presque complètement chauve ; il rasait le peu de cheveux qui lui restaient. Il avait passé un pantalon en coton bleu et une chemise d'un blanc douteux ouverte sur son ventre de bouddha. Pieds nus, il fumait une cigarette roulée à la main.

— Enfin, c'est pas comme si j'étais pas habitué à la mort. J'ai eu peur quand j'ai cru que c'était mon sang, c'est tout. Le sang des autres, je m'en fous.

Li tira une chaise et s'assit.

— Alors, comme ça, vous êtes habitué à la mort ?

Lui-même y avait été confronté des centaines de fois, sans jamais pouvoir s'y habituer.

Le vieux Hua sourit.

— Je travaille pour le bureau du Service public. Depuis trente ans. Un peu comme votre bureau de la Sécurité publique. On s'occupe tous les deux des gens. Vous, c'est les vivants. Moi, c'est les morts.

Qian fronça les sourcils.

— Service public... vous travaillez au crématorium ?

— J'y travaille pas seulement, le corrigea Hua.

Et il ajouta fièrement :

— Je suis embaumeur. Ça fait longtemps que je ne fais plus la tournée avec le fourgon pour aller les chercher chez eux. Maintenant, je les habille – pour les vivants bien sûr. J'ai appris dans les livres à les maquiller, à les coiffer. Et je vous prie de croire que c'est pas toujours facile avec les victimes d'accidents. Vous savez, quand la figure est complètement écrasée et qu'il faut utiliser du coton, de la pâte à papier, du plâtre, et le reste pour redonner forme...

— Oui, d'accord, l'interrompit Li. On est là pour parler du mort. Le vieux Hua fit un signe de tête vers le plafond.

— Lui, là-haut ?

— Vous le connaissiez ?

— Non. Je l'ai croisé dans l'escalier, deux fois peut-être. Paraissait pas avoir autant de sang dans le corps. Plutôt le teint délavé, terreux, blafard. Qu'est-ce qu'ils lui ont fait pour qu'il saigne comme ça ?

— Ils ?

— Ben, ceux qui l'ont tué.

— Vous avez vu des gens monter ou descendre hier soir ?

— Personne.

— Vous n'avez rien entendu ?

— Rien de rien. La vieille est à moitié sourde, vous savez. On met le son de la télé au maximum. On n'entend jamais rien d'en haut ou d'en bas.

— Quand vous êtes-vous couchés ?

— Vers 9 heures, je crois. Normalement, je commence à 6 heures, le matin.

Il se gratta le ventre et écrasa sa cigarette.

Donc, il n'y avait pas de trace de sang à 9 heures. Li supposa que l'isolation entre le plancher et le plafond devait être assez mince. Le sang n'avait pas dû mettre très longtemps à la traverser. Ce qui décalait peut-être d'une heure ou deux l'estimation du docteur Wang.

— Quand vous êtes-vous réveillé ?

Le vieux Hua se roulait une autre cigarette.

— Je sais pas trop. Vers 3 heures, 3 heures et demie, peut-être.

Le meurtre avait donc été commis dans un intervalle de six heures.

— À votre avis, depuis combien de temps le sang coulait-il sur vous ?

Hua haussa les épaules.

— Qui sait ? En général, je dors comme un bébé. Et la vieille prend des pilules. Il faudrait une bombe pour la réveiller. Mais comme il était pas mal collant, il devait pas être si frais que ça.

Peut-être aux environs de minuit, alors, pensa Li. À l'heure où la rue est déserte et la plupart des gens au lit. Il montra la chambre du pouce.

— Ça vous ennuie que je jette un coup d'œil ?

— Allez-y.

Hua finit de rouler sa cigarette et l'alluma.

Li et Qian passèrent dans la chambre, examinèrent la tache sombre du plafond et le sang qui noircissait en séchant sur le drap de lit chiffonné.

— J'aimerais bien savoir qui va nettoyer toute cette saloperie, cria le vieux.

Li revint dans l'entrée où il vit émerger de la salle de bains la femme du vieux Hua, toute nue, une serviette à la main. Surprise, elle sursauta, laissa échapper un petit cri de frayeur, recula en vitesse et claqua la porte sur elle.

— Pas joli à voir, hein ? s'esclaffa le vieux Hua.

Li et Qian échangèrent un regard en réprimant un sourire.

— Merci, monsieur Hua, di Li. Nous prendrons plus tard votre déposition et celle de votre femme.

Il s'arrêta à la porte et ajouta :

— Savez-vous à qui appartient l'appartement du dessus ?

— Non. Quand le type qui l'avait est mort, il y a environ un an, il l'a laissé à un cousin, qui le loue. Comme dans l'ancien temps, hein ? On a fait la révolution pour se débarrasser de ces mecs. Ben, on dirait qu'on est revenu au même point.

Li et Qian revinrent dans l'appartement de la victime au moment où deux assistants enfermaient le cadavre dans un sac pour l'emporter à Pao Jü Hutong, où aurait lieu l'autopsie.

— Dès que la police scientifique a terminé, on pose les scellés sur la porte, ordonna Li. Personne n'entre ici sans m'en parler d'abord. Et trouvez-moi le propriétaire. Si quelqu'un sait qui est notre cadavre, c'est celui qui lui loue l'appartement.

Il y eut soudain une certaine agitation dans la pièce de derrière. L'un des assistants cria :

— Est-ce que le chef de section adjoint Li est encore là ?

— Ici, répondit Li en traversant rapidement la pièce. L'assistant s'était relevé et tendait un petit carnet bleu foncé.

— Ça vient de tomber de sa poche revolver.

Li le prit par un coin, entre le pouce et l'index ; son cœur se mit à battre quand il reconnut les armoiries argentées. Ce n'était pas un carnet. C'était un passeport. Il l'ouvrit, regarda la photo, puis la tête qui le fixait toujours du sol. Il revint au passeport et lut le nom, Yuan Tao.

— Merde, murmura-t-il.

— Qu'est-ce qu'il y a ? demanda Qian d'un ton inquiet.

— C'est peut-être le même meurtre que les autres fois. Mais il y a une différence de taille.

Il tendit le passeport à Qian qui reconnut aussitôt l'aigle.

— Ce mec est américain.

IV

— J'espère que ça en vaut la peine.

Margaret traversa à grandes enjambées le hall de l'Hôtel Ritan en regardant sa montre, suivie de Sophie.

— Il me reste exactement deux heures pour boucler mes bagages et me rendre à l'aéroport.

Elle s'arrêta devant les portes de verre et se tourna vers la jeune fille.

— Et d'abord, comment pouvez-vous ne pas être au courant ?

— Parce qu'on ne m'a rien dit. Je vous jure, Margaret. Tout ce que je sais, c'est que Dakers a passé deux heures chez l'ambassadeur, et que tous les rendez-vous de la matinée sont annulés.

Elles dévalèrent les marches au pied desquelles

attendait, étincelante, une limousine noire de l'ambassade.

— Ce n'était pas la peine de m'envoyer une voiture, bon sang ! C'est à deux pas.

— Ils ont dit que c'était très urgent.

Sophie lui ouvrit la portière et se glissa après elle sur la banquette.

— Encore une de vos petites blagues, hein ? demanda Margaret soudain suspicieuse.

La voiture s'éloigna des marches et franchit la grille, sous le regard hostile des gardes de la sécurité.

— Bien sûr que non, dit Sophie, sur la défensive, et même un peu blessée. Je suis désolée que ma petite farce d'hier soir soit tombée à l'eau.

— Mais pas du tout, dit Margaret en évitant de croiser le regard de Sophie. Drôle de coïncidence, quand même, que vous soyez la meilleure amie de sa petite sœur.

— Pas vraiment. Michael a passé pratiquement toute l'année dernière ici à préparer les épisodes qui vont commencer à être diffusés aux États-Unis le mois prochain. C'est lui qui m'a poussée à poser ma candidature. La Chine me paraissait assez... exotique. Et voilà, je suis là.

— Lui aussi il y est pour quelques mois – s'il commence juste à filmer. Ça n'a rien à voir avec votre décision de postuler pour le job ?

Sophie sourit.

— Je peux toujours rêver, non ? Mais je suis sûre qu'il préférerait votre compagnie à la mienne. Il était déçu que vous partiez si tôt, hier.

Margaret consulta à nouveau sa montre et changea de sujet.

— J'espère que ça ne va pas durer trop longtemps, ou le gouvernement américain va devoir me payer un autre billet d'avion.

Sophie haussa les épaules.

— Qui sait ? les Chinois refusent peut-être de vous accorder un visa de sortie.

Margaret se tourna vers elle, sincèrement choquée.

— Ils ne feraient quand même pas une chose pareille ?

La secrétaire les introduisit directement dans le bureau de l'ambassadeur. Ce dernier regardait par la fenêtre. Installé devant la table basse, des papiers étalés devant lui, Stan Palmer sirotait un café. Son visage d'ordinaire si impassible donnait quelques signes de contrariété.

Jon Dakers, l'officier de sécurité régional, téléphonait, assis sur l'angle du bureau. Il paraissait nerveux.

— Bon, dites-leur de m'appeler dès qu'ils l'ont. Et faxez-le directement à l'ambassade.

L'ambassadeur se retourna en entendant Margaret et Sophie entrer dans la pièce.

— Merci d'être venue si vite, Margaret.

— De quoi s'agit-il, monsieur l'ambassadeur ? Je dois être à l'aéroport dans moins de deux heures.

— Je vais vous demander un service, Margaret.

Il traversa la pièce et l'invita à s'asseoir. Elle

s'exécuta à contrecœur. Lui, toujours debout, se tut un instant, puis annonça :

— Un membre du personnel de l'ambassade, un Chinois américain du nom de Yuan Tao, a été assassiné la nuit dernière. Il a été décapité.

— Mon Dieu.

— Et il y a pire, dit Stan en haussant des sourcils qu'elle le soupçonnait d'épiler.

— Vraiment ? fit Margaret. Je ne vois pas ce qu'il peut y avoir de pire que d'être décapité.

— Pour nous, pas pour lui, dit Dakers en rejoignant l'ambassadeur.

L'officier de sécurité régional était un homme solidement charpenté, un ex-flic, chauve, agressif, au collier de barbe argenté bien taillé.

— Il a été tué dans un appartement qu'il louait dans le district de Chaoyang.

Il marqua une pause, comme si cela était une information importante.

— Et alors ? demanda-t-elle.

— L'ambassade fournit à son personnel des appartements situés dans des enceintes de l'ambassade. Or Yuan Tao habitait un petit deux-pièces, juste derrière le magasin de l'Amitié. Techniquement, il violait la loi.

— Oui, je sais. Il faut se déclarer auprès du bureau de la Sécurité publique du quartier où vous résidez, et ils sont furax si vous passez une seule nuit ailleurs.

Margaret en avait fait l'amère expérience.

— Et les Chinois sont, certes, assez furieux, dit l'ambassadeur.

— Embarrassés, rectifia Dakers. Un citoyen américain a été tué sur leur secteur. Ils cherchent le moyen de refiler le bébé à quelqu'un d'autre.

Margaret commença à se douter de quelque chose.

— Attendez une minute. Quand vous dites que ce type est « un membre du personnel de l'ambassade », serait-ce un euphémisme ?

L'ambassadeur eut un petit rire sans joie.

— Ce n'était pas un espion, si c'est ce à quoi vous pensez.

— Et, bien entendu, vous me le diriez si c'était le cas.

— Non, mais je vous dis qu'il n'en était pas un. C'était un fonctionnaire subalterne. Il travaillait ici depuis six mois seulement, au service des visas.

— Ce qui donne à quelques milliers de gens un motif de le liquider, dit Stan.

— Nous attendons que le Département d'État nous envoie son dossier, ajouta Dakers.

Il s'ensuivit un silence que personne ne semblait avoir envie de combler. Margaret regarda les uns après les autres les visages tournés vers elle dans l'attente de quelque chose.

— Et qu'ai-je à voir dans tout cela ?

L'ambassadeur fit le tour du canapé pour s'asseoir à côté d'elle.

— La police chinoise croit avoir affaire à un tueur en série. Elle pense que Yuan Tao est sa quatrième victime. Les trois autres étaient des ressortissants chinois. Mais celui-ci est un citoyen américain. Nous aimerions que vous vous chargiez de son autopsie.

— Quoi ? fit Margaret, sidérée.

— Vous avez déjà travaillé avec eux, dit Dakers.

— Écoutez, je suis venue ici au printemps pour donner des conférences à l'université de la Sécurité publique pendant six semaines. J'ai pratiqué une autopsie pour leur faire plaisir – et j'ai passé trois mois à le regretter. Je ne veux pas être impliquée à nouveau.

— Je comprends parfaitement, Margaret.

L'ambassadeur se pencha vers elle avec ferveur, faisant appel à tous ses talents de diplomate.

— Mais il nous est impossible de trouver quelqu'un d'autre assez rapidement. En outre, les Chinois ont confiance en vous.

— Vraiment ?

Elle n'en revenait pas.

— Ils acceptent de vous laisser faire l'autopsie – ou au moins d'y participer.

— Et si je refuse ?

— Nous avons tous certaines obligations envers notre pays, Margaret.

L'ambassadeur se renfonça dans le canapé ; il avait joué son atout – l'appel au patriotisme.

Margaret s'était toujours demandé pourquoi, à l'école, on prêtait serment devant le drapeau avant d'entonner l'hymne national. Maintenant, elle savait.

— Il va falloir que je change mon billet d'avion, dit-elle en soupirant.

— C’est déjà fait, déclara Stan d’un ton suffisant.

— Vraiment ?

Elle lui jeta un regard noir et se leva.

— Oh, autre chose, ajouta Stan avec un éclat étrange dans les yeux. Le policier chargé de l’affaire est le chef de section adjoint Li Yan, de la police municipale de Pékin.

Il lui lança un sourire radieux.

— Vous le connaissez, je crois.

Chapitre 2

I

Les six inspecteurs fraîchement détachés du quartier général du DEC[1] discutaient avec animation depuis près d'une demi-heure. La fumée de leurs cigarettes planait sur la salle de réunion du dernier étage de Beixingqiao Santiao, comme un nuage reflétant l'humeur des policiers de la Section n° 1 qui les avaient rejoints autour de la table. Ils passaient au crible les preuves réunies le mois dernier. Les inspecteurs de la brigade de répression criminelle étaient déprimés par leur manque de réussite dans cette affaire et vexés de devoir accepter du renfort.

Assis le dos à la fenêtre, Li paraissait songeur. Il avait retrouvé sa place de chef de section adjoint peu après le premier meurtre, et se sentait frustré de ne pas avoir le moindre début de piste. Il commençait même à se poser des questions sur sa confiance inébranlable en lui-même, se demandant

1. Département des enquêtes criminelles.

si la mort de son oncle et les événements des trois derniers mois ne l'avaient pas perturbé davantage qu'il ne l'avait pensé. Il y avait des moments, il le savait, où il avait du mal à se concentrer. Il s'était déjà surpris, en pleine réunion, à penser à Yifu. Et à Margaret.

Le simple fait d'évoquer ce nom lui était pénible, avec sa foule de souvenirs, aigres-doux, douloureux. Il repensa à la seule fois où ils avaient fait l'amour, au soleil qui filtrait à travers la vitre sale de ce compartiment de wagon-lit abandonné sur une voie de garage, à Datong.

— Patron...

L'insistance du ton le tira de ses pensées.

— Patron, tu es toujours là ?

Li leva les yeux et vit l'inspecteur Wu, lunettes noires repoussées sur le front, l'observer d'un air bizarre. Il jeta un coup d'œil circulaire à la vingtaine d'inspecteurs assis autour de la table et se rendit compte que tous les regards étaient fixés sur lui.

— Oui, oui. Désolé...

Il remua les papiers étalés en face de lui.

— Je suivais le fil de mes pensées.

— Et si vous nous en faisiez part ?

Li tourna la tête vers la porte, médusé de voir que le chef de section Chen Anming était entré sans qu'il s'en aperçoive.

— Ça ne vaut pas le coup, chef, se dépêcha de répondre Li. Il ne mène nulle part.

— Un peu comme cette enquête.

Chen tira une chaise, s'assit, croisa les bras sur

la poitrine et considéra ses inspecteurs d'un œil glacial. Chen était un homme mince, nerveux, proche de la soixantaine, aux cheveux épais prématurément blanchis, tachés de traces de nicotine. Il était réputé pour son incapacité à se fendre d'un sourire bien que l'éclat de ses yeux trahisse souvent la profonde humanité qui se cachait derrière cette façade de marbre. Mais pour l'instant, il avait le regard dur et froid.

— Quatre victimes, et on n'a rien. Absolument rien ! dit-il en haussant le ton.

Il se tut un instant, puis continua :

— Et maintenant que la dernière victime se révèle être américaine, ça devient une affaire politique.

Il se pencha en avant, en posant les mains à plat sur la table.

— Je viens de recevoir un coup de téléphone du vice-ministre de la Sécurité publique.

Il marqua une pause.

— C'est la *première* fois qu'un vice-ministre de la Sécurité publique m'appelle en personne. Et je n'ai pas envie que ça se reproduise.

Il se recula. Dans la pièce régnait un silence de mort.

— Alors, soyons clairs. Peu importe le nombre de policiers supplémentaires mis sur l'affaire, peu importe le nombre d'heures supplémentaires. Ce qu'il nous faut, c'est un résultat.

Il se tut à nouveau pour ménager son effet avant d'ajouter :

— Il y a des carrières en jeu.

— Vous voulez dire que des têtes vont tomber ? demanda Wu avec un grand sourire.

Tout le monde pouffa de rire. Chen tourna vers lui un regard d'acier.

— Vous pouvez être certain que la vôtre tombera la première, inspecteur Wu.

Le sourire de Wu s'évanouit.

— Je voulais juste détendre l'atmosphère, chef.

— OK, fit Li avant que les choses n'aillent plus loin. Voyons ce que nous avons pour les camarades du QG. Nous passerons ensuite au meurtre de la nuit dernière. À toi, Wu.

Wu prit son dossier, se balança sur sa chaise et repoussa ses lunettes noires sur le sommet de sa tête. Pour lui, l'image était essentielle, du jean délavé aux lunettes de soleil, en passant par le chewing-gum – qui ne devait plus avoir de goût depuis longtemps. Il faisait son show pour les nouveaux.

— OK. Numéro 1. Vingt août. Tian Jingfu, cinquante et un ans, projectionniste dans un cinéma du district de Xicheng. N'est pas venu travailler. Sa femme étant partie voir de la famille dans le Sud, son unité de travail contacte son comité de quartier, qui va chez lui. Pas de réponse, mais ils entendent la télé. Ils appellent le flic du coin qui défonce la porte. L'appart est envahi par des millions de mouches. Ils trouvent le mec allongé par terre, dans la pièce de devant, décapité. D'après le pathologiste, il est là depuis deux jours. Aucun signe d'effraction. Mais le mec a bu du vin rouge. Inhabituel. Et l'autopsie révèle la présence de flunitrazepam dans le vin. Il a les mains attachées derrière le dos par un cordon de soie, et une pancarte blanche autour du cou. Dessus, est écrit, à l'envers, à l'encre rouge, le mot « Goret » – certainement un surnom – barré, et le chiffre 6. D'après la position du corps, on a dû l'obliger à se mettre à genoux, tête baissée ; et c'est un sabre en bronze, ou une arme similaire qui l'a décapité. Une quantité de sang incroyable. À part ça, rien, pas de traces de pas suspectes, pas d'empreintes digitales. La police scientifique a trouvé que dalle.

Wu laissa tomber son dossier sur la table, remit sa chaise d'aplomb et écarta les mains, paumes en l'air.

— J'ai parlé à tous les gens qui le connaissaient. Collègues, voisins, amis, famille. Ses parents sont morts ; il a une tante à Qianmen. Tout le monde dit que c'était un type charmant, sans histoire. Personne ne comprend pourquoi on a voulu le tuer. Personne n'a rien remarqué d'anormal le jour où il a été assassiné.

Il haussa les épaules.

— Que dalle.

Il lissa entre le pouce et l'index les poils épars qui ornaient sa lèvre supérieure, et qu'il appelait sa moustache.

Li se tourna vers Qian Yi.

— Inspecteur Qian.

Qian se lança :

— OK. Numéro 2. Bai Qiyu, cinquante et un ans, même âge que la victime n° 1. Marié, deux enfants au collège. Homme d'affaires, directeur d'une petite société d'import-export dans le district de Xuanwu. Le matin du 31 août, en arrivant, le personnel le trouve allongé par terre dans son bureau. Même chose. Poignets attachés derrière le dos par un cordon de soie – coupé sur le même écheveau que celui utilisé sur la première victime. Même pancarte blanche autour du cou, même encre rouge. Mais cette fois, le surnom est « Zéro », et le chiffre, 5. Nous supposons donc qu'il compte ses victimes à rebours. L'autopsie révèle que l'arme ayant servi à le décapiter est la même, ou similaire, une lame en bronze. Bai Qiyu a, lui aussi, bu du vin rouge drogué au flunitrazepam. Sa femme, comme celle de Tian Jingfu, s'était absentée dans sa famille. Ses enfants étaient là, mais ils sont allés se coucher sans s'inquiéter de ne pas l'avoir vu rentrer. La scène du crime est vierge, à l'exception d'une empreinte digitale ensanglantée maculée, mais imprimable, découverte sur le bord de son bureau. Elle ne correspond à aucune donnée enregistrée dans notre système informatisé d'identification par empreintes digitales.

Qian respira à fond et conclut :

— Personnellement, j'ai interrogé près de cinquante personnes. De même que pour la victime numéro 1, personne ne comprend pourquoi on a voulu le tuer. Il n'avait pas de rendez-vous prévu ce soir-là sur son agenda. Il était seul dans son bureau quand son dernier employé est parti.

Les inspecteurs du QG du DEC prenaient des notes à toute allure, en se référant fréquemment aux dossiers qu'on leur avait distribués. Les autres les regardaient avec une certaine appréhension. Ils avaient tous travaillé dur sur cette affaire ; aucun n'avait envie qu'un petit malin du QG relève un détail qui leur aurait échappé.

Li sentait la tension qui régnait dans la pièce. Il se tourna vers Zhao, vingt-cinq ans, le plus jeune de la section, très futé et zélé malgré un léger manque d'assurance ; sur la bonne voie pour une promotion.

— Parle-nous du numéro 3, Zhao.

Celui-ci rougit un peu en prenant la parole.

— 15 septembre. Yue Shi, professeur d'archéologie à l'université de Pékin, a prévu de jouer aux échecs et de boire quelques bières avec son oncle. Ce dernier arrive à l'appartement de Yue Shi, dans le district de Haidan, près du campus de l'université, et trouve son neveu par terre dans le salon, mort. Décapité, les mains attachées dans le dos, toujours avec le même cordon de soie. Une pancarte, à moitié trempée de sang, à côté du corps. Elle porte le chiffre 4 et le surnom « Macaque ». Écrit à l'encre rouge, à l'envers, barré d'une croix.

Il marqua une pause.

— D'abord les analogies : on a retrouvé du vin rouge et du flunitrazepam dans l'estomac et le sang, comme chez les autres ; lui aussi a été décapité par une lame en bronze, probablement la même. Ensuite, la différence : presque pas de sang sur place alors que le corps n'en contient plus une goutte.

— Il a donc été tué ailleurs, puis transporté

dans son appartement, dit l'un des nouveaux venus.

— Très perspicace, intervint Wu. On n'y avait pas pensé. L'autre rougit.

— Continue, Zhao.

Zhao lança un regard nerveux à son auditoire.

— Effectivement, le corps a été déplacé. Des fibres prélevées sur le mort montrent qu'il a été enveloppé dans une couverture en laine grise. On a trouvé une fine poussière bleu-noir sur son pantalon et les semelles de ses chaussures. D'après la police scientifique, il s'agirait de particules d'argile cuite, de la céramique. On ne trouve pas cette sorte d'argile autour de Pékin, mais elle est très courante dans la province du Shaanxi.

Il haussa les épaules.

— Nous ne savons pas quoi en penser.

Il poursuivit :

— Il y avait des traces de sang dans l'entrée, mais ni empreintes de pas ni empreintes digitales lisibles. D'après le médecin légiste, il était mort depuis vingt-quatre heures quand son corps a été découvert.

— Et l'université ? demanda un autre inspecteur du QG.

— On a tout fouillé. Son bureau, les salles de cours, les laboratoires. S'il a été tué dans l'un de ces endroits, on n'en a trouvé aucun indice. Or, on ne peut pas nettoyer une telle quantité de sang sans laisser une trace derrière soi. Ses collègues du département sont atterrés. Encore une fois, personne ne comprend pourquoi on a voulu le tuer.

Il n'était pas marié, avait peu d'amis. Il vivait pour son travail, auquel il consacrait pratiquement tout son temps.

— Quel âge avait-il ? demanda le même inspecteur du QG.

— Cinquante-deux – juste quelques mois de plus que les autres. L'inspecteur se tourna vers Li.

— Et la dernière victime ? Quelle âge avait-elle ?

— La date de naissance inscrite sur son passeport dit mars 1949, ce qui lui fait cinquante et un ans. Excusez-moi, inspecteur, je ne connais pas votre nom.

— Sang. Sang Chunlin.

— OK, Sang. C'est une considération qu'il ne faut pas perdre de vue. Mais passons à la quatrième victime.

Et il balaya du regard tous les visages suspendus à ses lèvres.

— Yuan Tao, commença-t-il, était un Chinois américain employé au bureau des visas de l'ambassade des États-Unis.

Il leur décrivit la scène du crime, point par point, telle que Qian et lui l'avaient découverte cinq heures plus tôt. Il évoqua la location illégale de l'appartement du n° 7 Tuan Jie Hu Dongli où Yuan Tao avait été découvert, mais où il ne vivait pas, du moins pas tout le temps.

— Apparemment, continua Li, l'ambassade n'était pas au courant. Elle lui avait fourni un logement dans une enceinte de l'ambassade, derrière le magasin de l'Amitié.

Il marqua une pause.

— Ils ont aimablement autorisé les techniciens de la police scientifique à fouiller l'appartement. Ils ont également promis l'accès aux dossiers en leur possession – aussitôt que Washington pourra les trouver et nous les faxer.

Quelques rires fusèrent autour de la table.

— Donc, en attendant, et avant d'avoir les résultats de l'autopsie dans la matinée, je ne peux guère vous en dire davantage.

Il se leva, ouvrit une fenêtre derrière lui, et alluma une cigarette. La pièce était presque bleue de fumée ; il commençait à avoir les yeux qui le piquaient.

— Bon, alors, que savons-nous ?

Il regarda à tour de rôle les visages tournés vers lui.

— Nous savons que l'assassin utilise une lame de bronze – probablement un sabre. Nous savons qu'il n'était probablement pas inconnu des victimes. Elles ont bu du vin avec lui, et ne s'en méfiaient apparemment pas. Non seulement il a réussi à verser une drogue dans leur verre, mais il était assez intime pour connaître leur surnom.

— Encre rouge sur papier blanc – un vieux symbole chinois signifiant la fin d'une relation. Je pense que cela souligne le fait qu'il connaissait bien ses victimes. Les noms écrits à l'envers et barrés – bon, on en connaît la signification. Et le décompte des victimes. Commençant par 6. Ce qui laisse supposer qu'il en reste deux dans la nature.

Cette pensée les fit tous réfléchir.

— Je n'arrête pas de penser à leur âge, dit Sang.

— Allez-y.

Sang se gratta la tête. C'était un beau garçon d'une trentaine d'années à peine, presque le seul à ne pas fumer autour de la table.

— Eh bien, s'ils ont tous le même âge, et que ce type connaît leur surnom, il ne serait peut-être pas idiot de supposer qu'ils ont tous fait partie, à un moment de leur vie, de la même organisation, institution, ou unité de travail ?

— Les trois premiers étaient dans la même école, dit Zhao. Un silence de plomb s'abattit sur la pièce. Il rougit violemment quand tous les regards se focalisèrent sur lui.

— Pardon ? fit Li d'une voix très calme.

— En général, c'est à l'école qu'on se donne des surnoms. Alors, hier, j'ai fait des recherches.

— Pourquoi personne n'y a pensé avant ? tonna Chen. C'était une question sensée, mais Li n'avait pas de réponse.

— Ils ont quitté l'école depuis plus de trente ans, dit Zhao en s'excusant presque. Voilà sans doute pourquoi on n'y a pas pensé tout de suite.

— Et vous n'avez pas non plus pensé à nous le dire plus tôt ? demanda Chen.

— Je n'en ai eu la confirmation que ce matin, chef, dit Zhao.

— Au nom du ciel, Zhao, nous travaillons en équipe. Nous devons partager toutes nos informations, nos idées, nous parler. Ça sert à ça, les réunions.

Mais comment pouvait-il blâmer Zhao alors qu'il était le seul à avoir eu cette idée ?

Heureux de ne pas être concernés, les inspecteurs du QG n'ouvraient pas la bouche. Sang, lui, feuilletait son dossier.

— Quelle école était-ce ? demanda-t-il. Je ne la vois nulle part.

— Elle n'y est pas, dit Zhao.

Gêné, il s'éclaircit la gorge.

— Il m'a fallu pas mal de temps pour la retrouver. C'était l'école secondaire n° 29, à Qianmen.

Ils entendirent le grattement du stylo de Sang sur son bloc-notes. Li s'éloigna de la fenêtre.

— Bien, fit-il d'un ton décidé.

Il se rassit, tira à lui son bloc et prit des notes tout en parlant.

— Nous allons nous diviser en quatre groupes de cinq. Wu, Qian, Zhao, et... Sang en prendront la tête.

Sang rayonnait positivement.

— Je veux que chaque groupe fasse le point sur les indices des quatre meurtres et vienne en rendre compte à cette table. En outre, chaque groupe sera responsable de domaines spécifiques de l'enquête. Zhao, il faut interroger les anciens professeurs des victimes. Qian, il faut interroger les anciens camarades de classe des victimes. Peut-être que les deux prochaines cibles du meurtrier se trouvent parmi eux. Nous devons les trouver avant lui.

— Est-ce qu'on ne va pas un peu vite, là, patron ? Je veux dire, d'accord, les trois premiers sont allés à la même école. Mais pas l'Américain, manifestement.

— Juste, dit Li. Mais le fait que les autres y soient allés est une coïncidence trop grande pour ne pas être prise en considération. Et c'est la première lueur que nous apercevons dans cette affaire. Il y a de fortes chances pour qu'elle nous éclaire encore bien davantage.

Il marqua une pause.

— Sang, je veux que votre groupe essaye d'identifier l'arme utilisée. Wu, je veux que ton groupe repasse en revue tous les indices relevés par la police scientifique. Il doit y avoir un détail qui nous a échappé. Nous nous réunirons à nouveau quand nous aurons plus d'informations sur Yuan Tao.

La réunion se termina dans un tohu-bohu de spéculations sur les nouveaux développements de l'affaire. Lorsque Zhao, rougissant, se leva, Li croisa son regard et hocha la tête.

— Bravo, dit-il.

Zhao devint écarlate.

Des nuages de fumée de cigarette s'échappèrent dans le couloir dès que les inspecteurs sortirent de la pièce.

Chen s'approcha de Li qui rassemblait ses papiers.

— Je suis content que vous sembliez finalement comprendre l'importance du travail en équipe, chef de section adjoint Li.

— Juste au moment où l'on parle d'introduire

le concept d'un seul inspecteur par affaire, rétorqua Li.

— Vous savez que je ne l'approuve pas.

— C'est sûrement la seule chose sur laquelle mon oncle et vous auriez été d'accord.

— Pas vous ?

— Je pense que les vieilles méthodes ont leurs vertus, chef. Mais nous vivons dans un monde qui change.

Li consulta sa montre.

— Excusez-moi, je dois partir. L'autopsie commence à 10 heures.

— J'ai bien peur que non, dit Chen en retenant Li. C'est pour cela que le vice-ministre m'appelait. L'autopsie a été repoussée à cet après-midi. Et le divisionnaire vous demande au QG, tout de suite.

II

Un rayon de soleil, le premier depuis des jours, éclaboussait le trottoir de Dong Jiaminxiang à travers le feuillage des caroubiers. La brume de pollution s'était inexplicablement dissoute, comme cela arrivait parfois, et on apercevait le ciel. L'humeur de la ville s'en ressentait. Même les austères réparateurs de vélos installés en face de l'entrée arrière du QG de la police municipale, bavardaient avec entrain, tout en se raclant la gorge et en crachant dans le caniveau avec une énergie renouvelée. Li laissa la Cour suprême sur sa droite, et tourna, à gauche, dans l'enceinte du QG de la police. Lui seul, semblait-il, n'était pas égayé par le soleil d'automne encore chaud. Il passa à vélo devant un policier armé au garde-à-vous et, en se laissant glisser en roue libre sous l'arche où avait eu lieu sa première rencontre avec Margaret, il se souvint de la collision entre son vélo et la voiture officielle qui la transportait... son bras écorché... l'insolence de l'Américaine... L'évocation de ce souvenir lui arracha un sourire mélancolique.

Il gara son vélo, boucla l'antivol, et pénétra avec une certaine appréhension dans le bâtiment de briques rouges qui abritait le QG du Département des enquêtes criminelles. En venant, il s'était arrêté chez lui pour se mettre en uniforme – pantalon vert foncé au pli impeccable, chemise vert pâle à manches courtes ornée des épaulettes et de l'écusson de la Sécurité publique, casquette vert foncé à ganse rouge et galon doré. Il ôta sa casquette, passa la main dans ses cheveux en brosse et respira à fond.

Le chef du Département des enquêtes criminelles, le commissaire divisionnaire Hu Yisheng, se tenait devant la fenêtre lorsque Li pénétra dans la pièce. Les stores étaient baissés, les lamelles orientées de façon à laisser filtrer de fins zigzags de lumière sur son bureau et le rouge du drapeau chinois accroché derrière. Li se mit au garde-à-vous quand le commissaire tourna vers lui un regard dur. C'était un bel homme d'une soixantaine d'années, aux abondants cheveux gris fer. Il fixa Li un long moment. Li se sentit d'abord mal à l'aise, puis carrément déstabilisé. C'était pire qu'une réprimande verbale.

— J'ai été navré d'apprendre la mort de votre oncle, finit par dire Hu.

Ces mots portaient avec eux le poids d'une accusation, comme si Li en avait été personnellement responsable. Même de sa tombe, son oncle continuait à projeter son ombre sur lui. Le commissaire contourna son bureau et s'assit, sans offrir de siège à Li.

— Il n'aurait pas été très fier de la façon dont vous menez cette enquête, n'est-ce pas ?

— Je crois qu'il m'aurait fait part de ses précieux conseils, commissaire Hu.

Hu n'apprécia pas le sous-entendu.

— Eh bien, moi, je vais vous donner un conseil, Li. Vous feriez mieux de résoudre cette affaire. Et vite. En vous en tenant aux méthodes traditionnelles de la police chinoise, compris ? « La terre est toujours fertile pour le laboureur infatigable », disait votre oncle.

— Oui, commissaire. Il disait aussi : « Le bœuf est lent mais la terre est patiente. »

Hu fronça les sourcils.

— Ce qui signifie ?

— Oh, je crois que mon oncle voulait dire que si l'on utilise un bœuf pour labourer la terre, on ne doit pas être étonné que cela prenne du temps.

Le commissaire lui jeta un regard noir.

— Vous avez toujours été partisan d'affecter un seul inspecteur à chaque affaire, n'est-ce pas ?

— Étant donné le rythme auquel le crime se développe, nous devons trouver des méthodes plus efficaces pour le combattre.

— Bon, je ne vais pas discuter de cela maintenant, dit le commissaire sur un ton irrité. De telles décisions sont prises en haut lieu.

Il marqua une pause avant d'ajouter :

— Comme celle de laisser les Américains pratiquer l'autopsie de la dernière victime.

— Comment ? fit Li, stupéfait.

— On a autorisé l'un de leurs pathologistes à y assister. Ce qui, en pratique, revient à lui en laisser l'initiative.

— Mais c'est ridicule, commissaire. Leurs pathologistes n'ont participé à aucune des autopsies précédentes. Cela n'a aucun sens.

— Vous voulez en faire part au ministre ?

Li serra les lèvres et se retint de répondre.

Hu posa les coudes devant lui, sur le bureau, et plaqua les paumes de ses mains l'une contre l'autre, en lançant à Li un regard inquisiteur.

— Bon, il paraît vous avez tenu compte des remontrances de votre chef de section en ce qui concerne l'Américaine Margaret Campbell ?

— Oui, dit Li en hochant la tête d'un air sombre.

— Parfait.

Hu se recula sur son siège et respira à fond.

— Car c'est elle qui va se charger de l'autopsie.

Li n'en crut pas ses oreilles.

Il sortit du bâtiment dans un état proche de la transe. Il ôta sa casquette, leva le visage vers le ciel et s'imprégna des rayons du soleil. Les yeux fermés, il tenta de remettre de l'ordre dans ses idées, espérant au-delà de tout espoir que quand il les ouvrirait à nouveau le monde se serait mis à tourner à l'envers et que tous ses problèmes auraient disparu. Mais il savait qu'il n'en serait rien. Il avait fait tellement d'efforts pour la bannir de ses pensées, de son âme. Comment pourrait-il la regarder à nouveau en face ? Comment ne pouvait-elle pas croire qu'il l'avait trahie ? Et, en un sens, il l'avait trahie.

Quand il ouvrit les yeux, son regard tomba sur l'emplacement où il avait laissé sa bicyclette. Elle n'y était plus. Il fronça les sourcils, jeta un coup d'œil sur la rangée de vélos garés le long du mur de briques. Il ne la vit pas. Il pensa que quelqu'un l'avait déplacée. Il y avait des vélos garés tout autour du bâtiment, jusque sous les arbres. Mais sa bicyclette n'était nulle part. Il ne comprenait pas. Furieux, il s'approcha du policier en arme.

— J'ai garé ma bicyclette à cet endroit, dit-il en indiquant le mur. Il y a une demi-heure. Vous m'avez vu entrer.

Le policier haussa les épaules.

— Des gens entrent et sortent sans arrêt. Je ne m'en souviens pas.

— Vous ne vous rappelez pas m'avoir vu garer ma bicyclette là-bas, ni vu quelqu'un d'autre la prendre ? dit Li d'un ton brusque.

— Non, je ne suis pas chargé de surveiller les vélos, répondit le policier d'un ton aussi brusque.

Li jura. C'était incroyable. Quelqu'un avait eu le culot de lui voler son vélo à l'intérieur de l'enceinte de la police municipale. Et qui aurait l'idée de poser des questions à quelqu'un sortant du QG de la police avec un vélo ? Il secoua la tête, et ne put s'empêcher de sourire d'une telle audace. Ce n'était même pas la peine de faire une déclaration. Le vol de bicyclettes était endémique à Pékin. Au milieu de vingt millions de vélos, il ne la retrouverait jamais.

Il enfonça sa casquette sur sa tête et franchit à pied les trois cents mètres qui le séparaient de son immeuble, rue Zhengyi. Il prit le courrier, monta les marches deux par deux jusqu'au deuxième étage, entra précipitamment dans son appartement, jeta les lettres sur la table et sa casquette dans un fauteuil, à l'autre bout de la pièce.

— Merde ! clama-t-il pour se soulager.

Il se sentit tout de suite un peu mieux. En se débarrassant de son uniforme, dans sa chambre, il s'aperçut dans la glace : grand, un peu plus d'un mètre quatre-vingts, mince, les épaules larges. Il regarda son visage, essaya de se mettre à la place de Margaret quand elle serait face à lui dans quelques heures. Il redoutait de la revoir. Il redoutait le regard accusateur qu'elle ne manquerait pas de lui lancer. Un regard furieux, blessé. Il croyait avoir laissé le pire derrière lui. Et voilà que le destin trouvait le moyen de les réunir.

À son grand mécontentement, il se surprit en

train de choisir ses vêtements avec plus de soin que d'habitude ; furieux de cet écart, il finit par enfiler un vieux jean et une chemise blanche à manches courtes. Il fourra son portefeuille et sa carte de police dans sa poche arrière, ses cigarettes et son briquet dans sa poche de poitrine, attrapa le vélo de son oncle et le porta sur son épaule jusqu'au bas de l'escalier. Il n'avait pas fait attention à la lettre en provenance du Sichuan qu'il avait jetée sur la table.

Il prit l'avenue Changan en direction de l'est, puis bifurqua vers le nord. Il avait encore envie de crier, de balancer quelque chose, de frapper quelqu'un. On l'obligeait à faire face aux deux démons qu'il avait essayé d'exorciser – à monter sur la bicyclette d'un mort pour aller à la rencontre de la femme qu'on lui avait ordonné de laisser tomber. Si seulement il avait pu ramener son oncle à la vie et serrer dans ses bras la femme qu'il aimait, il l'aurait fait. Mais il ne pouvait ni l'un ni l'autre ; il ne pouvait qu'avancer à la rencontre de ses démons.

Des grands woks de bouillon fumaient sur les braseros alignés le long du trottoir, en prévision du déjeuner. Li sentit l'odeur des *jiaozi*[1] frits dans l'huile et vit une femme en train d'étendre de la pâte sur une plaque. Du charbon de bois brûlait dans des auges en métal, prêt à griller les brochettes d'agneau et de poulet aux épices déjà préparées. Les gens mangeaient tôt dans la rue ; d'ici

1. Raviolis chinois.

à une heure, il y aurait une activité intense. Pendant un instant, Li resta coincé derrière un jeune ébouriffé qui peinait sur les pédales de son tricycle chargé d'une montagne de ces briquettes rondes de charbon qu'on utilise l'hiver, à Pékin, pour alimenter le feu. Finalement, il put le dépasser, en se glissant entre sa remorque et un bus qui arrivait en sens inverse. Il laissa derrière lui le spectacle et les odeurs de cuisine, et parcourut en roue libre la dernière partie du trajet, sous les arbres, jusqu'à l'angle de Dongzhimennei.

Mei Yuan faisait cuire des *jian bing* pour deux écolières lorsque Li descendit de vélo. Cela lui laissa le temps de l'observer pendant qu'elle s'activait au-dessus de la plaque chauffante insérée dans la petite maison de verre au toit rouge incliné accrochée à l'arrière de son tricycle. Ses cheveux noirs rassemblés en chignon, sa figure lisse un peu plus tirée que d'habitude. Elle sourit en voyant Li ; ses joues se creusèrent de deux fossettes, et ses beaux yeux sombres retrouvèrent tout leur éclat. Elle avait un faible pour lui, il le savait. Il y avait entre eux une empathie tacite. Tous deux avaient perdu un proche pendant la Révolution culturelle – le fils de Mei Yuan avait disparu, la mère de Li était morte. Un lien s'était peu à peu tissé sans qu'ils le cherchent.

Elle versa de la pâte à crêpe sur la plaque chauffante et la regarda grésiller et faire des bulles avant de casser un œuf dessus. Li résista à grand peine à la tentation de la serrer dans ses bras. La semaine précédente, constatant qu'elle était absente depuis quelques jours, il s'était rendu chez elle. Il l'avait trouvée au lit, malade, seule. Comme elle faisait partie des nouveaux travailleurs indépendants, elle n'avait pas d'unité de travail pour veiller sur elle. Ce soir-là, il lui avait préparé son dîner et payé une fille pour la nourrir tous les jours et nettoyer sa maison. La veille, elle lui avait annoncé qu'elle serait de retour à son coin de rue même si elle ne se sentait pas complètement remise. Effectivement, elle était là, pâle, les traits tirés, prête à relancer la machine.

Elle retourna la crêpe, y étala du *hoi sin*[1], et la parsema de ciboule et de coriandre émincées, avant de planter au milieu un morceau de blanc d'œuf battu, frit ; elle la plia en deux, puis encore en deux, l'enveloppa de papier brun et la tendit à la deuxième écolière.

— 2 yuans, dit-elle.

Puis elle tourna un visage rayonnant vers Li.

— Tu as mangé ?

— Oui, j'ai mangé, répondit-il à la traditionnelle question que se posent les Pékinois pour se dire bonjour.

Puis il ajouta :

— Je suis désolé, j'ai raté le petit-déjeuner. Le boulot.

— Ce n'est pas une excuse, le gronda-t-elle. Un grand garçon comme toi a besoin de se nourrir.

Elle attaqua la préparation d'une autre *jian bing*.

— Je commençais à croire que tu m'évitais.

1. Sauce épaisse à base de haricots de soja et de piment rouge.

— Pourquoi ?

— Parce que tu n'as pas trouvé la réponse à ma dernière devinette.

Il fronça les sourcils.

— Quand est-ce que tu m'as posé une devinette ?

— Avant de tomber malade.

— Oh, fit-il, penaud. J'ai oublié.

— Ça t'arrange bien. Je vais te la remettre en mémoire.

— J'en étais sûr.

Elle sourit.

— Si un homme marche en ligne droite sans tourner la tête, comment peut-il continuer à voir tout ce qu'il a dépassé ? Et il n'y a pas de miroirs.

— Ah oui. Je m'en souviens maintenant. C'était trop facile.

— Vraiment ? Eh bien, dis-le-moi.

Li haussa les épaules.

— Il marche à reculons, évidemment.

Elle plissa les yeux.

— Oui, c'était *trop* facile, n'est-ce pas ?

Elle termina la *jian bing* et la lui tendit. Il mordit une bouchée, savoura sa douceur parfumée, et sortit un billet de deux yuans qu'elle repoussa.

— Ne fais pas l'idiot.

— Je ne fais pas l'idiot, insista-t-il en allongeant le bras pour faire tomber le billet dans une boîte. Si ta maison était cambriolée et que je sois chargé de l'enquête, est-ce que tu téléphonerais à mon patron pour lui dire : « Ça va, ce n'est pas la peine de le payer pour cette affaire, je le connais » ?

Elle ne put s'empêcher de sourire.

— C'est une devinette pour moi ?

— Non. Je n'en ai pas, aujourd'hui. Tu ne m'as pas laissé le temps de me préparer.

— D'accord. Alors, j'en ai une autre pour toi. Beaucoup plus difficile.

Il hocha la tête, tout en continuant à dévorer sa *jian bing*.

— Trois hommes arrivent à l'hôtel. Ils veulent partager une chambre. La réceptionniste leur demande trente yuans.

— Ce n'est pas cher, l'interrompit-il.

— Tout dépend du genre d'hôtel. En tout cas, pour les besoins de la devinette, c'est trente yuans ; ils donnent chacun dix yuans.

— D'accord.

— Une fois qu'ils sont montés dans leur chambre, la fille réalise qu'elle n'aurait dû leur demander que vingt-cinq yuans.

— Il est de moins en moins cher, cet hôtel.

Elle ignora sa remarque.

— Elle appelle un garçon, lui explique la situation, et lui donne 5 yuans à leur remettre. Tout en montant, le garçon calcule qu'il va être difficile de partager 5 yuans en trois. Alors, il décide de leur donner 3 yuans – 1 chacun – et de garder le reste pour lui – soit 2 yuans.

— Pas très honnête, dit Yuan en secouant la tête. Voilà à quoi je suis confronté tous les jours.

Mei Yuan l'ignora une fois de plus et poursuivit :

— Voici la question. Si chacun des trois

hommes reçoit 1 yuan, il n'a donc payé que 9 yuans. Ce qui fait 27 yuans pour les trois. Le garçon en a gardé 2 pour lui. Ce qui fait 29. Où est passé le dernier yuan ?

Li s'arrêta de mâcher un instant pour faire un calcul rapide. Puis il fronça les sourcils.

— 29. Mais ce n'est pas possible.

Elle haussa les sourcils.

— Justement, voilà l'énigme.

Il refit le calcul et secoua la tête.

— J'y réfléchirai. C'est sûrement très simple.

— Bien entendu.

D'autres clients vinrent commander des *jian bing*, et elle retourna à sa plaque chauffante. Li resta un moment à côté d'elle, à contempler la circulation sans rien dire, réfléchissant à la tragédie de cette douzaine d'années de folie qui avait volé la vie d'une femme intelligente, cultivée, et l'avait réduite à vendre des crêpes dans la rue. Mais le temps que Mei Yuan ait terminé ses *jian bing*, les pensées de Li avaient dérivé vers Margaret et la rencontre qu'il ne pouvait éviter. Il sortit de sa rêverie pour la trouver en train de l'observer.

— Qu'est-ce qui te préoccupe, Li Yan ?

Comment pouvait-il lui expliquer ? Par quoi commencer ? Il dit :

— Que ferais-tu si ton cœur te disait une chose et tes supérieurs une autre ?

— C'est une devinette ?

— Non, une question.

Elle réfléchit un moment.

— C'est un conflit entre... quoi... l'amour et la loyauté ?

— Je suppose que c'est quelque chose comme ça, bien que ce ne soit pas aussi simple.

— Si seulement tout était aussi simple que la solution d'une devinette dans la vie, dit-elle en lui touchant le bras. N'y a-t-il aucun moyen de concilier les deux ? Il est toujours préférable de marcher sur deux jambes.

Il secoua la tête tristement.

— J'ai bien peur que non.

III

Li passa devant le terrain de jeux au sol cimenté craquelé. Derrière le grillage, un groupe d'étudiants jouait au volley-ball en criant et en riant. Li envia leur jeunesse, leur insouciance des réalités du monde, au-delà du campus. Il avait lui-même été étudiant dans cette université. Il savait ce que c'était et éprouva le sentiment d'avoir depuis longtemps perdu cette innocence.

En revenant à la Section n° 1, il avait été furieux d'apprendre que les Américains avaient insisté pour réaliser l'autopsie au Centre de détermination des preuves matérielles du campus de l'université de la Sécurité publique, au sud-ouest de Pékin. Apparemment, le docteur Campbell s'était plainte de l'insuffisance des installations de Pao Jü

Hutong. Il se souvenait comme elle l'avait agacé la première fois qu'il l'avait rencontrée. Aujourd'hui, elle recommençait.

Il vit tout de suite la limousine, avec son gros caractère rouge *shi*, signifiant « corps diplomatique », suivi du nombre 224, celui de l'ambassade des États-Unis, garée devant le centre. L'espace d'un instant, toute sa colère et son agacement laissèrent place à une appréhension très forte. Son pouls s'accéléra.

L'inspecteur Qian était déjà arrivé ; il jeta un regard inquiet à Li lorsque celui-ci pénétra dans la salle d'autopsie. Une Asiatique, l'air très jeune, se tenait debout au fond de la pièce, le visage livide ; elle ne semblait pas particulièrement apprécier de se trouver là. Le docteur Wang avait amené ses deux assistants de Pao Jü Hutong. Il avait déjà examiné avec Margaret les photos de la scène du crime étalées sur une table blanche, et la pancarte qui avait été accrochée au cou de la victime. Dans la pièce régnait une tension presque palpable.

La première vision que Li eut de Margaret le plaça en position de faiblesse. Les préparatifs de l'autopsie étant presque terminés, elle s'était déjà habillée. Elle était presque méconnaissable sous les couches superposées de vêtements professionnels : pyjama vert de chirurgien, tablier en plastique, blouse en coton à manches longues, les cheveux rassemblés sous une charlotte, le visage caché par un masque et des lunettes de protection. Ses avant-bras à la peau douce semée de taches de rousseur étaient recouverts de manches de protection en plastique, et ses longs doigts élégants de gants en latex. Toutes ces différentes épaisseurs étaient comme autant de barrières entre elle et lui ; elles la dissimulaient, la protégeaient du regard de Li. Lui, par contre, en jean et chemise à col ouvert, se sentait exposé et vulnérable devant ces yeux qui lui donnaient l'impression de le transpercer derrière l'anonymat des lunettes. Elle jeta un long regard appuyé dans sa direction, puis la voix qu'il connaissait si bien dit :

— Toujours en retard, chef de section adjoint.

Il se sentit rougir.

— Je tiens à ce qu'on sache que je m'élève contre le fait que cette autopsie soit pratiquée par quelqu'un d'autre que notre propre pathologiste qui s'est chargé des trois précédentes autopsies dans cette affaire.

— Vraiment ? Si vous aviez fait appel plus tôt à un professionnel, il n'y aurait peut-être pas eu de *quatrième* autopsie.

Li n'avait pas oublié ce ton mordant. Une gifle en pleine face. Une insulte calculée. La jeune Asiatique en eut le souffle coupé. Li regarda Wang, en se demandant s'il comprenait assez bien l'anglais pour suivre cet échange vif, propre à lui faire perdre la face. Mais, s'il avait compris, le pathologiste chinois n'en montra rien. Comme Margaret, il se cachait derrière son masque et ses lunettes.

Margaret fit signe aux deux assistants.

— Maintenant que le boss est arrivé, je suppose qu'on peut commencer.

Ils jetèrent un coup d'œil au docteur Wang qui

leur adressa un signe presque imperceptible, et sortirent chercher le chariot sur lequel reposait le corps, toujours habillé. Ils le placèrent sous un micro suspendu au plafond.

C'était un spectacle bizarre. Le mort était allongé sur le dos, cambré sur ses bras toujours attachés par les poignets. La tête, calée sur une serviette trempée de sang, était placée approximativement dans le prolongement du cou, mais suivant un angle bizarre, la bouche et les yeux ouverts.

Margaret profita de cet instant, où tout le monde se concentrait sur le cadavre, pour jeter un coup d'œil à Li. Il était plus maigre que lorsqu'elle l'avait vu pour la dernière fois ; sa fatigue se devinait aux cernes sombres sous ses yeux. Elle fut frappée de voir à quel point il avait l'air chinois. Quand elle avait passé toutes ces heures avec lui, elle avait cessé de le voir comme un Chinois. Il était simplement Li Yan, celui qui la touchait et l'attirait par sa douceur, inhabituelle chez un homme, ses yeux noirs, à la fois tendres et pleins d'humour et de vie. À présent, toute cette familiarité avait disparu. Elle avait presque l'impression de se trouver en présence d'un étranger ; un curieux sentiment de déception l'envahit. Elle n'éprouvait plus que de la colère envers lui.

Elle reporta rapidement son attention sur le corps et alluma le micro au-dessus de sa tête, s'échappant dans un monde professionnel où la mort avait la priorité sur la vie. Mais elle s'arrêta un instant, frappée par l'étrange posture du corps, arqué sur ses mains attachées dans le dos, et l'angle bizarre de la tête détachée du corps. Cela renforçait l'impression d'une mort imposée. Il y avait, dans son attitude, quelque chose qui traduisait la terreur qu'il avait dû éprouver dans l'attente de sa décapitation. C'était inimaginable. Elle se dépêcha de commencer l'examen préliminaire, enregistrant au fur et à mesure tout ce qu'elle voyait, afin que ce soit retranscrit plus tard.

« Le corps est celui d'un homme asiatique bien nourri, d'une cinquantaine d'années. Le défunt est la victime d'une décapitation qui sera décrite plus loin. Il est vêtu d'un pantalon gris anthracite, de chaussettes blanches et de chaussures de cuir noir ; il porte une chemise blanche trempée de sang dans la région antérieure et latérale du col, et dans la région de la poitrine. »

Les assistants tournèrent le corps, créant l'illusion macabre d'un corps pivotant sur une tête fixe. Il était maintenant plus difficile de voir un humain dans ces deux parties distinctes. Margaret examina le cordon de soie blanche attachant les poignets, prit l'appareil photo que lui tendit l'un des assistants, et fit plusieurs clichés. L'autre assistant tendit à Margaret une ficelle d'une quarantaine de centimètres de long dont elle attacha les deux extrémités au cordon de soie avant de le couper afin de ne pas toucher au nœud. Le docteur Wang le déposa sur la table adjacente. Margaret prit d'autres photos des poignets.

« Une fois le cordon retiré, on voit sur les poignets de légères contusions roses qui seront décrites plus loin. »

Les assistants du docteur Wang retirèrent

ensuite avec beaucoup de précaution les vêtements de Yuan Tao qu'ils posèrent sur la table, à côté du cordon de soie. Ils vérifièrent les poches du pantalon – elles étaient vides – puis retournèrent le corps sur le dos. Margaret commença alors son examen détaillé.

« Le corps a été réfrigéré ; il est froid au toucher. La rigidité cadavérique est présente dans la mâchoire et les extrémités, mais pas dans le cou, à cause de la décapitation. On observe une faible lividité post-mortem dans les parties dépendantes postérieures. »

Li l'interrompit pour lui demander :

— Peut-on avoir une idée de l'heure de la mort ?

Elle soupira et éteignit le micro.

— Pourquoi les policiers posent-ils toujours des questions auxquelles on ne peut pas répondre précisément ?

Li crut deviner un sourire sous le masque chirurgical du docteur Wang. Mais la question de Margaret était purement rhétorique. Elle ajouta :

— Étant donné que le corps a été réfrigéré, il est inutile de prendre la température du foie. Je dirais que la rigidité cadavérique remonte à quelques heures. À mon avis, il est mort depuis douze à seize heures.

Ce qui situait le crime entre 10 heures du soir et 2 heures du matin, pensa Li. Un peu plus tard que ne l'estimait Wang, mais plus conforme aux déclarations des gens de l'appartement du dessous.

— Puis-je continuer ? demanda Margaret.

Li hocha la tête.

Elle examina la tête, en la tournant de tous les côtés, et la leva finalement par les cheveux, laissant des caillots de sang rouge sur la table. Elle décrivit les yeux sombres, ouverts, qui restaient fixes quand elle tournait la tête, la bouche ouverte par la rigidité cadavérique, comme gelée pendant qu'elle criait.

« On observe une contusion rose de 2 à 2,5 cm sur 4 cm, avec une abrasion dorée, ressemblant à du parchemin, sur la région malaire de la joue droite et le bord orbitaire latéral. »

Des blessures occasionnées par la chute de la tête sur le sol. Elle passa ensuite à la description du traumatisme, étudiant en détail la blessure du cou.

« Il y a eu décapitation complète comme indiqué plus haut. Le bord de la plaie est plus net du côté postérolatéral. Il y a une fine trace d'abrasion de ce côté, et un lambeau de peau de 1 cm sur 2,5 cm sur le côté antérieur. Ce lambeau de peau repose sur l'extérieur du cou. Il y a réaction vitale au bord de la plaie. La plaie traverse la colonne vertébrale entre la 5e et la 6e vertèbre. Il y a sectionnement complet de tous les tissus du cou : la trachée au niveau du 3e anneau trachéal, les carotides inférieures aux embranchements. Les bords des tissus souples indiquent une direction de l'instrument vers l'avant. »

— Ce qui veut dire exactement ? demanda Li.

Elle lui jeta un regard méprisant.

— Que j'ai déjà vu des coupures plus propres.

Elle photographia le cou sous des angles variés avant d'examiner la décoloration gris-vert de la surface coupée de la colonne vertébrale. Elle demanda une bande adhésive. Le docteur Wang coupa un morceau d'une dizaine de centimètres de long de ruban adhésif large et transparent. En le tenant par les extrémités, Margaret le positionna sur la surface de coupe du tissu fibro-cartilagineux de l'espace intervertébral, et appuya. Wang se chargea de le retirer, prélevant ainsi des particules microscopiques minérales ou métalliques laissées par l'arme du crime, et les conserva en collant le ruban adhésif sur le verre d'une boîte de Petri.

Margaret leva les yeux vers Li.

— J'imagine que vous avez suivi les mêmes procédures avec les victimes précédentes ?

— Oui.

— Et alors ?

— Les particules ont été analysées au microscope électronique. Les éléments primaires détectés étaient cuivre et étain.

— Du bronze. Un sabre de décoration, ou de cérémonie ? Peut-être même un objet antique ?

— Peut-être, admit-il.

— Enfin, c'est forcément l'un des trois. Personne ne fabrique plus de sabre en bronze pour de bon depuis la découverte du fer.

Elle réfléchit un instant, puis demanda :

— Et la signature ?

Li fronça les sourcils.

— Je ne comprends pas.

Agacée, Margaret lui parla comme à un enfant :

— Même la lame la plus lisse comporte des ébréchures, des imperfections qui laissent des stries microscopiques sur un os coupé – c'est ça, la signature. Je présume que vous avez prélevé des sections de vertèbres des précédentes victimes ?

Li jeta un coup d'œil à Wang qui acquiesça d'un signe de tête.

— Bien, dit Margaret. Il y a une petite chance pour qu'en examinant la surface de coupe de l'os, et en procédant à une comparaison au microscope, on puisse rapprocher les stries et dire si c'est la même arme qui a été utilisée. Un amateur de sabre expérimenté devrait normalement frapper chaque fois avec la même partie de la lame. Et donc laisser chaque fois la même signature. Et, bien sûr, si vous le retrouvez un jour, vous pourrez certainement établir la correspondance entre le sabre et les meurtres – un peu comme une comparaison balistique.

— Ce n'est pas... euh... une procédure à laquelle nous sommes habitués, dit le docteur Wang.

Li fut surpris de son aisance à s'exprimer en anglais.

— Eh bien, j'aimerais que vous le fassiez, dit Margaret. Ça pourrait être important. Si votre criminaliste a besoin d'aide, je serais ravie de l'aider.

Elle fit signe à l'un des assistants de découper une section de la colonne vertébrale. Utilisant la même scie à oscillation qui lui servirait plus tard à découper la calotte crânienne, il scia la colonne vertébrale à quelques centimètres sous la plaie et mit le bout de vertèbre dans un flacon rempli de formol.

Le bruit aigu et sinistre de la scie s'était élevé

comme la plainte d'une créature surnaturelle pleurant ses morts. Blême, le front couvert de sueur, Sophie plaqua une main sur sa bouche. Mais, surprenant le regard de Margaret, elle comprit qu'elle devait tenir bon. Elle se força à déglutir, respira à fond, et essaya de penser à autre chose.

Margaret se recula afin de laisser les assistants recueillir les échantillons de sang et d'humeurs pour la toxicologie. Elle en profita à nouveau pour jeter un coup d'œil à Li qui regardait fixement la table d'autopsie. Elle avait envie de l'attraper, de le secouer, de lui demander pourquoi. Mais, sentant les larmes lui monter aux yeux, elle se dépêcha de reporter son attention sur le cadavre, au moment où l'aiguille introduite par l'un des assistants pour prélever le fluide de l'œil droit fit dégonfler le globe oculaire. Elle se concentra à nouveau sur son travail. Le reste de l'autopsie, une simple routine, durerait environ quarante-cinq minutes. Plus que quarante-cinq minutes.

Les assistants placèrent sous le corps, à hauteur de la poitrine, un bloc de bois qui faciliterait l'exposition de la cavité de la cage thoracique quand serait pratiquée l'incision en « Y », partant des épaules, rejoignant le bas du sternum et continuant jusqu'à l'os du pubis.

Une fois la cage thoracique découpée, Margaret examina le cœur et les poumons, sans rien trouver d'anormal, puis l'estomac. Elle pinça et sectionna l'œsophage, libéra l'estomac de ses raccordements adipeux, le sépara du duodénum. Tout le monde sentit une forte odeur d'alcool. Margaret renifla deux ou trois fois et haussa les sourcils.

— Ça sent la vodka. Un homme comme je les aime.

Elle souleva l'estomac, puis, après avoir fait une petite incision, vida son contenu dans un pot gradué. Une véritable puanteur emplit toute la salle. Elle ouvrit ensuite l'estomac pour l'examiner.

« *L'œsophage est tapissé de mucosités gris-rose. Il n'y a ni diverticules ni varices. L'estomac contient 470 cm*^{3} *d'un liquide fluide bleu-brun contenant de multiples particules minuscules bleu pâle ressemblant à des résidus de médicament. Aucun aliment reconnaissable n'est identifié. On note une odeur évoquant l'éthanol. Les mucosités gastriques sont teintées de bleu pâle, apparemment par le contenu gastrique. Le plissement gastrique est normal.* »

Elle éteignit à nouveau le micro.

— Roofies, dit-elle. La drogue classique utilisée dans les viols commis sur des copines. Deux ou trois cachets de deux milligrammes et la victime perd les pédales, plane complètement, a envie de dormir... Encore plus efficace avec de l'alcool. Ce qui explique pourquoi il s'est soumis avec autant de placidité à son exécution. À part les contusions mineures des poignets, il n'y a absolument aucun signe de traumatisme pouvant indiquer qu'il se soit débattu.

— C'est une drogue du nom de flunitrazepam qui a été identifiée dans l'estomac des autres... euh... victimes, dit le docteur Wang.

— C'est la même chose, dit Margaret. Dans la

rue, on l'appelle Roofies, ou drogue du viol. Son nom de marque, c'est le Rohypnol. Fabriqué par les laboratoires Roche. Très apprécié par les violeurs quand il a été lancé sur le marché parce qu'il était incolore, inodore et sans saveur une fois dissous dans une boisson. Depuis, Roche a changé la formule pour qu'il devienne bleu. Plus dur à faire avaler sans que la victime le remarque.

— Dans les trois autres cas, il était mélangé à du vin rouge. Margaret réfléchit un instant.

— Hmm. Ça doit marcher. Ça le rend peut-être un peu trouble, mais si on n'a pas l'habitude du vin, on ne doit pas remarquer la différence. Mais, dans ce cas...

Elle montra le cadavre ouvert sur la table d'autopsie.

— ... sûr que sa vodka est devenue toute bleue.

Li fronça les sourcils.

— Pourquoi l'avoir bue alors ? Margaret haussa les épaules.

— Qui sait ? C'est incroyable ce qu'on peut faire avec un revolver pointé sur la tempe.

Elle hocha la tête vers la pancarte tachée de sang posée sur la table adjacente.

— J'imagine qu'on lui a accroché ça autour du cou avant de lui asséner le coup.

— C'est notre hypothèse, confirma Li.

Elle attendit, mais il fit exprès de ne rien ajouter.

— Qu'est-ce que ça signifie ? demanda-t-elle.

Il la regarda dans les yeux et dit d'une voix neutre :

— Le caractère du haut représente le chiffre 3.

Margaret plissa le front.

— Mais je croyais que Yuan Tao était la quatrième victime.

— Il l'est. Le tueur a commencé par le chiffre 6. Un compte à rebours.

— Il resterait donc deux victimes sur sa liste ?

— Cela en a tout l'air.

Li se tut un instant puis reprit :

— Le caractère barré est un surnom. Ils ont tous des surnoms – Zéro, Macaque, Goret. Ils étaient ensemble à la même école.

Margaret haussa les sourcils et réfléchit un instant.

— Mais pas Yuan Tao ?

— Tant que votre ambassade ne nous aura pas communiqué son dossier, nous n'en saurons pas plus sur lui. Étant donné qu'il est américain, c'est peu probable. Apparemment, il avait un surnom, « Fouilleur », écrit à l'envers comme les autres.

Margaret était intriguée.

— Pourquoi ? Est-ce que cela a une signification spéciale ?

— Pendant la Révolution culturelle, dit Li, les gens qu'on voulait ridiculiser en les traitant de « révisionnistes » ou de « contre-révolutionnaires » étaient parfois exhibés dans la rue, une pancarte autour du cou, avec leur nom écrit à l'envers et barré. Pour signifier qu'on les considérait comme des « non-personnes ».

Elle se demanda ce que ça faisait d'être une « non-personne ». Au cours de ces derniers mois, elle avait appris beaucoup de choses sur la Révolution culturelle, assez pour savoir que presque toutes les personnes présentes dans cette pièce auraient fait l'objet d'une telle persécution. L'humiliation, la dégradation, parfois la mort infligées aux intellectuels, aux gens instruits, pendant ces années sombres étaient inimaginables. Et elle n'avait pris fin qu'une vingtaine d'années plus tôt. Encore trop dangereusement proche.

Margaret ralluma le micro et continua l'autopsie. Le foie, la rate, le pancréas, les reins, les intestins, la vessie. Un seul problème se posa quand les assistants voulurent découper le crâne à la scie à oscillation. Il fallut que l'un d'eux tienne la tête à deux mains pendant que l'autre découpait, puis remettait le cerveau à Margaret pour le peser.

Une fois des échantillons prélevés sur chaque organe, l'autopsie était pratiquement terminée ; les assistants se chargèrent de recoudre le cadavre, de rattacher grossièrement la tête au corps avec des agrafes et de laver au jet cette caricature d'être humain. Ils frottèrent le sang, séchèrent le corps avec du papier, puis le rangèrent dans un sac pour le ramener dans la chambre froide.

Margaret ôta le gant en mailles métalliques protégeant la main qui ne coupait pas, ses gants en latex, puis dénoua le tablier et la blouse qu'elle laissa tomber. Malgré le froid ambiant de la salle d'autopsie, elle transpirait abondamment. Elle se débarrassa ensuite de ses lunettes, de son masque, et libéra ses cheveux de la charlotte en les secouant sur ses épaules.

Li la voyait enfin vraiment – sa peau pâle parsemée de taches de rousseur, ses lèvres pleines, ses sourcils bien dessinés, ses yeux d'un bleu étincelant – et son cœur se serra. Il n'avait qu'un désir, serrer son visage entre ses mains, l'embrasser. Mais il ne bougea pas. En se retournant, Margaret s'aperçut qu'il la regardait ; elle fut prise d'une envie folle de le gifler en pleine face, de toutes ses forces. Mais, à la place, elle se rapprocha de la table sur laquelle avaient été déposées les affaires du mort et les photos prises sur la scène du crime.

Li, le docteur Wang, et une Sophie blafarde se rassemblèrent autour. Margaret jeta un coup d'œil à Sophie ; elle vit que ses mains tremblaient. Elle avait quand même tenu le coup. Peu de gens parvenaient à assister à une première autopsie sans être malades. Elle reporta son attention sur les photos.

— Qu'est-ce que c'est que ce trou dans le sol ? demanda-t-elle à Li, en prenant une épreuve montrant clairement l'endroit où le plancher avait été soulevé.

— Nous ne savons pas, dit-il. Le linoléum a été arraché et les planches retirées. Le plus gros du sang a coulé dans ce trou et traversé le plafond de l'appartement du dessous.

— Les planches étaient clouées ou non ?

— À l'origine, elles devaient être clouées, mais il semble que les clous aient disparu depuis pas mal de temps. Elles devaient être simplement posées. Elles jouaient et craquaient sûrement sous les pieds.

— Une cachette ?

— Possible.

Margaret étudia la photo de plus près.

— Le linoléum a été soulevé ou déchiré ?

— Il semble avoir été déchiré.

Elle hocha la tête d'un air pensif et laissa retomber la photo sur la table.

— Le docteur Wang a dit que les autres victimes avaient du vin rouge dans l'estomac.

Ce saut du coq à l'âne déconcerta légèrement Li.

— C'est exact. Je ne vois pas le rapport.

— Bien sûr que non, se contenta-t-elle de répondre sans manifester la moindre intention de s'expliquer. On peut donc supposer que le tueur était connu de ses victimes. Ils ont bu ensemble.

— Oui, nous avons déjà émis cette hypothèse.

— Et il s'est évertué à déguiser le fait qu'il les droguait en mélangeant le Roofies à du vin rouge, dit-elle pensivement. Alors, pourquoi a-t-il tendu à Tao Yuan une vodka bleu vif ? Et pourquoi, comme vous l'avez demandé vous-même, l'a-t-il bue ?

— La contrainte. Vous l'avez suggéré vous-même.

— Oui, mais c'est un changement de procédé. En général, les tueurs en série sont très prévisibles. Une fois qu'ils ont défini un schéma, ils s'y tiennent. Religieusement.

Elle se mit à étudier de près les autres photos : le corps pris sous des angles différents, la flaque de sang coulant dans le vide laissé par les planches enlevées du sol ; les éclaboussures du sang artériel jailli des deux carotides dans deux directions différentes, approximativement à 2 heures et 10 heures par rapport au cou, à une distance de deux mètres. C'était un cas très sanglant. La flaque s'était formée lorsque le corps s'était effondré, et le sang avait continué à s'écouler des carotides. Margaret s'intéressa soudain à quelques gouttes beaucoup moins spectaculaires alignées perpendiculairement au côté droit du corps. Elle posa la photo et fixa le carrelage blanc du mur, devant elle.

— Notre tueur est donc gaucher, finit-elle par dire.

— Comment pouvez-vous affirmer une chose pareille ?

C'était la première fois que Sophie prenait la parole. Tout le monde la regarda d'un air surpris. Gênée, elle se sentit obligée d'expliquer :

— Enfin, je croyais, d'après tout ce que j'ai lu, qu'il était presque impossible de savoir dans quelle main était tenue une lame qui a porté un coup.

— Exact, dit Margaret. Mais je ne regarde pas l'angle de pénétration de la lame dans le corps, ici. Je regarde les projections laissées par le sabre. Regardez, vous voyez...

Elle montra la ligne de minuscules gouttes de sang qu'elle avait repérées.

— Lorsque la lame traverse le cou dans un mouvement descendant, elle se charge en chemin d'une certaine quantité de sang. Et quand celui qui tient le sabre prolonge le mouvement de son arme, l'accompagne sur l'arc de sa trajectoire, une certaine quantité de sang est alors projetée. Ce sont les petites gouttes que vous voyez ici, sur la droite du corps.

— À quoi voyez-vous que le tueur est gaucher ? demanda Sophie.

— Avez-vous jamais entendu parler du tameshi giri ?

À voir l'expression interdite de l'assistance, personne n'en avait entendu parler.

— C'est un art martial japonais, expliqua-t-elle. L'art de couper des choses avec un sabre. Ses adeptes le pratiquent sur des bottes de paille très serrées. Je crois même que son origine est chinoise.

Li et Wang ne bronchèrent pas. Margaret sourit.

— J'ai pratiqué une autopsie sur un suicide assisté, un harakiri, où une fois que le suicidaire s'est éventré, son assistant tameshi giri lui coupe la tête.

— Brrrrr ! frémit Sophie. Vous voulez dire qu'il y a des gens qui choisissent vraiment de mourir en se faisant décapiter ?

Margaret hocha la tête.

— Cela vous épargne une trop grande souffrance une fois que vous vous êtes ouvert le ventre. Ce n'est pas vraiment courant, mais ça existe. J'ai dû me pencher sur ces cas pour mes études.

Elle se tourna vers Li :

— L'assistant se tient debout derrière la victime, sur sa gauche s'il est droitier. Et sur sa droite s'il est gaucher.

Elle lui passa la photo.

— Comme vous pouvez le voir, la projection est

à droite de Yuan Tao. Donc son meurtrier est gaucher.

Li contempla la photo pendant un long moment.

— Seriez-vous en train de dire que le tueur est un spécialiste du tameshi giri ?

— Non. Je dirais que ce n'est pas un débutant. Il sait certainement manier un sabre. Mais la coupe n'est pas très propre. Il y a une abrasion marquée sur le bord d'entrée, et un grand lambeau de peau irrégulier sur le bord de sortie. Ce n'est donc pas un expert.

— Le docteur Wang pensait que la lame s'émoussait peut-être, dit Li d'un ton sec.

La critique sous-entendue fit sourire Margaret.

— Raison de plus pour dire que ce n'est pas un expert. Un expert a toujours une lame affûtée.

— Les trois premières... heu... victimes étaient beaucoup plus proprement coupées, avança Wang.

— Vraiment ?

Margaret fronça les sourcils, envisageant plusieurs possibilités. Finalement, elle demanda :

— Est-ce qu'on peut voir les photos des autres scènes de crimes ?

Wang hocha la tête et envoya l'un de ses assistants les chercher.

— J'aimerais bien avoir également des copies des trois autres rapports d'autopsie. Traduits, s'il vous plaît. Et avoir accès à tous les autres indices.

Li se rebiffa :

— C'est une enquête policière chinoise, dit-il.

— Sur un citoyen américain, rétorqua Margaret. Et nous n'avons pas deux ans devant nous.

— Deux ans ? fit Sophie. Pourquoi deux ans ?

Margaret tourna vers elle un sourire sirupeux.

— Le chef de section adjoint Li m'a raconté une fois qu'il avait mis deux ans à résoudre un crime. Typique de la police chinoise, j'imagine.

— C'est arrivé une fois, s'emporta Li qui avait du mal à contenir sa fureur. Et nous l'avons résolu, au moins. En Amérique, il attendrait toujours sous une pile d'autres dossiers.

L'assistant revint avec trois grosses enveloppes brunes.

— Ai-je l'autorisation de regarder à l'intérieur ? demanda-t-elle.

Li serra les lèvres et fit un brusque signe de tête. Elle lui adressa un grand sourire.

— Merci.

Elle sortit les photos de chaque enveloppe, les étala devant elle et laissa échapper un soupir de frustration.

— Je croyais que c'était un *serial killer* ?

— C'est ce que nous pensons, dit Li avec une assurance qu'il était loin d'éprouver.

— La victime numéro 3 a été déplacée. Il n'y a pas assez de sang sur la scène du crime.

— Nous l'avons constaté.

Cela rappela à Li la réunion du matin. Le regard sceptique d'un œil neuf sur un indice.

— Une autre brèche dans le schéma, dit Margaret.

Elle se mit à examiner les éclaboussures de sang sur les photos des deux premiers meurtres.

— Et encore une autre.

Elle laissa tomber les photos sur la table.

— Les victimes numéro 1 et numéro 2 ont été tuées par un droitier. Vous pouvez le voir vous-même. Les projections se trouvent sur la gauche du corps.

Li examina les photos.

— Bon, pas moyen de comparer avec la victime numéro 3. De toute façon, il est parfaitement possible que le tueur soit aussi habile des deux mains.

— Peu probable, fit Margaret d'un ton dédaigneux.

Elle se pencha sur les photos des poignets liés de chacune des victimes, dans l'ordre de leur mort.

— Donnez-moi le cordon de soie pris sur le défunt, demanda-t-elle à Sophie.

Sophie blêmit à cette idée, le souleva délicatement entre le pouce et l'index, et le passa à Margaret qui l'étudia de près.

— Nous avons déjà prouvé que le cordon utilisé pour attacher les trois premières victimes provenait du même écheveau. Je suis sûr qu'il en va de même pour celui-ci.

Margaret haussa les épaules, pas du tout convaincue.

— Dans ce cas, pourquoi avoir fait un nœud différent pour attacher les poignets de Yuan Tao ?

Li fronça les sourcils, prit le cordon, et observa le nœud, puis les photos.

— Pour moi, ils se ressemblent, dit-il.

— Ils ont tous *l'air* de nœuds plats, dit Margaret. Mais les trois premiers ont été exécutés par un droitier. Droit sur gauche, puis dessous, gauche sur droit, puis dessous. Le quatrième est exactement à l'inverse. Fait par un gaucher. Manifestement, Yuan Tao a été tué par quelqu'un d'autre. Ce meurtre est une copie.

Chapitre 3

I

La chaleur du soleil était surprenante après le froid de la salle d'autopsie. Margaret sortit ses lunettes noires de son sac et les mit sur son nez. Li la rejoignit sur les marches et alluma une cigarette. Ils avaient laissé Sophie dans le bureau où elle téléphonait à son patron pour arranger le protocole des autorisations de transmission des rapports d'autopsie et des photographies des indices. Ils restèrent un moment silencieux. Sur le terrain de jeux, de l'autre côté du grillage, les étudiants jouaient toujours au volley-ball ; leurs cris et leurs rires se répercutaient sur les murs du Centre.

— Ça ne peut pas être une copie, dit enfin Li.

Margaret haussa les épaules avec indifférence.

— La preuve parle d'elle-même. Pensez ce que vous voulez.

— C'est impossible. On n'est pas en Amérique, ici. Les crimes ne s'étalent pas dans les journaux ni à la télévision. Les détails de ces meurtres ne peuvent être connus que du meurtrier, et de mes inspecteurs.

— Vous devriez peut-être surveiller vos inspecteurs de plus près, alors.

L'insolence de Margaret le mit en colère, mais comme elle ne semblait pas d'humeur à être contredite, il se retint de riposter. Au bout d'un moment, elle se retourna.

— C'est fini ? demanda-t-elle posément.

Et elle ajouta :

— Sur le plan professionnel.

— Je crois.

— Bon.

Elle le frappa alors de toutes ses forces sur la joue, avec le plat de la main.

La cigarette qu'il était en train de fumer vola sous la violence de la gifle. Sa joue le brûla, ses yeux se remplirent de larmes. Il plissa les paupières.

— Pourquoi... ?

— À votre avis ?

Il se demanda au même moment pourquoi il avait posé la question.

— Pourquoi, Li Yan ? Pourquoi ?

Il n'osait pas la regarder dans les yeux.

— Ça fait dix semaines. Pas une seule fois vous n'avez cherché à me contacter, à me voir. Chaque fois que j'ai essayé de vous joindre, vous m'avez évitée.

Elle luttait pour retenir ses larmes et contrôler sa voix.

Les éclats de voix attirèrent l'attention du chauffeur de la limousine de l'ambassade, garée à quelques mètres. Li tourna le dos à la voiture et dit en baissant le ton :

— On m'a ordonné de ne pas vous voir, de ne pas vous contacter, sous aucun prétexte.

Elle le regarda, incrédule.

— Et ça ne vous gêne pas de laisser ce « on » décider de qui vous pouvez ou ne pouvez pas voir ?

— Je suis un fonctionnaire de l'État, Margaret. C'est une position privilégiée et de confiance que l'on ne peut compromettre par une relation avec des étrangers.

— Oh, je vois. Votre travail est plus important que la femme que vous aimez, ou que je croyais que vous aimiez. Heureusement que j'ai fini par comprendre que vous ne l'aimiez pas. Autrement, j'aurais failli me ridiculiser en tombant amoureuse de vous.

Écœurée, elle se détourna.

Désireux de se justifier, Li s'emporta :

— Vous ne comprenez rien, hein ? Avec la mort de mon oncle, il ne me reste plus que mon travail dans la vie. Et si je m'oppose à mes supérieurs, je perds ce travail. Qu'est-ce que je deviens après ? Un ex-flic ! Je propose des CD aux touristes dans la rue ? Je m'installe sur le trottoir, et je vends du toc avec des étiquettes bidon pour faire croire que c'est de l'authentique ? Avec vous, Margaret, je n'ai aucun avenir en Chine. Et aux États-Unis ? Qu'est-ce que je pourrais espérer ?

Il l'attrapa par le bras et la força à le regarder.

— Dites-le-moi, insista-t-il.

Mais elle ne trouva rien à dire. Elle essaya de s'imaginer laissant tout derrière elle – maison, famille, amis, boulot – pour s'installer en Chine. Elle n'y arrivait pas.

— C'est mon pays, ici. Je suis chinois. Et aussi pénible que cela puisse être, je suis bien obligé de reconnaître que nous n'avons aucun avenir ensemble.

À l'expression douloureuse de ses yeux, elle comprit qu'il était sincère. Mais cela ne diminuait en rien sa propre peine.

— J'avais raison. J'ai renoncé à vous, Li Yan. Définitivement. J'avais décidé de prendre l'avion ce matin quand ils m'ont demandé de faire l'autopsie.

— Maintenant que vous l'avez faite, vous n'avez plus aucune raison de rester. C'est une enquête de la police chinoise. Il est inutile que nous nous fassions davantage de mal.

Et voilà, c'est aussi simple que ça, pensa-t-elle. Monter en avion, s'envoler, ne pas regarder en arrière. Elle était venue en Chine pour fuir les échecs de sa vie personnelle aux États-Unis ; elle retournait là-bas pour fuir les échecs de sa vie personnelle ici. Tout ce qu'elle touchait se transformait en poussière. Y compris Li. Elle lui effleura la joue du bout des doigts, là où sa main avait laissé une marque rouge.

— Je suis désolée de vous avoir frappé, dit-elle.

Il leva la main, la posa sur la sienne et la serra doucement. Il mourait d'envie de l'embrasser. Mais il se retint.

Elle retira lentement sa main. Pendant un instant, elle avait cru qu'il allait l'embrasser. Elle l'avait souhaité de tout son cœur. Puis elle avait ressenti un vide terriblement douloureux quand elle avait compris qu'il n'y avait aucun moyen de revenir en arrière.

— Ça y est, tout est arrangé, annonça Sophie en les rejoignant sur les marches. La traduction des rapports d'autopsie et les copies des photos des quatre meurtres seront livrées à l'ambassade dès que possible.

Elle s'arrêta, comprenant soudain qu'elle avait interrompu quelque chose, et remarqua la marque rouge sur la joue de Li.

— Je vous attends dans la voiture, se dépêcha-t-elle d'ajouter en se dirigeant vers la limousine.

— Ça va, nous avons fini, dit Margaret, soudain très pressée de s'en aller.

Elle frôla Li et suivit Sophie.

— Bon sang ! dit celle-ci dans la voiture. Vous l'avez giflé ! Puis elle vit les larmes rouler sur les joues de Margaret.

— Pardon, fit-elle en se détournant.

En regardant la voiture s'éloigner, Li eut l'impression qu'on lui arrachait une partie du corps.

II

Elles roulaient en silence depuis une quinzaine de minutes quand Sophie se décida à jeter un coup d'œil à Margaret. Ses larmes avaient séché, ou elle les avait essuyées. Toutes deux s'étaient perdues dans la contemplation de la circulation du Deuxième périphérique, entre les tours qui s'élevaient de chaque côté et projetaient leurs ombres vers l'est.

— C'était ma première autopsie, dit Sophie.

— Je ne m'en serais pas doutée, fit Margaret sans se retourner.

Sophie sourit et rougit.

— C'était si évident ?

Radoucie, Margaret lui adressa un pâle sourire.

— J'ai vu pire. Au moins, vous ne nous avez pas obligés à contempler le contenu de votre estomac. Mais vous avez intérêt à vous habituer. Ce ne sera certainement pas la dernière.

— Comment avez-vous pu vous habituer à une chose pareille ? Ça doit vous faire de l'effet, quand même. Tous ces pauvres morts, étalés comme... comme de la viande. Comme s'ils n'avaient jamais eu de vie.

— Essayez un peu de vous occuper des vivants. Personnellement, je trouve beaucoup moins stressant de travailler avec les morts. Ils n'attendent rien de moi.

Elle se demanda ce qui clochait chez elle pour se sentir aussi bien avec les morts : à manipuler leurs organes, disséquer leur cerveau, étudier le contenu de leurs intestins avec une assurance aussi détachée. Alors qu'avec les vivants, elle se sentait mal à l'aise, agressive, sur la défensive. Elle avait toujours rejeté la faute de ses échecs relationnels sur quelqu'un d'autre. Elle avait toujours été persuadée que ce n'était pas sa faute. Et si c'était sa faute, après tout ? N'était-ce pas elle la désaxée, qui préférait les cadavres aux vivants ? Toutes ces années passées à disséquer les morts ne lui avaient-elles pas volé sa capacité à nouer des liens avec les vivants ? Cette idée la déprima. Qu'est-ce qui l'attendait à son retour aux États-Unis, à part des années supplémentaires dans des salles d'autopsie ? Un déroulement infini de tragédies. Un avenir austère dans un univers de carrelage blanc sans rien de plus stimulant pour ses sens que le contact de la chair réfrigérée.

Le mobile de Sophie se mit à sonner, une mélodie électronique stupide que Margaret mit un moment à reconnaître – *Scotland the Brave*. Sophie farfouilla dans son sac.

— Sophie Daum, annonça-t-elle en le collant à son oreille. Oh, bonjour, Jonathan. Oui, bien sûr. Nous sommes en route vers son hôtel.

Elle jeta un coup d'œil à Margaret.

— Eh bien, je crois... D'accord. OK, à plus tard.

Elle le referma et se pencha vers le chauffeur.

— Nous allons directement à l'ambassade.

— L'ambassadeur veut vous voir, dit-elle à Margaret.

— Qu'il aille se faire foutre.

Choquée, Sophie ouvrit de grands yeux.

— Allez à l'Hôtel Ritan, ordonna Margaret au chauffeur. Puis, s'adressant à Sophie :

— D'abord, je prends une douche. Aussi étrange que cela puisse paraître, je préfère l'odeur du Brut de Fabergé à celle du formol. Après, je me change. Et s'il a toujours envie de me parler, l'ambassadeur me verra *alors*.

Le chauffeur regarda Sophie dans le rétroviseur. Elle hésita un instant puis hocha la tête.

— Je vais me faire engueuler, dit-elle à Margaret.

— Eh bien, gueulez vous aussi. Ce n'est pas votre faute si cette pathologiste grincheuse n'obéit pas au doigt et à l'œil.

Elle ajouta avec un grand sourire :

— Dites-leur que j'avais peur de mettre du sang sur son beau tapis tout neuf.

Leur voiture dépassa le restaurant Moskva, à l'angle sud-ouest du parc Ritan, à un jet de pierre de la résidence de l'ambassadeur, puis les fourreurs moroses assis à côté de leurs fourrures accrochées à des portants, en face de l'Hôtel Ritan. Leur enthousiasme s'était dégonflé en même temps que l'économie russe et leur chiffre d'affaires.

Margaret descendit de voiture devant la porte de l'hôtel.

— Venez me chercher dans une heure, dit-elle en se penchant vers Sophie.

Elle regarda sa montre.

— Disons à 5 heures et demie.

L'air contrarié, Sophie acquiesça d'un signe de tête.

Une fois dans sa chambre, Margaret se débarrassa de ses vêtements. La douche chaude, stimulante, lui fit du bien. La tête penchée en arrière, les yeux fermés, elle présenta son visage au jet, en essayant de chasser de son esprit l'autopsie et la rencontre avec Li. Les deux semblaient inextricablement liés, une même expérience malheureuse. Elle devrait attendre les résultats de toxicologie avant de pouvoir rédiger son rapport d'autopsie. Dans vingt-quatre heures, quarante-huit au maximum, elle pourrait s'en aller. Sans un regard en arrière. Le seul problème étant qu'elle n'avait pas non plus envie de regarder devant.

Elle sortit de la douche et se sécha vigoureusement avec une grande serviette douce, puis enveloppa ses cheveux mouillés dans une autre, plus petite. Elle prit dans l'armoire la robe de chambre en soie noire brodée de dragons rouges et or qu'elle avait achetée au marché de la soie un après-midi où elle n'avait rien d'autre à faire. Son contact sur la peau nue était délicieux, très sensuel. En jetant un coup d'œil dans le miroir, elle fut choquée de voir à quel point ses yeux étaient fatigués, cernés, enfoncés dans le crâne. Soudain, sans raison, ils se remplirent de larmes qui se mirent à couler, chaudes et salées, sur ses joues. Elle détourna rapidement la tête. Il n'y avait rien de pire que la vision de l'apitoiement sur soi-même.

Elle sursauta en entendant frapper à sa porte, et se dépêcha d'essuyer ses larmes.

— Une minute, cria-t-elle.

Elle respira à fond avant d'ouvrir. C'était un groom, porteur d'un superbe bouquet de fleurs.

— Pour vous, madame, dit-il.

Puis il disparut sans attendre de pourboire.

Elle emporta les fleurs dans sa chambre, et referma la porte d'un coup de pied. Elle avait toujours méprisé les femmes incapables de résister à un bouquet de fleurs. Les hommes savaient exactement comment les manipuler, avec un bouquet ou une seule rose. Pourtant, même si elle n'était pas du genre à se laisser manipuler, celles-ci lui firent un plaisir fou. Elles étaient vraiment belles, merveilleusement parfumées et colorées. Elle les déposa soigneusement sur le lit et aperçut une carte glissée dans le papier qui les enveloppait. Elle hésita un instant. Elle n'était pas sûre de vouloir savoir qui les lui envoyait. Mais la curiosité l'emporta et elle déchira l'enveloppe d'où elle retira une petite carte toute simple décorée d'un motif floral. Elle l'ouvrit. À l'intérieur, d'une main qu'elle ne connaissait pas, était écrit : « Content de vous savoir encore là. Passe vous prendre à 8 h. » Signé : « Michael ».

Le sang se retira de son visage, elle éprouva un léger vertige qui l'obligea à s'appuyer d'une main sur le mur. Michael était mort. Comment pouvait-il... Évidemment, ce n'était pas lui. Puis elle se souvint. Michael Zimmerman. Elle n'en connaissait pas d'autre en Chine. Elle sourit, d'un sourire sans joie, à l'idée que l'homme qu'elle avait épousé et avec qui elle avait passé sept ans de sa vie pouvait encore l'atteindre, depuis sa tombe. Elle frémit, puis le chassa de son esprit.

Michael Zimmerman. Elle revit ses yeux souriants, et se rappela comme elle s'était sentie attirée par lui. Était-ce seulement la veille ? Elle avait l'impression que c'était dans une autre vie. *Passe vous prendre à 8 h.* Elle en ressentit un frisson de plaisir, comme une petite lueur dans le noir.

— L'ambassadeur était furieux, dit Sophie qui paraissait très nerveuse.

— Vraiment ? fit Margaret, indifférente.

Elle se glissa à côté de la jeune fille, à l'arrière de la limousine.

— Il ne pouvait pas attendre. Il avait un rendez-vous impossible à remettre.

— Quel dommage. Pourquoi aller à l'ambassade, alors ?

— Voir Stan et Jonathan. Jonathan m'a passé un sacré savon pour ne pas vous avoir ramenée immédiatement.

Margaret se hérissa.

— Merde alors ! Pour qui ils se prennent ? Je ne travaille pas pour le gouvernement des États-Unis. Je lui rends un service, bon Dieu. On est peut-être dans une république populaire, mais je suis citoyenne des États-Unis, je suis une personne libre, je fais ce qui me plaît.

Elle respira à fond pour se calmer.

Au bout de deux minutes de silence, elle demanda :

— Comment Michael Zimmerman sait-il que je suis toujours à Pékin ?

— Quoi ? s'exclama Sophie, prise au dépourvu.

— Il m'a envoyé des fleurs avec une carte disant qu'il venait me chercher ce soir à 8 heures.

— Veinarde, dit Sophie avec un soupçon de dépit dans la voix. Il m'a appelée avant le déjeuner. J'ai dû évoquer le fait que vous aviez retardé votre départ pour faire cette autopsie.

— Et que je restais ?

Sophie haussa les épaules.

— C'est lui qui a posé la question.

Elle marqua une pause et demanda :

— Où est-ce qu'il vous emmène ?

— Aucune idée.

Elles attendirent une dizaine de minutes dans le sas de sécurité de la Chancellerie, sous le regard implacable du marine derrière la vitre. Puis un bourdonnement électronique retentit et le cliquetis d'une serrure annonça l'arrivée du premier secrétaire, brusque, affairé.

— Suivez-moi, dit-il en sortant devant elle et en dévalant les marches.

Margaret et Sophie échangèrent un regard et lui emboîtèrent le pas.

— Vous me dites où on va, Stan ? demanda Margaret quand ils contournèrent le bâtiment.

Le soleil bas de cette fin d'après-midi baignait tout d'une lumière jaune.

— Manger un morceau. Je ne sais ce que vous en pensez, mais ça fait plus de cinq heures que je n'ai rien mangé, et j'ai faim.

— Tiens, comme c'est amusant, dit Margaret sans sourire, moi non plus je n'ai rien mangé. Pas depuis que j'ai fait cette autopsie. Vous vous rappelez ? L'autopsie que j'ai pratiquée pour vous rendre service ? Au fait, merci de votre gratitude. Ça fait du bien de savoir qu'on est apprécié par son pays.

Stan s'arrêta net, leva les yeux au ciel, puis se retourna en pinçant les lèvres.

— Vous êtes vraiment une emmerdeuse, Margaret, vous savez ?

— Et comment.

Stan sourit malgré lui. Margaret ajouta :

— Après avoir taillé en pièces un cadavre, une femme a droit à une douche, Stan.

— OK, dit-il en levant les mains. D'accord. L'ambassadeur apprécie vos efforts, Margaret. Sincèrement. Mais nous avons besoin de parler. Tout ça risque de tourner mal. Ça devient une affaire politique.

Ils passèrent devant une grande toile bleue tendue au milieu d'un bouquet d'arbres. Des gens de l'ambassade, installés à des tables, bavardaient avec animation tout en prenant leur repas du soir, au frais. Juste en face, se trouvait la cantine - un bâtiment bas en longueur - vers laquelle Stan se dirigea.

— Comment ça, politique ? demanda Margaret.

— Vous comprendrez quand vous aurez vu le dossier de Yuan Tao.

Elles le suivirent à l'intérieur, jusqu'à un grand tableau blanc où le menu très varié était gribouillé au feutre bleu. Derrière eux retentissaient des bruits de vaisselle venant des cuisines.

— En fait, le type est né ici. Parti aux États-Unis à l'âge de dix-sept ans, juste avant la Révolution culturelle. Jamais revenu. Il a fini par demander la nationalité américaine et l'a obtenue.

Il prit une feuille de papier et un crayon sur une table, devant le tableau du menu, et les leur tendit.

— Tenez, écrivez le nombre de plats que vous voulez, avec le numéro de chacun – ils sont notés sur le tableau – et le prix.

Il remplit rapidement la sienne.

— N'oubliez pas d'inscrire votre nom.

Margaret jeta un coup d'œil vers le bar qu'elle voyait un peu plus loin.

— Je préférerais boire un verre, dit-elle.

Stan suivit son regard et sourit.

— Désolé, Margaret. Il n'ouvre que le vendredi après-midi pour une *happy hour* prolongée. Vous pourrez choisir une boisson sans alcool.

Margaret soupira, examina le tableau et choisit un porc aigre-doux, du riz nature et un Coca.

— Donc, il est né ici. Comment l'affaire en devient-elle politique ? – Il y a, chez nous, des gens enclins à penser que les Chinois sont capables de ruminer leur vengeance très longtemps.

— Quelle vengeance ?

— Quelqu'un aurait pu en vouloir à Yuan Tao d'avoir déserté et trahi son pays en devenant citoyen des États-Unis.

Margaret était sceptique.

— Et aurait attendu son retour pendant plus de

trente ans pour le liquider ? Vous y croyez sérieusement ?

— Pas une seconde, répondit Stan en secouant la tête. Mais vous ne devez pas oublier, Margaret, que l'aile droite américaine cherche désespérément un autre croque-mitaine depuis que l'Union soviétique a tourné sa veste. Elle a trouvé la Chine. La presse regorge de propagande antichinoise. Souvent grossière. Mais parfois assez subtile, aussi. Et puis il y a des films comme *Sept ans au Tibet* ou *Red Corner*[1] après lesquels les gens rentrent chez eux complètement remontés contre l'injustice chinoise. *Red Corner* est une bonne histoire si l'on aime ce genre de choses, mais le portrait qu'on y dresse du système judiciaire chinois est ridicule. Complètement ridicule. Néanmoins, il n'a pas du tout fait rire les autorités chinoises qui ont interdit le film et été, comme de bien entendu, accusées de censure.

Margaret le suivit jusqu'au bureau où une femme était assise derrière une caisse enregistreuse.

— Je ne savais pas que vous étiez un tel supporter de la Chine, Stan.

— Je ne le suis pas, dit-il d'un ton brusque. Mais les Américains ne connaissent rien à ce pays et feraient mieux de garder pour eux leur ignorance. Cela ne fait que rendre notre travail encore plus difficile.

Il passa sa commande, paya et prit une bouteille d'eau dans la glacière avant de se diriger vers la

1. *Sept ans au Tibet*, Jean-Jacques Annaud, 1997 – *Red Corner*, John Avnet, 1997.

table où Jon Dakers les attendait. Margaret comprit qu'elle était censée payer sa part. Elle sortit quelques yuans de son sac, prit un Coca et les rejoignit. Sophie s'était assise à côté de Dakers, les mains jointes sur le plateau de verre recouvert d'une nappe imprimée de fleurs criardes. Elle n'avait rien commandé. Dakers, lui, avait déjà mangé. Il grommela un vague salut à Margaret et lui tendit une chemise en carton couleur chamois.

— Le dossier Yuan Tao. Sophie nous a appris que vous ne croyez pas qu'il a été tué par la même personne que les trois autres.

— C'est exact.

— Vous pensez que c'est une copie des autres meurtres ?

— Ça en a tout l'air.

Stan et Dakers échangèrent un coup d'œil.

— Et le flic qui mène l'enquête ? Margaret jeta un regard suspicieux à Stan.

— Et bien ?

— Vous lui faites confiance ? demanda Dakers.

— La confiance n'a rien à voir là-dedans. C'est un bon flic. On ne peut plus régulier.

Ils se redressèrent tous quand la serveuse chinoise apporta les plats. Margaret feuilleta le dossier de Yuan Tao. Quelques dates, quelques paragraphes, des rapports, des statistiques. La vie d'un homme en noir et blanc. Aussi facile à froisser et à jeter à la poubelle qu'il avait été facile de lui couper la tête. Elle se demanda s'il avait été à l'école avec les autres victimes, mais ne trouva rien dans l'immédiat. Dès que la serveuse fut partie,

Stan se pencha vers elle et dit sur le ton de la confidence :

— Le problème, Margaret, c'est que ça fait déjà les gros titres aux États-Unis. Un Chinois américain assassiné à son retour dans sa patrie ancestrale. Vous voyez le genre de truc. En beaucoup plus sensationnel. La brigade anti-Chine saute dessus en se frottant les mains de joie. Et avec la visite du président chinois prévue à Washington le mois prochain, on aimerait bien éclaircir cette affaire au plus vite.

— Je ne vois pas où j'interviens là-dedans.

— Nous voulons que vous suiviez l'enquête, dit Dakers.

Margaret se mit à rire.

— Dès que j'ai fini mon rapport d'autopsie, je fiche le camp d'ici. Pourquoi n'enquêteriez-vous pas vous-même, Jon ? Vous étiez flic, avant.

— Jamais les Chinois n'accepteront de prendre un flic américain à bord. Même un ex-flic comme moi. Vous êtes experte dans un domaine bien spécifique, où nos connaissances sont supérieures aux leurs. C'est tout à fait différent. De plus, vous avez déjà travaillé avec eux.

Margaret secoua la tête.

— Vous pensez bien qu'après ce qui s'est passé la dernière fois, ils n'ont pas du tout envie de me voir à nouveau pointer le nez dans leurs affaires.

— Je pense que vous vous trompez, Margaret, dit Stan. Margaret secoua la tête en souriant.

— Qu'est-ce qui vous fait croire une chose pareille ?

— Nous le leur avons déjà demandé, dit Dakers.

III

Le ciel s'obscurcissait de l'autre côté de la fenêtre du bureau de Li, au dernier étage. Les réverbères s'étaient allumés dans toute la ville. Les lampes à arc jetaient une lumière crue sur les chantiers de construction où des ouvriers torse nu travailleraient toute la nuit sur les échafaudages de bambou hauts de vingt étages.

Les arbres plongeaient Beixinqiao Santiao dans l'ombre. Le personnel de la Fédération chinoise des Chinois d'outre-mer de retour en Chine, de l'autre côté de la rue, était parti. Des véhicules de police, certains bleu et blanc, d'autres banalisés, étaient garés pare-choc contre pare-choc sur le trottoir. Les policiers de l'équipe de nuit venaient remplacer ceux qui avaient fini leur journée.

Debout devant la vitre, paralysé par l'inertie, Li fumait. Il entendait rire des enfants qui jouaient au ballon. Les autres menaient leur vie. Pleine d'espoir, d'aspirations. Ils avaient un avenir, un but. Mais lui ? Tant que Margaret avait existé dans son esprit telle qu'il se la rappelait avant leur séparation, il n'avait pas cru possible de ne jamais la revoir. Une lueur d'espoir continuait à briller au fond de lui. Maintenant qu'il l'avait revue, qu'il avait éprouvé sa colère et sa douleur, qu'il lui avait annoncé qu'ils n'avaient pas d'avenir ensemble, cette lueur s'était éteinte. C'était fini.

On frappa à la porte ; Qian apparut, un dossier à la main.

— Tu ne veux pas allumer ? On n'y voit rien ici.

Li secoua la tête.

— Ça me va comme ça.

Qian haussa les épaules.

— L'ambassade américaine vient d'envoyer le dossier de Yuan Tao.

— Pose-le sur mon bureau.

Qian laissa tomber le dossier et sortit.

Li effleura sa joue, là où Margaret l'avait giflé avec une telle violence. Quand il était revenu à la Section n° 1, tous les inspecteurs l'avaient regardé d'un air bizarre, mais personne n'avait rien dit. Une fois dans son bureau, il avait entendu des rires étouffés ; puis, chaque fois qu'il s'était montré, le silence était retombé. Il avait fini par demander à ses inspecteurs ce qu'ils avaient. Wu s'était finalement lancé :

— On était juste en train d'échafauder des hypothèses sur ta nouvelle technique de prélèvement d'empreintes digitales sur une scène de crime.

Tout le monde avait éclaté de rire. Li avait d'abord froncé les sourcils, sans comprendre. Wu avait alors ajouté :

— Donc, tu appuies simplement la joue sur l'empreinte et tu la décolles – c'est comme ça que ça marche ?

Li avait immédiatement porté la main à sa joue et senti les zébrures que les doigts de Margaret y avaient laissées. Mais, de peur de perdre la face, il avait dissimulé son embarras. Il devait porter cette marque comme un trophée. Après tout, les hommes agressés par des femmes n'étaient pas si rares en Chine. Un large pourcentage de « querelles domestiques » nécessitant l'intervention de la police concernait des maris battus par leur épouse. Alors, il avait déclaré avec un grand sourire :

— Viens voir un peu, Wu, je vais te montrer comment on fait. Wu avait reculé, en souriant comme un idiot.

— Hé, patron, même en admettant que tu y mettes la moitié de l'énergie qu'elle a mis dans la sienne, il n'est pas dit que je m'en relèverais.

— Ça, c'est certain, déclara Li au milieu d'une explosion de rires.

Plus tard, quand il s'était regardé dans le miroir des toilettes, il avait été choqué de voir sur sa joue la forme de la main nettement dessinée, rouge, gonflée. En la touchant à nouveau, maintenant, il avait l'impression d'établir un contact avec Margaret, de la toucher, elle.

D'une chiquenaude, il jeta sa cigarette par la fenêtre ; une gerbe d'étincelles orange s'en éleva brièvement quand elle atterrit sur le trottoir. Il se retourna, regarda le dossier que Qian avait laissé sur son bureau. C'était une énigme. Tous les indices désignaient Yuan comme la quatrième victime du tueur en série. Pourtant, d'après Margaret il s'agirait d'une copie, Yuan aurait été assassiné par quelqu'un d'autre. Comment pouvait-il mettre sa parole en doute ? C'était une professionnelle très expérimentée. Mais seuls ses inspecteurs et le tueur lui-même en savaient assez pour le reproduire dans ses moindres détails.

Il avait établi un rapport préliminaire sur les découvertes de l'autopsie au cours d'une réunion à laquelle assistaient tous les inspecteurs convoqués sur l'affaire. Un certain nombre d'entre eux avaient écarté les conclusions de Margaret. Pour eux, gaucher ou droitier, ce n'était qu'un détail mineur. De même que le passage du vin à la vodka pour y mélanger le flunitrazepam. Li avait fait remarquer que la décapitation n'était pas aussi nette que les autres fois. Sang avait suggéré que le tueur avait peut-être changé délibérément de méthode pour brouiller l'enquête ; un changement de la main droite à la main gauche expliquerait que la coupe soit moins nette. Personne ne trouvait ces détails significatifs par rapport aux analogies. Mais Li savait que ces détails étaient importants aux yeux de Margaret ; en outre, son oncle Yifu répétait toujours que la réponse réside dans le détail.

Il s'assit et alluma la lampe articulée qui éclaira la surface de son bureau. Il regarda le dossier chamois. La vie d'un homme y était contenue. Il l'ouvrit. À l'intérieur se trouvaient des copies de documents officiels : rapports médicaux, compte rendu de ses études aux États-Unis, curriculum vitae personnel, demande de naturalisation, rapport officiel sur son passé politique établi par une agence gouvernementale, appréciation de son examen oral d'admission au Département d'État, résultats des divers contrôles de sécurité et examens médicaux du Département d'État. Li se mit à parcourir les pages qui l'aideraient à reconstituer l'histoire de Yuan.

Yuan Tao était né en 1949, la même année que la République populaire de Chine. L'année du buffle. La même année que toutes les autres victimes. Ils étaient, tous, des enfants de la Révolution, la progéniture de la Libération.

Il avait quitté la Chine à l'âge de 17 ans, en mai 1966, un mois avant le début de la Révolution culturelle marquée, dans l'esprit de la plupart des gens, par l'interruption des cours dans les écoles et les universités à travers tout le pays, le 13 juin. Muni d'un visa de sortie, il était parti juste à temps pour aller étudier la physique en Égypte, à l'université du Caire. Mais ce n'était qu'un subterfuge, car il n'était même pas resté un mois au Caire avant de s'envoler pour les États-Unis, où il avait été accepté en faculté de Sciences politiques. Il avait bénéficié de l'aide d'un oncle, installé à San Francisco, qui avait fui la Chine en 1948. Yuan avait travaillé tout l'été dans le restaurant de ce dernier, à Chinatown, pour payer une partie de ses frais de scolarité à l'université de Berkeley, où il avait commencé à étudier dès l'automne.

Ces années passées à Berkeley avaient été mouvementées, avec les manifestations d'étudiants pour les droits civils, et contre la guerre du Vietnam. Li chercha en vain dans les documents le rapport que le FBI n'avait sûrement pas manqué de faire sur Yuan Tao à l'époque. Il savait qu'il ne l'y trouverait pas. De même qu'il n'y avait aucun rapport sur les tentatives de la CIA pour le recruter.

Après avoir passé son doctorat en 1972, Yuan était resté encore deux ans à l'université pour achever une thèse postdoctorale. En 1974, on lui avait offert un poste de maître assistant en sciences politiques à Berkeley. Il avait immédiatement présenté une demande de carte verte qu'il avait obtenue – et qui lui permettait d'accepter le poste.

Yuan avait loué un appartement à Oakland, de l'autre côté de la baie de San Francisco, tout près de l'université. En 1978, il avait été promu au poste de maître de conférences ; l'année suivante, il avait demandé, et obtenu, sa naturalisation. Devenu citoyen américain, il avait épousé une Chinoise américaine, en 1979. Son mariage n'avait pas tenu deux ans. Il n'avait pas d'enfants. Deux ans plus tard, en 1983, il était devenu professeur, et, au cours des années suivantes, s'était doucement laissé glisser dans la vie tranquille d'un universitaire californien.

Puis tout d'un coup, en 1995, à l'âge de quarante-six ans, il avait posé sa candidature pour un emploi au Département d'État. Ils avaient certainement été ravis de recevoir ce professeur de sciences politiques d'ethnie chinoise, naturalisé américain, parlant couramment le mandarin. À partir de là, la vie de Yuan Tao avait pris un tour complètement différent.

Dès l'année suivante, il déménageait à Washington. Mais les papiers fournis par les Américains ne donnaient aucune indication sur le travail qu'il accomplissait. Puis, en 1999, il étonnait ses employeurs en leur demandant d'être affecté à l'ambassade américaine de Pékin, à un poste subalterne qui venait de se libérer au bureau des visas. Plusieurs notes internes exprimaient leur consternation – dont une lettre suggérant que ses talents seraient beaucoup mieux employés ailleurs. Il n'y avait pas de trace de sa réponse, et sa demande avait été acceptée, à contrecœur.

Donc, six mois plus tôt, Yuan Tao était revenu en Chine pour occuper son poste au bureau des visas de l'ambassade, en haut de la rue de la Soie.

Li alluma une cigarette et regarda la fumée bleue s'enrouler paresseusement autour de la lampe. Une suite de faits. Une chronologie. Mais rien qui le renseigne tant soit peu sur l'homme. Qui était-il vraiment ? Quels étaient ses espoirs, ses craintes ? Qui aimait-il ? Qui le détestait ? Pourquoi n'était-il jamais revenu dans son pays natal après la Révolution culturelle, alors qu'il aurait pu le faire en toute sécurité ? Et puis pourquoi, au bout de trente-quatre ans, avait-il soudain décidé de revenir ?

Les pensées de Li se tournèrent vers l'appartement du nº 7 Tuan Jie Hu Dongli. Pourquoi Yuan l'avait-il loué alors que l'ambassade lui fournissait un logement ? Qu'avait-il caché sous le plancher, que seul son assassin avait pu prendre ? Li ne trouverait pas les réponses dans le dossier, il le savait.

Il se demanda ce que Yuan avait ressenti en revenant dans son pays, trente-quatre ans après l'avoir quitté. Les changements étaient si considérables que la Chine avait dû lui paraître méconnaissable, une terre étrangère. Avait-il cherché à reprendre contact avec sa famille ? Car il devait bien en avoir quelque part. Li feuilleta les pages, pour retrouver la seule allusion aux parents de Yuan. Son père, professeur, était apparemment mort en 1967. Sa mère avait travaillé dans une école maternelle, mais il n'y avait rien d'autre sur elle. Et puis, il devait y avoir ses anciens amis d'école. En six mois, il avait eu le temps d'en retrouver au moins un.

C'est dans son curriculum vitae que Li trouva finalement ce qu'il cherchait. La liste de ses diplômes. Il fit courir son doigt le long de la chronologie inversée, et s'arrêta sur l'avant-dernier. Ses cheveux se dressèrent sur sa tête. Yuan Tao avait passé son baccalauréat en mai 1966, à l'école secondaire n° 29 de Qianmen.

Il fixa pendant plusieurs minutes, sans les voir, les feuilles étalées devant lui. Les victimes avaient toutes fréquenté la même école.

Pour la première fois, cette révélation jeta dans son esprit l'ombre d'un doute sur les conclusions de Margaret. Car les quatre hommes étaient inextricablement liés. Ils avaient été drogués avec la même substance ; ils avaient eu les poignets attachés avec le même cordon de soie ; ils avaient tous une pancarte autour du cou, avec leur surnom écrit à l'envers et barré d'une croix – les pancartes étaient numérotées en ordre décroissant, en partant du chiffre 6 ; ils avaient été décapités – les trois premiers avec un sabre en bronze – et le quatrième aussi, sans doute.

Et pourtant... un doute tenace subsistait. Un doute très léger, mais dont Li ne pouvait se débarrasser. Pourquoi Yuan avait-il bu la vodka bleue ? Pourquoi son assassin s'était-il tenu sur sa droite pour lui asséner le coup fatal alors qu'il s'était tenu sur la gauche d'au moins deux des autres victimes ? Pourquoi avait-il noué le cordon de soie à l'envers ?

Il y avait encore d'autres questions. Pourquoi la victime numéro 3 avait-elle été déplacée ? C'était terriblement risqué. Pourquoi, étant donné la quantité de sang forcément répandue, n'avait-on pas découvert l'endroit où cet homme avait été assassiné ?

On aurait dit une devinette de Mei Yuan. Si seulement la solution pouvait être aussi simple. Celle qu'elle lui avait posée le matin lui revint en mémoire, à propos de la chambre d'hôtel à trente yuans. Mais il n'était pas d'humeur à se demander où était passé le dernier yuan. Il avait devant lui une énigme beaucoup plus compliquée à résoudre. En s'y plongeant corps et âme, il finirait peut-être par chasser Margaret de son esprit.

Il s'appuya au dossier de son fauteuil, souffla un nuage de fumée vers le plafond. Au même instant, la porte s'ouvrit, et Chen entra. Sa silhouette se détachait en contre-jour sur la lumière de la salle des inspecteurs ; sa tête apparut juste au-dessus de la lampe posée sur le bureau, si bien que Li ne vit pas immédiatement l'expression de son visage.

Chen referma la porte. Li remarqua alors son costume. Sa cravate. Jamais il ne l'avait vu dans cette tenue. Chen était plutôt négligé d'habitude – pantalon informe, chemise à col ouvert, vieux gilet à fermeture éclair. Quand il s'avança, il avait la mine sombre.

— Vous avez raté le briefing, dit Li.

— J'étais au ministère.

Ce qui expliquait le costume. Chen tira une chaise et s'assit.

— Z'avez une cigarette ?

Li lui en tendit une. Il l'alluma, aspira profondément la fumée, la souffla lentement, les yeux fermés, puis desserra son nœud de cravate.

— Qu'est-ce que je suis mal avec ce truc. Comment peut-on faire son boulot correctement si on ne se sent pas à l'aise ?

Li savait qu'il n'était pas supposé répondre. Il attendit avec appréhension la suite. Mais Chen n'était pas pressé. Il tira plusieurs bouffées de sa cigarette avant de croiser le regard de Li.

— On nous a demandé de tenir les Américains informés de tous les développements de l'affaire. De leur laisser accès à toutes les pièces.

Il marqua une pause.

— Ils ont demandé, et il a été accepté – en haut lieu – que notre point de contact avec eux soit le docteur Campbell.

Li en resta bouche bée, comme s'il venait d'être frappé une seconde fois.

— Je croyais qu'elle retournait aux États-Unis ?

Sa voix lui parut faible et distante.

— Apparemment, ils ont réussi à la faire rester.

Il hésita.

— Je sais que c'est dur pour vous, Li...

— Dur ? fit Li, cinglant. D'un côté, le divisionnaire me dit de tenir mes distances. De l'autre, vous me dites de coopérer avec elle.

Chen n'apprécia pas son ton. Il se pencha en avant et déclara sèchement :

— C'est le moment d'apprendre à séparer votre vie privée de votre vie professionnelle.

Il se tut, jeta un drôle de regard à Li et demanda :

— Qu'est-ce que vous avez sur la figure ?

— La claque que vous venez de m'asséner.

Li se fraya un chemin au milieu de la circulation du soir. Le vélo de son oncle, comme tous les autres vélos, n'avait ni lumières ni cataphotes. Il comptait sur la bonne vue des automobilistes. Mais pour l'instant, il s'en fichait pas mal. Si sa rencontre avec Margaret avait été pénible aujourd'hui, elle le serait encore plus le lendemain, le surlendemain et les jours suivants. Il avait l'impression d'avoir été jeté dans un puits de douleur. Comment avait-elle pu accepter ça ? N'était-ce pas aussi pénible pour elle ? Peut-être y voyait-elle un moyen de se venger, de retourner le couteau dans la plaie.

Au pont Chaoyangmen, il bifurqua vers l'ouest, descendit de vélo au coin de Donganmen et se mêla à la foule du marché de nuit. Des stands de nourriture s'étalaient à perte de vue. Pour une poignée de yuans, on pouvait manger presque n'importe quoi, frit et enfilé sur une brochette – des larves, des scorpions, des oiseaux minuscules avec la tête, embrochés, prêts à être plongés dans les grands woks d'huile bouillante. Mais Li n'était pas très attiré par l'exotique. Il acheta des pommes de terre râpées frites dans de l'œuf et enveloppées de papier brun. Il en mangea une portion, en acheta une autre, puis la fit descendre avec un Coca.

Il s'était efforcé de ne pas penser à elle, or même ici, elle revenait le hanter. C'était ici qu'il l'avait amenée le soir où elle lui avait parlé de son mari, de sa mort. Son ombre planait dans tous les lieux de Pékin où ils s'étaient rendus ensemble.

Li termina son Coca ; il s'aperçut qu'il était suivi par un petit homme sans âge, en haillons, qui ne quittait pas des yeux sa canette. Li allait la lui donner quand une vieille femme aux cheveux blancs, à la bouche édentée, s'en empara et disparut en un clin d'œil. L'homme en haillons hurla de dépit et courut après elle en l'injuriant copieusement. Désormais, les pilleurs de poubelles se battaient pour les canettes qu'ils revendaient quelques fens au recyclage.

Li enfourcha la bicyclette de son oncle et poursuivit sa route vers le sud. Il n'avait plus qu'une seule envie, se saouler à la bière ; il en avait dans son réfrigérateur.

Le garde de la sécurité le salua d'un signe de tête quand il franchit la grille de l'enceinte. Il gara la bicyclette du vieux Yifu, boucla l'antivol et se traîna jusqu'au deuxième étage avec l'impression d'avoir des jambes de plomb. Au moment de glisser sa clé dans la serrure, il se figea soudain sur place, oublia sa fatigue, son apitoiement sur lui-même. Tous ses sens se mirent en alerte. La porte n'était pas fermée à clé. Il hésita quelques secondes puis l'ouvrit brutalement. Il y eut un cri, un bruit de pas ; une petite fille apparut dans l'entrée, ses cheveux noirs attachés en couettes. Elle s'arrêta net à la vue de Li. Une jolie jeune femme apparut alors derrière l'enfant qui s'accrocha à sa jambe en se cachant le visage.

Li n'en revenait pas.

— Qu'est-ce que tu fais là ?

— Voilà un accueil agréable au bout de trois ans. Tu n'as pas reçu ma lettre ?

Li n'avait pas ouvert son courrier. Il baissa les yeux vers la table et vit l'enveloppe portant le cachet du Sichuan. Il regarda la jeune femme et l'enfant.

— Je suis désolé. Ma vie n'est pas très bien organisée.

Il hésita un instant avant de s'avancer vers elle et de la prendre dans ses bras, enveloppant presque totalement sa silhouette fine. Elle le serra très fort ; l'enfant resserra encore son étreinte sur la jambe de sa mère.

— Pourquoi es-tu venue ? demanda Li.

— J'ai à te parler, dit-elle.

IV

Il faisait nuit dehors ; Margaret descendait sa deuxième vodka tonic au bar de l'hôtel Ritan quand Michael apparut. Hantée par Li et la perspective d'être encore hantée par lui chaque jour, jusqu'à ce que le crime soit résolu, elle avait failli l'oublier. Elle avait envisagé de refuser de coopérer avec l'ambassade. Elle aurait pu insister, dire qu'elle ne voulait plus se mêler de l'enquête, et prendre le prochain vol pour les États-Unis, comme elle l'avait d'abord prévu. On ne pouvait pas la forcer à rester. Mais elle ne l'avait pas fait. Elle se demandait si c'était parce l'avenir qui l'attendait chez elle l'effrayait davantage. Il était plus facile de ne rien faire, de se laisser porter par le courant plutôt que de lutter contre lui.

— Je prendrai la même chose que madame.

La voix de Michael la tira de sa rêverie. Le barman s'éloigna pour préparer une autre vodka ; Michael se percha sur un tabouret, à côté de Margaret.

— Puis-je vous en offrir une autre ?

— Vous êtes donc au courant ?

— Au courant de quoi ?

— Trois vodkas et le premier venu m'aura.

— Une de plus pour madame, dit-il au barman.

Elle sourit.

— C'est faux, bien sûr.

— Oh, fit-il, en feignant la déception.

— Il en faut au moins quatre.

Elle regarda sa montre.
— Vous êtes en avance.
— Je ne fais jamais attendre les dames.
— Jamais ?
Il haussa les épaules.
— Tout dépend des circonstances, bien sûr. Il y a certaines choses qu'il ne faut pas précipiter.
— Je suis d'accord.
Elle vida son verre.
— Voilà longtemps que personne ne m'avait offert de fleurs.
— Elles vous plaisent ?
— Elles sont superbes. Je ne sais pas trop ce qu'elles signifient. Les hommes ont toujours de telles arrière-pensées.
— Les femmes, jamais, évidemment.
— Bien sûr que si. Mais les femmes sont plus subtiles. Les fleurs sont un peu... comment dire ?... évidentes.
Il réfléchit un moment.
— Disons qu'elles expriment le plaisir que j'ai éprouvé en apprenant que vous restiez – au moins deux jours de plus. J'étais sur le point de faire votre connaissance l'autre soir quand vous avez joué à Cendrillon.
— Vous vous demandiez si je m'étais transformée en citrouille ?
— C'était son carrosse, non ? demanda-t-il en riant.
— Oh, je ne sais plus. J'ai un peu oublié mes classiques. Les boissons arrivèrent. Ils levèrent leur verre pour trinquer.

— À la vôtre, dit-elle. Oh, je me souviens, elle a perdu une pantoufle de verre en se sauvant. C'est ça, non ? Et il a demandé à toutes les femmes de l'essayer.

Elle fit une grimace.

— À mon avis, c'était un fétichiste du pied. Il aurait pu reconnaître son visage, non ?

Elle avala une autre gorgée de vodka.

— C'est comme Lois Lane et Superman. Il enfile un costume et une paire de lunettes, et elle ne le reconnaît plus. C'est ridicule.

En voyant l'expression de Michael, elle s'arrêta et se mit à rire.

— Je suis désolée, ça fait tellement de bien de pouvoir dire des conneries. D'être comprise, de ne pas avoir peur de faire perdre la face, de ne pas respecter le protocole... Au bout de trois mois... Vous ne pouvez pas vous imaginer.

Il sourit.

— Oh, je crois que si. J'adore la Chine et les Chinois. Mais au bout de six mois, j'ai vraiment hâte de rentrer chez moi, voir un film, manger un hot-dog, parler baseball. Et, oui, dire des conneries avec des gens qui savent de quoi je parle.

— Oh, mon Dieueueueu, fit une voix traînante.

Michael et Margaret se retournèrent. Dot McKinlay était là avec son groupe de Mamies Globe-trotters. Rouge d'excitation, elle posa une main sur le bras de Michael. Elle pouvait à peine parler.

— Non-on, c'est vraiment vous ?

Michael sourit.

— Oui, je crois.

Elle se tourna vers Margaret.

— C'est Michael Zimmerman. De la télé.

— Mais non, dit Margaret.

Le visage de Dot se décomposa. Michael eut l'air surpris.

— Qu'est-ce que vous racontez ? dit Dot.

Margaret secoua la tête sérieusement.

— Michael Zimmerman est son frère jumeau. Enfin, en réalité, sa sœur. Avant qu'elle ne change de sexe. Ou devrais-je dire « il » ? Bref, Daniel et Michela – elle s'appelait comme ça avant de devenir Michael – ne s'entendent pas du tout. Et Daniel n'aime pas beaucoup qu'on le prenne pour elle – pour lui.

Elle vida son verre, et prit le bras de Michael.

— De toute façon, on s'en va.

Michael se laissa entraîner. Au passage, il sourit et salua d'un signe de tête les Mamies Globe-trotters qui le regardaient comme s'il avait deux têtes. Ils étaient presque arrivés à la porte quand Dot reprit ses esprits et cria à Margaret, d'un ton accusateur :

— J'croyais que vous deviez partir aujourd'hui, Miss.

— Un imprévu m'oblige à rester. Pour un homme qui a perdu la tête.

Ils attendirent d'avoir franchi la porte de l'hôtel et d'être arrivés en bas des marches pour éclater de rire.

— Merde alors ! Me voilà devenu un jumeau transsexuel ! s'écria Michael.

— Pas de problème, dit Margaret en essuyant ses larmes. Ça ne se voit pas.

Ce qui fit repartir de plus belle leur fou rire. Margaret ne s'était pas sentie aussi bien depuis longtemps.

— Non-on, c'est vraiment vous ? fit Michael en imitant l'accent de Dot.

— Attention, on nous regarde.

En se retournant, Michael vit les Mamies Globe-trotters de Dot McKinlay les observer par la fenêtre du bar. Il prit Margaret par le bras et se hâta de passer la grille sous le regard suspicieux des gardes en uniforme brun. Un chauffeur de taxi leur jeta un coup d'œil interrogateur ; sur un signe de Michael, il mit le moteur en marche.

— Vous avez dîné ? demanda Michael.

— Oui. Après l'autopsie que j'ai faite pour l'ambassade, j'ai eu droit à un festin. À la cantine. Que j'ai payé moi-même.

— Ouah. Ces mecs savent y faire avec les femmes.

— Et comment.

— Alors, vous restez encore combien de temps ? demanda-t-il au bout d'un moment.

Margaret haussa les épaules.

— Je ne sais pas. Un jour, une semaine, un mois.

Elle s'aperçut que Michael avait l'air content.

— Bon, où m'emmenez-vous ? demanda-t-elle.

Il lui ouvrit la portière du taxi.

— Dans un endroit un peu particulier, répondit-il en se glissant à côté d'elle sur la banquette arrière.

Il se pencha pour parler au chauffeur dans un chinois qui sembla parfaitement fluide à Margaret. Elle lui jeta un regard admiratif.

— Votre chinois est fantastique.

— Pas vraiment, dit-il en secouant la tête. En réalité, le chauffeur parle anglais. Juste avant d'entrer à l'hôtel, je l'ai briefé pour qu'il ait l'air de comprendre ce que je lui racontais.

— Vous plaisantez !

Il tourna vers elle un visage très sérieux :

— Oui, je plaisante.

Puis il ajouta en souriant :

— Quand j'ai décidé de me spécialiser en archéologie chinoise, à l'université Washington de Saint-Louis, je me suis dit que j'avais intérêt à apprendre aussi la langue. Au début des cours, on devait être environ vingt-cinq étudiants. À la fin de la première année, on n'était plus que sept – et j'étais le seul à ne pas être d'ethnie chinoise.

— Tout le monde dit que c'est une langue incroyablement difficile.

Il haussa les épaules.

— Sur le papier, c'est assez facile. La grammaire est simple. On n'emploie que le présent, par exemple. Je suis là aujourd'hui, je suis là hier, je suis là demain. Le problème, c'est quand on commence à parler.

— Tout est dans les tons.

— Oui. On peut prononcer le même mot avec quatre tons différents et lui donner quatre significations différentes. Je me suis beaucoup entraîné avec une fille dont le chinois parlé n'était pas très bon. Mais elle était tellement adorable que ça valait le sacrifice. Un jour, elle m'a demandé : « Tu veux faire l'amour ? » Je n'en revenais pas. Mais il y avait quelque chose dans sa façon de me le demander qui m'a fait douter du sens de ses paroles. Ça et le fait qu'elle était en train de peler une orange.

Margaret se mit à rire.

— Alors, je lui ai demandé de répéter. Elle a répété : « Tu veux faire l'amour ? » Pour être honnête, je mourais d'envie de dire oui. Mais je lui ai demandé de l'écrire. Malheureusement, il n'y a pas d'ambiguïté dans l'écriture chinoise.

Il sourit.

— Eh bien ? demanda Margaret, impatiente de savoir. Qu'est-ce qu'elle a écrit ?

Michael secoua la tête.

— En fait, elle voulait savoir si j'étais croyant. Quelle déception.

— Vous n'avez donc jamais fait l'amour avec elle ?

Il fronça les sourcils.

— Ah, ce serait indiscret. Je n'ai jamais trahi la confiance d'une femme.

— Ravie de l'apprendre.

Leur taxi se dirigeait vers l'ouest. Il dépassa la porte de la Paix céleste. Le portrait de Mao Zedong dominait la place Tiananmen où, autrefois, des centaines de milliers de gardes rouges l'avaient acclamé comme le soleil rouge de leur cœur. Maintenant, la place était pleine de touristes et d'hommes travaillant sous les projecteurs à ériger d'énormes sculptures florales et une boule géante à facettes pour le jour de la fête nationale.

Margaret profita du fait que Michael regardait dehors pour lui jeter un coup d'œil en biais. Il avait une tenue décontractée, jean, bottines de cuir, gilet noir ouvert sur une chemise blanche qu'il n'avait pas rentrée dans son pantalon. Sa peau claire était légèrement hâlée. Il avait de grandes mains solides, aux ongles impeccables, une mâchoire puissante, bien dessinée. La voiture était petite, leurs cuisses se touchaient. Margaret sentait la chaleur de sa jambe, la fermeté de ses muscles. Il dégageait un parfum très spécial qu'elle ne pouvait identifier. À la fois doux et viril, légèrement musqué.

— Qu'est-ce que vous mettez comme after-shave ?

Sa question sembla le tirer d'une profonde rêverie. Il fronça les sourcils.

— Je n'utilise pas d'after-shave.

Puis il sembla réaliser :

— Oh, vous voulez parler du patchouli ? Je déteste l'odeur de l'after-shave. Trop envahissant le matin. Je pose juste une petite touche de patchouli sous la pomme d'Adam. Je trouve ça rafraîchissant.

Il marqua une pause.

— Vous n'aimez pas ?

— Si, si. C'est inhabituel, c'est tout.

— J'espère que vous aimez le jazz, dit-il subitement.

— Le jazz ?

— Je vous emmène écouter la meilleure formation de jazz de ce côté-ci de la Grande Muraille.

Margaret se sentit un peu déçue.

Le taxi les déposa dans la cour du *Minzu Fandian* sur l'avenue Fuxingmennei. Mais ils laissèrent derrière eux les lumières de l'hôtel pour emprunter le passage souterrain. Ils émergèrent de l'autre côté de l'avenue sous l'ombre des arbres séparant la voie des vélos du trottoir. Margaret commençait à se sentir mal à l'aise. Des vieux assis sur des murets jouaient aux échecs ; des femmes bavardaient en groupes pendant que leurs enfants jouaient au ballon sur l'herbe en criant et en riant. De minuscules ruelles s'enfonçaient dans les *hutong* au milieu d'un labyrinthe de cours. Elle se rendit compte qu'elle était déjà venue ici.

Juste au coin, la librairie Sanwei déversait ses lumières dans l'obscurité de la rue. De la musique s'échappait dans l'air tiède du soir. Lorsqu'ils entrèrent, une jeune fille s'avança pour leur vendre des billets d'entrée à trente yuans. Au bas d'une volée de marches, des vendeurs s'affairaient dans des allées étroites, entre des étagères chargées de livres et de magazines.

— Ne vous laissez pas tromper par la librairie. Là-haut se trouve le plus merveilleux des salons de thé.

— Je sais, dit-elle en s'arrêtant sur la première marche, décontenancée.

— Vous êtes déjà venue ici ?

Elle hocha la tête.

— Mais pas un soir de jazz.

Elle se rappela l'atmosphère paisible du salon de thé : tables et chaises laquées sur le sol carrelé ; vases et sculptures disposés sur des étagères et des meubles ; rouleaux modernes et traditionnels accrochés aux murs ; paravents divisant, d'un côté, la pièce en petits espaces privés. C'était dans l'un d'eux qu'elle s'était assise avec Li un soir où l'endroit était désert, le soir où elle avait ouvert son cœur pour la première fois devant lui.

— Ça va ? demanda Michael, inquiet.

Elle faillit lui dire qu'elle n'avait pas envie de monter, mais n'en eut pas le courage.

— Ça va, répondit-elle.

Il attendit un moment, l'air préoccupé, puis lui prit la main. L'orchestre faisait une pause lorsque Michael et Margaret arrivèrent en haut de l'escalier. Le public entassé dans la pièce était encore en train d'applaudir le dernier morceau. Un jeune homme à lunettes assis à une table prit leurs billets.

— Hello, monsieur Zimmerman, dit-il dans un anglais appliqué. Comment allez-vous ce soir ?

— Très bien, Swanney. Comment marchent les affaires ?

— Nous avons beaucoup de monde, monsieur Zimmerman. Michael présenta Swanney à Margaret qui lui serra la main.

— Swanney est médecin à l'hôpital des maladies infectieuses, dit Michael.

Margaret éprouva aussitôt le besoin urgent de se laver la main.

— Il travaille ici les soirs de jazz, en partie parce

qu'il aime le jazz, mais surtout parce que ça lui donne l'occasion de pratiquer son anglais.

— Ravie de vous rencontrer, dit Margaret.

Elle regarda autour d'elle le mélange de Chinois et d'Européens qui remplissait le salon de thé. Le public était plutôt jeune, à l'exception d'un homme d'un certain âge, en jean, tee-shirt et casquette de baseball en train de se donner un mal de chien pour draguer une Chinoise trois fois plus jeune que lui ; elle avait l'air excédé. L'atmosphère était très différente de celle que Margaret avait connue avec Li : les rires, les éclats de voix des gens regroupés autour des tables, buvant du thé ou de la bière, contrastaient avec le silence paisible de cette première soirée chargée d'émotions.

Mais il y avait quelque chose de bizarre – qui manquait. Elle comprit soudain.

— Personne ne fume ?

Il sourit.

— Oui, je sais. Un club de jazz sans fumée, c'est bizarre, non ? La propriétaire de cet endroit est un peu excentrique.

Il indiqua d'un signe de tête le couloir qui, derrière les colonnes, menait à une porte.

— Elle vit ici, mais on ne la voit presque jamais. Elle ne supporte pas la fumée de cigarette.

Il guida Margaret vers la seule table libre.

— Réservée. Je voulais être sûr qu'on puisse s'asseoir.

Une jolie fille souriante d'une vingtaine d'années, en tablier blanc, apparut à leurs côtés.

— Bonjour, monsieur Zimmerman, dit-elle en le couvant du regard.

— Salut, Plum. Voici Margaret. Elle est médecin.

Plum se tourna vers Margaret, avec le même sourire désarmant.

— Bonjour, miss Margaret, dit-elle en tendant la main. Je suis très contente de vous connaître. J'étudie l'anglais à l'université de Pékin. Que voulez-vous boire ?

Ils commandèrent de la bière. Margaret observa les jeunes visages animés qui les entouraient et se figea en croisant le regard d'un grand Chinois qui passait à côté de leur table. C'était Li. Elle sentit le sang lui monter aux joues quand il s'arrêta devant elle, et remarqua tout de suite la jeune femme qui l'accompagnait. Elle se sentit blessée, comme s'il l'avait giflée à son tour. C'était donc pour ça qu'ils n'avaient aucun avenir ensemble, pensa-t-elle avec amertume. Il avait déjà quelqu'un d'autre. Elle mourait d'envie de se lever pour le frapper à nouveau. Plus fort. Avec le poing. Et lui faire vraiment mal. Mais elle resta paralysée sur sa chaise.

— Eh bien, dit-elle d'une voix qu'elle eut du mal à contrôler. Quelle surprise.

Ce fut d'abord l'embarras qui empêcha Li de répondre, puis, quand ses yeux tombèrent sur Michael, ce fut la colère qui empourpra ses joues. Il regarda Margaret. C'était donc pour ça qu'elle avait décidé de rester. Elle n'avait pas mis trop longtemps à se consoler.

— N'est-ce pas ? réussit-il à articuler.

Michael sauta immédiatement sur ses pieds, la main tendue.

— Salut. Je m'appelle Michael Zimmerman.

La politesse obligea Li à lui serrer la main.

— Li Yan.

Margaret se leva lentement et se tourna vers la femme qui accompagnait Li.

— Et c'est... ?

Elle n'allait pas laisser Li partir sans les avoir présentées.

Li regarda Margaret droit dans les yeux. La franchise de son regard la déconcerta.

— Xiao Ling, ma sœur.

Une autre gifle en pleine face. Margaret n'aurait pas su dire laquelle de ces deux émotions l'emportait sur l'autre, la confusion ou le soulagement. En tout cas, elle se sentait profondément ridicule. Essayant de sourire, elle serra la main de Xiao Ling.

— Je suis ravie de vous connaître, dit-elle.

Xiao Ling fit un signe de tête poli en regardant brièvement Margaret dans les yeux.

— Salut, fit Michael en lui serrant lui aussi la main. Vous ne voulez pas vous joindre à nous ?

Margaret lui lança un regard horrifié. Li refusa froidement l'invitation.

— Nous partions, dit-il. Nous nous sommes trompés. D'habitude, ce n'est pas le jour du jazz.

— Non, en effet, dit Michael. C'est exceptionnel. Une occasion particulière.

Li hocha la tête et fit passer Xiao Ling devant lui.

— Bonne soirée, dit-il en partant.

Margaret et Michael se rassirent.

— Ouah ! fit Michael. J'ai l'impression d'avoir traversé un congélateur.

Il examina ses doigts.

— Je crois bien que j'ai attrapé des engelures.

Margaret eut un petit sourire contraint.

— Je suis désolée, Michael.

— Qui est ce type ? Si je peux me permettre de poser la question ?

— Vous pouvez. C'est l'homme le plus borné, le plus difficile, le plus discourtois que j'ai jamais rencontré.

— D'accord. Donc vous étiez ensemble.

— C'est tellement évident ?

— C'était écrit sur vos fronts : « ex-amants », dit-il en souriant. Qui est-ce ?

— Li Yan est chef adjoint de la Section n° 1 du Département des enquêtes criminelles de la police municipale de Pékin.

— Un flic ? s'étonna Michael.

— Malheureusement, dans mon métier, on a du mal à les éviter.

— Qu'est-ce que c'est, cette Section n° 1 ? demanda-t-il, perplexe.

— Oh, une sorte de brigade criminelle qui s'occupe des crimes et cambriolages les plus importants.

Soudain, ce nom fit tilt dans l'esprit de Michael.

— Ah mais oui, c'est l'un de ceux avec lesquels vous avez travaillé pendant l'affaire du riz ?

Elle hocha la tête.

— Et maintenant ? Cette autopsie que vous avez faite pour l'ambassade ? Il est impliqué, lui aussi ?

— Malheureusement. Dommage qu'il n'ait pas été sur la table à la place du mort.

— Aïe. Je n'aimerais pas me retrouver exposé à votre scalpel.

Elle sourit.

— On m'a déjà accusée d'avoir une langue encore plus acérée.

— Encore pire.

Elle lui adressa un sourire contrit.

Plum arriva avec les bières. Michael en but une longue gorgée et regarda Margaret d'un air pensif.

— Alors, sur quoi travaillez-vous, un meurtre ? Ou est-ce un secret d'État ?

— Oh, je ne crois pas.

Elle avala une gorgée de bière.

— Un type de l'ambassade, un Chinois américain qui s'est fait couper la tête par un tueur en série. Enfin, c'est ce que pensent les Chinois.

Michael fit la grimace.

— Décapité ? Pas très agréable. C'est une forme d'exécution chinoise antique.

— Vraiment ? dit-elle.

— Vieille de quatre mille ans. Et encore utilisée jusqu'à une époque relativement récente. Vous savez, quand on enterrait les empereurs dans ces gigantesques tombeaux souterrains, il était fréquent que des douzaines de concubines et membres de l'entourage impérial soient enterrés avec eux. Certains l'étaient vivants. Les plus chanceux étaient d'abord exécutés. On a trouvé beaucoup de squelettes décapités dans les tombes qui ont été fouillées.

Margaret frissonna.

— Ce n'est pas ça qui devait donner le plus envie de travailler auprès de lui.

Michael haussa les épaules.

— C'était le prix à payer pour un privilège immense, tant qu'il était en vie.

Il but une autre gorgée de bière.

— Ainsi, vous ne croyez pas que ce Chinois américain ait été assassiné par le tueur en série ?

L'esprit ailleurs, elle haussa vaguement les épaules.

— Pas vraiment. Trop d'incohérences.

— Alors, qui l'a tué d'après vous ?

— Aucune idée. Les Chinois non plus. Le temps qu'ils le découvrent, si jamais ils le découvrent, je serai déjà à la retraite.

Elle leva les yeux et sourit, en secouant la tête.

— Mais c'est assommant, vraiment. Pas du tout aussi intéressant que ça en a l'air.

Elle but encore une petite gorgée et demanda, déterminée à extirper Li de son esprit :

— Alors, comment s'est passée votre journée ?

— Banale, ma foi.

— Je croyais que vous commenciez à tourner aujourd'hui ?

— Oui. Mais rien de folichon. Comme le soleil s'est montré, on a pris l'hélicoptère pour aller faire quelques prises aériennes au-dessus du tombeau Ding Ling.

Elle éclata de rire.

— Dring dring ?

— Non. *Ding Ling*. C'est le site du tombeau de Zhu Yijun, l'empereur Wan Li, le treizième de la dynastie des Ming. Il se trouve dans un cirque des Monts de la Longévité céleste, à une heure de Pékin. C'était fabuleux aujourd'hui. Le premier rayon de soleil depuis des siècles. On n'y croyait plus. L'hélicoptère s'est approché très près des montagnes, si bien que, dès le dernier sommet franchi, la tombe s'est ouverte à nos pieds dans toute sa gloire. Avec la lumière et les couleurs de l'automne, on a eu des images fantastiques.

— Je ne voudrais pas jouer les rabat-joie, mais de belles images ne suffisent pas à faire une bonne série, non ? Pour être honnête, je vous avouerais que les tombes ne me fascinent pas.

Michael sourit avec indulgence de son ignorance.

— Ce n'est pas le sujet de la série. L'Histoire concerne les gens, Margaret. Et cette série a pour sujet un personnage étonnant, Hu Bo.

Il s'arrêta.

— Mais vous vous fichez sans doute de savoir qui c'est.

— Non, pas du tout. Sincèrement, allez-y, dit-elle en riant.

Un peu embarrassé, il haussa les épaules et continua :

— Hu était un pionnier de l'archéologie en Chine au XXe siècle.

— Réflexion faite...

Michael sourit.

— OK, je sais. Ça ne paraît pas passionnant à première vue. Mais quand on se penche sur sa vie, sur ce qu'il a fait – contre vents et marées, dans un contexte de guerre, de révolution et de folie politique – c'est une histoire incroyable. Une histoire qui a commencé quand son père l'a vendu à des explorateurs étrangers, alors qu'il avait à peine dix ans. Une histoire qui s'est achevée par une dernière volonté – la publication de la véritable histoire des fouilles de Ding Ling, que lui et une poignée de collègues ont sauvées des forces destructrices de la Révolution culturelle à leurs propres dépens.

— On dirait le commentaire off du début d'une série télé sur un archéologue chinois.

Il eut un petit rire.

— Pas loin. Je ne l'ai pas encore écrit. Ce sera meilleur quand je l'aurai fait. Ça vous donnerait envie de regarder l'émission ?

Elle aspira un peu d'air entre ses dents.

— Heu... Je suis difficile à satisfaire, Michael. J'y jetterais peut-être un coup d'œil pendant une minute ou deux.

Il se pencha en avant. Son enthousiasme était contagieux.

— Si vous m'accordez une minute, je vous retiendrai une heure. Et si vous m'accordez une heure, vous regarderez toute la série. Je vous le promets.

Malgré sa résistance innée à tout ce qui concernait l'archéologie et les archéologues, Margaret était intriguée. Mais elle ne savait pas trop si c'était l'histoire ou celui qui la racontait qui excitait son intérêt.

Il lui prit la main sans la moindre gêne.

— Venez sur le tournage, demain. S'il vous plaît. Nous reconstituons le moment où Hu Bo et son équipe d'archéologues en haillons ouvrent le tombeau de l'empereur, presque exactement quatre cents ans après qu'il a été fermé. Ils ne savent pas ce qui les attend. Il court des histoires de gaz mortels, d'arbalètes prêtes à lancer des flèches empoisonnées si les portes de la chambre souterraine s'ouvrent. En retirant les premières briques, ils tremblent littéralement de frayeur...

Il marqua une pause.

— Et alors ? s'enquit-elle avec impatience.

Il sourit en se reculant sur sa chaise.

— Vous voyez. Je vous ai déjà accrochée.

Elle se mit à rire.

— Si vous voulez le savoir, venez demain. Je demanderai qu'une voiture de la production passe vous prendre.

— Eh bien... je vais y réfléchir.

À la grande déception de Margaret, les musiciens reprirent leur place. Une fois que la musique aurait recommencé, toute conversation deviendrait impossible. Elle aimait bien Michael. Sa compagnie était agréable, distrayante. Puis son visage s'assombrit brusquement en repensant à Li. Elle se demanda si elle arriverait jamais à l'oublier.

Michael déplaça sa chaise pour se tourner face à l'orchestre et dit à Margaret :

— Ces types sont un peu particuliers. Ils ne sont

en ville que pour deux jours, c'est pour ça que la soirée jazz a été déplacée. Le saxophoniste compte parmi les meilleurs du monde.

Margaret leur jeta un coup d'œil. Le pianiste était américain – il parlait chinois avec un accent américain prononcé. Le batteur, le saxophoniste et le contrebassiste étaient chinois. Le pianiste présenta à nouveau les musiciens en chinois et en anglais, puis les entraîna dans un morceau assez lent, dominé par la répétition sans fin de la même phrase interrompue par les éclats du saxophone. Ils étaient vraiment bons, mais Margaret ne se sentait pas touchée. Michael, lui, les écoutait avec beaucoup d'attention. De toute évidence, leurs sensibilités divergeaient sur ce point.

Elle regarda distraitement autour d'elle. Le vieux type à la casquette de base-ball n'avait pas encore marqué de points auprès de la jeune Chinoise. Plus loin, un garçon qui ne quittait pas les musiciens des yeux agitait la tête de haut en bas au rythme de la musique. Il avait l'air en transe. Délaissée, sa petite amie s'occupait en créant de superbes origamis à partir d'un petit mouchoir. Intriguée, Margaret l'observa faire surgir, d'un arrangement élaboré de pliures, un paon à la queue déployée. Son œuvre terminée, elle poussa son ami du coude pour la lui faire admirer. Il jeta un coup d'œil, hocha la tête, fit un petit sourire et se concentra à nouveau sur la musique. D'une pichenette, la fille anéantit sa création et en commença une autre.

L'orchestre termina son morceau sous les

applaudissements enthousiastes du public. Le pianiste prononça quelques mots en chinois, et Margaret se rendit compte que les têtes se tournaient vers leur table. Michael rougit. Le pianiste dit alors en anglais :

— Et pour ceux qui ne parlent pas chinois, sachez que nous avons parmi nous ce soir un certain Michael Zimmerman.

Il fit un geste dans la direction de Michael ; d'autres têtes se tournèrent en même temps qu'éclataient quelques applaudissements.

— Vous l'avez probablement vu présenter ses documentaires historiques à la télévision. Mais peu d'entre vous se doutent qu'il est, avant tout, un excellent saxophoniste.

— Je ne sais plus où me mettre, dit-il en se tournant à moitié vers Margaret.

— Je ne savais pas que vous étiez musicien.

Ce nouvel aspect inattendu de sa personnalité l'intéressa soudain. Elle se rendit compte qu'en fait, elle ne savait absolument rien de lui.

— Si tu venais jouer un morceau avec nous, Michael ? Allez, on l'applaudit bien fort.

Maintenant, tous les yeux étaient braqués sur leur table.

— Merde, marmonna Michael entre ses dents, sans faire mine de se lever.

— Allez, dit Margaret en le poussant du coude.

Elle se leva en applaudissant :

— Je veux vous entendre jouer.

Il était coincé. Il secoua la tête, se leva à contrecœur et traversa la pièce pour rejoindre les musiciens. Margaret le suivit des yeux, avec une fierté inattendue. Elle était avec lui, elle était consciente que les gens la regardaient en se demandant qui elle était. Michael fixa son propre bec sur un saxophone alto que le saxophoniste chinois sortit d'un étui posé par terre, derrière lui.

Ils discutèrent un instant, puis le batteur les entraîna dans un morceau très lent, composé pour saxo solo. Accompagné de la contrebasse, le piano électrique attaqua une mélodie très simple. Michael ferma les yeux, se balança légèrement en se laissant envahir par la musique, puis leva l'instrument à sa bouche et se lança dans un solo velouté et soyeux qui enveloppa la pièce.

Margaret sentit ses cheveux se dresser sur sa nuque, sur le sommet de sa tête. Bien qu'elle n'ait jamais eu beaucoup de temps à consacrer à la musique, il arrivait qu'un morceau la touche, de temps en temps. Là, elle était vraiment émue. La musique de Michael dégageait quelque chose de profondément sexuel. Il avait vraiment beaucoup de talent, un talent pur, authentique. Elle admira l'intensité qu'il mettait dans son jeu, ses doigts qui glissaient sur les clés, tandis que son solo atteignait son point culminant, comme une femme proche de l'orgasme. Puis il acheva le morceau, se recula, le visage en sueur, et les applaudissements éclatèrent spontanément dans la salle. Même la fille aux origamis avait abandonné son mouchoir pour taper dans ses mains avec un enthousiasme inattendu.

Margaret avait les paumes brûlantes quand Michael revint s'asseoir à leur table. Il s'essuya le visage avec le mouchoir offert par la fille aux origamis qui continuait à le dévorer des yeux, au grand agacement de son petit ami.

— Désolé, dit Michael, l'air sincèrement embarrassé.

— Je suppose que vous avez toujours un bec de saxo sur vous. Au cas où.

— Toujours, dit-il avec un grand sourire.

Margaret décida alors d'accepter de se rendre sur le lieu du tournage, le lendemain.

V

Assise dans le canapé, Mei Yuan avait passé un bras autour des épaules de Xinxin. Xinxin était si captivée par le grand livre d'images qu'elle leva à peine les yeux quand sa mère et son oncle entrèrent dans la pièce.

Mei Yuan n'avait pas le téléphone, mais pendant sa maladie, Li avait fait la connaissance d'un voisin qui acceptait de lui transmettre des messages. Elle était partie tout de suite après avoir reçu l'appel de Li ; elle était arrivée, à vélo, vingt-cinq minutes plus tard, essoufflée, le visage rouge, chargée d'une pile de livres pour enfants. Li se demanda où elle les avait trouvés, mais ne lui posa pas de question. Mei Yuan était ravie de faire du baby-sitting. Elle adorait les enfants. Sa seule famille se composait d'une cousine et de son mari dont le « bébé » n'avait pas loin de trente ans. Il lui arrivait donc rarement d'avoir la compagnie de jeunes enfants.

Xinxin se méfiait toujours un peu de son oncle, si grand, si étrange. Elle lui jeta un coup d'œil prudent. Elle n'avait que deux ans la dernière fois qu'elle l'avait vu, et n'avait aucun souvenir de lui. En revanche, elle s'était immédiatement entichée de Mei Yuan. Li et Xiao Ling avaient été mis à la porte ; ils n'avaient pas à s'inquiéter, Xinxin était entre de bonnes mains. Mei Yuan avait compris qu'ils avaient besoin de parler ; s'ils revenaient trop tard, elle dormirait sur le canapé. Elle fut donc étonnée de les voir déjà de retour. Ils s'étaient absentés un peu plus d'une heure et ramenaient avec eux la fraîcheur du soir.

Contrariée de devoir quitter Mei Yuan aussi rapidement, Xinxin était au bord des larmes. Mei Yuan lui promit qu'elle reviendrait la voir ; en attendant, elle lui laissait ses livres.

— Tu m'appelles quand tu veux, dit-elle à Li en partant.

Il lui serra la main et, d'un signe de tête, lui exprima toute sa gratitude. Lorsqu'elle fut partie, il s'assit d'un air morose dans le salon, et écouta Xiao Ling, dans l'ancienne chambre de Yifu, tenter de persuader Xinxin qu'il était l'heure de se coucher. Il entendit d'abord Xinxin se plaindre qu'elle n'avait pas envie de dormir, puis Xiao Ling parler longtemps d'une voix basse, hypnotique. Au bout de dix minutes, elle revint dans la pièce. Elle avait retiré son cardigan ; Li remarqua pour la première fois son ventre bombé. Elle avait l'air fatiguée, stressée.

Ce n'était plus la jeune fille fraîche comme une rose dont il gardait l'image, lors de ses voyages au Sichuan, quand il était encore étudiant à l'université. Cela lui rappela la fois où il avait appris qu'elle était fiancée à un jeune homme qu'il n'avait pas encore rencontré et qu'il n'avait jamais pu aimer par la suite. Ce Xiao Xu possédait une petite ferme près de Zigong, dans la province du Sichuan. Xiao Ling y vivait avec lui, chez ses parents. Dans la nouvelle Chine, sa ferme privée avait prospéré ; il était riche – toutes proportions gardées. Ils s'étaient construit une nouvelle maison que Li ne connaissait pas. Il n'avait jamais été invité ; de toute façon, il aurait refusé. Pour lui, Xiao Xu n'était qu'une brute épaisse, pas assez bien pour sa sœur. Non qu'il l'ait jamais maltraitée – Li l'aurait réduit en bouillie s'il l'avait touchée – mais il ne paraissait éprouver ni réelle affection ni respect pour sa femme. C'était pourtant une très jolie fille, à la dot respectable. Li pensait qu'il s'était trouvé une femme uniquement pour avoir un enfant, et que sa sœur s'était trouvée au mauvais endroit au mauvais moment. Elle méritait beaucoup mieux.

— Tu veux du thé ? demanda-t-elle.

Il accepta d'un signe de tête. Il aurait préféré de la bière, mais il avait besoin de garder les idées claires. Elle partit faire chauffer de l'eau dans la cuisine. Il savait seulement qu'elle n'avait pas encore décidé de garder ou non le bébé. Elle était enceinte de seize semaines et pouvait encore se faire avorter jusqu'à la vingt-huitième semaine. Avec la politique de l'enfant unique, les sanctions, psychologiques et financières, exercées à la naissance du deuxième enfant, alors que sa petite fille était en parfaite santé, pouvaient être très graves. Perte de la scolarité gratuite pour Xinxin et son frère ou sa sœur à naître, perte des soins médicaux gratuits pour toute la famille, perte de l'allocation logement et des autres avantages fiscaux, plus une amende salée. Les pressions psychologiques infligées par le comité de village et les cadres du Parti avaient déjà, dans certains cas, poussé des mères à se suicider. Mais en même temps, Li ne supportait pas l'idée d'avorter, de supprimer la vie d'un enfant à naître. C'était une alternative abominable, une situation sombre dans laquelle elle n'aurait jamais dû tomber.

« Pourquoi ? » C'était la première question qu'il lui avait posée. « C'est arrivé, point », avait-elle répondu. Il savait qu'elle voulait ce bébé. Il savait qu'elle avait été déçue d'avoir une fille. Elle voulait un garçon, comme toutes les mères chinoises.

Sa décision de l'emmener au Sanwei, un endroit calme où ils pourraient parler sans être interrompus, avait été un désastre. Les soirées jazz étaient en principe programmées le week-end. Il pensa à Margaret, à sa surprise de la rencontrer là, à sa colère, sa jalousie de la trouver en compagnie d'un bel Américain. Il n'avait aucun droit d'être jaloux, il le savait ; il toucha sa joue, là où elle le cuisait encore, et se demanda si l'indignation qu'elle avait montrée dans l'après-midi n'était pas plus le fruit de la culpabilité que de la colère.

Xiao Ling apporta le thé sur un plateau, et posa la théière et les tasses sur la table basse, devant le canapé. Elle versa de l'eau chaude sur les feuilles vertes, puis remit sur chaque tasse son couvercle afin de laisser les feuilles se réhydrater et diffuser dans l'eau leur parfum légèrement amer. Ensuite, elle s'assit au bord du canapé, à côté de Li, et attendit dans un silence tendu.

— Alors, que t'a dit l'oncle Yifu ? finit-il par demander.

Yifu, à la demande de leur père, s'était rendu en train à Zigong pour parler avec Xiao Ling de sa grossesse. C'était le soir de son retour à Pékin qu'il avait été tué.

Elle se tordit les mains.

— Après toutes les pressions que j'ai subies, le vieux Yifu m'a fait asseoir, m'a pris la main et m'a dit que c'était à moi de décider.

Ses yeux se remplirent de larmes.

— Il ne m'a ni jugée ni accusée. Il m'a fait envisager toutes les options, toutes les conséquences. Il m'a demandé de lui dire pourquoi je voulais un garçon. Il n'a fait aucun commentaire sur ma réponse, mais il m'a fait réfléchir et exprimer mes sentiments. Personne ne se soucie de ce que je pense, ni Xiao Xu, ni ses parents, ni notre père, personne. Tout ce qu'ils veulent, c'est que j'obéisse. L'oncle Yifu voulait que j'agisse selon ma conscience.

Elle tourna vers Li un visage ruisselant de larmes.

— Il était tellement gentil, Li Yan. Tellement bon. Nous avons parlé pendant des heures ; je voulais qu'il reste quelques jours. Mais il m'a dit qu'il devait partir.

Elle se mordit les lèvres.

— Si seulement j'avais insisté, si j'avais réussi à le faire rester, il serait encore en vie aujourd'hui.

Et la culpabilité qu'elle retenait depuis trop longtemps se libéra en gros sanglots qui lui déchiraient la poitrine.

— Je me sens tellement responsable.

Li passa un bras autour de ses épaules et l'attira contre lui. Elle paraissait si petite, si fragile, qu'il avait peur de la serrer trop fort.

— Tu n'as aucune responsabilité dans sa mort, murmura-t-il d'une voix rauque d'émotion. S'il y a quelqu'un à blâmer, c'est moi. Sans moi, il n'aurait pas été tué.

Les pleurs de Xiao Ling redoublèrent.

— Je me demande vraiment pourquoi tu as voulu devenir policier, sanglota-t-elle.

— Parce que je voulais faire comme lui, dit-il, sachant que, de toute façon, elle ne le comprendrait pas. Parce que je croyais aux mêmes choses que lui – l'équité, la justice, le droit des gens à vivre en sécurité sans aucune crainte pour leur vie et leurs biens.

— Je suis désolée. Je sais que tu l'aimais, toi aussi.

Ils restèrent longtemps serrés l'un contre l'autre,

jusqu'à ce qu'ils aient épuisé toutes leurs larmes. Finalement, Xiao Ling s'essuya la figure avec un mouchoir et se pencha en avant pour boire son thé. Il était tiède. Li n'avait plus envie du sien ; il alla se chercher une bière dans le réfrigérateur. En revenant, il s'arrêta un instant sur le seuil de la porte, regarda sa sœur, puis porta le goulot à sa bouche pour en boire une longue gorgée. La bière glacée lui rafraîchit la gorge. Enfin, il posa la question qu'il différait depuis le début de la soirée.

— Pourquoi es-tu là, Xiao Ling ?

Elle évita son regard.

— Il y a une clinique, à Pékin, où je peux aller passer une échographie, répondit-elle d'une voix enrouée.

Il fronça les sourcils.

— Une quoi ?

— On peut voir une image du bébé dans le ventre, sur un écran de télévision. Ils font ça avec du son... euh... des ondes à haute fréquence. J'ai lu un truc dessus.

— Et ça sert à quoi ?

Elle hésita.

— Quelquefois, on voit le sexe du bébé.

Il comprit immédiatement ce qu'elle avait en tête et en eut la nausée.

— S'ils ne peuvent pas, ils prélèvent du liquide de l'utérus pour savoir.

Il resta debout, sans bouger, et la dévisagea un long moment. Il sentait une veine palpiter sur sa tempe.

— Et si c'est une fille ?

Il attendit sa réponse, mais Xiao Ling ne dit rien et refusa obstinément de croiser son regard. Il parla alors à sa place :

— Tu avorteras, n'est-ce pas ?

Elle semblait examiner ses ongles avec un grand intérêt.

— S'ils font le test du liquide, ils auront le résultat dans quatre semaines. Je n'en serai qu'à la vingtième semaine.

Il vida la moitié de sa bouteille et résista à l'envie de l'injurier. De quel droit la jugeait-il ? Il se demanda ce que Yifu aurait dit ou fait – et se rendit compte qu'il n'en avait aucune idée. Il réalisa comme il était différent de son oncle qu'il essayait de prendre pour modèle depuis des années. Peut-être était-ce hors de sa portée.

— Cette clinique, finit-il par dire. Elle est privée ?

Elle hocha la tête.

— Chère ?

Elle hocha à nouveau la tête.

— Comment vas-tu payer ?

— Les affaires de Xiao Xu marchent bien. J'ai économisé de l'argent.

— Et Xiao Xu approuve ?

Xiao Ling se tut pendant un long moment, avant d'avouer :

— Il n'est pas au courant. Il croit que je suis simplement venue te rendre visite.

Li en fut choqué.

— Mais c'est son enfant, à lui aussi. Il a son mot à dire, non ? Xiao Ling croisa son regard pour la première fois. Li fut consterné d'y lire de la haine.

— Il veut que je m'en débarrasse, que ce soit un garçon ou une fille. Ils sont venus le voir. Je ne sais pas ce qu'ils lui ont dit, je ne sais pas de quoi ils l'ont menacé, mais brusquement il n'en a plus voulu. C'était *ma* faute, *mon* problème, c'était à *moi* de m'en débarrasser.

Il comprit soudain la solitude écrasante qu'elle devait ressentir. Le monde entier était contre elle. Et elle, mue par son instinct, ou par cinq mille ans de tradition, voulait tout simplement un fils. Un désir qui, dans n'importe quel autre endroit de la terre, n'aurait posé aucun problème.

— Si cette... échographie... te montre le sexe du bébé...

Il avait la bouche sèche, osait à peine formuler sa question.

— Qu'est-ce que tu feras, si c'est un garçon ?

Cette fois, sûre d'elle, elle soutint son regard :

— Si c'est un garçon, je le garderai, et je donnerai Xinxin.

Chapitre 4

I

Un grand couteau de cuisine s'abattit rapidement deux fois de suite et les têtes tombèrent du barreau de l'échelle dans le fossé. Pendant quelques moments déments, les deux poulets décapités coururent dans tous les sens, le sang jaillissant de leur cou coupé. Le paysan qui avait asséné les coups fatals regardait en retenant son souffle la vie quitter les créatures qui finirent par s'effondrer, immobiles, sur la terre ensanglantée. Une main se referma sur son épaule et le fit pivoter sur lui-même. Il se retrouva face à Hu Bo.

— *Mais qu'est-ce que tu fous, Wang Qifa ?*

— *C'est vous qui nous avez mis en garde contre le danger des armes cachées, monsieur Hu. Les vieux du village m'ont promis que le sang de poulet me protégerait. « Avec deux poulets sacrifiés, tu n'auras rien à craindre des armes cachées », ils ont dit.*

— OK, coupez, contrôle.

À côté de Margaret, l'homme parlait dans un talkie-walkie. Elle vit les images défiler rapidement en arrière jusqu'au moment où le couteau allait s'abattre. Il y avait déjà eu trois prises de l'échange entre Hu Bo et le paysan – un plan large et deux plans serrés. Les poulets avaient été ajoutés au dernier moment. Il n'y aurait qu'une prise avec eux. La vue de cette frénésie sans tête était écœurante en soi, mais elle rappelait autre chose à Margaret.

— La société protectrice des animaux va vous arracher la tête, non ?

L'homme sourit.

— Les poulets appartiennent à un couple du village. De toute façon, ils devaient terminer sur la table. On a grassement payé le droit de les tuer devant la caméra. Ils seront les invités d'honneur du banquet de ce soir, le plat de résistance du menu.

Il se retourna pour regarder l'enregistrement.

Margaret l'avait tout de suite trouvé sympathique. Malgré la pression énorme à laquelle il était soumis – pour respecter horaires et délais –, il paraissait détendu, accommodant, alors que tous les autres semblaient sur le point de craquer. Michael les avait présentés quand elle était arrivée à Ding Ling avec la voiture de la production.

— Charles a réalisé toutes mes séries, avait dit Michael.

— Ravie de vous rencontrer, Margaret. Mais appelez-moi Chuck. Mike est le seul à m'appeler Charles.

— Peut-être parce que tu es le seul à m'appeler

Mike. Chuck avait haussé les épaules d'un air désespéré.

— Que faire ? Ce mec est impossible.

La lecture de l'enregistrement terminée, une voix annonça sur l'un des talkies-walkies :

— C'est bon.

— OK, fit Chuck. En place pour la prochaine prise, Dave. Vite, s'il te plaît. Ces gens attendent leurs poulets.

Il se tourna vers Margaret.

— Je filme le sang et les tripes de façon à pouvoir couper les images si jamais la chaîne trouve que ça risque de faire gerber les téléspectateurs. Mais, vous savez, ça s'est vraiment passé comme ça. On essaye de montrer les choses telles qu'elles étaient.

Ils se trouvaient dans un camion équipé en centre de contrôle vidéo. Des câbles jaillissaient de l'arrière comme des boyaux d'un animal mort et pendaient à l'intérieur d'un long corridor rocheux menant à l'entrée du palais mortuaire souterrain de l'empereur Wan Li.

— Je n'arrive toujours pas à croire qu'on vous autorise à filmer dans la vraie tombe, dit Margaret.

— Hé, Mike a mis six mois à obtenir l'autorisation. Plus un très gros chèque. Les Chinois sont des capitalistes dans l'âme. Ils ont calculé ce que leur rapporterait cette série grâce à l'afflux supplémentaire de touristes. Ils ont dû en conclure que ça valait le coup, puisqu'ils ferment le site au public pendant six semaines – le temps d'installer les décors, de tourner et de nettoyer. À notre avis, c'est la clé de voûte de la série ; si on doit dépenser de l'argent quelque part, c'est ici qu'il faut le faire.

Sur le moniteur, Margaret vit un cadrage serré sur la tête des poulets. Il y eut ensuite un panoramique, puis la caméra s'éleva à plus de trois mètres en reculant, afin que toute l'allée pavée entourée de hauts murs, conduisant aux marches du pavillon de la Stèle, entre dans le plan.

— Ça m'a l'air bon, Jackie, dit Chuck dans son talkie-walkie. Dave, est-ce que Mike est prêt ? Est-ce qu'il veut répéter ?

La douce voix de Dave à l'accent irlandais grésilla dans le talkie-walkie :

— Michael est prêt, Chuck. Il veut bien répéter. C'est un long speech.

— OK, dit Chuck. Si tout le monde est prêt, on fait un essai.

Il expliqua à Margaret :

— Nous n'allons probablement utiliser l'image de Mike qu'au début et à la fin de cette séquence. Entre les deux, on calera des images qui n'ont pas encore été tournées. Nous réenregistrerons probablement tout le speech en post-synchro, mais c'est bien d'avoir le son propre à l'endroit. C'est plus authentique.

Puis, dans son talkie-walkie :

— Jackie, n'oublie pas : une fois que tu as Mike en plan américain, tu le gardes comme ça pendant le travelling arrière ; c'est seulement quand tu redescends la caméra que je veux le voir avancer en gros plan. Quand tu veux, Dave...

Margaret entendit la voix du premier assistant

réclamer le silence, puis annoncer : « Ça tourne... Action ! »

La caméra cadra les poulets morts, et commença à reculer en s'élevant. Chuck murmura dans son talkie-walkie :

— À toi, Mike.

Elle entendit aussitôt la voix de Michael :

— *Au-delà des superstitions sur les moyens de défenses mis en œuvre par l'empereur, les craintes des archéologues et des paysans se fondaient sur des documents historiques et les expériences fatales de plusieurs pilleurs de tombes au cours des siècles. L'histoire des pièges secrets et des armes cachées d'Indiana Jones n'est pas si invraisemblable que ça.*

Tout en avançant vers la caméra, il leva le bras pour montrer le haut mur de briques scellant l'entrée du tombeau. On y distinguait nettement la forme d'un « V » inversé.

— *Lorsque, le 17 mai 1957, au bout d'un an de fouilles, les archéologues découvrirent le « mur de diamant » fermant l'accès à la tombe, les rumeurs sur ce qui pouvait se trouver derrière alimentèrent des peurs très réelles. La science et la superstition, la culture et l'ignorance coexistaient dans les esprits des membres de l'équipe comme chez les terrassiers paysans. On évoquait des arbalètes dont le mécanisme secret enverrait des flèches empoisonnées au premier qui essaierait d'ouvrir la porte. On parlait de gaz toxiques qui seraient libérés pour tuer les envahisseurs, de sabres qui tomberaient de la voûte. Personne ne pourrait survivre.*

Puis, dix jours après la découverte du « mur de

diamant », leurs peurs décuplèrent avec l'apparition d'un vieillard mystérieux...

— Arrivés là, on verra le vieux en train de parler aux paysans, dit Chuck à Margaret.

— *Il était vêtu de haillons, avec un chapeau de paille sur la tête, et avait une longue barbe blanche fine et clairsemée. Il raconta aux terrassiers paysans qu'il possédait un document transmis de génération en génération par ses ancêtres. Ce document mentionnait une rivière coulant dans le palais souterrain. Pour atteindre le cercueil, il fallait traverser cette rivière ; de l'autre côté s'ouvrait un gouffre profond de plusieurs centaines de milliers de mètres. Au fond, une passerelle enjambait des fils de fer barbelés. Seuls ceux qui étaient nés sous certains auspices pourraient la franchir. Tous les autres y perdraient la vie.*

Son histoire eut un tel impact sur les paysans que ceux-ci se battirent pour que le vieillard leur dise, moyennant finances, si le jour de leur naissance était favorable ou non. Mais le lendemain, lorsque l'affaire arriva aux oreilles des archéologues, ils se mirent en quête de l'individu qui semait la panique chez les ouvriers. Or l'« immortel » avait disparu.

Michael sourit à la caméra, de connivence avec le scepticisme de son public à propos du vieillard.

— *Ridicule ? C'est ce que l'on serait tenté de penser. Mais Hu Bo et les autres archéologues de l'équipe, tous des hommes instruits, ne voulaient rien laisser au hasard. Ils étaient justement en train d'étudier un récit de l'Antiquité sur la construction de la tombe du premier empereur, Qin Shihuang, plus de deux mille ans auparavant. Non seulement Qin avait unifié la Chine et construit la Grande Muraille, mais il avait fait faire une gigantesque armée de soldats en terre cuite grandeur nature pour garder son mausolée.*

— Ici, on verra l'armée de terre cuite, dit Chuck. On en a des tonnes en stock.

— *Le récit de la construction de sa tombe parlait de perles, de jade, de toutes sortes de trésors. Des bougies faites en graisse de dugong devaient brûler en permanence. Des arbalètes et des flèches cachées devaient se déclencher automatiquement afin d'éviter le pillage. Le cercueil serait encerclé d'une rivière de mercure animée mécaniquement. Au-dessus, une voûte céleste, avec le soleil, la lune, les étoiles ; au-dessous, un paysage de rivières et de montagnes...*

Michael se rapprocha en gros plan, et regarda très sérieusement la caméra. Margaret le trouva incroyablement photogénique. En chair et en os, il n'était déjà pas mal, mais à l'écran, il était très beau. La caméra l'aimait. Un petit frisson involontaire la parcourut de la tête aux pieds.

— *Des rivières de mercure ? Si elles existaient, c'était la mort certaine pour quiconque essayait de pénétrer dans la tombe de Qin. Quelqu'un avait-il essayé ? En fait, non. L'armée de terre cuite avait été déterrée, ses soldats rangés en bataillons autour de la tombe. Mais à ce jour, personne n'avait eu le courage de pénétrer dans le tombeau proprement dit. Pourquoi ? Parce que des prélèvements du sol avaient révélé une teneur élevée en mercure, donc dangereuse. Était-il étonnant, alors, que Hu Bo et les autres, sous la direction du vénéré Xia Nai, abordent avec crainte l'ouverture du mausolée de l'empereur Wan Li ?*

Il se détourna de la caméra.

— Merde ! J'ai sauté les pierres peintes au cinabre.

Chuck se pencha en avant :

— C'est bon, Mike, tu étais hors champ. On pourra reprendre en post-synchro. Mais, franchement, je ne crois pas que ce soit important.

Michael regarda la caméra.

— Si. Je veux qu'on la refasse.

— Bon Dieu de perfectionniste, marmonna Chuck. OK, on coupe et on recommence.

— Qu'est-ce que vous en pensez ? demanda-t-il à Margaret.

— J'ai trouvé ça bien.

— Moi aussi, soupira-t-il. Ça peut durer encore longtemps.

Elle se leva.

— Je vais me balader un peu. Je vous rejoins plus tard, d'accord ?

— Pas de problème. Je vous accompagne ?

Et il ajouta avec un grand sourire :

— Si seulement je pouvais.

Dehors, le chaud soleil de septembre baissait, révélant le relief des montagnes qui se profilaient au nord-ouest. Tout autour, l'air embaumait le pin. Margaret s'éloigna de l'effervescence du tournage pour s'enfoncer dans l'ombre des arbres, vers le mur crénelé qui entourait le tombeau. Un paysage nu, austère, blanchi par le soleil, cernait cette oasis fortifiée. Les contreforts des montagnes étaient parsemés des tombes des ancêtres de Wan Li, symbolisant les efforts désespérés des hommes riches et puissants de l'histoire pour s'imposer aux autres, même après leur mort. Futiles velléités d'immortalité. Aujourd'hui, des siècles plus tard, ils ne servaient qu'à distraire la génération télé.

Les mains dans les poches de son pantalon, Margaret flâna sur le chemin de ronde, en poussant du pied une pomme de pin. C'était intéressant, Michael était charmant et séduisant, mais elle avait encore les nerfs à vif. Le souvenir de Li était toujours aussi douloureux.

Lorsqu'elle retourna au camion de contrôle, Chuck était beaucoup plus agité que lorsqu'elle l'avait quitté. Grand et maigre, avec une tignasse prématurément grise, il donnait l'impression de s'être plié en quatre sur la console de contrôle. Une cigarette à la main, la première qu'elle lui voyait fumer, il parlait à toute vitesse dans son talkie-walkie.

— Désolé, dit-il à l'intention de Margaret. Je ne fume que si je suis très stressé. Donc, dès que vous me voyez avec une cigarette, vous savez que je ne vais pas tarder à craquer. On prépare cette scène depuis des jours. Elle coûte la peau des fesses, je n'ai pas envie de faire plusieurs prises.

— Quelle scène ?

— Le moment où ils enlèvent les premières briques du mur de diamant et ouvrent la tombe. Avec des effets spéciaux géniaux.

Il marqua une pause.

— Enfin, j'espère. J'ai trois caméras dessus. Ça a intérêt à être bon.

Margaret vit que deux moniteurs, noirs jusque-là, diffusaient maintenant les images prises par les autres caméras. Le plan large montrait l'échelle menant à la pointe du V inversé. Des douzaines de figurants paysans, en costumes Mao bleus, étaient rassemblés autour. L'acteur interprétant Hu Bo se trouvait tout en haut de l'échelle, muni d'une sorte de truelle, prêt à retirer la première brique.

Une autre caméra avait été installée plus haut sur le mur ; elle offrait une vue plongeante sur Hu Bo et les visages levés des paysans. La troisième était par terre, au niveau des jambes des paysans. À l'arrière-plan, Margaret voyait encore une caméra et des gens.

— On est censés les voir ? demanda-t-elle à Chuck.

Celui-ci se mit à rire.

— Ils figurent l'équipe qui a filmé la véritable ouverture de la tombe. C'est comme ça qu'on sait exactement ce qui s'est passé. On va entrecouper notre film avec des séquences de l'époque.

Il s'écoula encore quarante-cinq minutes avant que tout soit prêt pour la prise. Hu Bo et le paysan Wang Qifa avaient répété leur dialogue plusieurs fois en faisant semblant de retirer la première brique. Ingénieur du son, cameramen, chef opérateur, tous semblaient satisfaits.

— OK, Dave, dit Chuck. Quand tu veux...

Dave, un grand gaillard aux longs cheveux roux coiffés d'une casquette de baseball, leva le pouce vers la caméra et disparut du champ. Margaret l'entendit dire :

— OK, tout le monde, silence s'il vous plaît. Ça tourne. On ne bouge plus. Action !

Wang Qifa, truelle à la main, grimpa l'échelle pour rejoindre Hu Bo.

— *Qu'est-ce que tu fais ?* demanda Hu Bo.

— *Je pensais qu'on retirerait les premières briques ensemble,* répliqua Wang Qifa.

— *Hé, il y a peut-être des armes cachées. Et le sang de poulet n'est pas toujours infaillible. Tu ferais mieux d'attendre au pied de l'échelle, je te passerai les briques. Comme ça il n'y aura qu'un seul mort.*

C'était suffisant pour faire redescendre Wang Qifa. Hu commença à gratter avec sa truelle dans un silence de mort. La caméra aérienne filma en gros plan les visages levés, concentrés. La brique se descella lentement. Hu Bo la prit à deux mains et l'ébranla jusqu'à ce qu'elle finisse par se détacher du mur. Il y eut un son sec, assez fort, suivi d'un bruit d'aspiration, comme un souffle d'air. Une voix cria :

— *Du gaz empoisonné !*

Immédiatement, un épais nuage noir s'échappa du trou, avec une sorte de grognement animal.

Hu plaqua sa main devant sa bouche, laissa tomber la brique, et glissa au bas de l'échelle en toussant et suffoquant. Les paysans s'étaient tous jetés par terre, engloutis par le nuage noir descendu sur eux.

Margaret vit, sur le troisième moniteur, une silhouette émerger du nuage, incongrue en jean et chemise blanche. Sur un signal invisible, tout le monde s'arrêta de tousser, le plateau redevint calme. Michael s'adressa à la caméra, au milieu d'un silence sinistre, tout en continuant à s'avancer ; la nuée noire s'enroulant autour de ses jambes.

— *Mais ce n'était pas du gaz empoisonné. Ce n'était qu'une accumulation de matières organiques pourries libérée par l'irruption de l'air après 340 années de décomposition. Infecte, désagréable, mais pas toxique. Et s'il y avait des armes cachées, elles restaient à découvrir.*

— Coupez ! cria Chuck. Super ! Le son, tu as besoin d'un fond d'ambiance ?

Une voix sortie de nulle part répondit :

— Oui. Avec un peu plus de toux et de suffocation.

— OK. On verra ça après le contrôle de la bande. Dave, la bise à tout le monde. Dis aux décos que je leur offre une tournée.

Il faisait froid et humide dans le palais souterrain. Margaret frissonna. Michael lui posa sa veste sur les épaules. Elle ne sut pas trop si c'était le froid ou le contact des mains de Michael sur son fin chemisier de coton qui lui donna la chair de poule. Elle préféra ne pas y penser et observa, autour d'elle, les vastes salles voûtées.

— Je ne m'imaginais pas ça aussi grand, dit-elle en secouant la tête d'étonnement.

— Taillé à la main dans des blocs de pierre géants, dit Michael. Le coût de la construction de ce tombeau a presque ruiné le pays.

— Finalement, il n'y avait pas d'armes cachées ? demanda Margaret, déçue.

— J'ai bien peur que non.

— C'est de la triche, non ? Vous appâtez le public en lui faisant croire qu'il y en avait ?

— Non, répondit Michael. Je veux que le public ressente la même chose que Hu Bo et les autres face à ce danger inconnu, caché. La tombe n'était pas piégée, mais ils ne le savaient pas. Une fois à l'intérieur, ils ont été confrontés à d'autres problèmes. Ils n'arrivaient pas à ouvrir les énormes portes de marbre des salles, y compris celle du caveau central.

Margaret regarda les portes. Elles devaient peser des tonnes.

— Apparemment, elles étaient fermées de l'intérieur, dit Michael.

— Vous voulez dire que des gens les ont fermées et sont morts derrière ?

Michael sourit.

— Ils ont pensé un moment à la même chose. Puis Hu a découvert le secret d'une clé en forme de crochet qui pouvait être glissée entre les portes pour déplacer un verrou de pierre. Ils ont réussi à les ouvrir toutes, une par une. Et ils ont trouvé des salles vides.

— Vides ? s'étonna Margaret. L'empereur n'était donc pas enterré ici ?

— Ils ont d'abord cru que la tombe avait déjà été pillée. Il y avait trois trônes en marbre blanc, pour l'empereur et chacune des impératrices. Il y avait aussi des objets rituels, mais pas de cercueil. Jusqu'à ce qu'ils ouvrent la dernière salle.

Il la guida au fond de la salle, derrière les trônes de marbre.

— Et là, sur une estrade, chacun dans son écrin en or, reposaient les cercueils de l'empereur et des deux impératrices, entourés de vingt-six coffres en bois laqué.

Ils avaient sous les yeux trois énormes caisses en laque rouge entourées de vingt-six coffres.

— Ce sont eux ?

Michael secoua la tête.

— Des reproductions, soupira-t-il. Vous ne devez pas oublier l'époque à laquelle ces tombes furent ouvertes. En Chine, la fin des années 1950 fut une période de purges politiques et de bouleversement social. Le directeur en charge du site était un délégué politique. Il ne connaissait rien à l'histoire de l'endroit et se fichait complètement de ce que renfermait la tombe. Avec le temps, les cercueils d'origine se sont détériorés ; on en a fait des reproductions à montrer au public. Et le directeur a ordonné de jeter les originaux.

— Vous plaisantez ! s'écria Margaret, consternée. Ils n'ont quand même pas fait une chose pareille ?

— Quand les archéologues ont protesté, le directeur a ordonné à des soldats de les jeter du haut des murs ; ils se sont écrasés sur les rochers.

Malgré elle, et à sa grande surprise, Margaret se hérissa d'indignation.

— Mais ces cercueils avaient des centaines d'années, c'étaient des vestiges historiques inestimables. De merveilleux objets irremplaçables.

Il passa un bras autour de ses épaules ; elle sentit sa chaleur, même à travers sa veste et son chemisier.

— Mais vous avez froid, ici. Le reste de l'histoire peut attendre. Allons plutôt déjeuner.

Le quart d'heure de marche au soleil, le long de l'allée pavée aboutissant au parking, fut tout juste suffisant pour chasser le froid qui avait transpercé Margaret jusqu'aux os. En chemin, elle demanda à Michael :

— Pourquoi ce Hu Bo vous fascine-t-il autant ?

Il eut un petit sourire triste.

— Parce que, toute sa vie, il a été une victime. Victime des circonstances, victime de l'Histoire. Chaque fois que le destin l'a mis à terre, il s'est relevé pour riposter.

Il lui serra le bras.

— Pensez, Margaret, qu'à l'âge de dix ans, il a été *vendu* par son père. Vendu pour travailler au campement d'un explorateur suédois, Sven Hedin, qui partait en expédition dans les régions les plus reculées de l'ouest de la Chine. Un désastre pour un jeune garçon qui se retrouvait obligé de travailler comme un esclave. Il a vécu des moments très pénibles en traversant des déserts et des montagnes qui ne figuraient encore sur aucune carte. Il a perdu trois doigts, gelés. Mais il a aussi appris à coudre, à faire la cuisine, à raser, à cuire le pain, à monter à cheval, à tirer au fusil, à prélever sur le terrain des échantillons de vestiges anciens. Il s'est familiarisé avec les méthodes de relevé et les principes élémentaires des fouilles. Il a développé les talents nécessaires à la restauration et la conservation des vestiges exhumés.

Michael avait les yeux brillants d'admiration.

— Il a transformé à son avantage une suite d'événements désastreux. À l'âge de vingt ans, ce paysan venu de nulle part étudiait l'archéologie à l'université de Pékin.

Se rendant soudain compte qu'il lui serrait le bras, il le lâcha immédiatement.

— Pardon, je me laisse parfois emporter.

Margaret regarda ses yeux. Son enthousiasme était puéril, pour ne pas dire immature. Mais il était également contagieux, fascinant. Elle se frotta le bras.

— J'aurai un bleu, ce soir, dit-elle avec un petit sourire.

— Pardon, répéta-t-il, soudain embarrassé.

Ils continuèrent à marcher en silence. Derrière eux, sur un fond de montagnes voilées d'une brume bleue, le pavillon de la Stèle se dressait au-dessus des aiguilles bleu-vert des épicéas. Devant eux, sur le parking, la foule des figurants et des membres de l'équipe de tournage s'agglutinaient autour de la cantine. Brusquement, Michael demanda :

— Vous êtes allée à Xian, voir l'armée de terre cuite ?

— Je n'ai pratiquement pas quitté Pékin, dit-elle en riant.

— Mais vous devez absolument les voir. Vous ne pouvez pas venir en Chine sans voir la huitième merveille du monde.

— Un groupe de figurines en céramique ?

— Oh, Margaret ! Vous ne pouvez pas vous imaginer ce que c'est ! Des milliers de guerriers, aussi grands que moi, parfois plus. Chaque pièce est unique, finie à la main. Chaque visage différent. Créés par des artistes, il y a deux mille deux cents ans. Le simple fait de se trouver parmi eux, de sentir leur présence, de les toucher, c'est être touché par l'Histoire d'une manière que je ne peux même pas vous décrire.

Cet enthousiasme contagieux encore. Elle sourit en secouant la tête.

— Vous perdez votre temps avec moi, Michael. Je ne suis qu'une crétine inculte.

— Écoutez. Je dois aller à Xian demain. Pour mettre au point l'expédition de plus d'une soixantaine de guerriers aux États-Unis. J'organise une exposition qui va coïncider avec la diffusion de ma dernière série de documentaires. *L'Art de la guerre.* On n'aura jamais vu autant de guerriers de terre cuite hors des frontières de Chine. Venez avec moi.

— Quoi ? fit-elle, interloquée.

Mais rien ne pouvait réfréner l'empressement de Michael.

— Je prends le train ce soir. J'y passe la journée, et je reviens après-demain matin par le premier avion. Je ne peux pas me permettre de m'éloigner plus longtemps de la production.

— Mais je ne peux pas, dit Margaret en riant. Je suis impliquée dans une enquête criminelle.

— Une journée, c'est tout.

Il s'arrêta, lui prit les mains.

— Mon bureau de production s'occupera de vos réservations. Je pourrai vous amener directement au milieu des guerriers ; vous pourrez les toucher, toucher de la terre vieille de deux mille ans. Peu de gens ont l'occasion de vivre une expérience pareille.

Il reprit son souffle et ajouta :

— Dites oui. Ne réfléchissez pas. La vie est trop courte. Dites simplement oui.

Elle le regarda un moment dans les yeux, laissa ses mains, grandes et fortes, envelopper les siennes, et sentit naître au plus profond d'elle-même quelque chose de douloureux et agréable à la fois.

II

Du sang, des corps sans tête, des têtes sans corps, des mains attachées par un cordon de soie passaient et repassaient devant ses yeux. Les photos étaient étalées sur son bureau comme des pièces de puzzle de même forme et de même taille ne donnant aucune indication sur la façon de les assembler. Li avait passé la matinée à passer au crible les rapports, les images, les interrogatoires, les dépositions, tout en se laissant distraire par des idées sans aucun rapport avec l'enquête qui lui encombraient l'esprit et l'empêchaient de se concentrer. *C'est le moment d'apprendre à séparer votre vie privée de votre vie professionnelle,* lui avait dit Chen la veille. Mais Li n'y arrivait pas.

Profitant de sa halte au coin de Dongzhimen, pour sa *jian bing* du matin, il avait parlé de sa sœur à Mei Yuan. Mei Yuan l'avait écouté gravement, sans faire de commentaire ni donner de conseils. Elle comprenait qu'il avait seulement besoin de parler. Elle se contenta d'exprimer sa sympathie en lui serrant légèrement le bras. Cela avait suffi à le rassurer, et il s'était souvenu de sa proposition de la veille. *Quand tu veux.* Il était déjà arrivé à son bureau quand il réalisa qu'elle avait oublié de lui demander s'il avait trouvé la solution de l'énigme des trente yuans. C'était aussi bien car il n'y avait pas réfléchi une seconde, et n'aurait eu aucune réponse à lui donner.

Quand il avait quitté son appartement, Xiao Ling se préparait pour son rendez-vous à la clinique où elle devait passer l'échographie dans la matinée. Xinxin, les yeux gonflés de sommeil, avait oublié la crainte que son oncle lui inspirait et l'avait embrassé. Vexée d'être désapprouvée, incomprise, Xiao Ling l'avait évité. Ni l'un ni l'autre n'avait dormi aussi bien que Xinxin. À présent, Li redoutait presque de devoir rentrer chez lui en fin de journée car, quel que soit le résultat de l'examen, la décision de sa sœur serait insupportable.

Il plissa les yeux pour essayer de chasser cette pensée de son esprit ; l'image de Margaret en train de le fixer d'un air de défi la remplaça. Comment pouvait-il avoir affaire à elle sur un plan professionnel sans y mêler ses sentiments personnels ? *C'est le moment d'apprendre à séparer votre vie privée de votre vie professionnelle.* Comment ? Comment faire ? Et d'abord, qui était l'homme avec lequel il l'avait vue au Sanwei la veille ?

Il rouvrit les yeux, trouva les quatre victimes en train de le fixer d'un air presque accusateur. Pourquoi n'avait-il pas trouvé l'assassin ?

Une secrétaire frappa et entra avec une grande enveloppe brune à la main.

— Voici les traductions des rapports d'autopsie que vous avez demandées, dit-elle. Ainsi que les photos des scènes de crime.

Elle les posa sur le bureau.

— Je n'en veux pas, aboya-t-il.

Elle sursauta et rougit.

— Elles sont pour le docteur Campbell, à l'ambassade américaine. Faites-les porter par estafette.

— Bien, dit-elle timidement en s'en allant juste au moment où Zhao entrait.

— Qu'est-ce qu'il y a, Zhao ? demanda Li d'un ton brusque et impatient.

— Je n'ai retrouvé qu'un seul professeur en poste à l'école secondaire n° 29 au début des années 1960. Il a presque quatre-vingts ans.

— Que sont devenus les autres ?

— Je ne sais pas. Morts, probablement. Comme beaucoup de dossiers ont été détruits pendant la Révolution culturelle, il n'est pas facile d'obtenir des informations. Pareil pour la famille de Yuan.

— Et Qian ? Il avance ?

— Il a les mêmes problèmes, patron. Mais il a

trouvé les noms de quelques camarades de classe des victimes. Ce n'est qu'une question de temps pour remonter la piste des autres.

— C'est justement de temps que nous manquons, Zhao. L'intervalle entre chaque crime va de trois à quinze jours. Et s'il y a deux autres victimes dans la nature, il faut les trouver avant le tueur.

— Vous voulez que j'attaque les interrogatoires ?

Li réfléchit un moment.

— Oui. Mais faisons-les à l'école. Demain matin. Demande au directeur de mettre deux salles à notre disposition. J'aimerais m'imprégner de l'ambiance de l'endroit.

La voix de Wu leur parvint de la salle des inspecteurs :

— Patron ? Tu as une minute ?

Zhao s'effaça pour laisser Li sortir de son bureau.

— Qu'est-ce qu'il y a ?

Assis à son bureau, Wu tenait son téléphone dans une main.

— Les mecs de la police scientifique sont chez Yuan Tao, dans l'appartement de l'ambassade. Ils veulent te montrer un truc. Tu peux y aller ?

Li hocha la tête.

— Demande une voiture.

— On arrive, dit Wu au téléphone.

Li retourna dans son bureau. Il se passait enfin quelque chose.

Qian entra derrière lui, les yeux brillants ; il brandissait une feuille de papier.

— Ça vient juste d'arriver, patron. Un fax du Centre de détermination des preuves. Le résultat des tests que le docteur Campbell a demandés à propos de la signature de la lame...

Li lui arracha la feuille des mains et parcourut les caractères serrés du rapport. Il sentit la peau de son crâne se contracter.

L'enceinte diplomatique où se trouvait l'appartement officiel de Yuan Tao était située juste derrière le magasin de l'Amitié, sur Jianguomen. Wu gara la jeep bleu foncé dans l'allée des vélos. Du trottoir, ils observèrent l'immeuble, relativement récent, avant de se diriger vers l'entrée de l'enceinte. Un garde de la police armée y était posté en sentinelle.

— Qu'est-ce que vous voulez ? demanda-t-il, à peine poli.

— Département des enquêtes criminelles. Section n° 1, répondit Wu en lui mettant sa carte sous le nez.

Li lui montra la photo extraite du dossier de Yuan Tao.

— Vous connaissez ce type ?

— Sûr, dit le garde en crachant par terre. Yuan Tao. Deuxième étage. C'est le mec qui s'est fait tuer.

Il fit un mouvement de la tête vers l'immeuble.

— Y a déjà des gars de chez vous.

Un fourgon gris de la police scientifique était garé dans la cour.

— Vous le connaissiez ? demanda Wu.

— Autant que les autres. C'est-à-dire pas du tout. Ils ne nous aiment pas beaucoup.

— Pourquoi ? demanda Li.

— Ils croient qu'on les espionne.

— Et ce n'est pas vrai ?

Le garde regarda attentivement Li pour voir s'il plaisantait, mais comprit que non.

— On nous demande de surveiller qui entre et qui sort. S'ils reçoivent des visiteurs chinois, ils doivent descendre pour venir les chercher à la porte. Et, après, ils doivent les raccompagner.

— Et ils n'aiment pas ça ? demanda Wu.

— Non, pas du tout.

— Mais vous connaissiez Yuan Tao de vue ? demanda Li.

— Bien sûr. Il n'était pas comme les autres. Il était chinois.

— Est-ce qu'il avait autre chose de différent des autres ?

Le garde secoua lentement la tête.

— Non, je vois pas.

Il hésita.

— Je pourrais juste dire que je le voyais moins que les autres. Je ne me souviens pas de visiteurs pour lui.

— Aucun ? fit Wu, étonné.

— Je crois pas. Il faudrait demander aux autres gardes, évidemment.

— Vous l'auriez su s'il n'avait pas passé la nuit dans son appartement ?

— Pas forcément. Il pouvait être déjà là quand j'arrivais. Ou pas.

— Vous n'enregistrez pas les entrées et les sorties ?

— Non.

Li lui montra des photos des autres victimes.

— Vous avez déjà vu un de ceux-là ?

Le garde les regarda bien et secoua la tête.

— Non.

Li et Wu montèrent l'escalier jusqu'au second étage. La porte de l'appartement était ouverte. Il était tout petit : une pièce centrale avec un poêle et contre le mur du fond, un évier, un plan de travail, des éléments bon marché. À travers une porte à moitié vitrée, Li aperçut un minuscule cabinet de toilette avec une douche dont l'écoulement se faisait par une bonde percée à même le sol en ciment. La chambre à coucher était juste assez large pour un lit, une table de nuit et une armoire à glace. En dehors du fait qu'il était plus exigu, il offrait un contraste frappant avec l'appartement que Yuan Tao louait sur Tuan Jie Hu Dongli. Les livres débordaient des étagères et s'entassaient par terre, sous la fenêtre. Il y avait des piles de journaux chinois sous une table à abattants poussée contre un mur. Des restes de nourriture pourrissaient dans des assiettes sur la table ; l'évier était plein de vaisselle sale. L'endroit sentait la sueur, la cuisine, les vieux vêtements ; mais il flottait aussi un léger parfum exotique vaguement familier. Les placards de cuisine ployaient sous le poids des boîtes de conserve et provisions diverses. Dans la chambre, du linge sale s'échappait d'un panier ; dans le cabinet de toilette, du linge propre séchait sur un fil.

À la différence de l'appartement de Tuan Jie Hu Dongli, celui-ci avait été habité par Yuan Tao. Il y avait laissé les traces de son odeur, de sa personnalité, et, peut-être, un indice qui les renseignerait sur la raison pour laquelle on l'avait tué.

Deux techniciens de la police scientifique de Pao Jü Hutong relevaient les empreintes digitales. L'officier supérieur, un petit homme ratatiné du nom de Fu Qiwei dit :

— Je suis à vous dans deux minutes, chef de section adjoint.

Li parcourut les titres des livres rangés sur les étagères. Surtout des ouvrages universitaires, quelques romans, presque tous en anglais, tous lus et relus.

— Il a dû les faire venir par bateau, observa Wu.

Li se demanda une fois de plus pourquoi un professeur de sciences politiques titulaire d'une chaire dans une prestigieuse université américaine abandonnerait sa carrière pour venir travailler au bureau des visas de l'ambassade des États-Unis de Pékin. Qu'y avait-il derrière ça ? Qu'est-ce que ça cachait ? Yuan Tao était-il un espion des Américains, ou des Chinois ? Il écarta rapidement cette idée. S'il y avait eu le moindre doute, l'enquête lui aurait été retirée immédiatement.

Une accumulation d'objets divers et de poussière recouvrait le dessus de la bibliothèque : presse-papier, crayons, stylos, gomme desséchée, carnets vierges, vieux jeu de dominos déniché au marché aux puces, cendrier fendu, ébréché mais propre, rempli de petites pièces de monnaie, posé sur un cadre renversé. Li sortit un mouchoir, poussa le cendrier et retourna le cadre. Il contenait un montage de vieilles photos de famille en noir et blanc – un couple d'une trentaine d'années avec un petit garçon au sourire timide debout entre eux ; une photo d'identité d'un adolescent ; un portrait de chacun des adultes, un peu plus âgés, en casquette Mao, le regard grave.

Wu regarda par-dessus l'épaule de Li.

— Sa famille ?

— On dirait.

Li trouvait ce genre de photos très déprimant. Il avait les mêmes. Sa sœur, sa mère et son père, lui-même petit garçon, des photos de groupe avec les oncles, tantes et cousins, souvenirs d'un temps où il avait encore une famille, heureuse, unie, avant que l'Histoire ne les déchire.

— Il faut les ajouter au dossier, dit-il en démontant soigneusement le cadre, et en faisant glisser les images décolorées, écornées sur la table.

Au dos de certaines étaient inscrits une date et un lieu – Ping Zhen, Ye et Tao, Tiananmen, 1952 ; Tao à 17 ans ; Ping Zhen, Qianmen, 1964...

Li retourna la photo de groupe prise place Tiananmen en 1952. Au fond, on voyait les *hutong*[1] et les *siheyuan*[2] où se dressait aujourd'hui le Palais du Peuple. Les gens faisaient voler des cerfs-volants, comme aujourd'hui. Il scruta les visages des parents de Yuan, Ping Zhen et Ye, comme s'il

1. Mot d'origine mongole signifiant « ruelles ».
2. Cour entourée de bâtiments.

pouvait trouver une réponse dans leurs yeux ternes. Ils n'avaient pas l'air de gens heureux, dans leur costume Mao. Ils ne ressemblaient pas au couple insouciant qui posait avec naturel place Tiananmen douze ans plus tôt. En douze ans, la vie avait gravé sur eux la marque indélébile du malheur. Et le pire était encore sans doute à venir, pensa Li.

Il laissa Wu glisser les photos dans un sachet en plastique transparent et regarda encore autour de lui. Il y avait un seul fauteuil avachi, sûrement acheté d'occasion. Le coussin et le dossier portaient encore l'empreinte du corps de Yuan Tao. Quelques cheveux noirs, courts étaient restés accrochés à l'appuie-tête. Il n'y avait qu'une chaise devant la table. *Je ne me souviens pas de visiteurs pour lui,* avait dit le garde. De toute évidence, son minuscule appartement n'était meublé que pour lui seul. Il ne pensait pas recevoir de visite.

Ils passèrent dans le cabinet de toilette dont la porte vitrée était dépourvue de rideau. Autre signe que Yuan Tao vivait dans une solitude absolue. Il n'avait pas besoin de protéger son intimité. Ils trouvèrent des cheveux dans la bonde de la douche, par terre. Une petite armoire accrochée au mur contenait des affaires de toilette courantes : mousse à raser, savons neufs, dentifrice, crème contre les hémorroïdes, plusieurs boîtes d'Advil – que des marques américaines.

— Il a apporté tout ça avec lui, à ton avis ? demanda Wu.

— Je ne sais pas.

On trouvait maintenant pas mal de produits occidentaux dans les supermarchés chinois. Mais ceux-ci étaient un peu différents. Les mentions « *Unscented* » et « *Hypo-allergenic* » étaient inscrites sur la bombe de mousse à raser et l'emballage du savon.

— Qu'est-ce que c'est ? demanda Wu.

— On dirait qu'il avait une réaction allergique aux produits parfumés, dit Li.

Il étudia le contenu de l'armoire.

— Je ne vois ni after-shave ni déodorant.

Il referma la porte et aperçut son reflet dans la glace. Il fut frappé par ses yeux cernés et tirés. Détournant très vite le regard, il passa dans la chambre, suivi de Wu. Une odeur aigre de sueur et de linge sale planait dans l'air. Les techniciens de la scientifique venaient juste de terminer le relevé des empreintes.

— Qu'est-ce que vous vouliez me montrer ? leur demanda Li.

Fu Qiwei ouvrit la porte de l'armoire. Elle était bourrée de vêtements, surtout des costumes et des chemises blanches. Plusieurs cravates pendaient d'une tringle fixée à l'intérieur de la porte. Sur une étagère, il y avait des jeans, des *sweaters* et une pile de tee-shirts. Fu s'accroupit à hauteur des chaussures rangées en bas de l'armoire. Des chaussures de ville noires ou marron. Il n'y avait qu'une paire de tennis usées bleues et blanches. De sa main gantée, il en souleva une avec précaution et Li vit, à son emplacement, un petit tas de poussière bleu-noir.

Il siffla doucement.

— C'est la même que sur la victime qui a été déplacée ?

— Le professeur d'archéologie. On dirait bien. Même couleur, même consistance. On le saura quand on en aura fait analyser un échantillon par le labo.

Wu s'accroupit à côté de Li pour regarder de plus près la poussière bleu-noir.

— Qu'est-ce que ça signifie, patron ? demanda-t-il en fronçant les sourcils.

Aussi perplexe que Wu, Li haussa les épaules et secoua la tête.

— Aucune idée.

Mais ils savaient tous les trois que cela signifiait sans doute que Yuan Tao s'était trouvé au même endroit, et peut-être en même temps, que Yue Shi, le professeur d'archéologie de l'université de Pékin. Un nouveau lien donc, en plus de la façon dont ils avaient été tués, et du fait qu'ils avaient fréquenté la même école. Une poussière bleu-noir, des particules d'argile cuite – aussi curieux et sans fondement que tous les autres indices recueillis.

— Ce n'est pas tout, dit Fu Qiwei.

Il se releva et les emmena dans la pièce principale où il se pencha pour ouvrir le placard de l'évier. Là, debout entre un seau et des flacons de produits de nettoyage, se trouvaient trois bouteilles de vin rouge de Californie.

Li sentit ses cheveux se dresser sur sa tête. Puis il se demanda pourquoi il réagissait ainsi à cette découverte. Après tout, cet homme avait vécu pendant plus de trente ans aux États-Unis. N'était-ce pas pour lui la chose la plus naturelle du monde que de conserver des bouteilles de vin dans sa cuisine ? Boire un verre ou deux pendant les repas était courant en Occident. Il s'accroupit pour regarder les étiquettes. Tous de la même année. Du Mondavi Reserve Cabernet Sauvignon 1995, Napa Valley. Li en connaissait suffisamment sur le vin pour savoir que celui-là n'était pas de la piquette ordinaire. Il savait aussi que Yuan Tao n'avait pas pu se le procurer en Chine, et n'avait pu en apporter qu'une quantité limitée avec lui. Pourquoi, au bout de six mois, lui restait-il trois bouteilles ? Encore plus curieux, pourquoi ranger un vin aussi cher sous l'évier, avec les produits de nettoyage ?

— Ouah ! fit Wu en mastiquant furieusement son chewing-gum et en faisant tourner la branche de ses lunettes noires entre le pouce et l'index. On peut savoir si c'est le même que celui qu'ont bu les trois premières victimes ?

Fu Qiwei hocha la tête.

— Nous pouvons le comparer aux résidus trouvés dans les verres des deux premières victimes. Vous aurez le résultat en fin d'après-midi.

Mais Li savait que les tests ne feraient que confirmer ce que son instinct lui soufflait. Et il eut l'impression de s'enfoncer encore plus profondément dans le bourbier où il se débattait déjà.

III

Margaret avait été curieuse de connaître l'endroit où travaillait Yuan Tao. Or le département des visas n'était qu'un bâtiment comme les autres. Une extension avait été ajoutée sur le devant pour recevoir les nombreux demandeurs qui, ainsi, n'étaient plus obligés de faire la queue sur le trottoir sous l'œil vigilant et parfois intimidant des gardes de la police armée chinoise. À l'intérieur du bâtiment principal, les travaux de rénovation avaient inclus les bureaux du Département d'information et d'assistance aux citoyens américains où une petite pièce avait été mise à sa disposition.

Sophie ouvrit la porte et dit, avec un geste de la main :

— Votre bureau personnel.

Margaret regarda autour d'elle sans enthousiasme. Le peu de lumière que laissait passer la petite fenêtre percée en hauteur était complété par un tube au néon fixé au plafond. Il y avait un bureau, un téléphone, un sous-main, une pile d'enveloppes brunes, un ordinateur, une chaise de bureau de toute évidence inconfortable, un meuble classeur gris, un yucca en pot ; une carte de Chine avait été punaisée sur le mur fraîchement peint. L'endroit sentait à la fois la peinture et la moquette neuve ; le reflet du néon sur le blanc des murs était aveuglant. Margaret se demanda qui on avait délogé pour lui faire de la place. Mais elle s'abstint de poser la question ; elle aurait sûrement l'occasion de croiser un regard rancunier dans les couloirs.

— Vous n'avez pas l'air emballé, dit Sophie.

— Je devrais ?

Le meuble classeur était fermé à clé. Elle essaya les tiroirs du bureau. Fermés eux aussi.

— Je ne suis pas censée m'éterniser ici, à ce que je vois.

— Le temps de l'enquête.

— Que l'ambassade espère voir bouclée le plus vite possible.

— Naturellement.

Sophie lui montra le paquet d'enveloppes sur le bureau :

— Voilà ce que vous avez demandé à la police chinoise – photos des scènes de crime, traduction des rapports d'autopsie...

— Quelle rapidité ! s'étonna Margaret. Eux aussi veulent se débarrasser de moi le plus vite possible.

Sophie sourit.

— C'est vrai que ça a été très rapide. Jonathan n'en revenait pas. En règle générale, il faut attendre des semaines. La bureaucratie chinoise prend tout son temps normalement.

— Ce qui prouve que s'ils veulent...

Elle regarda le contenu des enveloppes.

— Ah, bien. Voilà le résultat toxicologique de mon autopsie, avec une transcription de l'enregistrement.

Elle jeta un coup d'œil aux résultats toxicologiques et hocha la tête.

— Rien d'inattendu jusqu'ici, dit-elle en les remettant dans leur enveloppe.

Elle commença à rassembler tous les documents en une pile qu'elle coinça sous son bras.

— Où allez-vous ? demanda Sophie.

— Faire ma valise. Je prends le train en début de soirée.

Sophie fronça les sourcils.

— Mais la police a prévu un briefing avec vous à la Section n° 1.

— Quand ? demanda Margaret en s'arrêtant net.

— À 5 heures.

— Eh bien le briefing sera bref.

Elle sortit dans le couloir, suivie par Sophie.

— Mais où allez-vous ?

— À Xian.

— Xian ? Mais... qu'est-ce qu'il y a à Xian ?

— L'armée de terre cuite. Vous ne le saviez pas ? Apparemment la huitième merveille du monde. À ne rater sous aucun prétexte.

Sophie comprit aussitôt.

— Michael. Vous y allez avec Michael.

— C'est lui qui me l'a proposé, dit Margaret en se soumettant à l'examen rigoureux du marine de la porte d'entrée.

— Sale veinarde ! dit Sophie en souriant. Il n'en veut qu'à votre corps, vous savez.

— Et moi, alors ? lança Margaret avec un clin d'œil. Mais ce n'est que pour une journée. Nous revenons après-demain matin.

— J'espère que vous ne comptez pas sur le

gouvernement américain pour vous payer pendant que vous allez folâtrer avec M. Zimmerman.

— Bien sûr que si. J'emporte mon travail avec moi, dit-elle en montrant le paquet de documents sous son bras.

La tension était extrême dans la salle de réunion de la Section n° 1, au dernier étage de l'immeuble de Beixingqiao Santiao. Margaret, introduite la première dans la pièce, avait pris le fauteuil de Li, dos à la fenêtre. Elle savait que c'était le siège du pouvoir, et certainement celui que Li se réservait. Les inspecteurs présents échangèrent des coups d'œil anxieux, mais Li ne montra aucun signe de contrariété. Il s'assit juste en face d'elle et se concentra sur ses papiers. Zhao, Wu, Qian et Sang assistaient au briefing. Sang parlant couramment anglais, Li l'avait nommé interprète officiel de l'entrevue.

— Bon, dit Li. Vous avez reçu les photos et les rapports d'autopsie que nous vous avons envoyés ?

Margaret acquiesça d'un signe de tête.

— Mais comme je viens juste de les avoir, je n'ai pas encore eu le temps de les étudier.

Elle marqua une pause avant d'envoyer sa première pique :

— Vingt-quatre heures d'attente, c'est un délai énorme.

Li sentit la moutarde lui monter au nez ; pourtant, il se contrôla.

— Suffisamment long pour que vous ayez eu le temps de terminer votre rapport d'autopsie ?

— Sans les résultats toxicologiques et la transcription de mon enregistrement qu'il m'a fallu attendre de vos services, c'était difficile.

Sang s'efforça de traduire du mieux qu'il pouvait.

Li se recula sur son siège et laissa éclater sa frustration.

— Il n'y a pas lieu de poursuivre cette réunion, alors.

— Néanmoins, dit Margaret en sortant de son sac un paquet de feuilles agrafées, dès que j'ai reçu les informations nécessaires cet après-midi, j'ai réservé une heure au centre d'affaires de mon hôtel – à mes frais – et produit un rapport préliminaire contenant les informations essentielles.

Elle fit glisser les documents à travers la table.

— Sans surprise.

Li tira à lui les copies des rapports, en poussa un vers Sang et feuilleta celui du dessus.

— Nous avons fait faire les tests dont vous parliez, dit-il sans lever les yeux. Sur les sections de colonnes vertébrales, pour comparer la signature laissée par l'arme de chaque crime.

— Et alors ? demanda Margaret, incapable de dissimuler sa curiosité.

— La signature est la même sur la première et la troisième victime. Mais pas sur les deux autres.

Margaret allait dire quelque chose, mais il la devança :

— Cependant, nous avons fait faire un autre

test au microscope électronique. Sur les résidus de bronze laissés par la lame et récupérés sur bande adhésive. L'ordinateur a pu donner les pourcentages respectifs de chaque élément constitutif. Ce sont exactement les mêmes. Ce qui veut dire que la même arme a été utilisée dans les quatre meurtres.

Il attendit un moment, juste assez pour qu'elle commence à plisser le front, et ajouta :

— Ce qui infirme votre hypothèse selon laquelle le meurtre de Yuan Tao serait une copie.

Les autres inspecteurs, qui écoutaient attentivement la traduction de Sang, guettèrent la réaction de Margaret.

Elle haussa les épaules.

— Pas vraiment, dit-elle. Cela signifie simplement que le tueur avait accès à l'arme qui a tué les trois autres.

Les inspecteurs tournèrent la tête vers Li. Il demeura impassible.

— C'est tout ce que vous aviez à me dire ? Est-ce là le résultat de vos recherches au cours des dernières vingt-quatre heures ? demanda-t-elle.

— Bien sûr que non, dit Li, en apparence très calme.

Margaret n'avait pas bronché en entendant ce qu'il avait à lui révéler à propos de l'arme du crime ; l'explication qu'elle avait donnée était si simple qu'il se demanda pourquoi il n'y avait pas pensé lui-même. En fait, il ne voulait pas croire à l'assassinat de Yuan Tao par quelqu'un qui copierait les autres crimes. Il se rendit compte qu'il avait commis une erreur fondamentale qui lui aurait valu les railleries de son oncle. Il était parti d'une supposition, et essayait de faire coller les indices avec sa supposition. « Ne suppose rien, lui disait toujours son oncle. Laisse l'indice te conduire à la conclusion. »

Margaret consulta sa montre avec une irritation non déguisée.

— Eh bien ? demanda-t-elle.

Li parla alors de la poudre bleu-noir découverte dans l'appartement de Yuan Tao, de la confirmation de la police scientifique ; c'était bien la même que celle retrouvée sur le pantalon et les semelles de chaussures du professeur Yue. Soudain très intéressée, Margaret se pencha en avant.

— Et cette poudre, c'est quoi exactement ?

Il poussa vers elle un petit échantillon enfermé dans un sachet en plastique transparent.

— Des particules d'argile cuite. Une sorte de poussière de céramique. Vous en trouverez la composition détaillée dans les documents que nous vous avons fait parvenir.

Elle fronça les sourcils en examinant le sachet, et réfléchit avant de demander :

— Quoi d'autre ?

— Nous avons trouvé trois bouteilles d'un vin californien millésimé dans sa cuisine. Des tests pratiqués cet après-midi montrent qu'il s'agit certainement du même vin bu par nos trois premières victimes. Celui que leur assassin avait drogué au flunitrazepam.

— Trois bouteilles ? s'exclama Margaret, de plus en plus curieuse.

Elle se gratta le menton d'un air pensif.

— Donc... une pour chacune des autres victimes.

— Mais nous en avons déjà *quatre*, dit Li. Et le compte à rebours a commencé à six.

— Faites-moi plaisir. Acceptez de supposer que Yuan Tao n'était pas sur la liste...

— Vous persistez à croire qu'il a été tué par quelqu'un d'autre ?

— J'en suis sûre. Je ne peux pas vous dire par qui, ni pourquoi, mais cela me paraît évident. Et si vous l'excluez, il reste trois victimes, et non deux. Ce qui explique les trois bouteilles de vin.

— Mais pourquoi le vin se trouvait-il dans l'appartement de Yuan Tao ?

L'intervention soudaine de Sang surprit tout le monde. Il en parut lui-même décontenancé et rougit. Les autres inspecteurs lui demandèrent de traduire sa question.

— Je n'en ai aucune idée, répondit Margaret en souriant. Mais c'est une bonne question.

Elle se tourna vers Li :

— Y avait-il autre chose dans son appartement ?

Il secoua la tête.

— Rien de pertinent. Des livres, des vêtements, des affaires personnelles.

— Et cet appartement qu'il louait à titre personnel – vous savez pourquoi ?

Li secoua à nouveau la tête.

— L'inspecteur Qian a retrouvé le propriétaire. Nous l'avons interrogé cet après-midi. Il prétend ignorer que Yuan travaillait à l'ambassade – il était chinois, avec un accent pékinois. Yuan lui aurait dit qu'il donnait des conférences à l'université et n'avait besoin de cet appartement que pour quelques mois. Comme il était prêt à payer le prix fort, le propriétaire ne lui a pas posé trop de questions.

— Vous le croyez ?

— Oui. Il commet bien quelques entorses aux règles de la sécurité publique, mais rien de grave.

— Ce qui nous ramène à la question de savoir pourquoi Yuan Tao avait besoin d'un autre appartement. Il avait une maîtresse ?

— Non. Aucune trace de présence féminine dans l'un comme dans l'autre. De toute façon, ce n'était pas le genre de Yuan Tao, affirma Li.

Il alluma une cigarette tout en se demandant ce qui l'avait amené à la certitude que cet homme n'avait pas de liaison. L'instinct, se dit-il.

— Si je devais avancer une supposition, je dirais qu'il louait cet appartement pour pouvoir entrer et sortir sans être vu ni questionné. Peut-être recevait-il des visiteurs qu'il préférait cacher aux autorités.

— Et il ne pouvait pas le faire dans le logement fourni par l'ambassade ?

— Il y a un garde à l'entrée de l'enceinte, vingt-quatre heures sur vingt-quatre.

— Mais pourquoi aurait-il voulu entrer et sortir sans être vu ni questionné, ou recevoir des visiteurs secrets ?

Li souffla un nuage de fumée vers le ventilateur du plafond.

— Si nous le savions, nous ne serions pas assis ici.

Margaret se raidit soudain et regarda sa montre.

— Oh, mon Dieu, je vais être en retard !

Elle se leva brusquement et attrapa son sac.

— Est-ce que vous pourriez m'appeler un taxi ?

Li et les autres inspecteurs la regardèrent bouche bée. La réunion n'était pas terminée.

— Où allez-vous ? demanda Li.

— À la gare de l'Ouest. Mon train part à 7 heures moins dix.

Li jeta un coup d'œil à sa montre. Il était 6 heures moins le quart.

— Vous n'y serez jamais, dit-il en secouant la tête. La circulation est complètement bloquée à cette heure-ci. Il vous faudra au moins une heure et demie pour y arriver.

— Mais la gare n'est pas si loin, protesta-t-elle. De mon hôtel, j'y vais à pied en vingt minutes.

— Ah, non, vous confondez avec la gare de Pékin. La gare de l'Ouest est à l'autre bout de la ville.

— Merde ! s'écria Margaret.

Li se leva et rassembla ses papiers. Les autres inspecteurs l'imitèrent.

— Où allez-vous ? demanda-t-il en essayant de prendre un air indifférent.

— À Xian. Voir l'armée de terre cuite.

Li parut étonné.

— Toute seule ?

— Non.

Elle hésita un moment avant de préciser :

— Michael Zimmerman m'y emmène.

Li sentit le rouge lui monter aux joues et entendit Sang qui continuait à traduire pour les autres.

— C'est bon, leur dit-il brusquement.

Déçus, les inspecteurs ramassèrent leurs papiers, saluèrent poliment Margaret d'un signe de tête et sortirent.

L'air toujours indifférent, Li demanda :

— Michael Zimmerman... C'est lui qui était avec vous l'autre soir, au Sanwei ?

Malgré sa peur de rater le train, Margaret avait éprouvé un étrange plaisir à voir les joues de Li se colorer à la mention du nom de Michael.

— C'est lui. Vous m'appelez un taxi, ou pas ?

Mais il ne se pressait pas.

— Qui est-ce ?

— Ça ne vous regarde pas, répondit-elle sur un ton acerbe.

Il haussa les épaules.

— Si je me donne la peine de coller un gyrophare sur le toit d'une jeep de la police pour vous permettre d'arriver à temps à la gare, j'ai peut-être le droit d'obtenir une réponse courtoise à une question courtoise.

Elle eut un petit sourire contrit. Il l'avait piégée. Et si elle voulait avoir son train...

— C'est un archéologue de la télévision.

— Un quoi ?

— Il fait des documentaires sur l'archéologie, pour la télévision. Il est très connu aux États-Unis.

— Et pourquoi vous emmène-t-il à Xian ?

— Voilà une question qui n'est pas courtoise. Vous m'emmenez ou non ?

Le soir tombait sur la ville comme une poudre grise voilant peu à peu la lumière. Sirène hurlante, gyrophare rouge allumé, la jeep slalomait entre les voitures, les bus et les taxis. Morte de peur, Margaret observait Li, cigarette aux lèvres, concentré sur sa conduite, marmonner entre ses dents comme s'il était seul dans la voiture. Il ne lui avait pas dit un mot depuis qu'ils avaient quitté la Section n° 1.

Soudain, il regarda sa montre, parut se détendre un peu et lui jeta pour la première fois un coup d'œil.

— On arrivera juste.

— J'en suis ravie, dit-elle sur un ton acide. Ça m'aurait ennuyée de prendre dix ans d'un coup pour rien.

— Ça m'aurait ennuyé de voir vos amours contrariées à cause d'une enquête criminelle.

— Le problème, avec vous, c'est que vous maîtrisez trop bien l'anglais. Votre oncle vous a appris à le parler parfaitement, mais il a oublié de vous dire que le sarcasme est la forme la plus basse de l'humour.

— Qui a dit que j'avais de l'humour ?

— Certainement pas moi ! De toute façon, puisque vous tenez absolument à le savoir, Michael et moi entretenons une relation purement platonique. Vous comprenez le sens de platonique, n'est-ce pas ?

Il hocha la tête.

— C'est le mot qu'utilisent toujours les gens pour définir leur relation juste avant de coucher ensemble, répondit-il sans sourire.

Il bifurqua brusquement pour sortir du périphérique au pont Tianningsi.

Margaret se sentit piquée au vif, moins par les mots de Li que par leur vérité. Elle se demanda pourquoi elle avait accepté d'accompagner Michael à Xian, et elle s'avoua aussitôt que ce n'était pas pour admirer les guerriers de terre cuite. Son cœur se serra. Qu'est-ce qu'elle était en train de faire ? Elle jeta un coup d'œil en douce à Li. Elle ne voyait plus en lui un Chinois, mais Li Yan. Pendant leur échange animé, à la Section n° 1, elle avait retrouvé dans ses yeux la vie et la chaleur qu'elle connaissait. Elle savait, sans oser laisser cette pensée se cristalliser dans son esprit, qu'elle l'aimait toujours. Mais à quoi bon ? C'était aussi stupide et irréel que de tomber amoureuse d'une rock star à l'âge de quinze ans. Il avait été clair : ils n'avaient pas d'avenir ensemble.

Concentré sur la circulation dense de Lianhuachidong Lu, Li se pencha brusquement pour lui montrer quelque chose, à gauche :

— La gare de l'Ouest, dit-il.

Margaret tourna la tête et vit, dans la lumière déclinante, une vaste construction soulignée de néons, éclairée par des projecteurs de toutes les couleurs, surmontée, au centre, de trois toits recourbés superposés.

— Merde alors, murmura-t-elle en retenant son souffle. C'est gigantesque !

— La plus grande gare du monde, annonça Li en quittant l'avenue par une rampe qui les amena sur le parvis noir de monde.

Il arrêta la jeep au bord du trottoir, descendit promptement et sortit le sac de Margaret tandis que le mugissement de la sirène s'éteignait dans un crachotement rauque.

Margaret saisit son sac, puis regarda avec anxiété l'énorme bâtisse.

— Mon Dieu, je ne vais jamais retrouver Michael là-dedans.

Mais à la grande déception de Li, le visage inquiet de ce dernier surgit de la foule.

— Je crois qu'il vous a retrouvée, lui.

Rouge et hors d'haleine, Michael s'empara immédiatement du sac de Margaret.

— Dieu merci, Margaret. J'ai cru que vous n'arriveriez jamais à temps.

— Avec mon escorte policière personnelle, il n'y avait pas de danger, dit-elle en jetant un coup d'œil à Li.

Michael le regarda, le salua d'un signe de tête et tendit la main.

— Nous nous rencontrons à nouveau, monsieur Li.

Li fut surpris que Michael se souvienne de son nom ; il se demanda s'ils avaient parlé de lui.

— Monsieur Zimmerman, dit-il poliment.

Leurs mains s'étreignirent fermement, peut-être un peu trop fermement, et l'air se chargea d'électricité. Li éprouva, presque inconsciemment, un vague sentiment de familiarité à l'égard de cet homme. Il scruta son visage, à la recherche d'un signe, d'un indice, mais cette familiarité, bizarrement, ne semblait pas liée à son physique.

Michael vérifia sa montre.

— Il faut se dépêcher, dit-il à Margaret.

Puis à Li :

— Merci de l'avoir amenée à temps.

Résistant à l'envie de lui flanquer son poing sur la figure, Li se tourna vers Margaret :

— Bon voyage.

— Merci.

Pendant que Michael et elle se hâtaient de gagner l'entrée principale, Li resta un instant immobile à les regarder et se sentit soudain envahi par une mélancolie aussi noire que la nuit.

Le vaste hall de la gare de l'Ouest grouillait de voyageurs attentifs aux informations digitales diffusées de tous les côtés sur les panneaux lumineux. Au-dessus du brouhaha s'élevait la voix douce d'une femme annonçant inlassablement les arrivées et les départs des trains, en chinois et en anglais. Des escalators descendaient vers les niveaux inférieurs à travers une énorme ouverture béante. De chaque côté, entre les guichets, des boutiques vendaient à peu près de tout, y compris des nouilles à la sauce épicée en barquettes – que Margaret pensa être en polystyrène alors qu'elles étaient, lui apprit Michael, en paille compressée. Biodégradable. La contribution de la Chine à l'écologie mondiale.

Un large couloir éclairé par des néons multicolores menait aux salles d'attente des différents quais. Des écrans géants diffusaient des clips entrecoupés de pubs de sensibilisation en faveur de l'environnement. Michael prit Margaret par la main pour l'entraîner rapidement, à travers la foule, vers la salle d'attente numéro 1 des classes molles[1].

À la porte, une jeune fille en uniforme vert et casquette à visière trop grande pour elle contrôla leur passeport et leur billet avant de les laisser pénétrer dans l'atmosphère feutrée de la salle d'attente réservée aux privilégiés. Ils la traversèrent. À la sortie, un employé poinçonna les billets que lui tendait Michael et leur fit signe de passer. Ils longèrent au pas de course un autre couloir, dépassèrent la salle d'attente des classes dures, puis dévalèrent, sur leur gauche, la volée de marches conduisant au quai numéro 6.

— Attendez ! cria Margaret. Votre bagage !

— Déjà dans le train, dit Michael.

Dès qu'ils eurent posé le pied sur le quai, Margaret reconnut l'odeur de la fumée de charbon s'échappant de la locomotive à vapeur. Michael la guida jusqu'à la voiture numéro 7 dans laquelle ils se dépêchèrent de monter. Les fenêtres du couloir étaient protégées par des voilages et encadrées de rideaux bleus à fleurs, le sol recouvert d'un tapis rouge à motif doré. Rien à voir avec le train qu'elle avait pris une fois ; elle avait alors voyagé en classe dure, dans un wagon bondé où les gens entassés

---

1. Il existe trois catégories de places dans les trains chinois : couchettes molles, couchettes dures et places assises.

sur les banquettes inconfortables fumaient et crachaient par terre.

— Voilà, dit Michael en la faisant entrer dans leur compartiment.

Encore des voilages, des rideaux bleus, et des dessus-de-lit en dentelle sur les quatre couchettes.

— Oh, dit Margaret, surprise. Nous le partageons.

Michael haussa les épaules, comme pour s'excuser.

— Je suis désolé, la production n'a pas eu le temps de vous trouver un autre compartiment.

Margaret se mit à rire.

— Je ne disais pas ça pour nous. Je parlais des deux autres. Michael sourit.

— Eh bien, en fait, j'ai réservé les quatre couchettes.

C'est alors qu'elle remarqua, sur la table, le seau à glace d'où dépassait le goulot doré d'une bouteille de champagne, et, sur l'une des couchettes supérieures, un grand panier en osier.

Michael referma la porte.

— Avec quatorze heures de voyage, j'ai pensé que quelques bonnes choses à manger arrosées d'un peu de champagne aideraient à passer le temps.

IV

Le temps que Li repasse déposer la jeep à la Section n° 1 et rentre chez lui avec la bicyclette de son oncle, sa mélancolie avait cédé la place à la hantise de revoir sa sœur. Si l'échographie avait réussi, elle connaîtrait le sexe du bébé et aurait pris sa décision. Si l'échographie n'avait pas donné le résultat escompté, elle aurait demandé un prélèvement dont le résultat ne serait connu que dans quatre semaines.

Il gara son vélo en bas de l'immeuble, sous un toit en plastique ondulé, et monta avec lassitude au deuxième étage. De la rue, il avait vu les fenêtres éclairées ; il savait donc que Xiao Ling et Xinxin étaient rentrées. Probablement depuis des heures.

Li repensa à cette enfant mal réveillée qui l'avait embrassé le matin, câline, affectueuse – une petite fille adorable, intelligente, pleine de vie. Comment sa sœur pouvait-elle envisager de la faire adopter ? Elle avait essayé désespérément de se justifier. D'après elle, des milliers de couples occidentaux sans enfant ne demandaient qu'à adopter une petite Chinoise de cinq ans. Xinxin aurait une vie bien meilleure que celle que Xiao Ling pouvait lui offrir. Li s'était contenté de secouer la tête. Il préférait penser que Xiao Ling avait succombé à une sorte de démence hormonale qui la privait de bon sens.

Il entendit Xinxin pleurer avant même d'avoir

ouvert la porte de l'appartement. De l'entrée, il appela Xiao Ling :

— Tout va bien ?

Elle ne répondit pas ; seuls les gémissements de Xinxin lui parvinrent, encore plus plaintifs.

Le salon était vide. Li se précipita dans l'ancienne chambre de son oncle et trouva Xinxin, seule, assise sur le lit, les yeux rouges et gonflés. Le devant de sa robe était trempé de larmes. Consterné, Li retourna dans l'entrée et cria :

— Xiao Ling ?

N'obtenant aucune réponse, il revint s'accroupir près de la petite fille qu'il attira contre lui. Elle lui jeta les bras autour du cou et s'y agrippa de toutes ses forces.

— Où est ta maman ? demanda-t-il.

Mais les sanglots qui l'étouffaient empêchaient Xinxin de parler.

C'est alors qu'il aperçut l'enveloppe sur la table de nuit, avec son nom écrit de la main de sa sœur. Il l'ouvrit, les doigts tremblants.

Li Yan, disait-elle. *Pardonne-moi, je t'en prie. Je sais que tu agiras au mieux pour Xinxin. Je vais chez une amie, dans la province de l'Anhui où j'accoucherai de mon fils. Là-bas, personne ne me connaît, il n'y aura donc aucun problème. Je t'embrasse, Xiao Ling.*

Chapitre 5

I

Des lumières lointaines rompaient de temps en temps l'obscurité infinie qui s'étendait au-delà de la vitre ; le train traversait lentement la nuit en direction du sud, vers le cœur de l'empire du Milieu et son ancienne capitale, Xian. Inclinée dans son seau, la bouteille de champagne vide flottait sur un lit de glace fondue. Une bouteille de saint-émilion débouchée attendait sur la table, à côté de deux verres en cristal. Les reliefs des hors-d'œuvre, pépites de foie gras sur toast avec salade, servies sur des assiettes en porcelaine, avaient disparu dans le panier contenant encore un choix de fromages exotiques. Michael était parti commander le plat de résistance au wagon-restaurant.

Margaret avait appuyé sa joue échauffée par le champagne contre le verre frais de la vitre. Elle avait l'impression d'avoir quitté Pékin depuis une éternité. Elle savait que Michael allait lui faire la cour, et elle s'en réjouissait. C'était flatteur, excitant, un peu angoissant aussi. Mais c'était bon pour l'égo. Elle avait délibérément repoussé Li dans un coin de sa tête d'où il ne pourrait ni la hanter ni la blesser. Elle ne méritait pas de se sentir coupable. Elle avait le droit de mener sa vie comme elle l'entendait. Pour l'instant, ça ne s'annonçait pas mal.

La porte du compartiment s'ouvrit ; Michael entra avec un grand sourire.

— Réussi, dit-il en se glissant en face de Margaret.

Derrière lui, une jolie fille en uniforme bleu, avec une chemise blanche à manches courtes et un nœud papillon noir, suivait en portant un plateau sur lequel trônaient deux poissons entiers sur des assiettes ovales. Le parfum du soja, du gingembre et de l'oignon remplit l'espace. La fille posa le plateau sur la table et sourit à Michael qui lui glissa quelques yuans dans la main avant qu'elle ne referme la porte et disparaisse dans le couloir. Il sortit des couverts à poisson du panier, les tendit à Margaret et remplit son verre de saint-émilion.

— Je suppose que les puristes nous reprocheraient de ne pas accompagner le poisson avec du vin blanc, dit-il. Mais sur de tels parfums chinois, je crois qu'il faut quelque chose de plus robuste.

Il leva son verre :

— À ce voyage.

Margaret toucha son verre avec le sien.

— Vous n'essayez pas de me soûler, j'espère ?

— Si j'en étais réduit à ça, ce ne serait plus drôle du tout, déclara-t-il avec un grand sourire. Goûtez votre poisson. En général, il est excellent.

Elle préleva une bouchée de chair blanche et tendre avec un morceau de peau craquante, la trempa dans la sauce, et goûta. Des saveurs riches, épicées, sucrées, lui enrobèrent le palais.

— C'est merveilleux, dit-elle.

Elle but une gorgée de vin, et demanda :

— Ainsi... vous êtes un habitué ?

— J'ai déjà fait le voyage plusieurs fois.

Il marqua un temps d'arrêt, puis ajouta :

— Mais c'est la première fois que j'ai de la compagnie.

— C'est comment, alors ? Xian ?

— Ah, fit Michael, les yeux brillants. Ne me lancez pas sur mon sujet favori ou nous y passons la nuit.

— Nous avons toute la nuit devant nous, de toute façon. À moins que vous n'ayez prévu autre chose.

Il croisa son regard, le soutint un long moment. L'appréhension que Margaret avait déjà éprouvée plus tôt lui serra le ventre ; elle sentit le désir naître en elle.

— Xian, dit-il brusquement. Capitale de la province du Shaanxi. Point de départ et d'arrivée de la Route de la soie. Fondée avant la naissance du Christ, capitale de la Chine pendant plus de onze cents ans. Autrefois connue sous le nom de Changan – la ville de la paix éternelle –, elle est devenue la ville de la paix occidentale, Xian, il y a plus de six cents ans. Toute ma vie, Margaret, j'ai voulu toucher le passé, sentir l'Histoire, la faire couler entre mes doigts. Comme le sable du désert. À Xian, je peux faire tout cela.

— D'accord, mais est-ce qu'il y a un McDo ?

L'espace d'un instant, elle se demanda si elle ne s'était pas trompée sur son sens de l'humour. Mais il éclata de rire.

— Je connais bien Xian, et pourtant c'est une chose qui m'a échappée. Par contre, je peux vous assurer qu'ils ont un Kentucky Fried Chicken.

— Ravie de l'apprendre.

Elle prit une autre bouchée de poisson.

— Ce poisson est fantastique, au fait. N'allez pas croire que je ne l'apprécie pas.

Elle but une gorgée de vin.

— Qu'est-ce que c'est, la Route de la soie ?

— C'était une route d'échanges commerciaux s'étendant sur des milliers de kilomètres à travers certaines contrées parmi les plus désertiques et les plus inhospitalières du monde.

Il remplit leur verre.

— Les pays du Moyen-Orient et d'Asie centrale envoyaient de grandes caravanes de marchands chercher la mystérieuse soie de Chine. Seuls les Chinois savaient la fabriquer. Les échanges étaient florissants à l'époque de la grandeur des Empires chinois et romain, chacun n'ayant qu'une vague notion de l'existence de l'autre. Avant que la Route de la soie ne finisse par arriver jusqu'à Rome, les Romains pensaient que la soie, qu'ils appelaient *serica*, poussait sur les arbres.

Michael avait complètement oublié son poisson.

— Mais la Route de la soie a servi à faire entrer

en Chine d'autres cultures, littératures et religions. Le bouddhisme chinois, venu d'Inde sur des textes sacrés, a pris racine à Xian. À une époque, la population de la ville dépassait les deux millions d'habitants, et comptait beaucoup d'étrangers originaires d'Arabie, de Mongolie, d'Inde, de Malaisie. Vous en verrez l'influence demain sur les traits des guerriers de terre cuite.

— Votre poisson refroidit, dit Margaret.

— Oh, oui.

Il parut se réveiller d'un rêve et attaqua son poisson.

— J'imagine que c'est pour ça que vous n'êtes pas marié, dit-elle. Vous consacrez toute votre passion à l'histoire et l'archéologie.

Il la regarda en fronçant les sourcils.

— Pas du tout. Et d'abord, qu'est-ce qui vous fait croire que je ne suis pas marié ?

Surprise, elle suspendit en l'air la fourchette qu'elle était en train de porter à sa bouche, et un morceau de poisson retomba dans son assiette. Elle rougit. Michael se pencha pour essuyer doucement son chemisier éclaboussé de sauce soja avec sa serviette.

— Ça va faire une tache, dit-il.

Margaret n'y prêta pas attention.

— Vous êtes marié ?

— Non. Qui vous a dit ça ?

— Espèce de salaud ! dit-elle en souriant et en rougissant à nouveau.

— J'ai vécu pendant dix ans avec quelqu'un. Une actrice.

— Connue ?

— Non. Elle avait des petits rôles dans des films et des séries télé, mais elle jouait surtout au théâtre. Ça a bien marché pendant quelques années. On ne se voyait presque jamais. Mais à partir du moment où elle a commencé à moins travailler, et où nous avons commencé à passer plus de temps ensemble, les choses se sont gâtées. En fait, nous ne nous connaissions pas. Notre relation était... comment dire ?... commode. Mais arrive un moment où l'on cherche autre chose.

— Vous êtes sur le point de trouver ?

— Qui sait ? Je cherche toujours.

Ils se fixèrent un moment, puis Margaret baissa les yeux vers son assiette et termina son poisson.

— Et vous ? demanda Michael. Vous portez une alliance.

Instinctivement, elle toucha l'anneau en or qu'elle portait à l'annulaire gauche. Elle ne savait pas trop pourquoi elle le gardait. Pour se protéger, peut-être. Les hommes se montraient plus réservés avec les femmes portant une alliance.

— J'ai été mariée sept ans. Il s'appelait Michael, lui aussi.

— Oh.

Il rougit légèrement.

— Je ne sais pas trop quoi en penser.

— Rien. Vous ne lui ressemblez pas du tout.

— Divorcés ?

— Séparés, dit-elle.

Puis elle ajouta :

— Par la mort.

— Oh, je suis navré, Margaret, dit-il d'un air sincèrement attristé.

— Ne le soyez pas. Je ne le suis pas. Et je n'ai pas envie d'en parler.

Ils achevèrent de dîner en silence. Le charme avait été rompu. Margaret refusa le fromage. Mais ils finirent la bouteille de vin, assis l'un en face de l'autre, le regard perdu dans le noir, au-delà de leur reflet sur la vitre. Margaret était furieuse de s'être laissé piéger par l'homme qui lui avait fait tant de mal de son vivant. Elle se demanda si elle serait un jour capable de l'extirper de sa tête, de l'empêcher de s'immiscer dans sa vie quand elle s'y attendait le moins, de déverser une fois de plus toute sa misère sur elle.

Elle se sentait triste et somnolente. Quand Michael vint s'asseoir à côté d'elle, elle le laissa passer un bras autour de ses épaules et la serrer contre lui. Il était confortable, chaud, il sentait le patchouli. La douceur de son odeur musquée avait quelque chose d'excitant. Elle sentit son souffle sur son front et inclina la tête pour la rapprocher de la sienne. Ses yeux sérieux, profonds, semblaient sincères ; elle était en sécurité dans ses bras, elle éprouvait un bien-être qu'elle n'avait pas connu depuis longtemps. Il se pencha pour l'embrasser. Pas avec passion, mais lentement, avec douceur, délicatesse, tendresse. Elle glissa une main dans ses cheveux fins, brillants, et fut surprise de la brusque pulsion sexuelle qu'elle sentit s'éveiller en elle. Elle se souvint alors du corps musclé de Li pressé contre le sien dans un autre wagon de chemin de fer.

Elle s'écarta, rouge, un peu essoufflée.

— Excusez-moi, Michael. Je crois que je ne suis pas prête pour ça.

Il la regarda un long moment puis sourit en écartant doucement une mèche de cheveux de sa joue.

— Ne vous excusez pas. S'il y a une chose qu'on apprend en archéologie, c'est la patience. On peut attendre une vie entière, un millénaire avant de trouver ce qu'on cherche.

Il se tut.

— Vous êtes fatiguée ?

Elle acquiesça d'un signe de tête.

Il se leva, arrangea les oreillers contre la fenêtre et lui souleva doucement les jambes pour l'allonger confortablement. Il lui ôta ses chaussures, lentement, avec précaution, en caressant la peau nue de ses chevilles. Elle sentit à nouveau le désir monter en elle. Mais il était trop tard. Le moment était passé. Il remonta la couverture, effleura ses lèvres avec les siennes.

Margaret se laissa flotter un instant entre veille et sommeil, consciente qu'il rangeait les reliefs de leur dîner, se déshabillait, s'installait sur sa couchette et éteignait la lumière.

Juste avant de sombrer dans le sommeil, elle redouta, l'espace d'une seconde, de se mettre à ronfler.

Les rayons du soleil qui se levait derrière les sommets des montagnes de l'est traversaient en oblique la fenêtre du compartiment quand elle ouvrit les yeux. Assis en face d'elle, Michael la regardait.

— Bonjour, dit-il. Nous arrivons dans moins d'une heure.

Elle se redressa brusquement.

— Oh, mon Dieu. J'espère que je n'ai pas ronflé ?

— Pas trop fort, répondit-il en souriant.

— Non !

— Moi seul le sais. Mais ne vous inquiétez pas. Avec moi, votre secret est bien gardé. Vous savez que je ne trahis jamais la confiance des femmes. Vous voulez du café ?

— Oui, c'est ça, changeons de sujet. Je croyais que les Chinois ne buvaient que du thé.

— Oui. Mais j'emporte toujours ce qu'il faut.

Il sortit du panier un pot en verre et un filtre qu'il posa sur la table. Il ouvrit ensuite une boîte hermétique ; Margaret sentit aussitôt le parfum du café fraîchement moulu – une expérience olfactive qu'elle avait presque oubliée. Il versa une cuillerée généreuse de poudre dans le filtre, et prit, sous la table, un grand thermos argenté. De la vapeur s'en échappa quand il dévissa le bouchon.

— Elle n'est pas vraiment bouillante, mais ça ira.

Margaret alla se laver la figure et les dents, et se mettre un peu de rouge à lèvres. Elle s'examina dans le miroir ; son visage était encore un peu bouffi de sommeil ; sur sa peau pâle, les taches de rousseur se voyaient plus que d'habitude. Elle avait une légère gueule de bois. Au souvenir du goût et du contact de Michael, un petit frisson la parcourut de la tête aux pieds. Tout en étant gênée de sa propre réticence, elle était reconnaissante à Michael de ne pas l'avoir brusquée. Elle avait à présent le sentiment que ce voyage serait peut-être déterminant pour le reste de sa vie.

L'odeur du café l'accueillit lorsqu'elle ouvrit la porte du compartiment.

— Quelle odeur merveilleuse, dit-elle.

La journée commençait bien.

Dehors s'étendaient des champs de maïs coupés entourés de collines terrassées et cultivées. Un panache de fumée bleue s'élevait d'un feu de tiges de maïs séchées ; un bœuf conduit par un paysan torse nu tirait une charrue sur le sol pierreux. De temps en temps, le train dépassait des tas de fleurs en papier roses et blanches.

— Qu'est-ce que c'est ? demanda Margaret. On dirait des couronnes géantes.

— C'est exactement ça. Des couronnes mortuaires à poser sur une tombe récente, ou pour commémorer un anniversaire.

— Je croyais que tout le monde se faisait incinérer en Chine.

— Normalement. Mais les vieilles habitudes ont la vie dure.

Il revint brusquement à son travail et lui dit de ne pas s'occuper de ses bagages quand ils arriveraient à Xian. La maison de production avait chargé un coursier de venir prendre les sacs et le panier ; une voiture avec chauffeur les attendait à la gare. Ils se rendraient d'abord à l'hôtel, puis au musée de l'armée de terre cuite, juste à côté de Lintong, à environ une heure de la ville. Là, il la laisserait avec les guerriers, le temps d'aller conclure son affaire avec le directeur du musée, mais il veillerait à ce qu'on s'occupe d'elle.

Peu à peu, les champs et les collines cédèrent la place à la banlieue industrielle de l'agglomération de Xian. Un quart d'heure plus tard, le train entrait en gare.

Bousculés, poussés par les voyageurs pressés, poursuivis par les vendeurs de plans et de guides touristiques, ils se frayèrent un chemin à travers le hall et se retrouvèrent dehors, en plein soleil, sur le parvis où une foule de gens, de vélos, de véhicules de toutes sortes se ruaient vers la sortie. Le coursier qui avait récupéré leurs bagages surgit soudain de nulle part avec un chariot. C'était une jeune fille d'une quinzaine d'années qui paraissait tout juste assez forte pour soulever leurs sacs. Mais elle s'était débrouillée sans aide.

— Voiture à la grille, dit-elle. Vous suivez moi.

Après avoir franchi une porte étroite, ils se retrouvèrent sur une place pleine de bus, bordée d'un côté par de hauts immeubles, de l'autre par l'ancienne muraille crénelée de la ville qui s'élevait à douze mètres de haut dans le ciel de Xian et encerclait la vieille ville sur douze kilomètres. Une grosse limousine noire était garée devant la porte.

— Bienvenue à Xian, dit Michael.

II

Li observa d'un air pensif la petite Xinxin engloutir les brioches aux graines de lotus qu'il venait de faire cuire à la vapeur pour le petit-déjeuner. Elle aimait déjà le thé vert et en but une grande quantité pour faire glisser les brioches sucrées. Un vrai festin qui lui fit oublier un moment que sa mère était partie en la laissant dans une maison inconnue avec un étranger.

Xiao Ling n'avait même pas inventé d'histoire pour expliquer son absence. Elle lui avait simplement dit d'attendre dans sa chambre son oncle qui n'allait pas tarder à rentrer. Elle était restée toute seule pendant près de trois heures avant le retour de Li.

Pour la seconde nuit consécutive, Li avait à peine dormi, et au réveil, il avait dû concocter une histoire : Xiao Ling, malade, avait dû être hospitalisée très loin ; Xinxin devait rester chez son oncle jusqu'à ce qu'elle revienne. Son explication avait déclenché une autre crise de larmes ; Xinxin voulait rentrer chez elle. Li était de son avis. Elle avait un père, après tout. Il lui écrirait, lui expliquerait la situation, et lui demanderait de venir chercher sa fille le plus vite possible. Mais cela prendrait un certain temps. Une semaine, peut-être davantage. En attendant, il ne savait pas quoi faire. La seule solution qu'il avait trouvée pendant ses heures d'insomnie était de demander l'avis de Mei Yuan.

De toute façon, il allait devoir emmener Xinxin avec lui.

Mais un autre problème l'attendait.

Il partit à vélo vers le nord, avec Xinxin derrière lui, sur le porte-bagages. Fascinée par la densité de la circulation et la foule, elle regardait les enfants partir à l'école, les livreurs remonter avec peine les *hutong* sur leurs triporteurs chargés de charbon, le nombre incroyable de piétons, de cyclistes. Li se sentait investi d'une nouvelle responsabilité envers cette enfant. Au coin de Dongzhimennei, son cœur se serra en voyant la marchande de *jian bing* tourner vers lui un visage inconnu.

— Où est Mei Yuan ? demanda-t-il.

— Au bureau de la Sécurité publique, elle doit renouveler sa licence. Elle m'a demandé de la remplacer ce matin.

— Quand revient-elle ?

— Je ne sais pas. Dans quelques heures. Qui êtes-vous ?

— Li Yan.

Le visage de la femme s'éclaira d'un grand sourire.

— Ah, Li Yan. Elle m'a parlé de vous. Je suis sa cousine, Jiang Shimei.

Elle lui tendit la main.

— Vous avez pris soin d'elle quand elle était malade. C'est votre fille ? demanda-t-elle en regardant Xinxin.

— Non, ma nièce.

— Elle est très belle.

Jiang Shimei caressa la joue de Xinxin du bout des doigts.

— Comment t'appelles-tu, petite ?

— Xinxin.

— Xinxin ? Quel joli nom.

— Tu peux me faire des couettes ? demanda soudain la petite fille, en sortant de sa poche deux élastiques roses ornés d'une tête de renard en plastique. Mon oncle Yuan est nul. Il dit qu'il ne sait pas faire.

— Bien sûr, dit Jiang Shimei.

Elle rassembla rapidement les cheveux de Xinxin en deux couettes sur le sommet de la tête.

— Voilà, c'est parfait.

Le visage de la petite fille rayonnait de plaisir. Elle était effectivement parfaite, pensa Li, avec sa chemise blanche aux liserés rouges assortis au collant rouge qu'elle portait sous son tablier vert, et à la sacoche rouge passée en bandoulière sur son épaule.

— Dites à Mei Yuan que j'ai besoin de son conseil. Je reviendrai plus tard.

Il fit remonter Xinxin sur son vélo.

— Vous ne voulez pas de *jian bing* ?

— Je n'ai pas le temps, aujourd'hui, dit-il en s'éloignant et en se replongeant dans le courant de la circulation, au milieu des coups de klaxons furieux.

Il remonta la rue, dépassa les marchands de fruits et légumes sur sa gauche, le coiffeur sur sa droite, et gara sa bicyclette à côté de l'entrée principale de la Section n° 1. Prenant Xinxin par la main, il l'entraîna vers la porte latérale et monta avec elle jusqu'au dernier étage. Leur couple étrange attira des regards curieux. Mais personne ne fit de commentaires. Un peu inquiet, Li hésita un instant à la porte de la salle des inspecteurs puis, rassemblant tout son courage, entra avec la petite fille aux yeux écarquillés qui trottait à côté de lui, comme si c'était la chose la plus naturelle du monde.

Zhao était en train de raccrocher son téléphone. Il avait aperçu Li entrer.

— Patron, j'ai une voiture qui attend en bas pour nous conduire à l'école...

Sa voix se perdit dans un murmure dès qu'il vit Xinxin. Toutes les têtes se tournèrent. Le silence s'abattit sur la pièce.

Wu repoussa ses lunettes noires sur le sommet de sa tête.

— Oh... Tu nous aurais caché quelque chose, patron ?

Li décida de crâner :

— Voici ma nièce Xinxin. Comme sa maman n'est pas très bien en ce moment, je lui ai promis que vous vous occuperiez d'elle ce matin pendant que j'irais à l'école.

Les inspecteurs en eurent le souffle coupé. Le premier à réagir fut Qian, lui-même père d'une petite fille d'une dizaine d'années.

— Bonjour Xinxin, dit-il en se levant de son bureau. Tu as de jolies couettes. C'est ton oncle Yan qui te les a faites ?

Xinxin leva les yeux au plafond.

— Bien sûr que non. Il est nul.

Les inspecteurs éclatèrent de rire.

— C'est une dame dans la rue qui me les a faites.

— Nous sommes bien d'accord avec toi, dit Wu. Ton oncle Yan est nul, pas vrai, les mecs ?

— Oui, répondirent-ils en chœur.

Qian souleva la petite fille, la fit asseoir sur le bord de son bureau et regarda son sac.

— Qu'est-ce que tu as là-dedans ?

Il en sortit les livres de Mei Yuan et un puzzle dans une boîte en carton.

— Trop facile, dit Xinxin. Tu veux que je te montre ?

— Oui, dit Qian.

Les autres commencèrent à se rassembler autour d'eux, se laissant aller à l'adoration traditionnelle des Chinois pour les enfants.

— Oncle Yan a déjà essayé ?

Xinxin se mit à rire.

— T'es bête ! C'est trop compliqué. Il sait même pas faire des couettes !

Les inspecteurs éclatèrent de rire.

— Li !

La voix tranchante et impérieuse ramena le silence dans la pièce. Li se retourna ; debout au seuil de la porte, le chef de section Chen Anming, lui montra son bureau d'un signe de tête :

— Deux mots.

Li fit la grimace et le suivit.

— Fermez la porte, dit Chen. Qu'est-ce qui se passe, bon Dieu ?

Li haussa les épaules.

— J'ai un problème, chef.

Il lui expliqua comment Xinxin avait été abandonnée par sa mère, son intention d'écrire au père pour qu'il vienne la chercher.

— Ce n'est pas une raison pour transformer la salle des inspecteurs en crèche, dit Chen. Au nom du ciel, Li, nous avons un tueur en série sur les bras !

— Je sais.

Chen le fusilla du regard, puis secoua la tête, compatissant tout de même un peu à sa situation difficile.

— Où habite le père ?

— Près de Zigong, au Sichuan.

— Je vais appeler le chef de la police pour qu'il se mette en contact avec votre beau-frère. Il pourrait prendre le train de Pékin dès ce soir.

— Merci, chef, dit Li, confus.

Un éclat de rire leur parvint de la salle des inspecteurs. Embarrassé, Li sourit.

— Elle a l'air de beaucoup leur plaire. Vous avez deux enfants, n'est-ce pas, chef ?

— Ils sont sortis de l'enfance depuis longtemps. Ma fille travaille dans l'édition et mon fils enseigne la physique quantique.

Brusquement, la porte du bureau de Li s'ouvrit et Xinxin entra en coup de vent, un livre à la main.

— Dis, tu me lis le livre, Oncle Yan ?

Li jeta un coup d'œil aux inspecteurs qui le fixaient d'un air goguenard, et comprit que c'étaient eux qui l'avaient envoyée.

— Je ne peux pas, chérie. Il faut que j'aille interroger des gens. Je suis déjà en retard.

Xinxin demanda alors à Chen :

— Tu me lis le livre, Oncle Anming ?

Chen rougit, regarda les inspecteurs en plissant les yeux et se tourna vers Li qui essayait de garder son sérieux.

— Je suis très occupée, petite.

Xinxin fronça les sourcils.

— Qu'est-ce que c'est le jaune sur ta tête ?

Des rires étouffés fusèrent.

Chen rougit à nouveau.

— Je fume trop.

— Oh. Fumer est très mauvais pour la santé, scanda-t-elle d'un air très sérieux.

— Oui, je sais.

— Bien. Tu arrêtes de fumer et tu me lis le livre ? D'accord ?

Elle lui prit la main très naturellement. Chen devint écarlate.

— Bon, occupe-toi d'Oncle Anming pendant que je ne suis pas là, Xinxin.

Osant à peine regarder Chen dans les yeux, il ajouta :

— Désolé, chef. Il faut que je file. Déjà en retard.

Il se dépêcha de partir avant que Chen ait le temps de protester, prit Zhao par le bras au passage et l'entraîna à toute vitesse vers la porte.

Une fois dans l'escalier, les deux hommes éclatèrent de rire.

— Oh, merde, dit Li en s'essuyant les yeux. Qu'est-ce que je vais entendre en revenant !

L'École secondaire nº 29 était dissimulée derrière un portail en carrelage blanc, au fond d'un parking de bus bordant Qianmenxi Dajie, à deux pas de l'angle sud-ouest de la place Tiananmen. Au-dessus des lourdes portes vertes en métal, une photo imprimée sur un long panneau rectangulaire montrait le portail original, sculpté dans la pierre. Zhao arrêta la jeep devant ; un concierge sortit d'un pavillon en briques pour leur ouvrir les portes qu'il referma derrière eux. Ils pénétrèrent dans une étrange oasis de calme en plein cœur de la ville. À l'ombre des arbres se dressaient, à droite et à gauche, des bâtiments en briques, à un étage. Au-delà d'un passage couvert décoré de plantes en pot luxuriantes, le soleil éclairait un terrain de basket-ball et des courts de badminton sur lesquels donnaient les salles de classe. Le bruit de la rue n'était plus qu'un grondement lointain.

Sidéré, Li regarda autour de lui.

— Je ne soupçonnais pas l'existence de cet endroit.

— C'était une université, avant, dit le concierge.

— Comment ça ? fit Zhao en fronçant les sourcils.

— L'Université de Chine, dit le concierge en souriant d'un air un peu idiot. Créée par Sun Yat-Sen en 1912. Nous avons une exposition. Venez voir.

Il les entraîna dans une classe convertie en salle d'exposition. Des panneaux bleus plaqués sur les murs montraient des photos des fondateurs et des professeurs de l'école et autres souvenirs historiques. Fondée par le président de la première république chinoise, Sun Yat-Sen, elle avait bien été l'Université de Chine. Des personnages historiques les regardaient depuis les murs : Sun Yat-Sen, avec sa moustache blanche bien taillée ; Li Da Zhao, professeur d'économie dans les années 1920, premier traducteur des œuvres de Marx en chinois, avant d'être pendu par Jiang Jieshi [1] en 1928 ; le directeur honoraire Zhang Xueliang, qui livra Jiang Jieshi aux communistes au cours du célèbre incident de Xian, en 1936. Dans une vitrine était exposée la cloche qui avait appelé les premiers étudiants en cours, au début du siècle précédent. L'arbre auquel elle était accrochée se dressait encore dans un coin.

L'histoire de l'école écrite sur les murs révélait que lorsque les communistes avaient pris le pouvoir en 1949, l'Université de Chine était devenue l'« école secondaire du Renouveau », puis, trois ans plus tard, plus prosaïquement, l'école secondaire n° 29.

Un jeune homme en jean et *sweater* noir à fermeture éclair sur un tee-shirt gris entra vivement dans la pièce.

— Comment allez-vous ? demanda-t-il d'une voix un peu essoufflée, en leur serrant la main. Le directeur m'a chargé de m'occuper de vous ce matin. Je n'ai pas de cours.

— Vous êtes professeur ? s'étonna Li.

— Oui. Je suis le professeur Huang.

— Cet endroit est chargé d'histoire.

— Effectivement, et nous en sommes fiers. Mais ce n'est plus qu'une école secondaire maintenant.

1. Transcription actuelle de Chiang Kai-Shek.

Nous avons six cents élèves et cent cinquante professeurs. Suivez-moi. Vous pouvez disposer de ma classe pour les interrogatoires.

La classe du professeur Huang comprenait quatre rangées de six tables individuelles, et un long tableau noir à chaque extrémité. De grandes fenêtres éclairaient la pièce de chaque côté. Li descendit une chaise posée sur une table.

— Il n'y a pas de cours, ce matin ?

— Si, dit le professeur Huang. Beaucoup. Vous vous en apercevrez à la récréation. Les élèves sont très bruyants.

Il sourit et ajouta :

— Un ancien professeur de l'école, Lao Sunlian, et d'anciens élèves vous attendent dans une autre salle. Quand vous voudrez leur parler, faites-le-moi savoir.

— Vous pouvez faire entrer le professeur Sun.

— Au fait, ajouta Li comme le professeur Huang s'en allait. Qu'est-il arrivé au portail original de l'école ?

— Détruit par les Gardes rouges pendant la Révolution culturelle.

— Ceux qui ont détruit les dossiers de l'école ?

— Je ne sais pas, dit Huang en haussant les épaules. C'est possible. Mais je n'ai que vingt-huit ans. Je ne me souviens pas.

Il sortit.

Li et Zhao réunirent trois tables et disposèrent deux chaises d'un côté et une de l'autre. L'odeur de la classe, mélange de craie et de rance, rappela à Li ses années d'élève. Les mêmes murs vert pâle et crème, la même sensation d'uniformité, de morosité. Cela n'avait pas tellement changé au fil des ans.

Il faisait chaud dans la pièce. Il ouvrit la fenêtre la plus proche et regarda la cour. Les quatre victimes y avaient joué. Elles avaient partagé les mêmes expériences, nourri les mêmes doutes, subi les mêmes outrages, connu les mêmes espoirs, les mêmes aspirations. Une trentaine d'années plus tôt, il s'était produit quelque chose dans cet endroit, dans ses classes ou dans sa cour, quelque chose qui avait semé les graines de la destruction qu'un individu armé d'un sabre en bronze avait récoltées au bout de toutes ces années. Quelque part, ici, dans ce berceau de l'université moderne chinoise, se cachait le mobile d'un meurtre. Li en était certain.

Le professeur Sun avait soixante-dix-neuf ans. C'était un homme maigre dont les cheveux gris ramenés en arrière laissaient voir, en transparence, son crâne semé de taches brunes. Il portait un vieux costume Mao en coton bleu. Non par volonté politique, mais par habitude, parce que c'était léger et confortable. Il marchait avec une canne, et suçotait un mégot de cigarette roulée à la main. Il s'assit en face de Li et Zhao qu'il regarda d'un air pensif, avec une drôle de lueur dans les yeux.

— Ça me rappelle les mauvais jours, dit-il, en écrasant son mégot par terre.

— Quels mauvais jours ? demanda Li.

— Quand on m'a emmené dans une classe

comme celle-ci pour me faire écouter des inepties pendant des heures. Et ils voulaient que je fasse la même chose.

— Pendant la Révolution culturelle ?

Le vieil homme hocha la tête.

— Vous avez souffert ?

— Pas autant que d'autres. Mais bien assez. Ils appelaient ça les « séances de lutte ».

Il gloussa.

— Ils luttaient pour que je me confesse, moi je luttais pour ne rien dire.

— Qu'est-ce que vous aviez à confesser ? demanda Zhao.

— Ce dont ils avaient décidé de m'accuser. Si je ne me confessais pas, ils m'accusaient d'être arrogant, d'être un contre-révolutionnaire actif. Si je me confessais, j'étais mis au pilori et insulté. C'était comme ces femmes accusées d'être des sorcières dans l'Europe médiévale. On les jetait dans la rivière ; si elles survivaient, elles étaient des sorcières, si elles se noyaient, elles étaient innocentes. Impossible de s'en sortir.

— Mais pourquoi voulaient-ils accuser leurs professeurs ? demanda Zhao.

Li lui lança un coup d'œil étonné, puis réalisa que la Révolution culturelle était terminée depuis longtemps à l'époque où Zhao avait débuté sa scolarité. Et les gens n'en parlaient pas. Maintenant, une génération entière ignorait tout des événements de ces douze années tragiques.

Mais l'ignorance de Zhao arracha un sourire triste au vieil homme.

— Si vous aviez été ici, vous auriez pu lire *pourquoi*, dit-il. Les Gardes rouges sont venus coller des *dazibao* sur tous les murs de la cour, des grandes affiches de propagande écrites à la main, nous dénonçant tous comme étant des révisionnistes.

Il rit en secouant la tête.

— Évidemment, c'étaient les plus stupides qui menaient les attaques ; ils recopiaient les slogans qu'ils avait vus dans les journaux. Apparemment, même sans bombes ni couteaux, nous, les professeurs, étions de dangereux ennemis. Nous bourrions la tête de nos élèves d'idées révisionnistes. Nous leur enseignions que les intellectuels étaient supérieurs aux ouvriers, nous encouragions l'ambition personnelle, la compétition pour les postes les plus hauts. Les autorités croyaient sans doute qu'en essayant d'élever le niveau et les aspirations de nos élèves, nous faisions de ces jeunes socialistes honnêtes des révisionnistes corrompus. En réalité, c'était uniquement parce qu'un paysan ignorant représentait une menace moins grande qu'un intellectuel instruit. Pour les dirigeants, les armes invisibles brandies par les professeurs étaient beaucoup plus dangereuses que les vrais couteaux ou les vrais fusils.

Li alluma une cigarette.

— Savez-vous pourquoi vous êtes ici, professeur Sun ?

— J'ai entendu des choses.

— Quatre de vos anciens élèves ont été assassinés.

Le professeur Sun hocha la tête.

— Je veux savoir si vous vous souvenez d'eux, dit Li.

Il énuméra leur nom. Le vieil homme haussa les sourcils, puis secoua la tête.

— Très triste. Je me souviens très bien de Yuan Tao. C'était un élève brillant. De loin le meilleur de sa promotion. Un garçon sympathique, timide, modeste.

Il cligna des yeux, se concentra sur le souvenir affectueux qu'il gardait de Yuan. Puis un nuage obscurcit son regard d'où toute lumière disparut.

— Les autres... je ne m'en souviens que pour une seule raison. Des élèves quelconques, à l'exception de Yue Shi. Il est devenu professeur d'archéologie, je crois. Plus intelligent que les autres, mais pas sympathique, trop influençable.

Il frissonna à l'évocation de souvenirs déplaisants, puis regarda Li droit dans les yeux.

— Ils appartenaient tous à un groupe de Gardes rouges qui s'était baptisé la Brigade de la-révolte-jusqu'au-bout. Appartenant à la faction la plus rouge. Des garçons stupides, des brutes manipulées par des gens beaucoup plus intelligents et plus haut placés qu'eux.

Li sentit son pouls s'accélérer. Voilà la connexion qu'ils cherchaient. Gardes rouges ! Ils avaient tous été Gardes rouges ! Il se pencha en avant.

— Ce sont eux qui ont démoli le portail et détruit les archives de l'école ?

Le professeur Sun hocha la tête.

— Ils avaient déjà quitté l'école. La plupart étaient au chômage ; ils se sont servi de la Révolution culturelle comme excuse pour ne pas travailler. Ils sont revenus se venger sur leurs professeurs. Ils ont détruit les archives pour effacer les traces de leurs piètres résultats aux examens, et utilisé contre nous les rapports où l'on critiquait leur manque d'effort et de discipline. S'ils étaient paresseux, stupides, incapables, ou s'ils se conduisaient mal, ce n'était pas leur faute. C'était la nôtre.

Ils nous ont obligés à tourner autour de la cour avec un bonnet d'âne sur la tête et un écriteau pendu au cou. Sur le mien, ils avaient gribouillé : *Sun Lian, monstre réactionnaire.* Ils nous ont forcés à frapper sur un gong en hurlant : *Je suis un professeur réactionnaire. Je suis un monstre réactionnaire.* Et ils nous ont donné des coups de pied et fouettés avec leur ceinture. Ils ont mis ma classe à sac en cherchant du matériel noir.

— Du matériel noir ? répéta Zhao sans comprendre. Qu'est-ce que c'est ?

Li lui jeta un coup d'œil et vit qu'il était devenu très pâle, choqué par ce qu'il entendait.

— Le Parti communiste était symbolisé par la couleur rouge, expliqua le professeur Sun. Le noir, étant le contraire du rouge, représentait tout ce qui y était opposé. Le président Mao avait déclaré que les Cinq classes noires étaient les pires ennemies du peuple – propriétaires, paysans riches, contre-révolutionnaires, criminels et droitiers. Tout ce qui était étranger était noir. Comme j'étais professeur d'histoire, j'avais, bien sûr, beaucoup de livres et de magazines étrangers, beaucoup de livres sur l'histoire mondiale. La Brigade de la-révolte-jusqu'au-bout a déclaré que c'était du matériel noir. J'ai dû sortir tous mes livres et mes dossiers, pour en faire un grand feu de joie dans la cour.

Par la fenêtre, Li vit deux élèves jouer au badminton. Il essaya d'imaginer à quoi ressemblait la cour alors. Des adolescents surexcités hurlant après leurs professeurs, les insultant, les frappant ; des professeurs coiffés de bonnets d'âne tapant sur des gongs en s'accusant ; la fumée des livres en flammes envahissant le court où les deux élèves se renvoyaient aujourd'hui un volant. Il repensa à sa propre école primaire, à son institutrice battue à mort dans la cantine. Soudain, il se rendit compte que le professeur Sun gloussait de rire.

— Il s'est mis à pleuvoir. Assez fort. Le feu s'éteignait. La Brigade de la-révolte-jusqu'au-bout s'est énervée ; un Garde rouge m'a dit d'aller chercher mon ombrelle dans ma classe. Quand il a prononcé le mot *yangsan*, un autre l'a accusé de traîtrise. Le garçon n'a pas compris. Mais l'autre, leur chef – un gros costaud qu'ils appelaient Moineau – a déclaré que *yangsan* voulait dire « parapluie étranger », qu'on les appelait comme ça parce que, avant la Libération, ils étaient importés de l'étranger ; maintenant qu'ils étaient fabriqués en Chine, il ne fallait plus dire *yangsan* ; celui qui utilisait ce mot était un xénophile.

Le vieux professeur secoua la tête.

— Il avait dû lire ce mot dans le journal. En tout

cas, moi, j'ai éclaté de rire, je l'ai traité d'ignorant. Il est devenu rouge de colère. Je lui ai expliqué : « C'est le caractère Yang pour soleil, et non pas étranger ; Yangsan désigne une ombrelle, ou un parasol. »

Le sourire s'effaça du visage du professeur Sun.

— Les autres n'ont pas ouvert la bouche ; ils se demandaient comment il allait réagir. Il ne le savait sans doute pas lui-même. Puis, brusquement, il est entré dans une rage épouvantable. Il m'a attrapé par le cou et m'a traîné à l'intérieur de ma classe. Les autres ont suivi. Il leur a ordonné de briser toutes les vitres de l'extérieur et de répandre le verre sur le sol. J'étais un sale xénophile, je méritais une bonne leçon. Alors, il m'a fait tomber à genoux, et m'a obligé à traverser la pièce comme ça, sans me relever. Le verre cassé se fendait sous mon poids ; les éclats traversaient mon pantalon, me rentraient dans la chair.

Il se pencha en avant pour remonter la jambe droite de son pantalon au-dessus du genou. Li et Zhao virent le dessin complexe des cicatrices laissées par les multiples blessures.

— Il y a encore des bouts de verre à l'intérieur, dit-il. Parfois, quand ils ressortent, je me mets à saigner.

Il rabattit la jambe de son pantalon et regarda les deux policiers.

— Alors, vous pensez si je me souviens de ces garçons. Je ne suis pas près de les oublier.

— Ils appartenaient tous à la Brigade de

la-révolte-jusqu'au bout ? demanda Li. Tian Jingfu, Bai Qiyu, Yue Shi, Yuan Tao ?

— Tous, sauf Yuan Tao, bien sûr. J'ai entendu dire qu'il était parti étudier en Amérique juste avant la Révolution culturelle. Il a eu de la chance. Un des rares, très rares, qui ont eu de la chance.

III

D'immenses fanions envahirent l'espace au milieu de la fumée de la bataille quand les soldats en armure se précipitèrent en avant, sabres levés, et que le tonnerre des sabots des chevaux retentit derrière eux. Margaret tressaillit involontairement au moment où les soldats l'encerclèrent dans un vacarme de lames de bronze entrechoquées et d'épouvantables cris d'angoisse. Accrochée à la rambarde, elle sentait la chaleur du corps de Michael pressé contre le sien. Une musique symphonique très hollywoodienne accompagnait la bataille qui faisait rage. Puis les fanions disparurent un par un tandis que les drapeaux des États conquérants étaient déployés devant le premier empereur tout-puissant de la Chine, Qin Shi Huang.

— Impressionnant, non ? murmura Michael.

Margaret acquiesça d'un signe de tête. C'était la première fois qu'elle assistait à une projection sur 360 degrés. L'auditorium était entouré d'écrans, l'action se déroulant en continu de l'un à l'autre. La sensation de se trouver au milieu était extraordinaire, le son en *surround* complétant l'illusion.

— Ça a dû coûter une fortune, dit-elle. Il y a un nombre incroyable de figurants.

Michael sourit.

— S'il y a une chose que les Chinois ont en quantité largement suffisante, ce sont bien les figurants.

Des milliers de coolies portant des paniers de terre sur des perches de bambou se déplaçaient autour d'eux.

— C'est le début de la construction du tombeau de Qin, expliqua Michael. Cent vingt mille artisans, ouvriers, prisonniers. Pendant quarante ans. À cette époque, les gens croyaient que les âmes des morts vivaient sous terre. Voilà pourquoi Qin a fait construire son armée de terre cuite et l'a enterrée dans trois fosses différentes autour de son mausolée – pour garder son empire souterrain.

Sur l'écran, des ouvriers à moitié nus foulaient l'argile aux pieds avant de la battre avec des gourdins et d'en remplir les moules des guerriers et des chevaux. Les corps étaient ensuite assemblés, puis recouverts d'armures sculptées à la main. Chaque tête aux traits finement dessinés était différente, unique, et les détails soignés jusqu'aux semelles des bottes. Les guerriers répartis en plusieurs catégories – généraux, officiers, fantassins, archers, auriges – étaient cuits dans d'immenses fours.

Tout autour d'elle, Margaret voyait des alignements de guerriers que des artistes peignaient de couleurs vives.

— Ce sont des vrais ? murmura-t-elle.

— Non, répondit Michael en riant. Des reproductions exactes, faites à la main, à partir de la même argile, cuites à la même température. On peut les acheter, grandeur nature, les faire expédier aux États-Unis et les installer dans son jardin pour deux mille dollars pièce. La plupart des gens seraient bien incapables de déceler la différence entre l'original et la copie. Les originaux étaient peints. Comme ceux-là.

— Sur toutes les photos que j'ai pu voir, ils étaient gris.

— Les guerriers étaient enterrés depuis plus de deux mille ans. La peinture n'a pas résisté. La couleur grise n'est qu'une couche de terre sèche, poussiéreuse. En dessous, ils sont d'un bleu noir, comme quand ils sont sortis des fours.

Soudain, sur l'écran, la bataille fit à nouveau rage. La voix du commentateur racontait l'histoire sur fond de crescendos symphoniques.

— Qu'est-ce qui se passe ? demanda Margaret.

— Une révolte paysanne, un an après la mort de Qin. Ils ont pillé son palais, pénétré dans les trois fosses contenant les guerriers et volé leurs armes pour les utiliser contre la véritable armée du successeur de Qin.

Arrivé à l'apogée de son déchaînement, l'orchestre se calma soudain et une mélodie tranquille jouée par les violons accompagna les images de la campagne paisible qui les environnait maintenant, à l'ombre d'une colline.

— Voilà le tumulus du mausolée de Qin, dit Michael. Celui qu'ils avaient peur d'ouvrir à cause des rivières de mercure. On est en 1974. La Chine est toujours aux prises avec la Révolution culturelle.

On voyait un groupe de paysans en costumes Mao dans un champ.

— Ces types étaient en train de creuser un puits quand ils ont déterré des têtes et des mains en terre cuite. Les premiers fragments d'une grande armée restée enterrée pendant plus de deux millénaires.

— Vous racontez drôlement bien. Vous devriez songer à en faire votre métier.

Il rit et lui prit le bras.

— Allez, venez.

— Mais ce n'est pas fini.

— Ça ne fait rien. Allons voir les vrais.

À l'extérieur de l'auditorium, la lumière du soleil les aveugla. L'énorme parvis était noir de touristes venus voir la huitième merveille du monde : cars de groupes occidentaux, écoliers chinois, familles issues des quatre coins de l'empire du Milieu, de tous les horizons ; tous attirés par l'extraordinaire phénomène qu'abritaient trois gigantesques dômes construits au-dessus des fosses où il avait été découvert.

En traversant le parvis, Michael dit :

— Après la découverte des guerriers, les fonctionnaires et les cadres du centre culturel local ont ramené des pièces au centre, où ils ont commencé à assembler trois personnages qu'ils ont exposés. Il a fallu l'article d'un journaliste de passage, quelques mois plus tard, pour que les autorités soient au courant. Le site a été immédiatement placé sous protection de l'État et, en 1976, le premier des halls d'exposition a été construit au-dessus de la plus grande des fosses – la numéro 1.

Il inclina la tête vers l'énorme toit qui les dominait et entraîna Margaret en haut des marches.

Là, il parla à un gardien qui disparut aussitôt.

— On va venir vous chercher dans une minute, dit-il. Ensuite, j'irai à mon rendez-vous.

Margaret feuilleta un livre qu'elle avait acheté en entrant dans l'auditorium. Il contenait beaucoup de photos des trois fosses, et un récit des fouilles par l'archéologue en chef, Yuan Zhongyi.

— Je croyais qu'il n'y avait que trois fosses.

— C'est exact, dit Michael.

— Ce n'est pas ce qu'on dit ici. Écoutez : *Notre forage a également révélé une quatrième fosse à une vingtaine de mètres au nord de la partie centrale du caveau numéro 1.*

— Oui, bien sûr. Mais la fosse était vide, remplie de sable et de vase. On a supposé qu'elle n'avait jamais été terminée parce que les ouvriers avaient été envoyés contre les paysans révoltés.

Elle continua à lire :

— *Comme aucun personnage d'argile n'a été trouvé dans cette fosse, on ne la compte pas parmi les caveaux de l'armée de terre cuite. On ne parle généralement que des trois autres.*

Elle haussa les sourcils.

— Ils ont dû être furieux de faire chou blanc après avoir creusé autant.

— C'est ça, l'archéologie. On peut passer des années sur quelque chose sans aboutir à rien. Puis recommencer deux mètres plus loin et découvrir une civilisation entière.

Un petit homme souriant à l'abondante tignasse noire striée de gris vint vers eux, main tendue. Il serra chaleureusement celle de Michael et ils échangèrent des salutations en chinois. C'était un homme d'une cinquantaine d'années, avec des lunettes carrées en écaille sur un visage lisse, sans rides. Il portait une chemise blanche au col ouvert par-dessus un pantalon sombre et des chaussures en toile bleue à semelles de caoutchouc.

— Margaret, dit Michael en se tournant vers elle, voici M. Lao Chuanfang. L'un des archéologues les plus expérimentés de ce site.

Sa poignée de main était ferme, ses yeux étincelants.

— Comment allez-vous, miss Margaret, dit-il en inclinant légèrement la tête.

— Vous êtes très aimable de vous occuper de moi, dit Margaret, un peu embarrassée. Mais ce n'est pas nécessaire. Je pourrais aussi bien attendre Michael ici.

— Non, non. Je suis ravi. Monsieur Michael est très bon ami des Chinois.

— Enfin, d'un ou deux en tout cas, dit Michael en souriant.

Il regarda sa montre.

— Il faut que je vous laisse. Je reviens dès que

j'ai terminé cette affaire. Prenez bien soin d'elle, monsieur Lao.

Il fit un clin d'œil à Margaret et se hâta de sortir.

M. Lao emmena Margaret dans le hall principal.

— Je ne savais pas que les fouilles continuaient, dit-elle.

M. Lao se mit à rire.

— Encore beaucoup d'années avant de finir, miss Margaret. Encore six mille guerriers et chevaux ici. Seulement un tiers découvert, peut-être.

Ils montèrent sur une passerelle qui faisait tout le tour de la fosse.

Margaret ne s'attendait pas à un tel gigantisme. Un réseau compliqué d'échafaudages soutenait un toit en dôme au-dessus du site. Juste au-dessous d'eux, entre de hauts murs de terre damée s'étendant vers la droite et la gauche, se tenaient les guerriers. Environ deux mille, en formation de combat. Dans les vides, entre les rangs, il y avait des chevaux, attelés à des chariots de bois qui avaient pourri et disparu depuis longtemps. La lumière du soleil tombait à l'oblique sur les soldats silencieux, par des fenêtres percées dans le toit, et jetait des ombres sur leurs visages antiques.

— Venez. Je montre ce que les touristes ne voient pas.

Elle le suivit sur la passerelle, en admirant, au passage, les guerriers dans la fosse.

À l'autre extrémité du site, elle aperçut, dans un endroit fermé au public, des archéologues de tous âges en chemise blanche accroupis dans la poussière au milieu de douzaines de guerriers émergeant centimètre par centimètre de leur ancienne tombe.

M. Lao ouvrit une porte ; Margaret descendit à sa suite un escalier métallique vers un petit groupe d'archéologues : deux hommes et une femme un peu plus jeune qu'elle. M. Lao fit les présentations en chinois ; tous lui serrèrent la main en inclinant la tête et en souriant. M. Lao tendit à Margaret un petit couteau à lame ronde.

— Maintenant vous êtes archéologue, aussi. Miss Zhang montre à vous comment.

Miss Zhang sourit, lui donna une brosse à poils noirs et la conduisit vers un groupe de corps inclinés à moitié enfouis. Certains étaient cassés à hauteur de l'épaule. D'autres avaient la tête de travers. D'autres encore n'avaient plus de tête du tout – une image évocatrice qui rappela soudain à Margaret pourquoi elle était restée en Chine.

Miss Zhang s'accroupit à côté de deux guerriers en armure, prisonniers jusqu'à la taille, dont les traits disparaissaient sous une croûte de boue séchée.

Miss Zhang gratta délicatement la terre avec son couteau et révéla la ligne nette de la mâchoire puis elle brossa la poussière. D'un sourire et d'un signe de tête, elle indiqua à Margaret qu'elle pouvait faire la même chose. Margaret se baissa à son tour, et, avec d'infinies précautions, se mit à gratter la terre pour faire apparaître les traits puissants du guerrier : de belles lèvres pleines, une moustache retroussée vers les pommettes, des yeux en amande sous des sourcils épais. Elle élimina les débris avec la brosse, puis le contempla. Il était très beau. Elle toucha son visage lisse, frais, et sentit comme un courant électrique lui traverser les doigts. Elle touchait plus de deux mille ans d'histoire. Un homme avait sculpté ces traits à une époque où les Romains régnaient sur l'Europe, près de dix-sept siècles avant que son propre pays ne soit découvert. Pour la première fois, elle comprit la passion de Michael. Il y avait plus de vie dans cet objet en terre cuite que dans aucun des corps qu'elle avait autopsiés.

Les guerriers portaient encore des traces de leur peinture originale. Margaret voyait maintenant que, sous la terre orangée, les personnages étaient d'un bleu noir profond ; la poussière bleu-noir qui tombait de leur corps brisé s'amassait autour d'eux comme la poussière du temps.

IV

Chang Yichun avait peut-être été un enfant de la Libération communiste, c'était aujourd'hui un capitaliste prospère de l'ère post-Mao, comme il l'annonça fièrement à Li et Zhao. La cloche avait sonné quelques minutes plus tôt ; à travers les fenêtres ouvertes parvenait le bruit des enfants en train de jouer dans la cour.

Chang était petit mais puissant, avec des cheveux coupés en brosse et de grandes mains calleuses. Il s'estimait supérieur à ses camarades de classe des années 1960 plus intellectuels que lui. Il avait réussi ses études à l'école secondaire n° 29, mais quelle utilité, pour aller travailler à la campagne pendant la Révolution culturelle ?

Il tira une bouffée d'une cigarette occidentale très chère.

— Le plus drôle, c'est que, finalement, ça m'a été utile. J'ai appris le métier de charpentier, et quand je suis revenu en ville en 1972, j'ai trouvé du travail dans l'équipe d'entretien et de construction du comité de quartier de Xichang.

Il se gratta la tête, puis épousseta les pellicules tombées sur le revers de son costume de marque.

— Et maintenant, je compte mon fric en dollars.

— Vous savez qui faisait partie de la Brigade de la-révolte-jusqu'au-bout ? demanda Li.

— Sûr. Le chef habitait dans ma rue. Un horrible salaud qui s'appelait Ge Yan. Un crétin. Une brute épaisse. Toujours au fond de la classe, toujours puni par les profs. Mais dès qu'ils avaient le dos tourné, il tapait à bras raccourcis sur les autres élèves. Il avait beau être le tyran de l'école, il n'a jamais levé la main sur moi. Je lui aurais écrasé sa gueule de con. Et il le savait. Qu'est-ce que vous m'avez demandé ? Ah oui, combien ils étaient ? Six.

Il réfléchit en se caressant le menton.

— Il y avait Moineau...

— Moineau ?

— Ouais, c'est comme ça qu'ils appelaient Ge Yan.

Il se gratta la tête à nouveau, comme pour activer sa mémoire.

— Marrant. Un gros con pareil. Il adorait les oiseaux. Il en avait des douzaines, de toutes les couleurs. Il suspendait les cages dans sa cour. Je l'ai vu une fois. Il était d'une douceur avec ses bestioles. Incroyable. Il passait tout son temps dans sa cour ou au marché aux oiseaux.

— Vous vous souvenez des autres ?

— Oui.

Il alluma une autre cigarette.

— Il y avait Macaque, Zéro, Misère... c'était la seule fille. Une mocheté, une horrible salope. Et il y avait Tortue, et... ah oui, Goret. Comment pouvais-je oublier ce gros lard de Goret ?

— Et Yuan Tao ?

Chang regarda Li et Zhao comme s'ils étaient fous.

— Yuan Tao ? Vous rigolez ? C'était un mec bien, genre studieux, vous voyez ? Un bûcheur. Il n'a jamais fréquenté les autres. C'étaient des salauds, des bons à rien. Ceux qui se sentaient mal dans leur peau étaient les pires. Ils en voulaient à la terre entière et se vengeaient de leur nullité sur les mecs plus futés qu'eux. Comme si c'était la faute des autres s'ils étaient demeurés.

— Yue Shi n'était pas un demeuré, dit Zhao.

— Non, mais c'était un lèche-cul, une lavette, un hypocrite.

— Comment Yuan Tao a-t-il eu ce surnom de Fouilleur ? demanda Li.

Chang lui jeta à nouveau un coup d'œil méprisant.

— Où est-ce que vous avez pêché ça ? Yuan ne s'est jamais appelé Fouilleur. Son surnom, c'était Poulet, à cause de Poule mouillée.

Li fronça les sourcils.

— Vous êtes sûr ?

— Et comment.

— Pourquoi l'appelait-on Poule mouillée ?

— Parce que les autres gamins le harcelaient tout le temps, lui cassaient la figure derrière les abris à vélos. Et il se défendait jamais. J'avais de la peine pour lui, mais j'allais pas me battre à sa place.

— Pourquoi tous les autres le harcelaient-ils ? Juste parce qu'il était plus intelligent ?

— Non. Il y avait d'autres gamins intelligents que personne ne touchait. Mais quand votre vieux est prof dans la même école...

Chang haussa les épaules, sans terminer sa phrase.

— Son père était professeur ici ?

— Oui. Le vieux Yuan. C'était notre prof d'anglais.

En revenant à la Section n° 1, Li et Zhao trouvèrent la salle des inspecteurs en pleine effervescence. Malgré les fenêtres ouvertes, l'air était saturé de fumée de cigarette.

— Qian ! cria Li en entrant directement dans son bureau.

Qian apparut à la porte.

— Oui, patron ?

— Il faut absolument que tu retrouves la trace du plus grand nombre d'élèves possible. Nos trois premières victimes appartenaient à une faction de Gardes rouges qui s'appelait la Brigade de la-révolte-jusqu'au-bout. Il y en a trois autres. Concentre-toi sur eux.

Il consulta ses notes.

— Un dénommé Ge Yan, surnommé Moineau. Un amateur d'oiseaux. Apparemment il avait l'habitude de traîner au marché aux oiseaux quand il était jeune. Une fille surnommée Misère ; personne ne semble se souvenir de son vrai nom. Et un autre... Gau Huan. Surnommé Tortue, à cause de sa lenteur, semble-t-il.

Il ajouta, en se tapant le front du doigt :

— Là-haut. Peut-être un peu retardé.

Puis, sans prendre le temps de respirer, il cria :

— Wu !

Wu surgit aussitôt à côté de Qian.

— Le père de Yuan Tao enseignait l'anglais à l'école secondaire n° 29. D'après nos informations, il est mort en 1967. Mais nous ne savons toujours pas ce qu'est devenue sa mère. Je pense qu'il est très important de la retrouver. Ainsi que tous les membres de sa famille encore en vie. C'est une priorité, OK ?

— OK, patron.

Li leva les yeux vers Wu et Qian qui hésitaient à s'en aller.

— Eh bien ?

Ils échangèrent un coup d'œil ; Qian se lança :

— Le chef veut te voir, patron. Il a dit : « Dès

qu'il arrive. » Li se souvint brusquement de Xinxin.

— Merde. J'avais complètement oublié !

La pagaille régnait dans le bureau de Chen. Sous-main et dossiers avaient été empilés sous la fenêtre. Le puzzle de Xinxin, à moitié terminé, occupait toute la surface de la table. Les livres d'images étaient étalés par terre, et sur les chaises regroupées au milieu de la pièce s'alignaient des peluches – un panda, un lapin, un tigre, un lion.

Lorsque Li entra, Chen lisait une histoire à la petite fille assise sur ses genoux. Il leva la tête, regarda Li par-dessus la tête de Xinxin, et referma le livre.

— Il faut que je parle à ton oncle, petite, dit-il en faisant descendre l'enfant de ses genoux.

Xinxin fit la grimace et jeta un œil noir à Li.

— Il faut *toujours* qu'il gâche tout.

— Va à côté. Demande à Oncle Qian de te lire la fin de l'histoire, dit Chen.

Xinxin retrouva le sourire.

— Oh oui ! Oncle Qian est génial.

Et elle partit dans le couloir avec son livre, sans un regard pour Li.

— J'avais souvent entendu parler du syndrome du petit empereur, dit Chen. Tous ces enfants uniques pourris par des parents gâteux. Me voici en train d'en faire autant. Fermez la porte.

Li referma la porte et poussa le lion pour s'asseoir.

— D'où viennent toutes ces peluches ?

— Oncle Qian l'a emmenée sur Ritan Lu. Les

gars ont fait une collecte, et voilà le résultat, dit-il en montrant du menton les animaux. Vous avez mis un temps fou, Li.

Li hocha la tête.

— Mais je crois qu'on a fait une sacrée découverte, chef.

Il lui parla de la Brigade de la-révolte-jusqu'au-bout, du père de Yuan, du fait que celui qui avait tué Yuan s'était trompé de surnom.

— Mais Yuan Tao n'était pas Garde rouge. Impossible. Il n'était même pas en Chine, dit Chen.

— Non. Mais ils étaient tous dans la même classe ; ils ont tous eu son père comme professeur d'anglais ; et il y a peut-être autre chose, chef. Quelque chose qui nous échappe encore. Mais on cherche au bon endroit, au moins ; si on regarde bien, on trouvera. J'en suis sûr.

— Et moi, je suis sûr, répliqua Chen d'un air sombre, que cette situation avec votre nièce ne peut pas durer. Regardez-moi ça !

Li retint un sourire.

— J'avais l'impression que Xinxin et vous vous entendiez à merveille, pourtant.

— Ça n'a rien à voir, coupa Chen. J'ai téléphoné au chef de la police de Zigong. Il a parlé au père de Xinxin.

— Et alors ?

— Il dit que sa femme l'a quitté et a emmené la petite avec elle. Il ne veut plus en entendre parler, ni de l'une ni de l'autre.

Li se mêla à la circulation de Dongzhimennei dans la chaleur de l'après-midi. Assise sur le porte-bagages, Xinxin, vexée, s'accrochait à sa sacoche et à son panda comme si on allait les lui voler. Elle en voulait à Li de l'avoir enlevée de la Section n° 1 où tout le monde s'occupait d'elle ; sa maman commençait à lui manquer énormément. Elle avait les larmes aux yeux.

Li était écœuré. Comment le père de Xinxin pouvait-il le laisser se débrouiller tout seul ? Il était célibataire, travaillait du matin au soir pour un salaire très modeste ; il serait obligé d'employer quelqu'un à plein temps pour s'occuper d'elle. Il ne savait même pas où était sa mère ! Il avait déjà assez de problèmes ; il n'avait pas besoin de celui-là, en plus.

Mei Yuan le repéra quand il traversa la rue et son visage s'éclaira dès qu'elle vit Xinxin sur le porte-bagages. Xinxin fut, elle aussi, ravie de revoir Mei Yuan ; elle sauta par terre, courut se réfugier dans les bras que lui tendait son amie et éclata en sanglots.

— Oncle Yuan ne veut pas que je joue. Ma maman est malade. Je veux rentrer à la maison.

Mei Yuan s'accroupit pour serrer l'enfant contre elle et leva la tête vers Li qui, complètement impuissant, se contenta de hausser les épaules en secouant la tête.

— Tu sais quoi ? dit Mei Yuan en tenant Xinxin à bout de bras, et en essuyant ses larmes. Je vais te faire une *jian bing*, tout de suite.

— Qu'est-ce que c'est ? demanda Xinxin en fronçant les sourcils.

— Une grosse crêpe.

Mei Yuan regarda Li :

— Sans piment ?

— Elle vient du Sichuan, tu sais.

— C'est vrai.

Elle se releva en souriant et prit la petite fille par la main.

— Tiens, regarde comment je fais.

Xinxin oublia ses larmes en observant Mei Yuan étaler la pâte liquide sur la plaque chaude, puis casser un œuf dessus.

— Ma cousine m'a dit que tu étais passé, dit Mei Yuan à Li. Je suis désolée de t'avoir manqué.

— J'ai un problème, Mei Yuan. Mais il n'est pas facile de t'en parler maintenant.

— Et ton cantonais ?

— Un peu rouillé.

Il en avait appris les rudiments à Hong Kong où il avait passé six mois, mais il ne l'avait pas pratiqué depuis longtemps.

— Pareil pour moi, dit-elle en cantonais. Alors, où est sa mère ?

— Enceinte. Elle a passé une... je ne connais pas le mot en cantonais.

Il essaya de trouver une autre façon de le dire.

— On a pris une photo du bébé avec du son. Elle sait que c'est un garçon. Elle est partie chez une amie quelque part dans le Sud pour accoucher. Je ne sais pas où. Le père de Xinxin ne veut rien savoir.

Mei Yuan termina la *jian bing* et l'enveloppa soigneusement.

— Voilà, mon trésor. Attention. C'est chaud.

Xinxin en goûta une bouchée.
— Miam, c'est bon.
Et elle mordit à pleines dents dans la crêpe.
— Pourquoi je comprends pas ce que vous dites ?
Mei Yuan sourit.
— Oh, nous nous exerçons à parler un autre chinois. Je t'en apprendrai quelques mots ce soir, si tu veux.
— Ce soir ? Tu reviens chez Oncle Yan ?
— Non. Tu viens passer quelques jours chez moi. Tu es contente ?
— Oh oui ! s'écria Xinxin les yeux brillants. Génial !
— Ma cousine s'occupera des *jian bing*, dit Mei Yuan à Li. Jusqu'à ce que les choses s'arrangent.
Li sentit les larmes lui monter aux yeux. Il serra la main de Mei Yuan dans les siennes.
— Alors, et ma devinette ? demanda-t-elle.
Il secoua la tête.
— Pas eu le temps d'y penser.
— Bon, je t'accorde un jour de plus, gronda-t-elle. Mais la réponse te crèvera les yeux si seulement tu arrêtes de croire ce que je dis.

Chapitre 6

Un vent chaud balayait la surface verte du lac des Neuf Dragons. Au-delà, des télésièges transportaient les touristes vers le sommet d'une montagne boisée.

Michael et Margaret étaient arrivés aux sources chaudes après un bref trajet en voiture sur une route au bord de laquelle des paysans vendaient des grenades dans de grands paniers en bambou. Margaret avait passé plus d'une heure avec les archéologues en attendant le retour de Michael. Elle était complètement enthousiasmée par cette expérience. Ce qui amusait beaucoup Michael.

— Qu'est-ce que vous disiez déjà, l'autre soir ? Que les tombes ne vous fascinaient pas ?

Elle lui donna, pour rire, un coup de poing sur le bras.

— Vous avez fini de vous payer ma tête ?

— Moi ?

— OK. J'avais tort. Je crois que j'ai passé trop de temps avec les morts. Je ne me doutais pas que l'archéologie pouvait être si... si vivante. Je vous envie, vous savez.

— Pourquoi ? demanda-t-il en riant.

— Parce que vous pouvez ramener des choses à la vie. Réanimer l'histoire. Je ne peux pas en faire autant pour les gens qui échouent sur ma table. Mon pouvoir se limite à les découper et à dire de quoi ils sont morts. Pas très constructif.

Il lui avait proposé de passer, au retour, par les sources d'eau chaude de Huaqing, terrain de jeu hivernal des empereurs à l'époque où Xian était leur capitale. Ce serait tranquille, avait-il dit, après la foule du musée.

L'endroit était calme, en effet. Les semaines précédant la fête nationale, les touristes se faisaient rares. Seules quelques personnes flânaient sur les sentiers et les terrasses de ces jardins vieux de plusieurs siècles, accrochés aux flancs du mont Li.

— C'est qui, cette vamp ? demanda Margaret en indiquant d'un signe de tête une femme en marbre blanc à moitié nue.

— Yang Guifei, répondit Michael. La favorite de l'empereur Xuan Zong, de la dynastie des Tang, qui tomba passionnément amoureux d'elle. Il en devint tellement obsédé qu'il se désintéressa des affaires de l'État. Tout ce qu'il voulait, c'était passer chaque heure du jour et de la nuit avec elle. Et quand le protégé de la concubine se souleva contre lui, ses ministres exigèrent de l'empereur qu'il se débarrasse de la belle.

— Et alors ?

— Elle lui a épargné cette peine en se donnant la mort elle-même.

Margaret se demanda si c'était une histoire véridique. En tout cas, elle jetait une légère ombre de tristesse sur l'endroit. Même les empereurs n'étaient pas épargnés par la tragédie.

— Mais il y a une autre histoire associée à ce lieu, dit Michael. Pas aussi tragique.

Il lui prit la main très naturellement, l'entraîna sur un pont en dos d'âne, puis au milieu des sophoras, et enfin sur une terrasse. Sa main était chaude, puissante.

— Vous connaissez Jiang Jieshi ?

Elle secoua la tête et prit conscience de l'étendue de son ignorance.

— Après la chute de la dynastie Qing en 1911, le docteur Sun Yat-Sen a fondé la première république de Chine. Mais à la mort de celui-ci, les luttes entre les seigneurs de la guerre ravagèrent la Chine. Son successeur, Jiang Jieshi, un brillant dirigeant sans pitié, les écrasa en 1928, et passa les vingt années suivantes à faire la guerre aux communistes.

Ils s'arrêtèrent devant une balustrade en pierre surplombant des volées d'escaliers et de terrasses pour contempler les premières feuilles ambrées de l'automne flotter sur l'eau.

— Je vous ennuie ?

— Ne vous inquiétez pas. Je vous le dirai.

— Bien.

Il lui reprit la main et lui fit traverser la terrasse jusqu'à une villa ombragée.

— En décembre 1936, Jiang Jieshi vivait ici, dans cette maison. Les Japonais avaient envahi le pays à l'époque. Certains de ses généraux trouvaient qu'il passait trop de temps à combattre les communistes alors que leur véritable ennemi était l'étranger envahisseur. Ils voulaient qu'il s'unisse aux communistes pour chasser les Japs. Donc, avec une petite bande de soldats, ils sont venus le kidnapper. Il y a eu des échanges de coups de feu. Regardez. Les fenêtres ont été recouvertes de plastique pour protéger les impacts des balles.

Margaret vit des trous ronds à travers le plexiglas.

— Ouais, comme si c'était les trous originaux laissés par les balles.

— Quel cynisme, Margaret.

Elle sourit.

— Enfin, ils ne l'ont pas eu facilement. Il était au lit quand ils ont attaqué ; ils l'ont rattrapé dans un petit pavillon, en haut de cette colline, en pyjama, avec une seule chaussure, et sans son dentier.

Margaret se mit à rire.

— Sale coup pour sa dignité. Et il s'est joint aux communistes ?

— Bien obligé. Mais après la défaite des Japs en 1946, il les a de nouveau combattu, jusqu'à leur victoire, en 1949. Alors, il est parti à Taiwan où il a fondé la République de Chine.

— Par opposition à la République *populaire* de Chine ?

— Exactement.

— Enfin, j'apprends quelque chose. Au bout de trois mois dans ce foutu pays.

Elle sourit à Michael et surprit dans ses yeux une intensité qui lui serra le ventre. Il lui prit le visage à deux mains, l'attira à lui puis hésita un moment, presque comme s'il lui laissait le temps de se dérober. Mais elle ne bougea pas. Il l'embrassa longuement, tendrement. Et elle se pressa contre lui, pénétrée par sa chaleur.

Quand ils se séparèrent, elle ne rouvrit pas les yeux tout de suite. Enfin elle sourit, avant de se mettre à rire franchement.

— Qu'y a-t-il de si drôle ? demanda-t-il, presque blessé.

— Je ne sais pas. Il y a des filles qui se font draguer sous les étoiles en s'entendant dire qu'elles sont belles. Et moi, je me laisse séduire par des histoires sur Jiang Jieshi et son dentier.

Il se mit à rire, lui aussi, puis redevint sérieux.

— D'accord, nous trouverons un ciel étoilé ce soir, et je vous dirai à quel point vous êtes belle et à quel point j'ai envie de faire l'amour avec vous.

Les visages des morts la fixaient depuis le lit. Quatre hommes décapités par le même sabre. Tous drogués par la même substance ; mais trois d'entre eux l'avaient avalée avec du vin rouge. Ces trois-là avaient été exécutés par un homme qui se tenait sur leur gauche ; le cordon de soie qui leur liait les poignets était attaché par un nœud plat. Le quatrième avait été tué par un assassin qui se tenait sur sa droite, et le cordon de soie avait été noué à l'envers ; il avait bu une vodka colorée en bleu par la drogue ; il l'avait forcément remarqué. À part ça, tous les autres détails étaient identiques.

Margaret secoua la tête. Sa conclusion initiale

était la bonne, elle en était sûre. Yuan Tao avait été tué par quelqu'un voulant le faire passer pour la quatrième victime du tueur en série. Pourtant, ils avaient tous fréquenté la même école ; il y avait donc un lien entre eux. Quelque chose lui échappait. Mais quoi ?

Elle repassa dans sa tête les autres indices. Les trois bouteilles de vin découvertes chez Yuan Tao. Trois bouteilles, trois victimes supplémentaires. Que faisaient-elles dans son appartement ? Et la poussière bleu-noir, la même que celle retrouvée sur le pantalon et les chaussures de l'une des autres victimes ? Un autre lien. Mais lequel ? Et qu'est-ce qui était caché sous le plancher de l'appartement illégalement loué ? Elle regarda à nouveau la photo du corps de Yuan Tao, le sang disparaissant dans le trou, là où le linoléum avait été arraché, les lames de parquet soulevées. Li avait dit que le linoléum était déchiré. Quelqu'un cherchait quelque chose.

Margaret avait passé au moins une heure à lire les rapports d'autopsie, à regarder les photos. Elle s'était sentie un peu coupable quand Michael et elle étaient revenus à l'hôtel, en fin d'après-midi. Quatre hommes avaient été tués, le sort de trois autres dépendait peut-être de la vitesse à laquelle l'assassin serait arrêté. Et elle, elle était à Xian, à des centaines de kilomètres, en train de flirter avec un homme qu'elle trouvait séduisant, elle n'avait pas peur de le dire, mais qui n'avait rien à voir avec l'enquête. Elle avait beau se dire que ce n'était pas son enquête à elle, qu'on l'avait impliquée de force, elle éprouvait malgré tout un sentiment de culpabilité.

L'enquête avait peut-être connu de nouveaux développements depuis son départ ; elle faillit téléphoner à Li. Mais elle renonça très vite. Son sentiment de culpabilité n'était-il pas davantage le fruit de sa relation avec Michael ? Mais bon Dieu, pourquoi se sentir coupable ? C'était Li qui l'avait délibérément ignorée. Elle fut prise d'un accès de colère qui céda vite la place à un sentiment de vide et de tristesse. Malgré son attirance pour Michael, elle était toujours amoureuse de Li, elle le savait.

Elle lâcha le rapport d'autopsie qu'elle tenait à la main ; une des photos en tomba. Elle la retourna, la regarda fixement. On y voyait la pancarte tachée de sang qui avait été accrochée autour du cou de la deuxième victime. Elle contempla les caractères impénétrables qui ne signifiaient absolument rien pour elle et fut soudain frappée par une révélation. L'écriture ! Les Chinois avaient certainement des experts en calligraphie capables de dire si les caractères avaient été tracés par la même main sur toutes les pancartes. Elle n'y avait pas pensé plus tôt parce qu'il était courant de comparer un spécimen d'écriture avec celle d'un suspect, non de comparer entre eux les spécimens de différentes scènes de crime. Elle étala rapidement les photos des quatre pancartes. Son excitation retomba vite. Elles ne comportaient que deux caractères chacune – un surnom et un chiffre. Tous différents. L'échantillon n'était pas assez important pour donner lieu à une comparaison sérieuse.

Et l'encre ? Il était peut-être possible de savoir si la même encre avait été utilisée à chaque fois. Oui, mais quelle conclusion en tirer ? Que le tueur avait eu accès à la même encre, comme il avait eu accès à la même arme ? Cela ne faisait qu'augmenter le nombre de questions sans apporter de réponse.

Et si – elle repensait aux caractères chinois – si un calligraphe pouvait prouver que toutes les pancartes étaient écrites par la même main ? Qu'est-ce que cela pouvait signifier ? Quelque chose lui échappait.

Agacée, elle se leva et s'aperçut dans le miroir. Elle était nue. Elle ne s'était pas rhabillée après sa douche. Sa nudité fit resurgir Michael dans son esprit et une onde de désir la traversa. Aussitôt la culpabilité refit surface ; elle s'écarta du miroir pour enfiler une petite culotte, le jean et le chemisier blanc qu'elle avait posés sur la chaise. Elle s'obligea à se concentrer à nouveau sur le sang et les corps sans tête. Elle avait approché quelque chose qui donnait un sens aux ressemblances comme aux différences.

Brusquement, elle comprit. Cela lui parut si évident qu'elle se demanda comment elle n'y avait pas pensé plus tôt. Elle se jeta sur son sac, le fouilla à la recherche de son carnet d'adresses, chercha le numéro de téléphone de la Section nº 1. Elle hésita un instant, le cœur battant, la gorge serrée, puis s'assit sur le lit, souleva le combiné et composa le numéro.

Elle entendit trois longues sonneries. Une voix

répondit en chinois. Très lentement, articulant le mieux possible, Margaret dit :

— *Qing. Li Yan.*

On baragouina quelque chose en chinois. Elle répéta :

— *Qing. Li Yan.*

Elle entendit un soupir impatient, une avalanche de chinois, puis plus rien. Enfin, au bout d'un long moment, une voix d'homme demanda :

— *Wei* ?

— Li Yan ?

Silence.

— Margaret ?

La façon dont il prononça son nom la fit frissonner.

— Li Yan, je viens de penser à quelque chose. À propos de l'assassin de Yuan Tao...

Elle attendit.

— Eh bien ? finit-il par dire, d'un ton qui lui donna la chair de poule, cette fois.

Elle respira à fond.

— Vous avez dit que personne, en dehors de la police et de l'assassin, ne pouvait être au courant de certains détails ? Eh bien, supposons que l'assassin de Yuan Tao ait été complice, ou du moins témoin, des autres meurtres. Il serait au courant du *modus operandi*. Et s'il était gaucher au lieu de droitier, cela expliquerait la seule différence entre ce crime et les autres.

Autre long silence.

— Eh bien, merci. Je vais noter votre idée dans le dossier.

— C'est tout ce que vous trouvez à dire ?

Elle était furieuse.

— Xian vous plaît ? M. Zimmerman et vous êtes toujours bons amis ?

— Allez vous faire foutre ! cria-t-elle en lui raccrochant au nez.

Elle balaya d'un revers de la main toutes les photos et les rapports étalés sur le lit. Pourquoi avait-elle seulement essayé ? Il se fichait bien d'elle. Il ne supportait pas qu'elle vienne fourrer son nez dans son enquête. Pauvre type, macho, chauvin, xénophobe ! Ses yeux se remplirent de larmes. Elle retourna aussitôt toute sa fureur contre elle-même. *Pourquoi* se vexer ? *Pourquoi* se sentir coupable ? *Pourquoi* perdre son temps avec un individu pareil ?

On frappa à la porte. Elle sauta sur ses pieds en s'essuyant les yeux.

— Oui ?

— C'est moi. Michael.

Elle respira à fond, cligna des yeux et se regarda dans la glace avant d'ouvrir. Le sourire de Michael était chaleureux, ouvert, amical ; après ce bref échange avec Li, elle n'avait qu'une envie, qu'il la prenne dans ses bras.

— Salut, dit-il, sans plus.

— Entrez, je suis presque prête. Il faut juste que je me maquille un peu.

Quand il entra dans la chambre, elle fut un peu gênée de le voir baisser les yeux vers les photos et les papiers tombés par terre.

— Un petit accident, dit-elle. J'allais les ramasser.

— Attendez, je vais vous aider, dit Michael en s'accroupissant à côté d'elle.

— Non, ça va aller.

Mais c'était trop tard. Il regardait déjà la photo de l'un des corps sans tête.

— Oh, mon Dieu !

Il se détourna, le visage crispé de dégoût. Elle lui arracha la photo des mains.

— Grosse erreur, de vous laisser voir ça. En général les hommes sont rebutés par ce que je fais pour gagner ma vie.

Il se redressa, pâle, visiblement choqué.

— J'essaierai de ne pas y penser. Ça secoue un peu de voir quelqu'un qu'on connaît avec la tête coupée.

— Comment ça, quelqu'un que vous connaissez ?

Margaret fronça les sourcils et regarda la photo qu'elle lui avait arrachée des mains. C'était celle de Yue Shi.

— Ah, évidemment. Il était professeur *d'archéologie* à l'université de Pékin.

— Le choc a été terrible quand j'ai appris ce qui lui était arrivé. Mais je ne m'attendais pas à *voir* ce qu'on lui avait fait.

— Je suis désolée, Michael. Vous le connaissiez bien ?

Il haussa les épaules.

— Ce n'était pas un ami proche, mais nous nous sommes souvent vus pendant que je faisais des recherches sur Hu Bo. Il était le protégé de Hu. Il l'a eu comme professeur à l'université et l'a secondé sur plusieurs chantiers de fouilles importants. Il le connaissait mieux que personne. C'était précieux de pouvoir se faire une idée de Hu Bo l'homme, et non pas simplement Hu Bo l'archéologue.

Margaret jeta ses dossiers sur le lit.

— Je suis sincèrement désolée, dit-elle en lui passant les bras autour de la taille et en se dressant sur la pointe des pieds pour déposer un baiser sur ses lèvres.

— Je ne voudrais pas que cette soirée soit gâchée.

— Elle ne le sera pas, dit-il en souriant.

Il lui rendit son baiser, en la serrant dans ses bras.

— On pourrait d'abord boire un verre. Après, je vous ferai visiter Xian. Ensuite, nous dînerons.

— Et après... ?

Il haussa les épaules.

— Je ne sais pas, Margaret. Attendons de voir.

Elle se sentit très déçue et maudit Li et son enquête. Quoi qu'elle fasse, où qu'elle aille, il s'arrangeait toujours pour tout saboter. C'était sa faute si un fossé venait de se creuser entre elle et Michael, si la réalité de son métier de médecin légiste l'avait choqué, s'il s'était retrouvé nez à nez avec un ami mort. Comme si Li avait tout planifié pour s'assurer que sa relation avec Michael resterait, comme elle la lui avait décrite, platonique.

Lorsqu'ils sortirent de l'Hôtel Ana Chengbao, propriété d'un Japonais, il faisait nuit. Margaret fut étonnée de l'animation nocturne de cette ville poussiéreuse et quelconque dans la journée. Face à eux, des néons jaunes soulignaient la porte Sud et le mur à créneaux. Des projecteurs de toutes les couleurs illuminaient les élégants toits recourbés de l'ancienne porte et les tours de guet qui luisaient au loin, dans l'obscurité.

— Ça fait un peu Disneyland, dit Michael en souriant. Allez, venez.

Il prit Margaret par la main et héla un taxi.

La voiture longea la route des douves, séparée des remparts par un jardin qui encerclait presque entièrement la ville. Au-dessus, les créneaux de la muraille ressortaient en noir et jaune sur le ciel. Les trottoirs, vides pendant la journée, s'étaient transformés à perte de vue en cantines. Des rangées de tables avaient été dressées sous les arbres, éclairées par des lanternes rouges pendues aux branches. Des braseros fumaient dans le noir tandis que des milliers de gens se rassemblaient pour dîner en famille ou entre amis sous les frondaisons.

— Les habitants de Xian sont des noctambules, dit Michael. Dès que le soir tombe, la ville devient très amusante.

— Où va-t-on ? demanda Margaret.

— Dans le quartier musulman. Une expérience à ne pas manquer. Je connais un coin où l'on peut déguster une authentique cuisine musulmane.

— Des musulmans, en Chine ? s'étonna Margaret. Je croyais que la religion était interdite ?

— Ah. Vous avez écouté la propagande antichinoise américaine. Les bigots. En réalité, depuis vingt ans, les gens sont libres de vénérer le dieu de leur choix. Mais après les persécutions épouvantables de la Révolution culturelle, il n'est pas surprenant qu'ils se montrent prudents.

— La religion ne représente pas une menace pour les communistes ? Le communisme est une philosophie athée, non ?

— Vous savez, Margaret, le communisme est une sorte de religion ici. Le Parti compte cinquante millions de membres – le chiffre varie en fonction du nombre de fonctionnaires corrompus expulsés ou éliminés, et celui des jeunes technocrates qui s'inscrivent. Mais ce n'est plus le communisme selon Mao ou Deng Xiaoping. Aujourd'hui, le Parti ressemble plus à un grand club. On n'y adhère plus par idéologie. C'est comme le Rotary, on s'y inscrit pour les contacts et les relations.

Margaret le regardait parler. Il aimait faire partager ce qu'il connaissait. Elle comprenait son succès à la télévision.

Il lui avait fallu deux whiskies pour se détendre après le choc asséné par la vue des photos. Il semblait véritablement secoué par ces choses qui, pour Margaret, faisaient partie de la routine. Elle se demanda une fois de plus s'il y avait quelque chose qui clochait chez elle, s'il était normal que des années de confrontation aux horreurs de la mort sous toutes ses formes l'aient rendue aussi insensible, indifférente. Elle savait néanmoins qu'elle n'était pas imperméable aux claques que la vie semblait s'obstiner à lui balancer en pleine figure : un mari qui l'avait trahie et lui avait légué sa culpabilité en mourant ; un amant d'une culture étrangère qui ne voulait pas partager sa vie.

Elle se demanda si Michael serait différent. Si elle succombait au désir qui la torturait, cela finirait-il aussi mal pour elle ? Elle se sentait tellement à l'aise avec lui. En sécurité. Il y avait quelque chose de si rassurant dans la main qui tenait la sienne en cet instant. Il prenait soin d'elle, la guidait avec gentillesse dans un monde étrange et fascinant. Un monde dont il la protégerait, elle en était certaine, s'il présentait des dangers. Au bout de tant d'années d'indépendance, il était délicieusement tentant de s'en remettre à lui.

Devant eux se dressa soudain un énorme bâtiment illuminé.

— La tour de la Cloche, annonça Michael.

Il dit quelques mots au chauffeur qui s'arrêta sur une grande place pleine de monde.

Les gens les dévisageaient ouvertement et les interpellaient : *Hello*, ou *So pleased to meet you*, avec d'étranges intonations anglaises. Ils passèrent dans l'ombre d'une tour que Michael lui dit être la tour du Tambour, puis empruntèrent une étroite allée couverte bordée d'échoppes pleines de camelote pour touristes et de breloques religieuses.

De l'autre côté du mur, sur leur gauche, se trouvait la Grande Mosquée. La religion et le commerce semblaient faire bon ménage. Ils dépassèrent une foule de marchands proposant de tout, des théières aux sabres de décoration. De temps en temps, Michael s'arrêtait pour dire un mot. Les marchands étaient d'abord stupéfaits de l'entendre parler couramment chinois, puis éclataient de rire.

Ils s'engagèrent bientôt dans un dédale relativement calme de ruelles poussiéreuses, juste après l'entrée de la mosquée.

— Ça doit être merveilleux de parler aussi bien le chinois, dit Margaret. Vous avez accès à la culture de l'endroit, mieux que personne.

— C'est un sabre à double tranchant, dit Michael d'un air dubitatif. Une fois, on m'a décrit la Chine comme un oignon. Faite de couches superposées aux différences très subtiles. La plupart des gens ne traversent que deux ou trois couches. Les gens, les lieux, un peu d'histoire, un peu de culture leur deviennent familiers. Mais le cœur de l'oignon, l'âme même de la Chine, est trop profondément enfoui. Hors de portée, presque intouchable.

Il réfléchit un moment avant de poursuivre :

— Quand j'ai commencé à apprendre la langue, les gens étaient ravis. Les Chinois adorent que vous puissiez leur faire un compliment, donner des instructions à un chauffeur de taxi, commander un repas en mandarin. Mais quand vous êtes ici depuis un moment et que votre compréhension de la langue devient assez bonne pour commencer à parler politique et philosophie, ils se méfient. Les encouragements cessent. Vous vous rapprochez trop de ce qu'ils veulent garder hors de portée des diables d'étrangers comme vous et moi. L'âme de la Chine.

— Vraiment ! J'ai toujours trouvé les Chinois très accueillants.

— Ils le sont. Je les adore. Ils sont chaleureux, amicaux, merveilleusement fidèles. Mais ne vous approchez pas trop près. Parce que vous n'êtes pas l'une d'eux.

Margaret se demanda si cela expliquait pourquoi sa relation avec Li était vouée à l'échec. Parce qu'elle n'était pas chinoise, parce qu'elle ne pouvait espérer le comprendre à la manière d'un autre Chinois.

Une grande bannière couverte de caractères marquait l'entrée du quartier musulman. Au loin, des boutiques et des étalages brillaient dans la nuit. Des tables éclairées par des lanternes rouges remplissaient la rue à perte de vue.

Ils dépassèrent une charrette où des foies et des intestins empilés grouillaient de mouches, des peaux suspendues dégageant une odeur de charogne, un égout nauséabond à ciel ouvert. Mais, en se rapprochant du cœur du quartier, la puanteur laissa place à des parfums épicés beaucoup plus agréables. Épices indiennes – cumin, coriandre, garam massala. Fumets de cuisine. Agneau épicé, poulet rôti. Les braseros étaient attisés par des ventilateurs. Châtaignes et haricots noirs cuisaient ensemble dans d'énormes woks. Tous les magasins étaient ouverts, coiffeurs, grainetiers, confiseurs, quincailliers. Par une porte, Margaret vit un homme, sous un drap vert, endormi sur un fauteuil en attendant que le barbier ait terminé de lire son journal et vienne le raser.

Dans une boucherie, des hommes en blouse blanche taillaient des carcasses à grands coups de couteaux pendant qu'un garçon balançait des morceaux de viande à l'arrière d'une camionnette garée contre la boutique.

Des vieillards coiffés de chapeaux blancs, attablés pour manger, les observèrent d'un œil morne. Il n'y avait jamais de touristes par ici. Mais les jeunes enfants étaient ravis de pouvoir dire les deux mots d'anglais appris à l'école.

— Hello, dit l'un d'eux. Contents que vous soyez venus. Au-dessus de leur tête, une profusion de drapeaux et de bannières flottait dans la brise du soir.

— Le problème avec vous, dit Margaret, c'est que vous ne m'emmenez jamais dans des coins intéressants.

— Venez, dit-il soudain en entrant dans une grande pièce étroite aux murs carrelés qui ouvrait directement sur la rue.

À l'intérieur, il y avait plusieurs tables rondes en mélamine, des tabourets en bois et un escalier en ciment qui paraissait ne conduire nulle part.

— Qu'est-ce qu'on vient faire ici ? demanda Margaret, un peu inquiète.

Michael lui adressa un grand sourire.

— Manger.

— Vous plaisantez ! s'écria-t-elle, horrifiée.

Elle n'avait pas oublié les foies et les intestins grouillant de mouches.

— Aucun problème. Les musulmans ont une façon très particulière de préparer leur viande.

— Oui, j'avais remarqué. Une visite des services de l'hygiène serait certes superflue ici.

Elle revoyait le garçon en train de jeter la viande dans la camionnette.

Michael s'amusait beaucoup.

— C'est parfaitement sain. Honnêtement. J'ai souvent mangé ici et je n'en suis pas mort.

Il s'assit sur un tabouret. Elle l'imita de mauvaise grâce. Une troupe de jeunes filles ingrates habillées de rose et blanc se précipita aussitôt sur eux, avec des assiettes de soja nature et de sauce au piment. Elles ne quittaient pas Margaret des yeux. L'une d'elles dit à Michael quelque chose qui le fit sourire.

— Elles veulent savoir si elles peuvent toucher vos cheveux.

— Oui, pourquoi pas, dit Margaret, un peu méfiante.

Elles touchèrent ses boucles blondes et douces, retirèrent très vite la main comme si elles allaient se brûler et se mirent à glousser. Une autre parla à Michael, qui éclata de rire, répondit et les fit rire à leur tour.

— Qu'est-ce qui se passe ? demanda Margaret, un peu contrariée de se sentir exclue.

— Elles veulent savoir si je suis acteur de cinéma.

Margaret claqua des doigts.

— Je savais bien que je vous avais déjà vu quelque part. Dans *La Nuit des morts vivants*, hein ? C'est fatigant d'être beau, non ?

— Et elles veulent aussi savoir si vous avez envie de pattes de poulet.

Margaret fit la grimace.

— Non merci. Sans façon.

— Les Chinois disent que c'est bon pour la peau. Ça fait rajeunir.

— Ah oui ? Elles me donnent quel âge ?

Il posa la question. Les filles regardèrent Margaret et discutèrent avec animation. Michael finit par déclarer :

— Vingt-deux.

— Ah ! Ah ! Eh bien, j'en ai trente et un. Et si elles veulent savoir pourquoi j'ai l'air si jeune, vous pouvez leur dire que c'est grâce aux McDo, aux frites et au ketchup.

On leur servit d'abord des bols de soupe avec des nouilles, des morceaux de poulet et des champignons - brûlante, parfumée, délicieuse ; puis une assiette de beignets frits fourrés de porc, de ciboule, de germes de haricots et coriandre. Margaret eut du mal à les prendre avec ses baguettes. Mais cela valait la peine de faire un effort. Ils étaient sublimes.

— Que voulez-vous boire ?

— Quelque chose de froid, et beaucoup. De la bière, par exemple.

— Désolé. Impossible. Les musulmans ne boivent pas. Pas d'alcool dans ce quartier.

— Évidemment. Un Coca, alors.

Une des filles traversa la rue en courant pour aller en acheter deux bouteilles à une vieille femme qui les vendait à l'arrière de son vélo.

L'agneau arriva ensuite : des bouquets de brochettes métalliques chargées de petits morceaux de viande grillée marinés dans une sauce pimentée. Michael avait l'air très à l'aise dans cet environnement, sûr de lui et détendu. Elle le regarda détacher habilement, avec ses baguettes, les bouchées d'agneau des brochettes, et les tremper dans la sauce. Michael lui avait plu dès le premier instant où elle l'avait vu, mais maintenant, elle se sentait inexorablement attirée par lui, comme un papillon par la flamme d'une bougie.

— Ça vous plaît ? demanda-t-il.

Elle hocha la tête. Elle avait envie de se rapprocher de lui, de s'abreuver de ses connaissances, d'en savoir le maximum sur lui, sa vie, ses rêves.

— Vous deviez me parler de ce qu'on a trouvé dans les cercueils de la tombe de Ding Ling, dit-elle.

Il écarta cette idée d'un geste de la main.

— Vous n'avez pas envie d'entendre parler de ça.

— Si. Vous disiez qu'il y avait pire que la destruction des cercueils.

Les yeux de Michael brillaient quand il se pencha vers elle. Il lui prit la main :

— Ils ont trouvé des choses fabuleuses dans ces cercueils, Margaret. De superbes vases Ming, des textes bouddhiques, des douzaines de pièces de jade qui, d'après les anciennes croyances chinoises, empêchent les corps de se décomposer. Mais le plus extraordinaire de tout, c'étaient les étoffes brodées à la main et les brocarts. Dans le cercueil de l'une des impératrices, on a trouvé une extraordinaire veste brodée de cent petits garçons en train de jouer. Dans l'autre, le corps de l'impératrice était vêtu d'une veste et d'une jupe brodées de dragons, de chauves-souris et de svastikas. En parfait état.

— Des svastikas ? Des nazis asiatiques ?

— Non. Hitler l'a empruntée aux Chinois. C'était l'ancien caractère pour longue vie. Donc, toutes ces merveilleuses étoffes se trouvaient là depuis des centaines d'années à une température constante, jamais exposées à l'air. Personne ne savait quels seraient les effets de l'oxygène et des différents degrés d'humidité. Hu Bo et les autres étaient des pionniers. Ils ne savaient pas du tout comment préserver ces choses-là.

— Et qu'est-il arrivé ?

— La politique. Le Grand mouvement antidroitier de 1958. Les autorités ont ordonné l'arrêt des travaux. Ça a duré six mois. Les étoffes que l'équipe avait essayé de préserver en les posant sur du plexiglas ont durci, sont devenues cassantes ; les couleurs ont passé ; les merveilleuses broderies se sont couvertes de grosses taches noires et ont commencé à pourrir.

Hu Bo et son mentor, Xia Nai, avaient reçu de Pékin l'ordre de participer au mouvement politique. Mais quand ils ont appris ce qui s'était passé, ils sont revenus ici en vitesse. Ils ont trouvé l'entrepôt dans lequel ils avaient stocké leurs trésors rempli de moisissure. Les couleurs vives des brocarts et des broderies avaient noirci. Les étoffes s'étaient rétractées ; quand Hu a voulu les toucher, elles se sont désintégrées sous ses doigts. Perdues à jamais. Tout ce qui en reste, ce sont quelques dessins, et des photos prises au moment où les cercueils ont été ouverts.

— C'est inimaginable, murmura Margaret. Ils ont dû en avoir le cœur brisé.

— Oui. Mais le pire était encore à venir.

— Merde alors. Aucune de vos histoires ne finit jamais bien ?

— Pas vraiment. Après tout, est-ce qu'il y a vraiment des histoires qui se terminent bien dans la vie ? Le voyage s'achève toujours par la mort, non ? Vous êtes bien placée pour le savoir.

Margaret pensa à son mari, mort, aux victimes dont elle avait les photos dans sa chambre d'hôtel, à tous les cadavres qui avaient défilé sur sa table d'autopsie. Il avait raison.

— Bien sûr. Mais personne ne s'embarquerait pour le voyage si on ne pensait qu'à sa fin.

Michael sourit.

— Raison pour laquelle les hommes ont inventé les dieux. Pour donner un sens à leur vie, avoir l'espoir que la mort n'était pas une fin.

— Vous êtes athée ?

— Non, fit-il en secouant la tête.

— Vous croyez en Dieu ?

— Je ne sais pas en quoi je crois. La ténacité de l'homme, peut-être. Ou sa volonté de survivre, son talent à créer, sa propension à détruire. Je crois en l'Histoire, à laquelle nous participons tous à notre échelle.

Il eut un petit rire.

— Tout cela devient bien sérieux.

— Quel était le pire à venir, alors ? Pour ce pauvre vieux Hu Bo ?

Michael sourit et secoua la tête.

— Ce pauvre vieux Hu Bo. Quand on l'a finalement autorisé à reprendre ses travaux sur la tombe, un membre très important du gouvernement, accompagné de sa femme et de son fils, est venu voir le site. Ce jour-là, Hu et d'autres aspergeaient l'endroit d'un mélange de formol et d'alcool pour stopper la moisissure. L'épouse de l'homme s'est soudain mise à suffoquer et à pleurer, et le garçon s'est plaint que Hu avait essayé de l'empoisonner.

Moins d'une semaine après, Hu fut accusé d'avoir émis des gaz toxiques et de bénéficier de privilèges non mérités. Ils venaient aussi de découvrir qu'il avait fait partie de la Ligue de la jeunesse du Guomindang, le parti de Jiang Jieshi, quand il était enfant. Ce pauvre vieux Hu a été envoyé en rééducation à la campagne.

— Pas de chance, quand même. Et la tombe ?

— Elle a été transformée en musée, celui qu'on visite aujourd'hui. Sauf qu'aujourd'hui, on ne voit plus ce qui a été détruit pendant la Révolution culturelle.

— Pour l'amour du ciel, Michael ! Mais qu'est-ce qui s'est encore passé ?

— Le musée a été pris d'assaut par les Gardes rouges qui ont traîné les restes de l'empereur et des impératrices devant le pavillon de la Stèle, les ont réduits en miettes et les ont fait brûler. Le contenu de la tombe représentait tout ce que le régime essayait de supprimer à cette époque. Demain, nous filmons une reconstitution de la scène. Vous devriez venir la voir.

— J'aimerais bien, dit-elle en réalisant qu'il lui tenait toujours la main.

— Tout aurait disparu sans le courage de la gardienne du musée. Li Yajuan n'était qu'une femme simple, avec quatre enfants. Mais elle a défié les Gardes rouges et refusé de leur livrer d'autres vestiges. Ils l'ont battue, rouée de coups de pied ; elle a fini par réussir à s'enfermer dans l'entrepôt avec les objets et les a gardés nuit et jour pendant trois ans.

Margaret fut émue de le voir au bord des larmes.

— C'était une véritable héroïne. Elle a fait preuve d'un courage extraordinaire. Voilà, ce sont des gens comme elle en qui je crois. C'est ça l'esprit dont je parlais. Ce n'était qu'une simple femme. Mais sa vie a eu un sens ; elle a sa place dans l'Histoire. Elle est morte en 1985, dans l'anonymat. Elle aurait dû être élevée au rang d'Héroïne du peuple.

Margaret ne savait pas trop si c'était l'histoire qu'il venait de lui raconter ou l'effet qu'elle avait sur lui qui l'émut. Elle lui serra la main. Il refoula ses larmes et sourit, embarrassé.

— Quel idiot ! Je vous demande pardon.

Il but une gorgée de Coca.

— Sortons d'ici.

Ils quittèrent le quartier musulman et reprirent la direction de la tour de la Cloche. Michael passa un bras autour des épaules de Margaret et la serra contre lui ; ils marchèrent en silence. Toutes les boutiques étaient encore ouvertes, les rues pleines de monde. En passant devant le Kentucky Fried Chicken, ils entrèrent s'acheter une glace pour rafraîchir leur palais encore brûlant, et s'assirent près de la vitrine.

— Comment vous êtes-vous embarqué dans tout ça ? demanda Margaret. Je veux dire, la télévision.

Il haussa les épaules.

— Un pur accident. Je ne m'y attendais vraiment pas.

Il joua un moment avec sa petite cuiller en plastique, repoussant la crème glacée rose, insipide, sur les bords du pot en carton.

— J'ai fait une vidéo à l'université. Un ami l'a montrée à une petite chaîne câblée qui avait quelques dollars à consacrer à un documentaire sur un site archéologique local. Ils m'ont chargé de le réaliser. Ne me demandez pas pourquoi, mais c'était vraiment réussi, et la chaîne l'a vendu dans tous les États-Unis. Elle a gagné de l'argent, j'en ai réalisé deux autres ; puis on m'a demandé une série pour *Discovery Channel*. Et voilà. J'ai eu un article dans *Cosmopolitan*, avec ma photo. Tout d'un coup, l'archéologie devenait sexy. L'audimat a crevé le plafond, et NBC m'a fait une proposition. Vous connaissez la suite.

Il la regarda fixement.

— Maintenant, vous savez tout sur moi, et je ne sais quasiment rien de vous.

Elle sourit.

— Je ne voudrais pas vous ôter vos illusions.

— Vous ne voulez rien me dire.

— Ça revient au même, dit-elle en redressant la tête.

— Ce n'est pas juste, Margaret.

— Peut-être. Mais c'est comme ça.

Il fit la moue.

— Parfois, les animaux se roulent en boule pour se protéger quand ils sont blessés. Vous aussi ?

— Et alors ? Je ne suis pas comme vous, Michael. Vous êtes ouvert, honnête, et... je ne sais pas, vous êtes vous. Comme si vous n'aviez jamais eu mal. Comme si vous n'aviez aucune raison de ne pas faire confiance aux autres. Moi ? Chaque fois que je me découvre un peu, on me plante un couteau dans le dos. Et on le tourne dans la plaie. Vous me faites penser au gros chien gentil qui court au-devant des étrangers pour se faire chatouiller les oreilles. Moi, je suis le chien qui va se cacher dans un coin si on le regarde de travers.

— Ou qui grogne si on l'approche.

— Exactement.

— Si je me rapproche, vous croyez que le chien va me mordre ?

— Je ne suis pas certaine qu'il le sache encore, Michael.

— Alors... approchons avec précaution.
— Ça vaudrait mieux.
Il se frotta le menton d'un air pensif.
— Vous savez, en général, je m'entends bien avec les chiens. Je ne me suis jamais fait mordre.
— Il y a une première fois à tout, dit-elle avec un grand sourire.

Une profusion de drapeaux blanc, vert pastel et rose pendait du plafond de l'atrium vitré haut de sept étages qui surplombait le hall de l'Hôtel Ana Chengbao. Margaret jeta un coup d'œil aux reproductions en bronze grandeur nature de deux guerriers de l'armée de terre cuite, et repensa avec émotion à l'expérience étonnante qu'elle avait vécue un peu plus tôt, dans la fosse où elle avait lentement brossé la poussière de l'Histoire pour révéler les traits d'un général de l'Antiquité. Était-ce seulement ce matin ?

Ils passèrent devant les statues incroyablement réalistes d'un marchand de la Route de la soie et son chameau de Bactriane, et prirent l'ascenseur jusqu'au dernier étage. De la galerie ouverte, elle voyait au-dessous d'elle, à travers les drapeaux, le marbre blanc, et les guerriers en bronze réduits à une taille insignifiante. Ils s'arrêtèrent devant la chambre de Margaret. Ils n'avaient presque plus échangé un mot jusqu'à l'hôtel. La conversation qui avait été si facile semblait épuisée.

— Eh bien, dit Margaret, je pense qu'il faut se lever tôt demain.
— Nous devons être à l'aéroport à 7 heures.

— J'espère que je me réveillerai, dit-elle persuadée qu'elle ne fermerait pas l'œil de la nuit.

— Il faut mettre votre réveil.

Elle secoua la tête.

— Je suis nulle avec ces trucs. Ils ne se déclenchent jamais quand il faut.

— Il vaut mieux que je le fasse pour vous, alors.

Il attendait manifestement qu'elle lui ouvre sa porte.

Margaret avait la bouche sèche quand ils entrèrent dans sa chambre. Les rideaux étaient ouverts devant la porte-fenêtre qui donnait sur le balcon. On voyait, en contrebas, le tracé jaune du mur de la ville et les illuminations de la porte Sud. Les lumières de Xian se reflétaient doucement sur les murs. Elle s'apprêtait à allumer la lumière quand Michael la retint d'une main.

— J'ai envie de toi, Margaret, murmura-t-il d'une voix rauque.

La vague de désir qui l'envahit la fit presque vaciller.

— Tu n'as pas peur que je te morde ?

— Je m'en moque. C'est sûrement pire quand tu aboies.

Et il l'embrassa. D'abord lentement, doucement. Puis leurs bouches et leurs corps se pressèrent l'un contre l'autre avec passion. À sa grande surprise, Margaret se retrouva soulevée du sol et transportée à travers la chambre comme une poupée de chiffon. Aucun homme ne l'avait jamais portée comme ça avant ; elle sentit qu'elle n'avait plus aucun contrôle d'elle-même. Mais elle se sentait en sécurité.

Il l'allongea sur le lit, l'embrassa encore et déboutonna sa chemise. Elle vit le reflet de la lumière sur les muscles de son torse, puis sur son ventre plat quand il retira son pantalon. Elle sentit ensuite son souffle sur son visage, ses mains sur ses seins ; dans sa hâte de coller sa peau contre la sienne, tiède, ferme et douce, elle se débarrassa elle-même de son jean et de son chemisier. Elle l'entoura de ses bras, referma les mains sur ses fesses, le tira à elle. Leurs bouches s'unirent à nouveau. Les lèvres chaudes et humides de Michael descendirent sur son cou, sur ses seins dont il suça et mordilla les pointes. Et elle poussa un profond soupir quand il la pénétra. Tous ses souvenirs de Li disparurent enfin.

Chapitre 7

I

Déprimé, Li sortit une bouteille de bière du réfrigérateur et erra dans l'appartement pieds nus, sa chemise déboutonnée pendant sur son jean. Il n'avait pas envie d'allumer la lumière, celle de la rue lui suffisait. Finalement, il se laissa tomber dans un fauteuil, balança une jambe par-dessus l'accoudoir et but une gorgée de bière. Elle était froide et forte. Une goutte de condensation tombée de la bouteille sur les muscles durs de son estomac le fit tressaillir. Il alluma une cigarette, appuya sa tête contre le dossier du fauteuil et souffla la fumée vers le plafond.

Allez vous faire foutre, lui avait dit Margaret. Elle avait raison. De quoi se mêlait-il ? De quel droit serait-il jaloux, blessé, blessant ? Pourquoi l'avait-il traitée de cette façon au téléphone ? Elle avait travaillé sur l'enquête, réfléchi aux indices contradictoires, et, excitée par l'idée qui lui était soudain venue à l'esprit, l'avait appelé. Une idée pertinente, d'ailleurs. Si le meurtrier de Yuan Tao était un imitateur, il était tout à fait possible qu'il ait assisté aux trois premiers meurtres, et, par conséquent, sache exactement comment rendre le quatrième identique aux précédents. C'était une idée fascinante, mais elle brouillait encore plus les pistes. Qui était l'autre ? Aucun des meurtres n'avait de mobile évident. Les trois premières victimes avaient appartenu à la même faction de Gardes rouges, mais Yuan n'était même pas en Chine à ce moment-là, ni pendant les trente années suivantes.

Li n'était toujours pas convaincu que le meurtre de Yuan fût une copie. Un inspecteur de son équipe – Sang, se souvint-il – avait suggéré que le meurtrier s'était délibérément servi de sa main gauche pour semer la confusion. C'était entièrement plausible, même si Margaret n'y croyait pas.

Margaret. Il finit sa bouteille, alla en chercher une autre. Pourquoi avait-il été aussi sec alors qu'il mourait d'envie de lui dire, *J'ai eu tort, Margaret, pardonnez-moi* ? Pourquoi l'avait-il délibérément agressée ? *Allez vous faire foutre !* Il entendait encore le claquement du téléphone dans son oreille. Il s'effondra à nouveau dans son fauteuil et alluma une autre cigarette. Était-ce là son destin ? Rester seul, dans le noir, à fumer, boire, regretter ce qui aurait pu être ? Il vit sa vie se dérouler devant lui, cycle sans fin de journées de travail et de nuits solitaires. Il pensa à son oncle, à la manière dont celui-ci s'était investi dans son travail pour combler le vide laissé par la mort de sa femme. Li ne connaissait rien d'autre que le travail. Personne n'avait laissé de vide dans sa vie. Jusqu'à présent.

Il secoua la tête et se rassit. C'était ridicule ! Morbide. Il essaya de s'éclaircir les idées et repensa tout à coup à la devinette de Mei Yuan. Qu'est-ce que c'était, déjà ? Trois hommes avaient payé une chambre d'hôtel trente yuans. Or elle n'en coûtait que vingt-cinq. Le garçon chargé de leur rendre les cinq yuans versés en trop en avait gardé deux pour lui et donné un à chacun. Ils avaient donc déboursé trois fois neuf yuans, soit vingt-sept ; plus les deux que le groom avait mis dans sa poche, cela faisait vingt-neuf. Où était passé le dernier yuan ?

Il fronça les sourcils, se gratta le crâne, puis renversa la tête en arrière pour vider sa bouteille. Qu'est-ce que Mei Yuan avait dit cet après-midi ?

La réponse te crèvera les yeux si seulement tu arrêtes de croire ce que je dis. Qu'est-ce qu'elle lui avait dit ? Qu'ils avaient donné dix chacun, qu'on leur en avait rendu un à chacun ; ils avaient donc payé neuf chacun. Trois fois neuf, vingt-sept. Li retourna le problème dans tous les sens et comprit soudain. Évidemment ! Qu'il était bête ! La chambre leur avait coûté vingt-cinq yuans, plus les trois yuans rendus par le groom, cela faisait vingt-huit, plus les deux que celui-ci avait mis dans sa poche, on arrivait à trente. Mei Yuan avait raison. Il avait été aveuglé par la façon trompeuse dont elle avait énoncé le problème, il s'était laissé avoir.

Soudain, il se figea sur place. N'était-ce pas exactement ce qui se passait avec le meurtre de

Yuan Tao ? Ils déduisaient, à partir des indices, des choses qui ne s'additionnaient pas entre elles. Ils en tiraient des hypothèses qui ne collaient pas. Ces hypothèses étaient peut-être fausses. Li jura. « Ne suppose rien, disait toujours son oncle. Laisse l'indice te conduire à la conclusion, n'y saute pas tout seul. » Or c'était exactement ce qu'il avait fait.

Il se leva, alluma une autre cigarette et sortit sur le balcon vitré. Dehors, les feuilles jaunissantes s'amoncelaient sur le trottoir. Quel imbécile ! La tête pleine de Margaret, Xiao Ling et Xinxin, il ne s'était pas concentré correctement. Quel autre indice y avait-il ? Qu'avaient-ils négligé dans leur hâte de les intégrer au tableau qu'ils avaient imaginé ? Une chose infime, sans doute, insignifiante. Mais laquelle ?

Il se creusa la tête, rassemblant tous les détails, grands et petits, les passant au crible, les réarrangeant. Les pancartes, les surnoms, les chiffres, l'arme en bronze, le cordon de soie. Quoi d'autre ? Le logement clandestin de Yuan Tao. Pour quoi faire ? Il refit dans sa tête la visite de l'appartement tel qu'il l'avait découvert le soir du meurtre. Il revit la tête, le corps, la flaque de sang s'écoulant dans le trou du plancher. Le trou. Les planches avaient été soulevées. Une cachette secrète. Dissimulant quoi ? Soudain, il se rappela la question de Margaret, pendant l'autopsie. *Le linoléum a été soulevé ou déchiré ?* Il semblait avoir été déchiré. Pourquoi avait-elle demandé cela ? Il réfléchit. Quand on cache quelque chose sous un plancher, on prend garde de ne pas attirer l'attention sur l'endroit en question. Ce n'était pas Yuan Tao qui avait ouvert la cachette. C'était quelqu'un d'autre. Quelqu'un qui avait fouillé l'appartement et se fichait pas mal de déchirer le linoléum. Quelqu'un qui connaissait l'existence de cet appartement.

Que cherchait ce quelqu'un ? Qu'avait-il trouvé sous le plancher ?

Li s'arrêta à nouveau pour réfléchir, et revint à son point de départ. Si le meurtrier savait que Yuan Tao louait cet appartement clandestin, il savait aussi qu'il disposait d'un autre logement. Est-ce que celui-là avait été fouillé ? Li tira sur sa cigarette en repensant à l'appartement situé dans l'enceinte diplomatique, derrière le magasin de l'Amitié. Il l'avait examiné méthodiquement avec Wu. La police scientifique l'avait passé au peigne fin. Rien ne laissait supposer qu'il avait été fouillé. Il s'efforça de faire resurgir du fond de sa mémoire l'image du sol. Il revit le linoléum gris, ordinaire. S'il avait été déchiré, il l'aurait remarqué. Mais un détail lui échappait. Quelque chose de vague, d'indéfinissable qu'il n'arrivait pas à retrouver. Quelque chose concernant l'appartement.

Il refit dans sa tête la visite des lieux, en respectant l'ordre dans lequel il les avait découverts avec Wu. Le séjour avec son bric-à-brac personnel, les photos de famille, les livres... Le cabinet de toilette, l'étagère au-dessus du lavabo avec le dentifrice, la mousse à raser, les savons... Et soudain il sut ce que c'était. La mousse à raser et les savons étaient hypoallergéniques. Sans parfum. Il n'y avait ni after-shave ni déodorant. Et pourtant, Li se souvenait d'un léger parfum exotique planant dans l'air. Il ne l'avait remarqué que parce que l'odeur lui était inconnue. Ce parfum n'était donc ni celui de Wu, ni celui des techniciens de la police scientifique. Ni celui de Yuan Tao.

Celui de quelqu'un de l'ambassade, peut-être. De l'officier de la sécurité. Les Américains adoraient s'asperger d'after-shave. Li se sentit mal à l'aise. Si quelqu'un avait fouillé cet appartement, avait-il trouvé quelque chose ? Il avala sa dernière gorgée de bière et partit à la recherche de ses chaussures tout en boutonnant sa chemise qu'il rentra dans son jean. Pas question de passer la nuit à s'apitoyer sur lui-même. Si Yuan Tao avait caché quelque chose dans l'appartement qu'il louait en douce, il pouvait aussi avoir caché quelque chose dans celui de l'ambassade. Quelque chose qui pouvait s'y trouver toujours, ou pas. Mais ça valait la peine d'aller y jeter un coup d'œil.

Il regarda sa montre. Minuit moins le quart. Aucune importance. Il y aurait un garde à la grille de l'enceinte.

II

Li entra à vélo dans l'enceinte et leva la tête vers l'immeuble. Quelques fenêtres étaient encore éclairées.

Le garde surgit de derrière la guérite où il fumait une cigarette et courut vers lui.

— Où vous allez comme ça ? demanda-t-il en frappant les pieds par terre.

Ce n'était pas lui qui était de service la dernière fois.

Li joua les imbéciles.

— Qu'est-ce qu'il y a ?

— Vous croyez peut-être que vous avez le droit de pointer votre putain de nez par ici ? fit-il d'un air méprisant.

— Je vais voir un ami.

— Pas question, rétorqua-t-il en s'approchant de Li à le toucher. Pas si je ne vous en donne pas l'autorisation.

Li ignora le ton agressif et demanda innocemment :

— Pourquoi ?

Le garde le regarda comme s'il avait deux têtes.

— Parce que c'est une enceinte diplomatique, ici, tête de nœud. Et que les Chinois comme toi n'entrent pas si je leur dis de rester dehors.

Li sortit sa carte de la Sécurité publique qu'il colla sous le nez du garde.

— On t'a appris à lire, *tête de nœud ?*

Sidéré, le garde fit un bond en arrière, comme s'il avait mis les doigts dans une prise électrique.

— Au cas où tu ne le saurais pas, tu t'adresses à un officier supérieur du Département des enquêtes criminelles de la police municipale de Pékin. Et si je te prends encore en train de parler comme ça à un Chinois, tu passeras le reste de ta carrière à patrouiller le long de la frontière mongole.

Le flic cligna des yeux et avala sa salive. Il était devenu pâle comme un fantôme.

— Compris ?

Il hocha la tête.

— Bon. Et c'est comme ça que tu parles aux étrangers ?

— Non, patron, dit le garde en secouant vigoureusement la tête.

Le chien hargneux se transformait en toutou servile.

— Alors, si j'étais un *yangguizi,* et que je t'annonce que je viens voir un ami, qu'est-ce que tu dirais ?

— Je vérifierais le nom de la personne chez qui vous allez, et je vous laisserais entrer.

— Cette personne ne serait pas obligée de descendre me chercher ?

— Seulement si vous étiez chinois.

Il baissait les yeux, évitant le regard de Li.

Il était donc difficile à quiconque n'habitant pas l'immeuble d'accéder à l'appartement, à moins d'être étranger.

— Regarde-moi, fiston, dit Li.

Le jeune homme releva la tête de mauvaise grâce.

— Cet uniforme ne te rend supérieur à personne. Conduis-toi bien avec les gens, ils se conduiront bien avec toi.

Il remit sa carte dans sa poche revolver et entra avec son vélo dans l'enceinte.

Un ruban collé en travers de la porte disait – en noir sur jaune : SCÈNE DE CRIME, DÉFENSE

D'ENTRER. Li ouvrit la porte et se baissa pour passer dessous. Il fut immédiatement frappé par les odeurs familières de linge et de vaisselle sale. Mais il n'y avait plus aucune trace du parfum qu'il avait senti à sa première visite. Il était donc frais. Probablement l'un des Américains. L'ampoule de l'entrée ne fonctionnait pas. Il tâtonna dans le noir et finit par trouver un interrupteur dans le séjour. Un tube fluorescent suspendu au plafond tremblota avant de jeter sa lumière froide et dure. La petite pièce donnait une impression de vide et de tristesse. Un endroit désolé pour un homme solitaire qui avait passé de longues heures seul avec ses livres. Qu'est-ce qui avait pu le pousser à revenir en Chine ? À quitter un poste prestigieux dans une grande université américaine pour un emploi subalterne à Pékin ? Quel genre de vie avait-il mené, gratte-papier le jour à l'ambassade, cloîtré avec ses livres la nuit ? Il avait mené, parallèlement, une vie secrète. Pourquoi avait-il besoin d'un autre appartement ? D'après ses voisins, il n'y passait guère de temps. Ce n'était pas un lieu de rendez-vous. Cela se serait su s'il avait reçu des visiteurs. Pourtant, *quelqu'un* était venu le voir. Quelqu'un était entré le soir, tard, sans être vu. Quelqu'un avait déchiré le linoléum et trouvé quelque chose caché sous le plancher. Quelqu'un avait tué Yuan Tao, là-bas, et était reparti incognito.

Li examina le linoléum du séjour. D'un côté, il était coincé sous des bibliothèques, de l'autre, sous des piles de livres et de magazines. On ne pouvait pas le soulever sans bouleverser presque toute la pièce. À l'œil nu, on ne voyait rien, ni pli ni fente. Li se sentit un peu déçu.

Il se rendit dans la chambre à coucher, défit le lit, vérifia le matelas, le sommier. Rien. Il ouvrit l'armoire, en frappa le fond et les côtés, à la recherche d'une cachette. Rien. C'était un meuble fonctionnel. Ici, le linoléum était cloué au sol.

Le cabinet de toilette était trop petit pour cacher quoi que ce soit. Des murs de plâtre, un sol en ciment, une petite armoire murale. Li dévissa le couvercle de la chasse d'eau et regarda à l'intérieur. Il n'y vit qu'un mécanisme bon marché en plastique au milieu de l'eau qui la remplissait. Il se pencha pour enlever les cheveux agglutinés sur la bonde de la douche et essaya de la tirer. Elle était bien collée. Il se lava les mains, puis revint dans le séjour. Il vérifia le fauteuil, retira les coussins, tâta les côtés, déchira la toile de jute qui ne découvrit que des ressorts usés. Rien.

Dépité, il regarda autour de lui. Il ne restait que les livres. Il s'accroupit, commença à les sortir par six ou huit, et à les empiler sur le sol, à ses pieds. Il y avait des douzaines d'ouvrages politiques. Des livres sur l'histoire et l'évolution du Parti communiste en Chine, une traduction chinoise des œuvres de Karl Marx, une série de volumes sur la démocratie de Taiwan, un gros livre sur les changements politiques à Hong Kong depuis la cession.

Il y avait une histoire du Guomindang et de l'héritage de Jiang Jieshi, un autre sur les services secrets chinois écrit par deux journalistes français. Une étagère était presque entièrement consacrée aux événements sanglants de 1989, place Tiananmen : *The Long March to the Fourth of June ; Cries for Democracy ; Voices from Tiananme Square ; Death in Beijing*. Une autre étagère semblait consacrée aux livres sur la Révolution culturelle. Il en ouvrit un. Comme les autres, il était en anglais. *A Memoir of the Chinese Cultural Revolution*[1]. Il avait été publié pour la première fois en Chine à la fin des années 1980 par les Éditions Ouvrières, avant qu'une maison d'édition américaine n'en sorte une traduction au milieu des années 1990. Il y avait une marque vers la fin du livre ; Li se demanda si Yuan était en train de lire avant sa mort. Il feuilleta les pages jusqu'à la marque qui tomba par terre. Il jeta un coup d'œil au texte, ramassa la marque pour la remettre à sa place, et s'aperçut que c'était une feuille de papier pliée en deux. Il posa le livre, la déplia. Le papier, jauni, légèrement cassant, était couvert de caractères chinois. C'était une lettre, adressée à *Yuan Tao c/o University of California, Berkeley*. L'expéditeur, un certain Yang Shouqian, habitait à Guanganmen, au sud-ouest de Pékin.

La bouche sèche, Li redressa le fauteuil et s'assit juste au bord pour la lire. Elle était datée du 15 mars 1995.

---

1. *La Longue Marche du 4 juin, Des cris pour la démocratie, Les Voix de Tiananmen, Mort à Pékin. Une étude sur la Révolution culturelle chinoise.*

Mon cher cousin Tao,

J'ai écrit au cousin Liu à San Francisco pour avoir ton adresse, mais depuis la mort de ton père, il ne sait plus où tu habites. Il est cependant certain que tu enseignes toujours à l'université de Berkeley, ce que j'ai pu vérifier en regardant sur Internet.

Tu ne sais probablement pas que ma mère est morte il y a six semaines. Elle avait près de 90 ans. Elle a eu une bonne vie et s'est éteinte paisiblement. Ce n'est qu'en rangeant ses affaires, la semaine dernière, que je suis tombé sur le journal ci-joint. Il y avait, avec, une lettre de ta mère datée de 1970 ; je l'ai gardée. Dans cette lettre, elle demandait à sa sœur de faire en sorte que son journal te parvienne. Il débute après ton départ pour l'Amérique.

Je n'ai pas compris tout de suite pourquoi ma mère n'avait pas exaucé le vœu de sa sœur. Jusqu'à ce que je commence à lire le journal. Je le regrette. Je n'avais pas l'intention de m'immiscer dans ta vie privée. Comme tu le verras, il t'est adressé directement. Je ne l'ai pas lu en entier. En réalité, je crois que cela m'aurait été très pénible.

Je suppose que ma mère voulait te protéger, mais je crois qu'elle aurait dû te l'envoyer quand même. À moins qu'elle n'ait eu peur qu'il ne te parvienne pas. Et puis, le temps passant, peut-être a-t-elle pensé qu'il valait mieux oublier.

Cependant, tout cela remonte à une époque très lointaine, et il me semble que tu as le droit de savoir ce qui est arrivé. Donc, voici le journal.

Écris-moi, s'il te plaît, pour me donner de tes

nouvelles. Es-tu marié ? As-tu des enfants ? J'ai une fille qui va à l'université maintenant. Si jamais tu reviens à Pékin, j'aimerais beaucoup te revoir, après toutes ces années. Je me souviens de toi quand tu étais adolescent, et que je n'étais, moi-même, pas beaucoup plus vieux.

Je t'envoie toutes mes amitiés

Ton cousin fidèle
Yang Shouqian

Li se rendit compte que la lettre tremblait dans sa main. Devant lui, il le sentait, venait de s'entrebâiller une porte ouvrant sur la lumière. Et il tenait dans sa main, sinon la clé, une trace de son existence. Il avait la lettre ; où était le journal ? Il n'avait aucune idée de son apparence, grand, petit, noir, rouge, bleu... Il posa délicatement la lettre sur la table et passa en revue tous les ouvrages de la bibliothèque, arrachant les couvertures de ceux qui étaient reliés au cas où elles dissimuleraient quelque chose. Rien.

Il se tourna vers les livres et les magazines empilés sous la fenêtre. Il ne trouva rien qui ressemblât à un journal. Debout au milieu de la pièce, il regarda désespérément le désordre qui l'entourait. Où pouvait-il bien être caché ? Il s'avança pour reprendre la lettre et sentit un très léger craquement sous son pied. Il s'arrêta, recula, avança à nouveau d'un pas. Cette fois, il ne se passa rien. Était-ce un effet de son imagination ? Et même en admettant que le plancher ait craqué ? Tous les planchers craquaient. Li suivit des yeux les bords du linoléum. Si Yuan Tao avait caché quelque chose dessous, il n'avait pas prévu de le reprendre vite, ni facilement. Mais s'il avait caché quelque chose dans l'autre appartement, n'avait-il pas fait de même ici ? Sa déception première se changea en un frémissement d'espoir et d'anticipation.

Il lui fallut environ vingt minutes pour repousser tous les livres et les meubles à une extrémité de la pièce afin de pouvoir soulever le linoléum. Il avait un peu collé au plancher sur les bords. En le roulant, Li découvrit, dessous, une couche de vieux journaux. Il vérifia les dates : ils avaient à peu près six mois – exactement l'époque où Yuan Tao avait pris possession de l'appartement. Il roula complètement le linoléum, écarta les journaux de l'endroit où il avait senti le plancher craquer sous son pied et vit tout de suite qu'une lame de parquet avait été soulevée, découpée sur une trentaine de centimètres, puis reclouée. Était-ce Yuan qui l'avait découpée ? ou un ouvrier ayant besoin d'accéder à des câbles ou des tuyaux l'avait-il fait avant son arrivée ?

Il fouilla l'appartement à la recherche d'un instrument qui lui permettrait de soulever la planche, et finit par trouver une petite boîte à outils dans le placard de l'évier. Il choisit un gros tournevis qu'il inséra entre les lames de parquet. Le bois se fendit, les clous grincèrent. Finalement, la planche de trente centimètres sauta et rebondit sur le sol avec un claquement sec. Li regarda à l'intérieur du trou obscurci par son ombre. Il se poussa sur le côté et vit briller quelque chose au milieu des gravats. Il sortit un mouchoir de sa poche pour l'attraper. C'était un petit livre rouge enveloppé de plastique transparent. Li resta un long moment à genoux sur place, à le regarder fixement. Il n'entendait plus que le bruit de sa propre respiration haletante dans le silence de l'appartement. Une goutte de sueur roula sur son front et tomba de son sourcil sur le plancher nu.

Le policier de garde à la Section n° 1 fut très étonné de voir Li apparaître au bout du couloir du dernier étage. Il consulta sa montre : 2 heures du matin. Il venait de remplir son thermos d'eau chaude pour se refaire une tasse de thé vert. Dans la salle des inspecteurs, les deux hommes présents le regardèrent d'un air tout aussi surpris.

— Tu es bien matinal, patron, ou alors très en retard, dit l'un d'eux.

— Je ne veux être dérangé sous aucun prétexte, se contenta de déclarer Li.

Et il claqua la porte de son bureau derrière lui.

III

17 juillet 1966

Un garçon en qui j'ai reconnu l'un de tes anciens camarades de classe est venu à la maison, ce matin. Il s'appelle Tian Jingfu, un garçon grassouillet. Je me souviens que tu le surnommais Goret. Ton père se souvient de lui aussi, c'est un ancien élève. Pas très intelligent, d'après lui. Enfin, maintenant il porte un brassard rouge. C'est un *hong wei bing*, un des Gardes rouges qui prêchent la bonne parole du président Mao. Il nous a dit que tous les professeurs devaient se présenter à l'école secondaire n° 29. Ton père n'y est pas retourné depuis que les cours ont été suspendus en juin. Je ne sais pas pourquoi ils ont envoyé Tian Jingfu. Il a quitté l'école depuis longtemps.

En rentrant tout à l'heure, ton père m'a dit que des *dazibao* avaient été placardés sur tous les murs par les élèves qu'on encourage à critiquer leurs professeurs. Quand il est arrivé à l'école avec ses collègues, les élèves étaient en train de peindre des slogans. Ils se sont arrêtés pour regarder leurs professeurs d'un air méfiant, comme s'ils avaient peur d'être punis. Mais quand ils ont compris que les professeurs n'avaient plus de pouvoir, ils se sont mis à les insulter, en les traitant de « droitiers » et de « contre-révolutionnaires ». Plusieurs affiches mentionnaient le nom de ton père.

Tu ne te souviens sans doute pas que ton père a été dénoncé comme « droitier » en 1958, et envoyé à la campagne pendant six mois pour y travailler. Nous pensions que tout cela était derrière nous – jusqu'à aujourd'hui.

Une réunion s'est tenue dans la cour. Un cadre du Parti s'est adressé à toute l'école pour annoncer que, désormais, il était du devoir de chaque élève et professeur de prendre part à la campagne d'élimination des « Quatre Vieilleries », vieilles idées, vieilles superstitions, vieilles coutumes, vieilles habitudes bourgeoises. Il a déclaré que les pires défenseurs des Quatre Vieilleries étaient les responsables marchant sur la voie du capitalisme.

Ton père croit qu'il ne risque rien parce qu'il a déjà été puni et réformé par le travail. Mais il est toujours tellement optimiste. Moi, je n'en suis pas si sûre. Je suis heureuse que tu ne sois pas mêlé à tout ça. Et bien que tu sois loin, j'ai l'impression de te parler en t'écrivant ce qui se passe. Je vais essayer de tenir ces notes à jour pour que tu saches ce que devient ta famille. Mais j'ai peur, Tao. Pas tant pour moi que pour ton père.

Li se frotta les yeux avec ses mains gantées. La lumière vive de la lampe de bureau concentrée sur les pages blanches du journal le faisait pleurer. Il s'adossa à son fauteuil, alluma une cigarette, et souffla la fumée vers l'obscurité qui l'entourait. Puis il se pencha à nouveau en avant et, sans quitter ses gants, tourna soigneusement les pages de façon à ne pas détruire des indices susceptibles d'être décelés par la police scientifique. Cette lecture était déprimante, comme un voyage dans le temps, vers sa propre enfance, une expérience que des millions de Chinois avaient partagée. Juillet 1966. Ce n'était que le début.

Tout en feuilletant le cahier, il s'arrêta ici et là pour lire le récit de plus en plus poignant de la mère de Yuan Tao.

15 septembre 1966

Aujourd'hui, ton père et moi avons vu, par la fenêtre, notre voisin M. Cai se faire attaquer dans la rue par les Gardes rouges. Ils lui ont enlevé ses chaussures, ils l'ont fait asseoir sur un tabouret, devant tout le monde, et lui ont rasé la tête. Je ne sais pas pourquoi. On dirait qu'ils peuvent nous faire tout ce qu'ils veulent, qu'ils inventent n'importe quel prétexte.

Ton père n'est pas allé à l'école depuis deux semaines. Ses crises d'angine de poitrine sont moins fréquentes maintenant, et il a appris à rester assis sans bouger, à attendre patiemment que la douleur passe. C'est horrible à dire, mais je suis contente qu'il soit malade du cœur. Ça l'oblige à rester à la maison. J'ai peur pour sa vie chaque fois qu'il va à l'école.

21 octobre 1966

Aujourd'hui, ils sont venus à la maison. Ils étaient six. Tous des anciens élèves de ton père. Pour chercher du matériel « noir », ont-ils dit. C'est-à-dire tout ce qu'ils pensent être contre le Parti communiste. Leur chef est un garçon qui habite dans notre rue, Ge Yan. Je crois que tu le connais. C'est le garçon qui a plein d'oiseaux. C'est quand même bizarre de penser qu'un individu qui aime des créatures aussi délicates puisse se montrer si violent et plein de haine. Il a hurlé et m'a insultée quand j'ai refusé de le laisser voir ton père. Il est devenu écarlate, on aurait dit que les veines de ses tempes allaient éclater. J'ai eu très peur. Comme ton père ne se sentait pas bien, il s'était couché.

Finalement, en entendant les cris, il est sorti en robe de chambre pour leur demander ce qu'ils voulaient. Il était très en colère, et ils ont paru un peu décontenancés. J'ai eu l'impression qu'ils ne savaient pas très bien comment se comporter. C'était leur ancien professeur ; je crois qu'ils avaient encore un peu peur de lui.

La fille que les autres appellent Misère est la plus effrontée. Elle a déclaré à ton père que s'il était professeur d'anglais, il aimait tout ce qui était étranger, et que tous les étrangers étaient contre la grande Révolution culturelle prolétarienne. Ses centres d'intérêts étaient donc « noirs », et il devait abandonner tout son matériel « noir ». Je ne crois pas qu'elle savait de quoi elle parlait, mais ton père est malin. Il a dit qu'il allait leur donner tout ce qui était « noir » car il voulait faire tout son possible pour aider la révolution. Il est allé dans la chambre, où il a rassemblé tous les vieux magazines anglais et américains qu'il collectionne depuis des années, et leur a dit de les emporter. Ils étaient sûrement « noirs » puisqu'ils étaient en anglais.

Celui qu'ils surnomment Zéro, et qui s'appelle en réalité Bai Qiyu, a emporté ton vélo. Il a dit que tu avais trahi la révolution en partant étudier à l'étranger et que ton vélo devait être confisqué. J'ai essayé de l'en empêcher, mais je n'ai rien pu faire. Ton père m'a dit de ne pas insister.

Une fois qu'ils ont été partis, je lui ai demandé

si cela ne lui brisait pas le cœur d'avoir perdu sa précieuse collection de magazines. Il m'a répondu que ce n'était que de l'encre et du papier, que la chair et le sang sont beaucoup plus précieux.

Je suis désolée pour ton vélo.

2 février 1967

Tao, est-ce que tu te souviens de mon amie Gu Yi, de l'école maternelle ? Elle est morte. Après le deuil de son mari, elle aurait bien voulu se trouver un autre homme parce qu'elle a deux enfants et que l'école maternelle ne la paye pas beaucoup. Elle mettait de jolis vêtements et se maquillait pour être attirante. Mais elle n'a réussi qu'à s'attirer la fureur des *hong wei bing*[1].

La semaine dernière, ils sont venus en procession jusqu'à sa porte, avec des bannières écarlates, en frappant sur des gongs et des tambours. Ils l'ont obligée à coller sur sa porte un *dazibao* la dénonçant comme putain capitaliste. Ils l'ont traînée dans la rue, forcée à se « confesser » et à promettre qu'elle se corrigerait. Ils lui ont accroché deux chaussures usées autour du cou, signe d'immoralité, l'ont obligée à se laver la figure en public, et ont déchiré sa robe « noire » bourgeoise.

Hier soir, elle s'est pendue.

15 avril 1967

La santé de ton père continue à se dégrader. Il est couché depuis plusieurs jours. Malgré tout, je

1. Gardes rouges.

suis contente qu'il soit en sécurité à la maison plutôt qu'à l'école. Nous entendons des histoires terribles. Ton ancien directeur et quelques professeurs ont été obligés de faire des gros travaux de leurs mains, surveillés par les Gardes rouges de la Brigade de la-révolte-jusqu'au-bout, qui sont tous d'anciens élèves de l'école. Je crois qu'ils étaient dans ta classe.

Nous avons appris que le directeur Jiang et les autres ont été forcés de démolir le vieux portail en pierre de l'école à coups de marteau. Puis ils ont dû défiler autour de la cour avec des bonnets d'âne sur la tête, exactement comme les propriétaires pendant la réforme agraire de 1951. On leur a accroché autour du cou des pancartes les qualifiant de « fantôme à tête de vache » ou de « démon serpent ». Apparemment, les élèves ont pris beaucoup de plaisir à les traiter de « monstres ».

Je suis surprise que le directeur Jiang ait été malmené puisqu'il est membre du Parti communiste. Mais d'après ton père, cela n'empêche rien. Beaucoup de membres du Parti sont considérés comme des responsables fourvoyés sur la voie du capitalisme. Il dit qu'il est content de ne s'être jamais inscrit.

29 avril 1967

Ils sont revenus aujourd'hui. Oh, Tao. J'ai si peur. Ils ont découvert que j'avais été étudiante à l'université américaine de Pékin avant la Libération, et que mon père possédait une petite terre dans le Nord.

Ils sont horribles. Leurs visages sont déformés par la colère et la haine. Ils ont crié, hurlé après moi dans notre maison. Ils ont obligé Gau Huan, le lourdaud qu'ils appellent Tortue, à déchirer notre album de photos de famille. Je crois qu'il ne savait pas vraiment ce qu'il faisait, mais il était comme un démon affamé qui se nourrit de destruction. Je les ai suppliés de ne pas faire ça, et quand j'ai essayé d'arrêter Gau Huan, la fille, Misère, m'a giflée de toutes ses forces. Elle m'a frappée si fort que j'en ai vu des étoiles. Un autre, un nommé Yue Shi, a hurlé que je n'avais pas un bon statut social. Que j'étais la fille d'un propriétaire. Je ne pouvais pas choisir mon statut social, mais je pouvais choisir mon avenir. Je devais dénoncer ma famille et détruire son histoire « noire ».

Ils m'ont posé des questions sur toi, Tao. Ils voulaient savoir quand le « morveux noir » allait rentrer à la maison. J'ai crié à mon tour. Je leur ai dit que tu ne reviendrais jamais parce que tu étais plus intelligent qu'eux. Je leur ai dit qu'ils étaient stupides, qu'ils ne savaient rien faire d'autre que détruire. Misère m'a frappée encore.

Les éclats de voix et mes sanglots ont fait sortir ton père de la chambre. Il avait le visage gris. Il tenait à la main la grosse canne de ton grand-père. Il a hurlé après ces petits salauds et les a menacés de les démolir si jamais ils touchaient un cheveu de ma tête.

Je crois que son aspect, sa fureur et sa menace les ont surpris. Après leur départ, j'ai pleuré pendant une heure. Ton père est resté assis dans le fauteuil, à côté de la fenêtre, en regardant dehors sans rien dire. Il n'a pas prononcé un mot de tout le reste de la journée.

Oh, Tao, tu sais combien j'aimerais te revoir, mais surtout, ne reviens jamais ici.

1er mai 1967

Je suis allée voir le président Mao, aujourd'hui. Il y avait des centaines de milliers d'étudiants, presque tous des Gardes rouges. Je n'avais jamais vu autant de monde place Tiananmen. Les haut-parleurs diffusaient « L'Orient est rouge », « Le Grand Timonier » « Le Socialisme, c'est bien », juste avant que le grand homme n'apparaisse à la tribune, devant la Cité interdite. Tout le monde a alors entonné « Chantons Mao Zedong ». L'ambiance était incroyable, proche du fanatisme religieux. Je ne savais pas trop quoi en penser. Il est très difficile de ne pas se laisser gagner par une émotion pareille. Mais j'avais surtout envie de pleurer. Je pense que mes larmes sont passées inaperçues.

5 juin 1967

C'est bien ce que je redoutais. Yue Shi est venu à la maison ce matin pour annoncer, en ricanant, que ton père devait se rendre à l'école, aujourd'hui. Je lui ai dit qu'il ne se sentait pas assez bien. Il m'a répondu que si ton père ne venait pas, les autres viendraient le chercher. Qu'ils l'obligeraient à y aller, sur les genoux s'il le fallait.

Oh, Tao, je suis heureuse que tu ne sois pas là

pour voir cela. Mais tu me manques terriblement. Tu es si intelligent. Je suis sûre que tu aurais su réagir. Comme j'aimerais pouvoir te parler et te tenir la main.

Li s'arrêta. Il y avait trois petites cloques sur le papier, jaunes, en relief, et une quatrième qui avait brouillé l'encre sur le caractère du nom de Tao. Des larmes versées il y avait plus de trente ans. Témoins du désespoir de la mère de Tao, consciente qu'elle ne reverrait jamais son fils. Plus éloquentes que tous les mots qu'elle avait pu écrire. Et puis, Li réalisa soudain que ce n'était peut-être pas les siennes, après tout, mais celles de Tao lisant les mots de sa mère, tant d'années après. Des larmes de douleur et de culpabilité.

Il poursuivit sa lecture.

Malgré la chaleur, ton père tremblait. Je l'ai habillé chaudement pour sortir. Il avait la canne de ton grand-père dans la main droite et moi je lui tenais le bras gauche. Il pouvait à peine marcher. Nous avons dû nous arrêter tous les dix mètres pour qu'il reprenne son souffle. C'est terrible de voir l'homme fort qu'on a épousé réduit à cet état.

Quand nous sommes arrivés, il y avait une grande foule dans la cour, autour d'une petite estrade en bois. Gu, le professeur de géographie, y était debout, les mains sur les genoux, la tête baissée. Une grande pancarte accrochée à son cou portait son nom peint à l'envers, à l'encre rouge, et barré d'une croix.

Les élèves et les Gardes rouges rugissaient « À bas le professeur Gu ». Chaque fois qu'il essayait de relever la tête, un des Gardes rouges la lui rabaissait violemment. Ils n'arrêtaient pas de lui hurler des questions sans le laisser répondre. Et après ils l'insultaient parce qu'il refusait de parler.

Quand ils nous ont vus, certains Gardes rouges – Misère, Yue Shi, Goret et Tortue – se sont saisis de ton père. Ils lui ont accroché une pancarte autour du cou et l'ont poussé vers l'estrade, au milieu de la foule qui s'est moquée de lui. J'ai essayé de le suivre, mais les enfants se sont agglutinés autour de moi comme des mouches, en me traitant de « fille de propriétaire » et de « mère du morveux noir ». J'ai vu que ton père essayait de monter sur l'estrade ; comme il n'y arrivait pas, le gros Ge Yan l'a frappé sur la nuque avec un grand bâton ; il est tombé à genoux.

Finalement, ils l'ont hissé sur l'estrade où il a remplacé le professeur Gu. C'est lui qui est devenu le centre d'attraction. Je voyais ses yeux tristes pleins de larmes, mais je ne pouvais rien faire. Une des filles qui venait prendre des leçons particulières chez nous m'a prise par le bras et entraînée dans une salle de classe. Elle portait un brassard rouge, mais je crois qu'elle faisait seulement semblant d'être une des leurs. Elle m'a donné de l'eau à boire et m'a conseillée de ne pas regarder. Mais je ne pouvais pas laisser mon mari affronter ça tout seul.

De la porte de la classe, je l'ai vu à genoux, la tête courbée, la pancarte autour du cou. Ils criaient tous « À bas le professeur Yuan ». Ils voulaient savoir pourquoi il avait négligé ses élèves, pourquoi il refusait de travailler, s'il se trouvait trop bien pour servir le peuple. Que pouvait-il dire ? Même s'il avait pu répondre, que répondre à de telles questions ? Il est malade, tellement, tellement malade.

Mais comme il ne répondait pas, ils l'ont frappé à tour de rôle sur la nuque avec le bâton. J'entendais le bruit. Je ressentais sa douleur à chaque coup. Puis Ge Yan l'a attrapé par les cheveux pour lui tirer la tête en arrière, et celui qu'ils surnomment Zéro lui a fait boire un pot d'encre. Il a eu des haut-le-cœur, il a vomi, mais ils lui ont versé l'encre de force dans la gorge.

J'ai crié pour qu'ils arrêtent ; personne ne m'entendait. Ils faisaient trop de bruit. La fille qui m'avait emmenée m'a retenue quand j'ai voulu le rejoindre. J'ai encore la marque de ses doigts sur mes bras.

C'était leur vengeance. Pour les avoir insultés et menacés avec la canne de son père. C'est ma faute, Tao, s'ils lui ont fait subir ça. Je me sens si coupable. Si je n'avais pas voulu les empêcher de déchirer nos photos de famille, si je n'y avais pas attaché autant d'importance, ils l'auraient peut-être laissé tranquille.

Quand il est tombé, ils ont d'abord essayé de le remettre à genoux, mais comme il était inconscient, ils ont dû croire qu'il était mort.

C'était étrange. Soudain, toute la cour est devenue silencieuse, comme si le jeu avait mal tourné.

Ce ne sont que des enfants. Ils ne savent pas ce qu'ils font.

J'ai couru jusqu'à l'estrade, ils se sont écartés sur mon passage. Aucun n'a cherché à m'arrêter quand j'ai retiré la pancarte du cou de ton père. Il avait la bouche et la figure noires d'encre, et du vomi sur sa veste. Mais il respirait encore. Il avait le souffle court, saccadé.

Je me suis agenouillée à côté de lui, je l'ai pris dans mes bras. Il était trop lourd pour que je puisse le redresser toute seule. J'ai crié : « Quelqu'un peut m'aider ? » Personne n'a bougé. Et alors, Ge Yan, le garçon aux oiseaux, a ordonné à des élèves de me donner un coup de main pour emmener ce « révisionniste noir ».

Quand, enfin, nous sommes rentrés à la maison, je l'ai mis au lit, puis je suis allée chercher le docteur. Mais quand je lui ai raconté ce qui s'était passé, il n'a pas voulu venir. Je suis seule avec ton père depuis des heures, maintenant. Je lui pose des compresses froides sur la tête, je lui donne de l'eau à boire.

Il fait noir. Je ne sais pas quelle heure il est. Dehors, tout est calme, la maison est silencieuse. J'entends à peine ton père respirer. Je ne sais pas ce qu'il a fait pour mériter un sort pareil. Tu le connais, c'est un homme si doux, si gentil. Oh, Tao, je suis tellement inquiète.

6 juin 1967

Tao, ton père est mort ce matin, un peu après 4 heures. Je m'étais endormie dans le fauteuil, à côté du lit, et quand je me suis réveillée, il était froid. Il est mort seul, pendant que je dormais. Je ne sais pas si je pourrai me le pardonner. Je suis tellement triste, mon fils. N'oublie pas que je t'aime. J'espère que tu auras une meilleure vie que nous.

C'était le dernier écrit, suivi de nombreuses pages blanches.

Les larmes aux yeux, Li s'aperçut que les premières lueurs grises de l'aube commençaient à éclaircir le ciel. Quand il était petit, il avait été anéanti par la mort de sa mère en prison, choqué et affligé de voir son père devenir l'ombre de lui-même. Mais il se demandait ce qu'avait dû ressentir Yuan Tao, près de trente ans plus tard, en lisant le récit poignant de la mort de son père. En apprenant les humiliations écœurantes et la brutalité de ces jeunes barbares ignorants qui avaient été ses élèves. Il imaginait les larmes, la colère, et le désir de vengeance qui avaient dû germer dans son cœur.

Il savait aussi qui avait tué Zéro, Macaque et Goret. Et pourquoi.

Il fit pivoter son fauteuil, regarda, par la fenêtre, le ciel se strier de rose. Il ressentait une tristesse infinie. Comme la vie de Yuan Tao avait dû être vide pour avoir été consumée aussi vite par la haine et la vengeance. Un mariage raté. Pas d'enfants. Une carrière universitaire sans éclat qui n'avait abouti à rien. Combien de fois avait-il regretté d'avoir quitté son pays natal, à jamais destiné à rester un étranger dans un pays étranger ? Quelle culpabilité avait dû être la sienne en lisant le journal de sa mère, en réalisant que ce qu'il avait fui avait coûté la vie à son père ; que pendant qu'il était en sécurité sur un campus américain, son père était persécuté et harcelé jusqu'à la mort par ses camarades de classe. La haine avait donc rempli ce vide affectif. La vengeance lui avait donné un but dans la vie.

Et pendant cinq ans, il avait préparé sa vengeance. Manigancé son retour à Pékin, entrepris méthodiquement l'exécution des bourreaux de son père, selon un rituel évoquant l'humiliation ultime dont ce dernier avait été la victime.

Bien que le journal ne fournisse pas de preuve concluante, Li n'avait aucun doute. Mais il restait une question sans réponse. Qui avait tué Yuan ? Et pourquoi ?

On frappa à la porte. Qian pointa la tête et parut étonné de voir Li.

— On m'avait bien dit que tu étais là. Tu es en avance, aujourd'hui.

Il remarqua aussitôt le nuage de fumée de cigarette qui enveloppait la pièce et les cernes profonds sous les yeux de Li. Il fronça les sourcils.

— Tu as passé la nuit ici ?

Li acquiesça d'un signe de tête, glissa le journal dans son enveloppe de plastique et le tendit à Qian.

— Fais relever les empreintes digitales, Qian. Et fais faire une copie de ce texte pour chaque inspecteur.

Qian prit le cahier et le regarda avec curiosité.

— Qu'est-ce que c'est, patron ?

— Un mobile de meurtre.

IV

Yang Shouqian vivait dans un immeuble délabré, juste au sud de Guanganmen, au bord de la voie ferrée. C'était un homme d'environ cinquante-cinq ans, au long visage lugubre. Son épouse, une petite femme souriante à la figure ronde, invita Li à entrer dans la cuisine. Ils étaient en train prendre le petit-déjeuner avant que Yang ne parte travailler au ministère des Ressources en eau, non loin de chez eux. Elle faisait cuire à la vapeur des brioches à la pâte de sésame et aux haricots rouges. Li en voulait-il ? Li accepta l'offre et s'assit à table avec eux. Des trains passaient dans un bruit d'enfer toutes les deux minutes. Il avala avec gratitude le thé vert brûlant et les brioches sucrées. Il tombait de fatigue après sa nuit blanche.

Yang lui jeta un regard curieux.

— Ma femme me dit que vous avez des nouvelles de mon cousin Tao.

Li hocha la tête.

— L'avez-vous vu récemment ?

— Vu ? s'exclama Yang. Vous voulez dire qu'il est à Pékin ?

— Depuis six mois.

La joie initiale de Yang se changea en confusion, puis en tristesse.

— Non, dit-il. Je ne l'ai pas vu. Il ne m'a pas contacté.

Inquiète, sa femme posa une main sur la sienne.

Elle regarda Li, comprenant immédiatement qu'il s'était produit quelque chose de grave.

— Que lui est-il arrivé ? demanda-t-elle.

— Je regrette de devoir vous apprendre qu'il a été assassiné. Yang devint très pâle. Sa femme lui serra la main.

— Je ne comprends pas, dit Yang. Assassiné ? Ici, à Pékin ? Par qui ?

— Nous ne savons pas. Il n'a pas du tout cherché à vous joindre ? Jamais ?

Yang secoua la tête.

— Jamais. Je n'ai plus jamais entendu parler de lui. Ce n'était qu'un adolescent boutonneux la dernière fois que je l'ai vu, peu avant qu'il ne parte en Amérique.

— Mais *vous* lui avez écrit ?

Yang parut surpris.

— Comment le savez-vous ?

— Parce que j'ai la lettre que vous lui avez envoyée en 1995.

— Je ne savais pas que tu avais écrit au cousin Tao, Shouqian.

— Tu ne te souviens pas, quand je lui ai envoyé le journal ?

— Oh, c'est vrai. Quel drame.

— Vous l'avez lu ? demanda Li.

— Pas entièrement. Shouqian me l'a montré avant de l'envoyer.

— Vous lui avez dit que vous gardiez la lettre que sa mère avait écrite à la vôtre... Pourquoi ?

— Justement parce que, comme vous venez de

le dire, elle était adressée à *ma* mère, dit Yang. Elle était à elle, donc à moi, et non au cousin Tao.

Il contempla ses ongles en silence pendant un moment.

— D'ailleurs, il valait mieux qu'il ne la voie pas.

— Pourquoi ?

— En plus du journal... c'était beaucoup trop.

— Puis-je la voir ? demanda Li.

Yang lui lança un rapide coup d'œil dans lequel Li discerna un soupçon de honte. Mais il hocha la tête, se leva et alla ouvrir le tiroir d'un meuble, à l'autre bout de la pièce.

— Connaissiez-vous les Gardes rouges qui se sont acharnés sur le père de Tao ? demanda Li.

— Non. Ils étaient tous plus jeunes que moi, et nous ne fréquentions pas la même école.

— Le mois dernier, trois d'entre eux ont été assassinés.

La femme de Yang laissa échapper un cri de surprise. Yang se tourna vers Li ; dans ses yeux, la honte s'était muée en quelque chose d'autre, difficile à identifier.

— Mon Dieu, murmura-t-il. C'est Tao qui les a tués, n'est-ce pas ?

Li comprit alors que c'était de la peur qu'il voyait dans ses yeux.

— C'est probable.

La femme de Yang se leva très vite et tendit le bras, comme pour retenir son mari qui vacilla un instant avant de se ressaisir et revenir à table avec une enveloppe jaune à la main. Il se laissa tomber sur sa chaise.

— C'est parce que je lui ai envoyé le journal,

dit-il, d'un air coupable. J'aurais aussi bien pu les tuer moi-même.

L'air horrifié, il regarda Li.

— C'est pour ça que mon cousin Tao a été tué ?

— Je n'en sais rien, dit Li avec un haussement d'épaules. Yang baissa la tête.

— Je n'aurais jamais dû le lui envoyer. Mais au bout de toutes ces années, je me suis dit qu'il avait le droit de savoir. Je n'ai pas pensé une seconde...

Il s'interrompit, la voix brisée d'émotion.

Sa femme le serra contre lui :

— Comment pouvais-tu deviner, Shouqian ?

— Est-ce la lettre ? demanda Li en tendant la main.

Yang hocha la tête et la lui donna. L'enveloppe n'était pas timbrée. Il n'y avait pas d'adresse, juste le nom de la mère de Yang, en caractères gras. Li sortit la lettre, écrite sur un papier très fin. Li la déplia soigneusement. Elle était datée de juillet 1970.

Xiwen, ma très chère sœur,

J'ai appris aujourd'hui que mon fils Tao a obtenu sa licence en sciences politiques à l'université de Berkeley, en Californie, et qu'il doit y rester deux ans de plus pour passer son doctorat. Je suis si contente. Je suis certaine qu'il réussira là-bas et n'aura pas besoin de revenir ici. Voilà, dans un sens, ce qui m'a permis de tenir depuis la mort de mon mari bien-aimé. Mais il est difficile de penser à lui, vivant quelque part de l'autre côté du monde, regardant le même soleil se lever et se cou-

cher, la même lune que je vois briller dans le ciel clair de Pékin, sans pouvoir lui parler ni le toucher. Je me souviens encore des jours où je le portais dans mon ventre. Mais on me l'a enlevé, comme mon mari.

La grande révolution culturelle prolétarienne a l'air d'entrer dans une nouvelle phase de folie où les factions se battent entre elles. Je suis toujours en disgrâce à cause de l'histoire de mon père et de mon éducation. Je n'ai pas été autorisée à travailler à l'école maternelle depuis près de deux ans maintenant. Je suis lasse de tout cela et me demande comment ça va finir.

J'ai passé de longues heures à fouiller les débris de nos vies avant que tout cela ne commence. Peu de choses ont survécu. Quelques photos, quelques lettres précieuses que mon mari et moi avons échangées avant notre mariage, une lettre de Tao qui, miraculeusement, nous est parvenue peu de temps après son arrivée aux États-Unis. Et ceci. C'est le journal que j'ai tenu pour lui après son départ. C'était censé être un récit des choses qu'il aurait ratées, pour qu'il soit au courant, à son retour.

Je n'ai pas pu me résoudre à le continuer après la mort de son père. Mais j'aimerais qu'il l'ait en sa possession. Il doit savoir ce qui est arrivé à sa famille. Je te fais confiance, parce que je sais que tu le garderas en lieu sûr et veilleras à ce que Tao le reçoive quand les circonstances le permettront.

Je t'en prie, dis-lui que je l'aime.

Excuse-moi de t'embêter avec ça.

Ta sœur chérie
Ping Zhen

Quand il releva les yeux, Li vit que Yang l'observait, avec ce même soupçon de honte dans le regard.

— C'était un crime alors, dit-il. C'était « s'écarter du peuple » d'après le président Mao. Pfff ! Quelle foutaise. En fait ça voulait dire qu'on n'avait pas le droit de disposer d'une pièce privée au crématorium, de porter des brassards de deuil et de faire jouer une musique funèbre. Il fallait que toute la famille ait honte.

— Que s'est-il passé ? demanda Li.

Yang avait visiblement du mal à faire resurgir ces souvenirs horribles.

— Elle s'est jetée par la fenêtre et s'est empalée sur les grilles. Personne ne voulait s'approcher d'elle. Apparemment elle est morte au bout de plusieurs heures.

Il releva la tête.

— Tao ne l'a jamais su.

Chapitre 8

I

Tirée d'un profond sommeil par la sonnerie du réveil, Margaret s'était aussitôt sentie embarrassée par la présence de Michael à ses côtés, à la fois satisfaite et coupable de la nuit qu'elle venait de passer avec lui. C'était extraordinaire comme les choses pouvaient sembler différentes à la lumière du jour.

Maintenant qu'ils étaient sur le point d'atterrir à Pékin, après soixante-dix minutes de vol, sa gêne se dissipait, remplacée par une appréhension croissante. Elle avait échappé à sa vie pendant trente-six heures, fait semblant d'être quelqu'un d'autre. Mais la réalité la rattrapait à toute allure. Elle perçut une forte secousse et entendit le crissement des pneus lorsque l'avion toucha maladroitement la piste. Li, les quatre meurtres et l'enquête resurgirent tous à la fois ; elle ne pouvait pas reprendre un contact plus brutal avec la vie.

Tous ses espoirs d'une douce transition furent rapidement balayés dans le hall des arrivées quand elle aperçut le visage anxieux de Sophie qui les cherchait au milieu des passagers. Instinctivement, Margaret lâcha la main de Michael, comme une écolière prise en faute. Michael sourit :

— Tu as honte d'être avec moi ?

Elle s'en voulut.

— Naturellement. Quelle femme respectable n'aurait pas honte ?

Dès que Sophie les vit, elle se faufila dans la foule pour les rejoindre. Elle avait le visage rouge.

— J'ai une voiture qui vous attend, dit-elle à Margaret.

Puis, jetant un coup d'œil à Michael, elle ajouta :

— Il y a du nouveau.

Elle attira Margaret à l'écart pour lui confier à voix basse :

— Votre ami le chef de section adjoint Li a l'air de penser que Yuan Tao a commis les trois premiers meurtres.

— Quoi ? s'étonna Margaret, complètement prise au dépourvu. Et qu'il s'est coupé la tête après, je suppose ?

— J'en doute, dit Sophie d'un ton désapprobateur. Le problème, c'est qu'on a maintenant un citoyen américain accusé du meurtre de trois Chinois.

— Qu'est-ce que voulez que ça me fasse ?

— La police chinoise a organisé une réunion à son QG, dans...

Elle regarda sa montre.

— ... quarante-cinq minutes. On ne peut pas se permettre de traîner.

— Accordez-moi une minute, dit-elle.

Elle alla rejoindre Michael, qui était en train de téléphoner tout en regardant sa montre.

— Oui, OK, Charles, je devrais être là-bas au plus tard à 10 heures et demie...

Il s'interrompit en voyant Margaret s'approcher.

— Ne quitte pas, dit-il en plaquant une main sur son mobile.

— Je suis désolée, Michael. Il faut que je me rende directement à une réunion de la police. Je ne pourrai pas assister au tournage.

Michael sourit et haussa les épaules.

— Impossible d'y échapper, je suppose. Qu'est-ce qui s'est passé ?

— La victime n° 4 semble avoir tué les trois autres.

Il fronça les sourcils.

— Ne t'inquiète pas, dit-elle en riant. Tu m'appelleras ?

— Ce soir, dit-il.

Et, à sa grande surprise, il se baissa pour l'embrasser longuement sur la bouche.

— Il faudra recommencer, dit-il.

Elle hocha la tête, consciente du regard de Sophie braqué sur eux.

— Sans tarder.

Dans la voiture, Sophie jeta à Margaret un regard plein de curiosité.

— Vous avez couché avec lui.

— Ça ne vous regarde pas, dit Margaret.

Sophie secoua la tête.

— Veinarde. Vous savez que la moitié des Américaines vous envie ? Dire que c'est moi qui vous ai présentés.

— Ah, vous aviez raison sur un point.

— Lequel ?

— Il a un très beau cul, dit-elle avec un grand sourire.

II

Le commissaire divisionnaire Hu Yisheng se leva pour serrer la main de Margaret par-dessus son bureau. Le chef du Département des enquêtes criminelles portait une veste vert foncé ornée, sur les manches, de deux galons d'or au-dessus des boutons en or, et une chemise vert pâle avec une cravate bleu foncé. L'insigne du ministère de la Sécurité publique, en haut de sa manche gauche, paraissait démesurément grand. C'était un bel homme pour son âge, pensa Margaret, avec ses cheveux noirs striés de gris dégageant son front lisse. Il lui désigna un siège tout en lui adressant un sourire contraint.

— J'aimerais, docteur Campbell, vous remercier sincèrement pour votre excellent travail, au nom du peuple chinois, déclara-t-il avec raideur.

Margaret allait lui répondre que la seule raison de sa présence était sa loyauté envers le peuple américain quand Sophie, redoutant un manquement probable à l'étiquette, se dépêcha de dire à sa place :

— Le docteur Campbell se réjouit de vous aider, commissaire divisionnaire.

Margaret eut la nette impression que Hu se demandait pourquoi elle n'avait pas pu le dire elle-même.

Jonathan Dakers était déjà là, ainsi que le chef de la Section n° 1 Chen Anming. Il y eut un certain froid quand ils se saluèrent. C'était Chen qui, le premier, l'avait mêlée à une enquête de la police chinoise, trois mois plus tôt. Il lui avait demandé de pratiquer une autopsie. C'était un exemple parfait de la mise en pratique du *guanxi :* il avait offert un lavis à Margaret, après avoir suivi ses cours à Chicago l'année précédente, et, une faveur en appelant une autre, elle avait accepté de lui rendre ce service. Mais comme l'enquête avait pris des proportions qu'ils étaient, l'un comme l'autre, loin d'imaginer, il s'en était voulu de l'y avoir mêlée. À présent, son attitude indiquait clairement qu'il ne souhaitait pas la voir impliquée à nouveau dans une enquête. Mais on s'était passé de son avis. Margaret se demanda si c'était lui qui avait ordonné à Li de ne plus la revoir.

Sophie s'assit entre Margaret et Chen et se mit à parler à bâtons rompus à ce dernier pendant que Dakers échangeait des propos décousus avec le commissaire divisionnaire. Margaret avait la sensation d'avoir été posée là, comme une cruche, et se demandait ce qu'elle était venue faire, dans combien de temps elle allait pouvoir partir, quand l'arrivée de Li coupa court à ses interrogations.

Il entra, un peu agité, vêtu de l'uniforme dans lequel elle l'avait vu la première fois – chemise vert pâle à manches courtes sur un pantalon vert foncé. Ses épaulettes portaient les trois galons et les trois étoiles d'un officier supérieur de classe trois. La visière de sa casquette galonnée d'or jetait une ombre sur ses yeux. Son cœur se serra à sa vue, et elle se sentit aussitôt rattrapée par la culpabilité. Li salua le commissaire, le pria d'excuser son retard, ôta sa casquette et prit une chaise. Il sortit ensuite une liasse de documents de sa mallette.

— Eh bien, dit Hu. Maintenant que tout le monde est là, si vous nous mettiez au courant, chef de section adjoint ?

Li s'éclaircit la gorge et jeta un coup d'œil à Margaret qui fut troublée par la profonde tristesse de son regard. Elle se demanda si c'était un effet de son imagination. On aurait dit qu'il savait que quelques heures plus tôt, elle était encore couchée entre les bras d'un autre homme. Elle eut soudain l'impression d'être nue, exposée aux regards de tous, et se sentit rougir.

— Dans le cadre de notre enquête, commença Li, j'ai découvert hier soir un journal caché sous le plancher de l'appartement officiel de Yuan Tao. Ce journal était celui de sa mère. Il couvre une période allant de mai 1966, juste après le départ de Yuan pour les États-Unis, à juin 1967, date de la mort de son père.

Il s'arrêta pour distribuer les documents.

— Ce sont des photocopies des passages les plus pertinents. Le détail du harcèlement des parents de Yuan par un groupe d'anciens camarades de classe incluant les six Gardes rouges de la Brigade de la-révolte-jusqu'au-bout. Ils appartenaient à la Faction Rouge-rouge-rouge née pendant la Révolution culturelle.

Il marqua une pause, regarda autour de lui.

— Je dois vous préciser maintenant que les trois premières victimes étaient toutes membres de la Brigade de la-révolte-jusqu'au-bout.

La nouvelle intéressa au plus haut point Margaret, Sophie et Dakers.

— Une traduction intégrale du journal est en cours, dit Li.

Margaret écouta dans un silence horrifié et fasciné les détails du harcèlement, jusqu'à l'humiliation ultime du père de Yuan devant la foule moqueuse de l'école secondaire n° 29, et sa mort, quelques heures après.

— La pancarte accrochée au cou de son père, son nom écrit à l'encre rouge, à l'envers, barré d'une croix ; la position à genoux, les coups sur la nuque assénés avec un bâton ; même l'encre qu'on l'a obligé à avaler – tout cela peut être vu comme un modèle de la méthode suivie pour exécuter les meurtres. Le vin rouge à la place de l'encre. Le flunitrazepam mélangé au vin a facilité la mise à genoux des victimes. Le coup sur la nuque, asséné cette fois avec un sabre, a entraîné la mort par décapitation. Les trois victimes avaient leur nom écrit en rouge, à l'envers, et barré d'une croix sur un carton blanc accroché autour du cou. Rappelez-vous, aussi, que la décapitation fut longtemps un mode d'exécution légal en Chine. Le tueur s'est certainement considéré comme un justicier.

— Si vous avez raison, il ne s'agit pas de justice, mais de vengeance, dit Margaret.

Li inclina légèrement la tête, en signe d'acquiescement.

— C'est vrai. Mais qu'est-ce que la peine capitale sinon la vengeance collective de la société sur des individus coupables de crimes contre elle ? L'histoire regorge de gens ayant décidé de faire justice eux-mêmes quand ils estimaient que la société les avait laissé tomber.

Margaret se demanda si c'étaient là les idées de l'Oncle Yifu, soigneusement ruminées et enregistrées pour être ressorties à la première occasion.

— C'est une théorie intéressante, chef de section adjoint. Mais n'êtes-vous pas en train de défier les méthodes d'enquête traditionnelles de la police chinoise ?

Elle sentit un mur de glace se former autour d'elle.

— J'avais cru comprendre que seule la réunion patiente des pièces à conviction pouvait permettre de se faire une idée du mobile et du suspect. Or, je ne vois pas quelle preuve peut vous permettre d'affirmer que Yuan Tao est impliqué dans les autres crimes ?

Li ne broncha pas.

— Les particules de poussière bleu foncé découvertes dans l'appartement de Yuan sont exactement les mêmes que celles trouvées sur le corps de Yue Shi.

— Suggéreriez-vous que Yue Shi a été tué dans l'appartement de Yuan ?

— Non.

— Il n'y a donc pas de lien direct.

— Le vin, fit Li d'un ton très calme.

Il ne voulait surtout pas se laisser déstabiliser.

— Le vin rouge trouvé dans l'appartement de Yuan était le même que le vin absorbé par les trois autres victimes juste avant leur mort.

— Mais cela ne relie toujours pas directement Yuan aux autres scènes de crime, n'est-ce pas ?

— Non, admit-il.

— Et nous savons que Yuan a été tué par la même arme.

— Suggéreriez-vous, dit Li d'un ton légèrement sarcastique, que Yuan s'est lui-même coupé la tête ?

Margaret se mit à rire.

— En fait, je croyais que c'était là votre idée. Bien qu'à mon avis, il aurait eu du mal à se débarrasser de l'arme du crime après coup, vous ne trouvez pas ?

Elle fut la seule à trouver ça drôle.

— Vous avez vous-même suggéré qu'il avait pu être tué par un témoin des autres crimes, dit Li.

Margaret secoua la tête.

— C'était avant que nous ayons un mobile. Un témoin aurait été complice. Si, comme vous le suggérez, Yuan s'est offert une vengeance, un complice aurait dû partager sa soif de vengeance. Quel autre mobile aurait-il eu ? Et ensuite, pour quelle raison aurait-il tué Yuan ?

— Tout cela est très intéressant, Margaret, intervint Dakers. Mais nous ne sommes pas ici pour décortiquer les indices. C'est une réunion de briefing.

— Quoi ? s'exclama Margaret. Nous sommes censés rester assis et faire ce qu'on nous dit sans poser de question ?

— Bien sûr que non, s'écria Dakers pour la calmer. Nous voulons participer à l'examen des indices. C'est justement pour cela que nous avons demandé à nos amis du ministère de la Sécurité publique de nous accorder le privilège de suivre l'enquête de près – au moins jusqu'à ce que la participation de Yuan Tao soit établie, à la satisfaction de tout le monde.

Ayant cessé de s'adresser à Margaret, il s'était tourné vers le commissaire divisionnaire Hu.

— Je sais que l'ambassadeur des États-Unis a déjà abordé le sujet en haut lieu, ajouta-t-il.

Les joues du commissaire se colorèrent légèrement quand il croisa les mains devant lui sur son bureau. Margaret remarqua la blancheur de ses articulations. Visiblement, il n'appréciait pas du tout qu'on lui passe au-dessus de la tête.

— Je sais. J'ai parlé au ministre il y a moins d'une demi-heure. Votre ambassadeur a déjà été informé de sa décision d'accéder à votre requête.

Pour une fois, Margaret resta sans voix. Elle jeta un coup d'œil à Li. Impassible, il fixait le sol, à ses pieds.

Dehors, la lumière était aveuglante. Margaret hâta le pas pour rester à la hauteur de Li pendant qu'ils traversaient la cour du QG jusqu'aux arbres où était garée sa jeep.

— Vous étiez au courant, hein ? dit-elle.

— Quelle différence ? demanda-t-il sans tourner la tête. La décision ne vient pas de moi.

Il ouvrit la portière, côté conducteur, et jeta sa mallette à l'intérieur de la voiture.

— Oh, bien sûr. Dieu vous garde d'avoir besoin d'aide. Ou d'en demander si vous en aviez besoin.

Li tourna vers elle un visage blanc de rage. Elle ne pouvait pas voir ses yeux, cachés dans l'ombre de sa visière.

— Je n'aime pas voir mon enquête remise en question devant mon chef de section et le commissaire divisionnaire du Département des enquêtes criminelles.

— Ha ! fit Margaret en levant les mains au ciel. Évidemment. *Mianzi.* C'est ça, non ? La peur de perdre la face. Au diable les preuves, pourvu qu'on ne perde pas la face ! Hein ? Très chinois.

Malgré sa fureur, Li dit d'une voix relativement calme :

— Justement, le problème, c'est la preuve. La plus importante que nous ayons découverte ; et vous vous contentez de... la rejeter.

— Je ne rejette rien.

— Vous avez clairement déclaré que vous ne croyez pas Yuan Tao coupable des autres meurtres.

— Bien sûr que si, dit Margaret. Le journal nous fournit un mobile parfait. Il est évident qu'il les a tués.

Sidéré, Li ne réagit pas.

— Il avait à la fois le mobile et l'occasion. Le vin et la poussière bleue nous fournissent de formidables présomptions. Mais le problème, c'est que nous n'avons pas la plus petite miette de preuve le reliant à aucune des trois scènes de crime. Or on en a besoin.

— On ?

— Que cela vous plaise ou non, vous m'avez sur le dos jusqu'à ce qu'on ait conclu.

Le choix douteux de la métaphore la fit hésiter un moment, mais elle ajouta très vite :

— Donc, plus vite on trouvera la réponse, plus vite nous serons débarrassés l'un de l'autre.

— Et plus vite vous retrouverez votre archéologue.

Cela lui avait échappé. Il s'en voulut à mort.

— Oh. Voilà donc la raison de cette hostilité. Mes rapports avec Michael.

Li se mit aussitôt sur la défensive.

— Pourquoi vos rapports avec « Michael » me poseraient-ils un problème ? Vous avez bien dit qu'ils était strictement platoniques, non ?

— À quoi vous avez répondu avec élégance qu'on qualifiait toujours de platoniques les rapports précédant le moment où l'on couche ensemble, si je ne me trompe ?

Il tressaillit, comme quand elle l'avait giflé, après l'autopsie. Cette fois, ce n'était pas une gifle, c'était un couteau plongé en plein cœur. Elle le regretta aussitôt. Mais il était trop tard. Ils se dévisagèrent un moment dans un silence tendu, jusqu'à ce qu'elle ne puisse plus supporter son regard et détourne la tête.

— Dommage que l'empreinte trouvée sur la victime numéro 2 ne corresponde à rien, dit-elle pour changer de sujet.

Li s'efforça de se libérer de la douleur qui lui obscurcissait l'esprit pour se concentrer sur ce qu'elle venait de dire.

— Quoi ?

— Si votre système informatisé d'identification par empreintes digitales avait pu attribuer l'empreinte ensanglantée à Yuan, cela l'aurait au moins lié à une scène de crime.

La lumière revint avec le souvenir de l'empreinte ensanglantée sur le bord du bureau, dans le bureau de Bai Qiyu. Il l'avait complètement oubliée. Mais il ne comprenait pas la question de Margaret.

— Pourquoi aurait-il établi une correspondance alors que les empreintes de Yuan Tao n'ont pas été enregistrées dans le fichier ?

— Comment ? s'exclama Margaret, choquée. Vous n'enregistrez pas les empreintes des victimes ? Aux États-Unis, ça se fait couramment.

Dans d'autres circonstances, Li se serait rebiffé. Mais il réfléchissait à toute vitesse.

— Le système est récent, pas encore totalement opérationnel.

— Donc, personne n'a vérifié ?

Il secoua la tête.

— Vous ne croyez pas qu'il faudrait le faire ?

— Hé, ça fait plaisir de voir que vous ne perdez pas de temps.

Ils se retournèrent. Dakers, accompagné de Sophie, s'approchait d'eux. Plus loin, Chen montait dans une berline banalisée de la Section n° 1.

Dakers était tout sourire en s'adressant à Li :

— On revoyait les procédures. Je crois qu'on va s'entendre. Si vous avez besoin de quoi que ce soit, faites-le-nous savoir. Nous serons ravis de vous aider.

Li hocha la tête.

— On se voit plus tard, dit Dakers à Margaret en lui touchant le bras.

Il s'éloignait avec Sophie lorsque Li demanda :

— Est-ce que des gens de chez vous sont entrés dans l'appartement de Yuan, celui de l'ambassade, avant la police scientifique ?

Dakers se retourna.

— Bien sûr. J'y suis allé moi-même. Juste au cas où il y aurait eu un autre cadavre à l'intérieur, dit-il en souriant. Mais cela ne fit rire que lui.

— Personne d'autre ?

Intrigué, Dakers secoua la tête.

— Non. Juste moi. Excusez-moi, mais il y a quelque chose qui m'échappe ?

— Non, ce n'est rien, dit Li.

Puis, à la surprise générale, il demanda :

— Vous avez toujours porté la barbe ?

Interloqué, Dakers porta involontairement la main à son visage et lissa les poils de sa moustache.

— Oui. Toujours. J'ai commencé à me raser à l'âge de quinze ans. Mais comme ça m'irritait la peau, je l'ai laissée pousser. Dès que j'ai quitté l'école. Il y a quand même quelque chose qui m'échappe.

Li se força à sourire d'un air rassurant.

— Simple curiosité.

Mais il était en train de penser que les hommes qui ne se rasent pas n'utilisent pas d'after-shave. Ce n'était donc pas Dakers qui avait laissé cette odeur de parfum dans l'appartement de Yuan.

Dakers lui jeta un regard bizarre.

— OK. À plus.

Et il entraîna Sophie vers la limousine de l'ambassade au gros caractère *shi* inscrit en rouge et en relief sur la plaque d'immatriculation.

— Pourquoi lui avez-vous demandé ça ? demanda Margaret.

Elle l'observait attentivement. Li ne posait jamais de question sans raison. Il se contenta de hausser les épaules.

— Pour rien. Je vais faire enregistrer les empreintes de Yuan au fichier, dit-il en tendant la main vers la radio de la jeep.

Margaret le regarda parler rapidement en chinois dans le micro. Une étrange voix métallique lui répondit en crachouillant. Margaret eut envie de le toucher, de lui dire qu'elle regrettait. Non pas d'avoir couché avec Michael, mais de le lui avoir dit – ou tout du moins de le lui avoir laissé entendre, ce qui revenait au même. C'était cruel et injuste. Or elle savait qu'elle ne pouvait pas discuter de ça avec lui. Avouer sa souffrance revenait à perdre la face – une chose à laquelle il ne se résoudrait jamais. Li termina sa conversation par radio et se tourna vers elle :

— L'inspecteur Wu nous a devancés ; il a déjà demandé la vérification des empreintes.

— Eh bien votre équipe comporte au moins un élément à la hauteur.

Li ignora la pique.

— Mais le résultat ne nous servira probablement pas à grand-chose. On a retrouvé le marchand qui lui a vendu le sabre.

III

La jeep remonta lentement Xidamongchangjie, à l'est de Qianmen. La rue étroite était encombrée de piétons, de cyclistes, de marchands avec leurs charrettes, de livreurs de briquettes de charbon. Devant les petits restaurants s'étalaient tables, chaises et braseros fumants. Des femmes assises en groupes sur des petits tabourets préparaient des *jiaozi* tout en bavardant. Par une porte ouverte, Margaret vit un homme endormi sur un divan recouvert de plastique, les mains derrière la tête.

— Mais où va-t-on ? demanda-t-elle à Li.

— Dans la ville souterraine.

— Qu'est-ce que c'est ?

— Dans les années 1960, quand Mao a rompu avec Staline, il était sûr que les Russes allaient lâcher une bombe atomique sur Pékin. Il a demandé à la population de creuser des tunnels et des abris sous la ville. Pendant dix ans, les Pékinois ont occupé leurs loisirs à creuser des centaines de kilomètres de tunnels et des douzaines d'abris. Juste sous nos pieds, il y a une trentaine de kilomètres de couloirs qui partent dans toutes les directions. Mais heureusement que les Russes ne nous ont pas bombardés. Les tunnels ne sont pas assez profonds. Ils n'auraient servi à rien.

— Pourquoi « ville souterraine » ?

— Parce que les Chinois ont le sens pratique.

Li évita un garçon à vélo qui venait de déboucher d'une ruelle sans regarder et klaxonna.

— Autant se servir de cet espace souterrain puisqu'il était là. Alors, ils ont installé des boutiques, des entrepôts, et même un hôtel d'une centaine de lits. La vue n'est pas terrible, mais c'est pas cher, et calme.

Il klaxonna à nouveau, pour faire dégager cette fois une camionnette de livraison qui bloquait la rue.

— C'est là qu'est installé le marchand que nous allons voir.

Une file d'écoliers en pantalon bleu roi, chemise blanche et foulard rouge avançait vers eux.

— Hello ! Contents de vous voir ! crièrent-ils en anglais à Margaret quand ils la virent dans la jeep.

Elle leur répondit en agitant la main.

— C'est incroyable, le nombre d'enfants qui parlent anglais, s'étonna-t-elle. Pareil à Xian.

Elle regretta aussitôt d'avoir mentionné le nom de cette ville.

Li ne parut pas s'en émouvoir.

— Les enfants apprennent l'anglais à l'école. Dans toute la Chine. Bientôt, ils parleront trois langues. Leur dialecte local, le mandarin et l'anglais.

Ils s'arrêtèrent devant la façade en carrelage blanc d'un bâtiment au milieu duquel un passage menait à une école. À côté de ce bâtiment, se dressait une entrée poussiéreuse encadrée de piliers supportant un toit traditionnel couvert de tuiles vertes. Un panneau peint, à peine lisible à cause de la crasse, était accroché au-dessus de la porte.

— C'est là ? demanda Margaret en descendant de la jeep. C'est l'entrée de la ville souterraine ?

— L'une des entrées. Mon oncle m'a raconté qu'il y en avait près de quatre-vingt-dix, certaines dans des boutiques, d'autres chez des gens. Il y aurait tellement de tunnels et d'entrées que les autorités ne les connaissent pas tous.

En approchant, ils virent l'inspecteur Sang venir à leur rencontre. Il dit à Li quelque chose en chinois, à toute vitesse, puis se tourna poliment vers Margaret pour dire en anglais :

— Par ici, s'il vous plaît. Vous me suivez.

Ils pénétrèrent dans une pièce aux murs verts assez lépreux où un jeune homme lisait le journal ; il leva brièvement les yeux à leur passage. La présence d'étrangers dans cet endroit n'avait rien d'étonnant. Chaque jour des groupes venaient le visiter. De l'escalier conduisant aux tunnels montait une odeur humide et fétide. Margaret se sentit enveloppée d'une moiteur froide. Les couloirs voûtés, au plâtre taché de saleté et de moisissure, étaient éclairés par des néons. Elle aperçut au loin une carte éclairée du réseau des tunnels sous un panneau vert annonçant « BEIJING AIR RAIDSHELTER[1] ». Un groupe incongru de touristes scandinaves écoutait un guide chinois leur raconter d'un air absolument indifférent l'histoire du réseau.

Sang les dirigea vers la gauche, dans un tunnel dont les étais avaient été repeints en rouge vif, et les murs couverts de fresques. Un buste blanc de Mao Zedong, installé dans une niche à fond rouge, voisinait avec un autel bouddhiste. Des statues en marbre de femmes chevauchant des lions bordaient la dernière partie du tunnel qui aboutissait à un gigantesque bazar pour touristes où l'on pouvait trouver de tout, des bouddhas en jade aux faux vases Ming, en passant par les robes de chambre en soie et les peintures sur rouleaux. Les vendeuses levèrent des yeux pleins d'espoir sur le trio, mais s'en désintéressèrent très vite à la vue de l'uniforme de Li.

Ils s'engagèrent ensuite dans un tunnel sombre. Après la chaleur du magasin, Margaret frissonna en sentant à nouveau le froid l'envelopper. Ils

1. Abri anti-aérien de Pékin.

passèrent devant un panneau fléché indiquant, à la fois en chinois et en anglais, la direction de la gare. Enfin, Sang les fit entrer dans une longue boutique étroite exposant toutes sortes de copies d'antiquités dans des vitrines. C'était extraordinaire. De la rue, personne ne pouvait se douter de l'existence d'un tel endroit.

Un petit homme au visage rond et brillant s'avança vers eux. Li échangea quelques mots en chinois avec lui, puis se tourna vers Margaret :

— M. Ling parle anglais.

— Un peu, un peu, dit M. Ling à Margaret, avec un sourire épanoui. Pas beaucoup de pratique.

— Vous avez déclaré à l'inspecteur Sang que vous aviez vendu, il y a environ trois mois, une reproduction de sabre en bronze à un homme qui recherchait un type d'arme très particulier, dit Li.

— Oui. D'habitude, nous vendons sabre pour cérémonie, ou pour *wu shu*. Mais, lui, voulait vrai sabre en bronze, vraie arme. Bien sûr, je n'ai pas. Mais j'ai dit que je pouvais faire fabriquer pour lui. Évidemment, très très cher, et beaucoup de temps nécessaire.

— Lui avez-vous demandé pourquoi il voulait ce sabre ? demanda Margaret.

— Bien sûr. Il dit sabre pour exposition.

— Et il vous a donné les dimensions exactes ? demanda Li.

— Bien sûr. Je rappelle pas exactement. Mais Mao, à Xian, a le moule.

— Mao ?

— Mao Mingfu, de l'usine des productions

artistiques de Xian. Très très habile. Restaure chars de bronze trouvés avec armée de terre cuite.

— Vous connaissez, je crois ? fit Li à Margaret avec une pointe de sarcasme.

— Oui. Quelles dimensions ?

— Oh, la longueur de lame. Peut-être un mètre pour sabre. Peut-être un peu moins. Et poignée certaine longueur. Et poids, aussi.

M. Ling leva et baissa les mains comme s'il soupesait un sabre invisible.

— Il voulait sabre époque des Royaumes combattants. Mao Mingfu fait très beau travail. Demande seulement mille yuans. Très bon prix. J'ai fait petit bénéfice dessus. Hi hi.

Li sortit une photo de Yuan de sa poche de poitrine.

— C'est lui ?

M. Ling chaussa ses lunettes pour mieux voir.

— Oui, oui, c'est lui. Pas tous les jours quelqu'un demande sabre comme ça. Mais je me souviens cet homme pour deux autres raisons.

— Ah bon ? Lesquelles ? demanda Li en rangeant la photo.

— Lui, Chinois. OK. Avec accent de Pékin. OK. Mais ne se comporte pas comme Chinois. Je ne sais pas décrire. Mais il n'est pas comme autres Chinois.

— Et la deuxième raison ? demanda Margaret.

Le visage de M. Ling s'éclaira.

— Oh, oui. Recommandé par mon très bon ami, archéologue très célèbre. Américain. Michael Zimmerman.

Sang se tenait un peu à l'écart et faisait semblant de ne pas écouter, mais les passants tournaient la tête et un groupe d'enfants sortant de l'école resta bouche bée devant la *yangguizi* en colère contre un policier.

— C'est tout simplement ridicule, s'offusqua Margaret d'une voix aiguë. Comment pouvez-vous imaginer une seule seconde que Michael soit mêlé à cette affaire ?

— Je n'ai jamais dit ça, répliqua Li, avec un calme exaspérant. Il alla ouvrir la portière de la jeep, côté conducteur, Margaret jappant comme un chien derrière lui, et ajouta :

— Vous devez quand même reconnaître que le fait qu'il connaissait la victime est une coïncidence des plus étranges. Et non seulement il la connaissait, mais il lui a indiqué l'endroit où acheter un sabre qui, selon toute probabilité, est l'arme du crime.

— C'est peut-être une coïncidence. Mais elle n'a rien d'étrange. Yuan travaillait à l'ambassade. Michael y a passé beaucoup de temps ces derniers mois. C'est une petite communauté. Cela n'a rien de plus étrange que le fait qu'il connaissait le professeur d'archéologie de l'université de Pékin.

— Yue Shi ? dit Li en fronçant les sourcils. Zimmerman connaissait le professeur Yue ?

Margaret se serait donné des coups. Voilà qu'elle venait d'apporter de l'eau à son moulin.

— Eh bien, évidemment, rétorqua-t-elle. Il est archéologue. La Chine est sa spécialité. Yue Shi était le protégé de Hu Bo – l'archéologue sur qui

Michael fait son documentaire. Je sais d'ailleurs que la mort du professeur l'a beaucoup choqué. Ce n'est pas tous les jours qu'une de vos connaissances se fait couper la tête.

Li alluma une cigarette. Les yeux fixés sur le sol, il se mordillait l'intérieur de la joue tout en réfléchissant. Puis il regarda Margaret dans les yeux.

— Comment Zimmerman sait-il que le professeur Yue a été assassiné ?

Margaret plissa le front.

— Je ne comprends pas ?

— Et moi je ne comprends pas comment il a appris que le professeur avait été décapité ? Ce n'est pas le genre d'information que donne la presse. Très peu de gens sont au courant de la manière dont ces hommes ont été tués.

Margaret leva les mains au ciel.

— Comment voulez-vous que je le sache, bon Dieu ? Il connaît des gens à l'université.

Elle s'arrêta, se ressaisit en respirant à fond.

— Vous êtes content, hein ?

Il haussa les sourcils.

— Pas la peine de faire semblant de ne pas savoir de quoi je parle. Vous êtes jaloux, furieux, blessé, et voilà l'occasion rêvée de vous venger.

Impassible, Li tira longuement sur sa cigarette.

— Je ne vois pas de quoi je pourrais être jaloux. Mais même si c'était le cas, je ne suis pas assez stupide pour laisser mes sentiments personnels obscurcir mon jugement professionnel.

Il marqua une pause avant d'ajouter.

— À la différence de quelqu'un de ma connaissance.

Elle lui jeta un regard noir, chargé de rage. Ses arguments étaient irréfutables. Il avait marqué un point.

— Eh bien, pourquoi n'allez-vous pas plutôt poser toutes ces questions directement à monsieur Zimmerman ?

IV

Un gros pinceau serré dans un poing barbouillait de peinture rouge les deux caractères *Ding Ling ;* lorsque la caméra se recula, un jeune paysan apparut sur l'écran, son pot de peinture à la main, en train de descendre l'échelle appuyée sur l'énorme stèle. Très excité, Chuck s'ébouriffa les cheveux sans quitter le moniteur des yeux.

— Évidemment, on a recouvert la stèle de plastique transparent, dit-il comme si quelqu'un pouvait imaginer une seconde que la stèle avait été dégradée pour de bon.

Margaret regarda par la porte ouverte du camion et vit, au loin, le pavillon de la Stèle, la caméra et le cameraman perchés sur la nacelle d'une grue. La grue s'éloigna du pavillon, commença à redescendre lentement la caméra. Margaret se retourna vers l'écran : Michael descendait l'escalier du pavillon, en regardant droit devant lui.

— *Après avoir brisé le pont de pierre, ils dégradèrent la stèle qui se dressait en sentinelle sur les chambres funéraires impériales depuis des siècles. Puis les paysans rassemblés sur l'esplanade furent exhortés par les Gardes rouges à porter le coup le plus terrible de tous. À commettre un acte qui hanterait la jeune meneuse des Gardes rouges jusqu'à la fin de sa vie : nuit après nuit, l'empereur et les impératrices reviendraient dans ses rêves pour essayer de la tuer avec un sabre.*

La caméra s'immobilisa. Michael sortit du champ.

— Coupez ! cria Chuck dans son talkie-walkie. Super ! Il se tourna vers Li et Margaret.

— Quand on va reprendre ça, il y aura mille cinq cents figurants criant vengeance.

— Que s'est-il passé, en réalité ? demanda Li.

— Quoi ? On ne vous l'a pas appris à l'école ? dit Margaret. Quelle surprise ! La Révolution culturelle n'était pas au programme, je suppose.

— La Révolution culturelle a eu lieu *pendant* que j'étais à l'école.

— Ils ont écrasé les squelettes de l'empereur et des deux impératrices, s'empressa de répondre Chuck pour dissiper le malaise qu'il sentait s'installer.

Nerveux, il alluma une cigarette.

— Ils ont fait un grand feu de joie de tous les vestiges royaux, ajouta Margaret en regardant Li dans les yeux.

— Puis il s'est mis à pleuvoir, et tout a été noyé

dans la boue, continua Chuck. Perdu pour toujours.

Il soupira.

— Nous allons simuler la pluie, aujourd'hui ; pas vraiment le temps idéal pour ça, dit-il en indiquant d'un signe de tête le ciel d'un bleu limpide, dehors.

— Vous avez l'air d'en connaître un rayon, s'étonna Li. Pourtant, la Révolution culturelle n'était pas au programme de votre école.

— Michael m'en a parlé. Il en sait plus que la plupart des Chinois.

Li se hérissa.

La tension qui régnait dans le camion de contrôle rendait Chuck de plus en plus nerveux.

— Hé, écoutez, si vous voulez parler à Mike, je peux vous accorder vingt minutes, pendant qu'on installe les décors de la prochaine prise.

Li n'apprécia pas de voir Michael embrasser Margaret avant de lui tendre la main. Il se sentit rougir. Margaret, elle aussi, fut embarrassée par cette démonstration d'affection devant Li. Seul Michael ne semblait pas gêné. Li éprouva de nouveau cette vague impression de familiarité qui l'avait déjà étonné lorsqu'ils s'étaient rencontrés à la gare.

— Salut, dit Michael. C'est génial que vous soyez venus. Je ne pensais pas que tu allais pouvoir te dégager, Margaret.

Il avait l'air sincèrement heureux de les voir.

— Moi non plus, dit-elle.

Michael croisa son regard et demanda :

— Il y a quelque chose qui ne va pas ?

Il les regarda l'un après l'autre.

— Si nous marchions un peu, proposa Li.

Ils se dirigèrent tous les trois vers le mur incurvé, à l'ombre des épicéas, laissant derrière eux les bruits de l'équipe en train d'installer les décors de la prise suivante, et les cris des assistants rassemblant les figurants.

— Qu'est-ce qui se passe ? demanda Michael à Margaret.

Elle leva les mains.

— Je suis désolé, Michael. Je n'y suis pour rien.

Li lui jeta un coup d'œil irrité.

— Nous avons appris que vous connaissiez un certain Yuan Tao qui travaillait au bureau des visas de l'ambassade des États-Unis, ainsi que le professeur Yue Shi, du département d'archéologie de l'université de Pékin.

Margaret vit la peau de Michael foncer sous son bronzage. Il la regarda d'un air blessé et accusateur, comme un chien qui vient de recevoir un coup de pied du maître qu'il adore.

— C'est vrai. Je connaissais bien le professeur Yue. Beaucoup moins monsieur Yuan.

— Assez bien pour lui recommander l'endroit où il pouvait se procurer une copie de sabre antique.

— Seulement parce qu'il me l'avait demandé. C'est d'ailleurs la seule fois où j'ai été en contact avec lui. Quelqu'un de l'ambassade lui avait parlé de moi. Il m'a trouvé, et je lui ai indiqué un marchand de la ville souterraine. Mais il y a plusieurs mois de cela. Depuis, je ne l'ai pas revu.

— Vous ne savez donc pas s'il a trouvé le sabre qu'il cherchait ?

— Non.

— Mais vous savez que nous enquêtons sur son assassinat.

— Oui, dit-il en soupirant.

— Comment le savez-vous ?

Michael regarda à nouveau Margaret.

— Sophie me l'a dit.

— Et qui est Sophie ?

— Sophie Daum, dit Margaret. L'assistante de l'officier de sécurité régional, à l'ambassade. Vous l'avez rencontrée ce matin.

— Ah, oui.

Le talkie-walkie de Michael grésilla, une voix demanda :

— Michael, tu es là ?

Michael prit le talkie-walkie accroché à sa ceinture et le leva à hauteur de son visage.

— Oui, Dave.

— On t'attend au maquillage.

— OK. J'arrive.

Il le remit à sa ceinture.

— Il y a autre chose ?

— Oui, dit Li qui prit son temps avant de demander :

— Vous savez comment le professeur Yue a été tué ?

— Oui.

Michael paraissait amer maintenant ; il n'avait plus du tout envie d'en dire plus qu'on exigeait de lui.

— Eh bien, comment ?

— Il a été décapité.

— Comment le savez-vous ?

— Bon sang, fit Michael, exaspéré. Tout le monde sait ce qui lui est arrivé dans le département. L'endroit grouillait de flics l'autre jour. Ce n'est pas un secret.

Il marqua une pause, regarda Margaret, et ajouta :

— En plus, j'ai vu les photos.

— Quelles photos ? s'exclama Li, interloqué.

Margaret devint écarlate.

— Les photos que Margaret avait emmenées à Xian.

Li jeta à Margaret un regard de glace, et crispa les mâchoires.

— Pouvez-vous me dire où vous étiez et ce que vous faisiez le soir où Yuan Tao a été assassiné ?

— Oh, pour l'amour du ciel, Li... protesta Margaret, à bout de patience.

Mais Michael l'interrompit :

— Pourquoi ne demandez-vous pas à Margaret ?

Margaret en resta un moment sans voix, puis se souvint, avec soulagement :

— À la soirée donnée par l'ambassadeur dans sa résidence, dit-elle.

— Je me souviens que tu nous as quittés vers 10 heures, dit Michael. La soirée s'est poursuivie jusqu'à 11 heures et demie, puis nous sommes allés boire un verre dans un bar mexicain de Dongdaqiao Lu. On a dû en repartir vers 2 heures.

Franchement, inspecteur, vos questions me déplaisent.

Il se tourna vers Margaret :

— Et je suis très déçu que tu puisses penser que j'ai quelque chose à voir avec tout ça.

— Je ne le pense pas, dit simplement Margaret.

— Je crois que nous ferions mieux de partir, ajouta-t-elle à l'intention de Li.

Le talkie-walkie de Michael grésilla à nouveau.

— Michael ? fit la voix avec insistance.

— J'arrive.

Il leur adressa un petit signe de tête et les quitta.

Li et Margaret restèrent un long moment sans rien dire avant que Margaret ne se retourne finalement pour s'appuyer sur les créneaux et contempler d'un air sombre la vallée brûlée par le soleil.

— Vous lui avez laissé voir des photographies confidentielles ? demanda Li d'une voix froide.

Margaret ferma les yeux et serra les dents. Elle était dans son tort, elle le savait.

— Je n'en avais pas l'intention.

— Oh, je vois. Vous les lui avez montrées par hasard ?

— Justement, oui.

Elle pivota sur elle-même pour lui faire face.

J'étais en train d'étudier tous les indices dans ma chambre d'hôtel. J'avais tout étalé sur le lit. Vous vous souvenez peut-être que je vous ai téléphoné. Vous m'avez plus ou moins envoyée me faire foutre.

Li se souvenait parfaitement. Il avait passé des heures à le regretter par la suite.

— Michael est venu me chercher pour dîner. J'ai laissé tomber un dossier par terre. Il m'a aidée à le ramasser. C'est là qu'il a vu la photo. Et ça l'a pas mal secoué.

— Pas assez pour gâcher la soirée.

Margaret eut du mal à se retenir de le gifler à nouveau.

— Espèce de salaud. Vous pouvez toujours parler des sentiments personnels qui ne doivent pas interférer sur le jugement professionnel. Des conneries, oui. Vous m'avez laissé tomber comme une vieille chaussette. Et maintenant vous ne supportez pas de me voir avec quelqu'un d'autre ? Bravo, vous venez probablement de foutre en l'air ma relation avec Michael. Et pourquoi ? Pour confirmer ce que nous savions déjà. Qu'il n'est absolument pas impliqué dans cette affaire !

Furieuse, elle tourna les talons et s'éloigna à grands pas.

Li resta un moment sur place, ébranlé par sa virulence. Elle avait raison, bien sûr. Le lien entre Zimmerman et les crimes était des plus ténus. Il se demanda pourquoi il était venu le presser de questions sur Yuan et le professeur Yue. Était-il vraiment en train de laisser la jalousie obscurcir son jugement ?

Margaret avait déjà atteint l'esplanade où attendait la foule des figurants quand il la rattrapa. Il régla son pas sur le sien, et ils traversèrent ensemble le petit pont de pierre que les Gardes rouges avaient détruit trente-quatre ans plus tôt.

— Et maintenant ? demanda-t-il.

Au bout d'un long moment, elle finit par répondre :

— Je pense qu'il est temps d'aller parler à ceux qui avaient une bonne raison de vouloir tuer Yuan Tao.

— C'est-à-dire ?

Elle s'arrêta net. Emporté par son élan, il la dépassa, et se retourna.

— À votre avis ? dit-elle avec mépris.

Manifestement, elle n'avait pas l'intention d'en dire plus. Li se rendit compte qu'il n'avait pas vraiment pris ses idées au sérieux. La découverte du journal, la piste du marchand de sabres, le lien avec Zimmerman, tout cela avait détourné son attention du contenu du journal, de ses révélations qui désignaient Yuan comme l'assassin des trois autres. Qui avait un mobile pour tuer Yuan ? La réponse semblait évidente.

— Les autres membres de la Brigade de la-révolte-jusqu'au-bout.

— Bravo. Vous venez de gagner un week-end pour deux en Floride.

Et elle repartit à vive allure le long de l'allée pavée. Li pressa le pas derrière elle.

— Mais comment auraient-ils appris l'assassinat des trois autres ?

Margaret poussa un soupir exaspéré.

— Oh, pour l'amour du ciel, arrêtez avec vos informations secrètes. Nous savons aussi bien l'un que l'autre comment les nouvelles se répandent. Ne me dites pas qu'ils n'ont pas été avertis du massacre de leurs anciens copains Gardes rouges.

V

Consciente des regards curieux qui convergeaient vers elle, Margaret gardait les yeux fixés sur l'écran de l'ordinateur. La plupart des filles qui travaillaient là n'avaient probablement jamais vu une *yangguizi* d'aussi près. Et elle en offrait un exemple frappant, avec ses cheveux blonds ondulés, ses yeux d'un bleu étonnant, sa peau pâle parsemée de taches de rousseur. Il régnait dans la pièce un silence anormal rompu seulement par le cliquetis ténu des claviers et quelques petits rires étouffés.

Au dernier étage, Li tenait une réunion avec ses inspecteurs. La coopération ne semblait pas s'étendre à la présence de Margaret dans le saint des saints. Mais, étant donné qu'aucun des inspecteurs ne parlait l'anglais, elle n'avait pas insisté. Elle avait demandé, à la place, l'autorisation d'utiliser un ordinateur connecté sur Internet.

Depuis leur retour de Ding Ling, Li s'était montré froid et distant. Cependant, elle avait surpris une ébauche de sourire sur son visage quand, l'ayant emmenée dans la salle des ordinateurs, il avait demandé à une fille de lui laisser sa place. Elle en avait vite compris la raison : tous les menus déroulants étaient en chinois – une suite incompréhensible de caractères qui la laissèrent perplexe. Elle finit quand même par trouver l'icône d'Internet Explorer, cliqua dessus avec la souris, et vit apparaître une page d'accueil en chinois. Elle entra l'adresse du moteur de recherche altavista. com, et fut rapidement transportée dans un univers familier. Là, elle tapa *tameshi giri ;* en moins d'une minute apparut la liste des pages web concernant le sujet – plus de vingt mille.

Dépassée, Margaret secoua la tête ; il lui faudrait des heures pour les passer en revue. Elle réfléchit un moment, effaça *tameshi giri,* entra à la place *Yuan Tao,* puis appuya sur la touche « entrée ». Le résultat de sa recherche lui arriva sans tarder : cette fois, mille six cents pages web incluaient les termes *Yuan* et *Tao.* Sur les dix premières, il y avait quelques liens avec un endroit dénommé Tao Yuan, à Taiwan, plusieurs avec un poète de l'Antiquité, Tao Yuanming ; un seul correspondait exactement à sa recherche : *Yuan Tao.* C'était le site d'une revue consacrée à l'art du sabre dans les arts martiaux japonais.

— Ouais ! s'écria-t-elle à haute voix, passant en un clin d'œil du désespoir à l'allégresse.

Une demi-douzaine de têtes se tournèrent vers elle. Elle adressa un sourire gêné aux visages interrogateurs qui la fixaient, puis reporta aussitôt son attention sur l'écran. Elle cliqua sur le lien. Son ordinateur chargea le contenu de la *North California Review of Japanese Sword Arts.* Elle déroula les pages, passa les publicités pour les véritables sabres coupants japonais, le compte rendu d'une compétition tameshi giri à Kyoto en 1997, la liste des vainqueurs du 34e Kendo Taikai de Vancouver... Soudain, elle s'arrêta et remonta. Il était là. *Yuan Tao.* Deuxième exæquo dans la catégorie des quarante et un ans et plus. La liste se complétaient de courtes biographies des vainqueurs. Yuan Tao s'était inscrit en 1995 dans un club de Kendo de San Francisco affilié à la Pacific North West Kendo Federation, avant de changer pour un club de Washington DC. Il avait participé à plusieurs compétitions, et obtenu en peu de temps des résultats extraordinaires. À l'issue de l'une de ces compétitions, un juge l'avait décrit comme « le concurrent le plus déterminé » qu'il ait jamais vu.

Margaret se recula sur sa chaise en s'interrogeant sur les raisons de la détermination de Yuan. Son rôle d'exécuteur des Gardes rouges à l'origine de la mort prématurée de son père ? Quelles images voyait-il dans sa tête en pratiquant le tameshi giri sur des cibles de paille roulée ? La complexité de la préparation de sa vengeance contre les meurtriers de son père la surprenait – car c'était bien de cela qu'il s'agissait. Il l'avait planifiée froidement, méticuleusement, s'était entraîné à manier l'arme avec laquelle il les exécuterait jusqu'à la maîtriser parfaitement ; il avait changé de vie, entamé une nouvelle carrière qui lui permettait de revenir, incognito, dans son pays natal, et sa ville. Margaret avait toujours entendu dire que la vengeance était un plat qui se mangeait froid. Yuan Tao l'avait soigneusement congelée avant de lui faire traverser la moitié du globe, pour la servir glacée.

Mais on l'avait empêché d'aller jusqu'au bout de sa vengeance. Quelqu'un avait servi à Yuan Tao ce qu'il réservait aux autres. Quelqu'un au courant, dans les moindres détails, de la manière dont il avait procédé avec ses trois premières victimes. L'un des trois Gardes rouges qu'il n'avait pas eu le temps de tuer ? Certes, ils avaient un mobile. Mais comment pouvaient-ils connaître le *modus operandi* de Yuan Tao ? Elle avait été la première à lancer cette idée avec désinvolture, or elle se rendait maintenant compte que son hypothèse ne résisterait pas à un examen rigoureux.

— Vous avez terminé ?

La voix de Li la tira brusquement de sa rêverie. Elle se retourna et le vit debout sur le seuil de la porte.

— Presque, dit-elle, en lançant l'impression.

Elle traversa la pièce pour recueillir la demi-douzaine de pages de la *North California Review of Japanese Sword Arts* crachées par l'imprimante.

— Qu'est-ce que c'est ? demanda Li en la rejoignant.

— Le compte rendu d'une compétition de sabre japonais à Vancouver, il y a deux ans. Yuan Tao est arrivé deuxième de sa catégorie. Apparemment, il a commencé à s'entraîner à l'art du kendo peu de temps après avoir reçu le journal de sa mère. Il paraissait très doué.

Elle lui tendit les feuilles.

— Qu'il soit notre homme ne laisse plus guère de doute.

— Il n'y a plus aucun doute, dit Li. C'est lui qui a laissé l'empreinte ensanglantée sur le bureau de Bai Qiyu.

Margaret fit claquer sa langue.

— Eh bien voilà. Nous avons le mobile, l'occasion, un ensemble d'indices – la poussière bleue, le vin, la maîtrise du sabre – et maintenant la preuve qui le lie à l'une des scènes de crime. Assez pour être condamné par n'importe quelle cour.

— Sauf que quelqu'un nous a devancés et fait justice lui-même. Tenez.

Il lui remit une épaisse chemise ouverte, pleine de documents, et sortit de la pièce.

Elle le suivit en essayant de ne pas semer les pièces du dossier en chemin.

— Qu'est-ce que c'est ?

Li s'éloignait déjà à grands pas dans le couloir.

— Les dernières mises à jour pour votre rapport, lança-t-il par-dessus son épaule. Les retranscriptions de tous les interrogatoires des professeurs et anciens élèves de l'école de Yuan, une traduction du journal, les portraits des autres Gardes rouges...

— Vous ne pouviez pas les faire envoyer à l'ambassade ?

Li était déjà arrivé en haut de l'escalier quand il se retourna et lui dit avec une suffisance qui la révolta :

— Je voulais vous les remettre en mains propres afin qu'on ne puisse pas m'accuser de ne pas vous livrer toutes les informations en notre possession.

Il commença à descendre les marches.

— Où allez-vous ?

Un paquet de feuilles s'échappa de la chemise et vola dans le sillage de Li qui, sans se retourner, précisa :

— Nous.

Sa voix résonna dans la cage d'escalier.

— Quoi, *nous* ? s'écria Margaret, furieuse, tout en essayant de récupérer ce qu'elle avait laissé tomber.

— Où allons-*nous*.

Elle ramassa les derniers papiers et courut après lui.

— OK. Où allons-nous ?

Elle le rattrapa au pied de l'escalier, haletante, les bras croisés sur le dossier plaqué contre sa poitrine.

Il s'arrêta et fourra sur le dessus du dossier les pages qu'elle lui avait données.

— Voir Misère, dit-il.

— Quelle Misère ?

Il parut réfléchir un instant avant de la regarder dans les yeux :

— Autant vous le dire tout de suite, j'ai fait vérifier l'emploi du temps de Michael Zimmerman à l'heure des trois premiers meurtres.

— Vous êtes malade ! explosa Margaret.

— Le travail de la police chinoise exige de porter une attention méticuleuse aux détails, docteur Campbell.

Et avant qu'elle n'ait eu le temps de lui dire ce qu'elle pensait du travail de la police chinoise, il ajouta :

— Vous serez contente d'apprendre qu'il n'était même pas en Chine lorsque le premier meurtre a été commis.

Il sortit dans la lumière éblouissante de l'après-midi. Quand elle le rattrapa devant la jeep, elle s'était un peu calmée et raisonnée. Il était inutile de poursuivre sur ce sujet.

— Alors, qui est cette Misère ?

— L'une des Gardes rouges.

Il ouvrit la portière, côté conducteur, se glissa derrière le volant, pendant que Margaret se débattait avec le dossier qu'elle essayait de ne pas faire tomber en ouvrant sa portière.

— Ne m'aidez surtout pas, dit-elle en s'installant finalement sur son siège et en se débarrassant de la chemise qu'elle posa par terre, derrière elle. Cette Misère est un suspect potentiel ?

— Pas de danger.

— Pourquoi pas ?

— Elle est aveugle.

Chapitre 9

I

Misère vivait dans un *hutong*, au nord du parc Beihai. Li gara la jeep au bout d'une ruelle étroite qu'ils remontèrent à pied entre des murs de briques délabrés. De grosses portes en bois donnaient de chaque côté sur les cours autour desquelles vivaient jusqu'à quatre familles. Dans les entrées sombres, Margaret apercevait des bicyclettes, des plantes en pot, des seaux, des balais, tout le bric-à-brac accumulé par les habitants des *siheyuan*.

Devant eux, un groupe de touristes coiffés de stupides casquettes de baseball était agglutiné autour d'un guide chinois muni d'un drapeau rouge et d'un porte-voix. Sa voix monotone et métallique décrivait les caractéristiques des *siheyuan*.

— Le traditionnel toit de tuiles noires. Traditionnel toit de tuiles noires. Dans l'ancien temps, les tuiles noires pour les gens ordinaires, pour les gens ordinaires.

Utilisant son drapeau roulé comme une baguette, il montra une boîte brune fixée sur le mur, en haut et à droite de la porte d'entrée. Un épais câble noir en sortait.

— Autre caractéristique des *siheyuan*. Caractéristique des *siheyuan*. Le câble pour télévision.

Il gloussa.

— Câble pour télévision. Nous avons quinze chaînes câblées pénétrant dans les traditionnels *siheyuan*.

Lassés par leur guide, les touristes jetèrent des regards intrigués à Li et Margaret. Margaret entendit une Américaine murmurer à son compagnon :

— Mais pourquoi faut-il qu'il répète tout deux fois ?

Vingt mètres plus loin, juste après une petite échoppe vendant des cigarettes et des sodas, ils enjambèrent une barrière et descendirent quelques marches. Ils étaient arrivés dans la cour de Misère. Contre l'un des murs étaient empilées des briquettes de charbon rondes, sur une hauteur de deux mètres. Une vieille chaise cassée gisait sur les marches. Des plantes en pot fleurissaient un peu partout. Deux canaris chantaient dans une cage de bambou suspendue à l'ombre d'un arbre qui semblait avoir poussé entre deux dalles. Il régnait une atmosphère étrangement calme et paisible. Margaret vit quelques visages inquisiteurs apparaître aux fenêtres et aux portes, de l'autre côté de la cour. Li les aperçut aussi.

— Je cherche Misère l'aveugle, cria-t-il.

Une femme indiqua une porte ouverte, sur leur gauche.

— Par ici, dit Li à Margaret.

Ils pénétrèrent d'abord dans une petite cuisine en désordre équipée d'une plaque de cuisson à deux brûleurs, d'une hotte, d'un four à micro-ondes trônant sur un meuble en mélamine et d'un vieil évier en faïence surmonté d'un chauffe-eau.

Li s'apprêtait à frapper à la porte de l'appartement quand une voix de femme cria :

— Qui cherche Misère l'aveugle ?

— Police, dit Li.

Assise sur un petit canapé, devant une télévision encastrée dans des étagères, Misère tricotait. La pièce comprenait encore une petite table, sur laquelle étaient posés un cendrier, une bibliothèque et un ventilateur électrique. Une porte vitrée donnait sur une minuscule chambre à coucher, aussi nue qu'une cellule, avec son lit à une place. Tout était très bien rangé et méticuleusement propre. Il n'y avait rien sur les murs.

— Qui est la femme ? demanda Misère.

Rabougrie, Misère avait l'air d'avoir soixante-dix ans, dans son costume Mao bleu et ses pantoufles en velours noir, avec ses cheveux blancs tirés en chignon. Margaret réalisa soudain, avec un choc, qu'elle ne devait pas être plus âgée que les autres, cinquante et un ans. Ses lunettes rondes aux verres noirs lui donnaient un air sinistre.

— Comment savez-vous qu'il y a une femme avec moi ? demanda Li.

— Je la sens, répondit Misère en pinçant les

lèvres de dégoût. Elle met un parfum occidental bon marché.

— C'est une Américaine.

— Ha ! *Yangguizi !* cracha Misère.

— Je suppose que vous ne parlez pas anglais.

— Qu'est-ce que vous en savez ? rétorqua-t-elle dans un anglais parfait.

Margaret fut saisie par ce changement subit, du chinois à l'anglais, et de la haine que trahissait sa voix.

— Vous croyez que je suis stupide parce que je viens d'une famille pauvre, et que je n'ai pas réussi à l'école ?

— Non, dit Li calmement. Mais je sais que peu d'écoles enseignaient l'anglais dans les années 1960.

— J'ai appris l'anglais pour lire le braille. On ne trouve pas assez de choses en chinois pour nourrir un cerveau sans yeux.

Elle se tut un instant, puis demanda :

— Vous êtes venu pour les meurtres ?

— Oui.

Li sortit de la bibliothèque un livre qu'il se mit à feuilleter en faisant courir ses doigts sur les points en relief.

— Qu'est-ce que vous savez sur ces meurtres ?

— Ne touchez pas mes livres, s'il vous plaît. J'y tiens énormément.

Stupéfait, Li la regarda attentivement, doutant l'espace d'un instant qu'elle ne vît vraiment rien.

— Je vous entends, dit-elle comme si elle lisait dans ses pensées. Vous êtes peut-être policier, mais ça ne vous autorise pas à toucher à mes affaires. Qui est cette Américaine ?

— Je suis médecin légiste. Je participe à l'enquête.

— Depuis quand les Chinois ont-ils besoin des Américains ?

— Nous n'avons pas besoin d'eux, dit Li. L'une des victimes était américaine.

Misère fronça les sourcils.

— Qui ça ? On ne m'a parlé que de Macaque, Zéro et Goret. De quel Américain parlez-vous ?

— Un Chinois américain. Né ici. Vous êtes allée à l'école avec lui. Yuan Tao.

Le visage de Misère devint livide.

— Nom d'un chien ! Poulet !

Elle porta une main à sa bouche.

— C'est *lui* qui les a tués. On savait que c'était quelqu'un qui cherchait à nous avoir. Un par un. Mais, Poulet... Jamais je l'aurais cru capable de ça.

— Qui, nous ? demanda Li.

— Moineau et moi. Les seuls qui restent.

— Et Tortue ? Nous n'avons pas retrouvé sa trace.

— Il faut descendre en enfer pour le trouver. Il est mort depuis dix ans. L'idiot. Il est allé place Tiananmen le premier soir des troubles, voir ce qui se passait, et il s'est fait écraser par un char.

Soudain, une idée lui traversa l'esprit.

— Qui a tué Poulet ?

— Nous pensions que vous pourriez peut-être nous le dire.

— Moi ?

Misère éclata d'un rire triste, en retroussant les lèvres.

— Vous croyez que c'est l'un de nous.

Elle rit encore.

— Vous pensez peut-être que c'est moi qui l'ai tué.

— Et Moineau ?

— Moineau ? gloussa-t-elle, incapable de se retenir. Moineau ? Vous plaisantez ? Vous lui avez parlé ?

— Pas encore.

— Moineau est bien incapable de tuer qui que ce soit. C'est un pauvre vieux pitoyable, complètement inoffensif.

— Je croyais que c'était lui, le chef de la Brigade de la-révolte-jusqu'au-bout ? Celui qui a dirigé l'attaque contre les professeurs, qui a ordonné de détruire le portail de l'école ?

— Ça fait longtemps. Plus de trente ans. Il était fort et courageux à l'époque. Je ne jurais que par lui. Mais quand la faction Rouge-rouge-rouge a éclaté, ils se sont retournés contre lui. Ils l'ont battu, enfermé dans une pièce pendant deux ans, obligé à faire son autocritique, traîné dans les séances de lutte[1]. Ils ont tué tous ses oiseaux, et ensuite ils l'ont envoyé à la frontière de Mongolie pour construire des ouvrages de défense. Quand je l'ai rencontré, quelques années après, ce n'était plus le même homme.

---

1. Séances d'accusation au cours desquels les « criminels » subissaient la lecture de leurs crimes et les pires humiliations.

Elle eut un rire amer.

— Moi aussi j'avais changé. J'avais perdu mes yeux.

— Qu'est-ce qui vous est arrivé ? demanda Margaret.

Misère tourna la tête vers Margaret et renifla, comme pour l'évaluer.

— À l'école, on me prenait pour une idiote parce que je ne voyais pas bien. Je n'arrêtais pas de dire que j'avais mal à la tête. Ils croyaient que je faisais semblant. Je disais que j'avais un nuage devant les yeux, que je ne voyais plus le tableau noir.

Elle secoua la tête.

— Il a fallu que j'attende deux ans avant que mon père m'emmène à l'hôpital. Il a fallu que je tombe dans les pommes. On a appris que j'avais une tumeur, qu'elle était maligne et qu'il fallait m'enlever l'œil droit.

Encore ce rire amer, les lèvres retroussées sur des dents jaunes.

— On m'a enfin crue.

Elle ferma brusquement la bouche. Margaret vit sa lèvre inférieure trembler.

— La seule chose qui me tracassait, c'était que je serais moche avec un seul œil. Mais on m'a assuré qu'avec un œil de verre, personne ne verrait la différence.

— Vous faisiez toujours partie de la Brigade de la-révolte-jusqu'au-bout ? demanda Li.

— Non. Moineau avait été arrêté, on s'était séparés, partis chacun de notre côté.

— Qu'est-il arrivé à votre œil gauche ? demanda Margaret.

Misère ricana.

— Vous êtes médecin, non ?

— Ce n'est pas ma spécialité.

— Ha ! Les médecins ! Qu'est-ce qu'ils savent ?

Ses petites mains trituraient son tricot.

— Au bout de six mois, les migraines sont revenues. J'ai d'abord cru que c'était à cause de l'œil de verre, parce que ça me faisait moins mal quand je l'enlevais. Mais ça a empiré. Les médecins ont dit que j'avais une tumeur à l'autre œil. Il fallait l'enlever. Mais mon père ne les a pas laissés faire. Je n'avais même pas vingt ans. Qu'avais-je vu de mon pays, de la vie ?

Sa lèvre inférieure trembla à nouveau. Margaret pensa que si elle avait eu des yeux, des larmes en auraient jailli.

— Mon père était emballeur dans une usine. Ma mère était morte. Nous étions très pauvres. Mais il a emprunté de l'argent aux autres ouvriers. Six cents yuans. C'était beaucoup, à l'époque. Il a dit aux médecins d'attendre deux mois avant de prendre mon œil gauche. Il fallait d'abord que je voie mon pays. On a pris le train ; on est allé à Xian, à Chongqing, on a descendu le Yangzi jusqu'à Nanjing et Shanghai. De là, il m'a emmenée à Qingdao, sa ville natale, où j'étais née moi aussi. Il m'a fait grimper au sommet d'une colline qui dominait la ville, pour voir le soleil se lever sur la mer Jaune. Mais la mer n'était pas jaune, elle était rouge. Couleur sang. On aurait dit que Chongqing brûlait. Je ne l'oublierai jamais. Je le vois encore, dans ma tête.

Elle s'arrêta quelques minutes pour reprendre son souffle. Ses doigts se détendirent un peu.

— Au retour, dans le train, je voyais tout comme dans un brouillard. On m'a enlevé l'œil gauche et j'ai dû apprendre à « voir » autrement. Avec mes oreilles, mon nez, mes doigts. Quelquefois, il me semble que j'y vois mieux sans mes yeux.

Elle fit un geste vers l'autre côté de la pièce.

— C'est pour ça que j'ai la télévision. Je vois avec mes oreilles, je me représente des images dans ma tête. J'arrive, à partir d'une voix, à deviner l'expression du visage. Je n'ai plus besoin de mes yeux.

Ils restèrent assis, sans parler, pendant un long moment. Puis Li demanda :

— D'où vient votre surnom ?

— Misère ? À votre avis ? Mon père avait à peine de quoi m'acheter des vêtements. Ma mère était morte ; il ne savait pas coudre. Tous mes habits étaient usés, déchirés, mal rapiécés. Les autres gamins étaient pauvres, eux aussi. Mais ça ne se voyait pas. Ils m'ont appelée Misère pour se moquer de moi, et ça m'est resté. Toute ma vie. Seulement maintenant, je suis devenue Misère l'aveugle.

Li se gratta le menton d'un air pensif.

— Est-ce que vous avez déjà entendu ce surnom, Fouilleur ?

Elle fronça les sourcils.

— Fouilleur ? Non. Jamais. Qui est-ce ?

— Nous pensions que ça pouvait être Yuan Tao.

— Yuan Tao ? Non. On l'a toujours appelé Poulet, ou Poule mouillée.

Sa lèvre se retroussa en rictus.

— Je suis bien contente qu'on l'ait supprimé, celui-là. De quel droit mènerait-il une vie meilleure ? De quel droit se vengerait-il de nous ?

Ils entendirent une voix métallique familière bourdonner dans un mégaphone.

— Cour de *siheyuan* traditionnelle. *Siheyuan* traditionnelle. Dans l'ancien temps une seule famille vivait ici. Une seule famille. Maintenant, il y a quatre familles. Quatre familles.

Misère posa son tricot à côté d'elle et se leva avec raideur.

— Comment une aveugle peut-elle vivre aujourd'hui ? Ils amènent des touristes chez moi pour voir la curiosité, voir comment vit une pauvre vieille Chinoise aveugle. Je gagne plus d'argent que mon père à l'usine. Et, au moins, je n'ai pas besoin de les regarder.

Li et Margaret s'approchèrent de la porte.

— Vous le voyez souvent, Moineau ?

— Je n'ai pas vu Moineau depuis qu'on m'a enlevé mes yeux. Mais il vient souvent me rendre visite avec ses oiseaux qui chantent pour moi, bavardent, font un bruit merveilleux.

— Il est au courant pour Macaque, Zéro et Goret ?

— Bien sûr. Nous nous sommes demandé plusieurs fois qui, de nous deux, serait le suivant.

Le mégaphone arriva à la porte.

— Seulement six personnes à la fois, s'il vous plaît. Six à la fois. C'est une *siheyuan* traditionnelle. Très petite à l'intérieur. Très petite.

Le guide fusilla Li et Margaret du regard.

— Nous avons l'adresse de Moineau sur Dengshikou. Il y habite toujours ?

Elle hocha la tête.

— Mais vous ne le trouverez pas là-bas maintenant. Il a un stand au marché aux oiseaux de Guanyuan. C'est là qu'il passe sa vie. Comme avant. Avec ses oiseaux.

Lorsque Li et Margaret sortirent, le groupe de touriste se pressait dans la cour, excité à l'idée de violer l'intimité d'une vieille dame.

II

Li se glissa lentement dans le flot des voitures. Penché sur le volant, il regardait droit devant lui d'un air sombre. Bientôt, Pékin serait bloqué en permanence par les embouteillages, et les vélos redeviendraient à la mode.

— Vous pourriez m'en dire un peu plus sur ce surnom ?

La voix de Margaret le tira de ses pensées ; il sentit comme un reproche dans sa voix.

— Vous lirez tout ça dans les déclarations que nous avons enregistrées à l'école.

Et il ajouta intentionnellement :

— Pendant que vous étiez à Xian.

Il l'entendit soupirer.

— Je les lirai quand je pourrai, répliqua-t-elle sur un ton acerbe. Peut-être l'année prochaine, ou dans deux ans. Pour l'instant, on gagnerait peut-être du temps si vous m'en parliez.

Il haussa les épaules.

— Comme l'a dit Misère, le surnom de Yuan était Poulet et non Fouilleur.

— Et tous ceux qui étaient à l'école avec lui le savaient ?

Il hocha la tête.

— Ce qui démolit votre théorie selon laquelle son assassin serait l'un des derniers Gardes rouges.

Il tourna la tête ; mais, les sourcils froncés, Margaret semblait plongée dans ses réflexions.

— Ça semble de moins en moins probable de toute façon, dit-elle. L'un est mort, l'autre aveugle. Il ne reste que Moineau. Et il connaissait le surnom de Yuan. À moins que...

— Que quoi ?

— À moins qu'il ait délibérément utilisé un autre nom pour embrouiller la police.

— Je ne crois pas.

— Pourquoi pas ?

— Il faut être malin pour y penser. Or d'après ce que nous savons de Moineau, son QI ne s'envole pas vers les sommets.

— Pourquoi on va le voir, alors ?

Puis, sans attendre sa réponse, elle ajouta :

— Non, ne me dites rien, je sais. « Parce que le

travail de la police chinoise exige de porter une attention méticuleuse aux détails. »

Elle soupira à nouveau, en regardant la file de voitures devant eux. La circulation était bloquée.

— Le travail de la police chinoise exige aussi une grande patience. Parce que, rien que pour se rendre d'un endroit à un autre, il faut un sacré putain de temps.

La patience de Li était à bout. Il baissa sa vitre, colla un gyrophare rouge sur le toit, mit la sirène en marche, et coupa la ligne blanche pour aller se garer dans une rue adjacente.

— Venez. On continue à pied.

Une centaine de mètres plus loin, la rue était noire de gens achetant des poissons tropicaux à des marchands installés sur les trottoirs. Des bocaux renfermant des créatures marines exotiques étaient empilés un peu partout, entre des bacs en plastique contenant des tortues d'eau douce et d'eau de mer. Une vieille dame vendait des poissons rouges dans des sacs en plastique, remplis d'eau, suspendus aux poignées de sa bicyclette. Margaret n'avait jamais vu autant de poissons. Le *feng shui* était de nouveau à la mode. Les poissons en faisaient partie. Les affaires marchaient bien.

Ils tournèrent vers l'ouest, laissèrent le marché aux poissons derrière eux, passèrent devant un chantier de démolition entouré de hautes palissades, puis, arrivés à la station de métro Chegongzhuang, obliquèrent vers le sud. Ils aperçurent les premiers groupes de vieillards rassemblés autour de leurs cages à oiseaux dans Xizhimennan Jie. Des centaines de bicyclettes étaient garées sur le trottoir, de chaque côté de l'entrée du marché. Le bruit des dizaines de milliers d'oiseaux couvrait celui du Deuxième périphérique voisin.

Li et Margaret passèrent sous une bannière rouge et pénétrèrent dans une cour couverte où s'empilaient des milliers de cages remplies des oiseaux aux couleurs les plus extraordinaires. Rouge, vert, jaune, noir semé d'éclats jaunes. Des hommes de tous âges marchandaient bruyamment avec les vendeurs loquaces qui proposaient aussi des chatons, des hamsters, et des grillons emprisonnés dans de minuscules cages en bambou. Un homme chauve en chemise bleue et gilet gris se tenait derrière un comptoir chargé de centaines de tabacs différents, noir, jaune, vert. Des bouquets de feuilles sèches pendaient au mur, derrière lui, entre des râteliers de pipes en bois aux longs tuyaux incurvés. Margaret n'en revenait pas.

Li s'arrêta devant un stand d'antiquités coincé entre deux rangées de cages suspendues et dut presque crier pour demander à une vieille femme où se trouvait Moineau. Elle montra du doigt un stand, au bout de l'allée.

— Vous ne le trouverez pas là maintenant, dit-elle. Seulement le matin. À cette heure-ci, il est au parc du Bambou pourpre.

Il leur fallut une autre demi-heure pour atteindre le parc du Bambou pourpre. Margaret reconnut l'entrée du parc, avec ses toits de bambous superposés, ses topiaires en forme d'éléphants et ses mannequins européens incongrus, debout au milieu d'une profusion de fleurs. Elle était souvent passée devant quand elle se rendait, à vélo, à l'université de la Sécurité publique, au début de son séjour à Pékin.

Li discuta avec l'employée qui contrôlait les tickets à la porte ; elle connaissait bien Moineau. Il venait tous les jours. Normalement, les vélos étaient interdits dans le parc, mais comme son triporteur lui servait à transporter toutes ses cages à oiseaux, empilées et attachées les unes aux autres, et que les oiseaux étaient ses seuls compagnons, elle le laissait entrer ; il se rendait invariablement à l'est du lac, dans un pavillon où il pratiquait le *wu shu*.

Li et Margaret firent le chemin en silence, dans l'ombre verte de ce début de soirée, à travers les épais bosquets de bambous auxquels le parc devait son nom. Au-delà des saules pleureurs, à l'extrémité du lac, le ciel se teintait de rose. Ils quittèrent l'allée principale pour suivre un étroit sentier qui s'enfonçait sous les pins et aboutissait à un pavillon ouvert donnant sur un bassin saumâtre. Une douzaine de cages pleines d'oiseaux gazouillant ou chantant étaient accrochées au toit de bambou soutenu par de puissants piliers laqués rouges. En dessous, un homme en pyjama noir et chaussons de toile brandissait un sabre avec lequel il exécutait des enchaînements de figures. Il était grand, émacié, avec de fins cheveux noirs et une barbe en pointe.

Li et Margaret s'arrêtèrent un instant pour observer l'homme qui ne les avait pas vus. Les oiseaux trahirent leur présence en criant de plus en plus fort. L'homme interrompit le mouvement qu'il était en train d'effectuer et leur jeta un coup d'œil. Il parut soudain sur le qui-vive ; Margaret perçut la peur dans ses yeux. Puis il sembla se détendre un peu à la vue de l'uniforme de Li ; mais tout le sang-froid et l'assurance qu'il dégageait un peu plus tôt avaient disparu.

Li montra sa carte de la Sécurité publique.

— Police, dit-il. Vous parlez anglais ?

Moineau secoua la tête.

— Vous savez pourquoi je suis ici ?

Moineau secoua à nouveau la tête. Li lui retira le sabre des mains et l'examina. C'était une arme légère, bon marché.

— Vous avez l'air de bien savoir le manier. Vous vous entraînez beaucoup ?

Moineau hocha la tête.

— Tous les jours. Ça me détend.

— Pourriez-vous me donner votre nom complet ?

— Ge Yan. Mais personne ne m'appelle comme ça.

— Qu'est-ce que vous savez sur ce qui est arrivé à Macaque, Zéro et Goret ?

Moineau devint livide ; il s'assit sur le banc étroit, entre les piliers.

— Il ne parle pas anglais, j'imagine ? s'impatienta Margaret.

— Je ne crois pas. Dommage que vous ne parliez pas chinois. Vexée, elle se recula pour les observer de loin. Moineau lui jeta un coup d'œil inquiet.

— Ne vous occupez pas d'elle. Répondez à ma question.

— Ils ont été assassinés, murmura-t-il, comme s'il avait peur de parler fort.

— Savez-vous par qui ?

Il secoua la tête.

— Mais nous sommes les prochains.

— Qui, nous ?

— Moi et Misère.

— Comment le savez-vous ?

— Misère a dit que quelqu'un essayait de nous tuer tous. Tous ceux qui appartenaient à la Brigade de la-révolte-jusqu'au-bout.

— Et pourquoi quelqu'un voudrait-il vous tuer ?

— Je ne sais pas.

Li réfléchit un moment. Il tenait toujours le sabre de Moineau. Il le lui lança.

— Tenez.

Moineau l'attrapa adroitement de la main gauche. Li regarda Margaret. Elle n'avait rien manqué.

— Gaucher, dit Li.

— Et alors ? fit Moineau.

— Rien.

Li alluma une cigarette et contempla la fumée

bleue s'enrouler dans l'air calme du soir. La lumière commençait à baisser.

— Qu'est-ce qu'il vous a raconté ? demanda Margaret.

— La même chose que Misère. Il était au courant des meurtres et pensait qu'ils étaient les suivants.

— Il sait pour Yuan Tao ?

— Je ne le lui ai pas encore demandé.

Moineau semblait perturbé par cet échange en anglais.

— Qu'est-ce que vous dites ? demanda-t-il d'une voix tendue.

— Nous parlions d'un de vos vieux copains de classe, Yuan Tao.

Les yeux de Moineau s'élargirent.

— Poulet ?

— Nous l'avons retrouvé, mort, dans un appartement des quartiers est de la ville. Assassiné comme les autres.

Moineau les regarda un moment sans rien dire, puis, contre toute attente, son regard se brouilla et de grosses larmes roulèrent sur ses joues. Li fut sidéré par sa réaction. Margaret se rapprocha.

— Qu'est-ce que vous lui avez dit ?

— Je lui ai simplement parlé de Yuan.

Moineau mit sa main devant sa bouche pour étouffer ses sanglots. Il respirait par saccades. Puis il poussa un profond gémissement, animal, et les larmes inondèrent son visage.

— Je suis désolé, dit-il en levant vers Li un regard désespéré. Je regrette tellement.

— C'est vous qui l'avez tué ?

Moineau secoua la tête, reprit sa respiration et dit :

— Non. Je ne l'ai pas tué. Mais on lui a volé sa vie il y a des années. Pendant la Révolution culturelle.

Une série de sanglots lui déchira la poitrine.

— Quand on a tué son père. Dans la cour de l'école, avec sa mère qui regardait.

Ses yeux réclamaient désespérément une compréhension qui, il le savait, lui serait refusée.

— On voulait pas. On n'était que des gamins.

Il s'effondra à nouveau et se prit la tête dans les mains, pleurant comme un enfant. Li et Margaret attendirent en silence que ses sanglots se calment. Il y avait quelque chose de légèrement choquant à voir cet adulte pleurer sans retenue.

Il finit par se reprendre.

— Je passe ma vie à regretter ce que nous avons fait. La Chine était devenue folle, on était tous contaminés. Maintenant, la Chinc a guéri, mais on ne peut pas rendre les vies qu'on a volées, ni supprimer la douleur des blessures qui ne guériront jamais.

Il s'essuya la figure avec les paumes de ses mains.

— Ça m'a rendu malade, nerveusement. Je ne peux pas travailler, sauf avec mes oiseaux.

Il leva les yeux vers ses oiseaux bien-aimés qui chantaient dans leur cage.

— Ils n'ont pas de passé, pas d'avenir. Ils ne

savent rien de ma faute. Ils ne me jugent pas. Il n'y a qu'avec eux que je me sens libre.

Puis, il ajouta :

— Pauvre Poulet.

— Les poulets ne sont pas forcément innocents.

— Que voulez-vous dire ?

— C'est Poulet qui a assassiné les autres. Pour venger la mort de son père. Misère et vous étiez certainement les suivants sur la liste.

— Vous croyez *toujours* que c'est moi qui l'ai tué ?

— Tuer ou être tué.

Moineau secoua la tête.

— Je ne savais même pas que c'était lui. Et même si je l'avais su, je n'aurais pas pu lui voler sa vie une deuxième fois.

Il se passa la main dans les cheveux, de désespoir.

— J'aurais préféré être le premier sur la liste. Comme ça, je n'aurais pas eu à vivre plus longtemps avec ma culpabilité.

— Où étiez-vous lundi soir ?

Moineau lui jeta un regard paniqué.

— Je ne sais pas. Lundi ? Chez moi, peut-être.

— Vous vivez seul ?

— Oui.

— Il n'y a donc personne pour le confirmer ?

Moineau devenait de plus en plus nerveux.

— Non. Si. La fille de l'ascenseur. Elle a dû me voir rentrer.

— À quelle heure ?

— Je ne sais pas... Vers 7 heures, peut-être.

— Et quand la fille termine-t-elle son service ?

— Dix heures, en général.

— Donc, si vous êtes ressorti après 10 heures, personne ne le saurait.

— Je ne suis pas ressorti après 10 heures ! protesta Moineau d'une voix stridente.

— Que se passe-t-il ? demanda Margaret.

— Il n'a pas d'alibi pour lundi soir.

— Attendez une minute ! s'écria Moineau, l'œil soudain brillant. Lundi soir. Lundi soir. Lundi soir, j'ai joué aux échecs, en bas, sur le mur, à Xidan, avec mon ami Lune. En général, on joue le mardi, mais il avait quelque chose à faire, alors on a joué lundi, à la place. On est resté assis à jouer et à fumer jusqu'à minuit environ. Après, je suis allé boire une bière chez lui avant de rentrer à la maison.

— Il le confirmera si nous le lui demandons ?

Li se sentait déçu. Moineau avait beau être pathétique, cela n'effaçait pas les horreurs qu'il avait commises. Au fond, il aurait bien aimé que ce soit lui le coupable.

— Le vieux Lune s'en souviendra, j'en suis sûr.

Puis, son excitation retomba et il fixa d'un air abattu le sol pavé du pavillon.

— Pauvre Poulet.

III

Il faisait nuit quand ils remontèrent l'avenue Changan. Devant eux brillaient, à travers la brume, les illuminations de la place Tiananmen. Une longue ligne de feux rouges serpentait au loin. Li et Margaret n'avaient pas échangé une parole depuis qu'ils avaient quitté le parc. Il lui avait juste demandé où elle voulait aller, et elle avait répondu qu'elle souhaitait rentrer à son hôtel. Puis ils s'étaient tus.

Brusquement, Margaret demanda :

— À votre avis, qu'est-ce que Yuan Tao cachait sous le plancher de son appartement ?

Surpris qu'elle pense encore à l'enquête, Li répondit :

— Le sabre, je pense. Ce n'est pas le genre de choses qu'il devait avoir envie de trimballer dans l'enceinte de l'ambassade.

Margaret retomba dans son silence. Elle avait posé cette question, mais l'enquête ne l'intéressait plus. En passant devant la place Tiananmen, elle pensa à Michael. Elle voulait le retrouver, lui dire combien elle était désolée. Essayer de le persuader que ce n'était pas elle qui avait eu l'idée de l'interroger sur ses relations avec les victimes, sur son emploi du temps le soir de la mort de Yuan. Elle essaya d'analyser ce qu'elle avait éprouvé en apprenant que c'était Michael qui avait recommandé le marchand de la ville souterraine à Yuan Tao. Un choc. Et de la peur aussi. Pourquoi avait-elle eu peur ? Elle ne pouvait pas imaginer, même dans ses rêves les plus fous, que Michael soit mêlé de près ou de loin à ces meurtres. Et pourtant, Li y avait pensé – ou alors, il avait voulu *qu'elle* y pense. Il avait sauté sur le fait que Michael connaissait le professeur Yue. Elle savait que c'était par jalousie ; néanmoins elle avait été soulagée de se souvenir que le soir du meurtre de Yuan, elle était avec lui à la résidence de l'ambassadeur. Il ne pouvait pas être mêlé à ça.

Elle revit son regard blessé quand il avait compris la raison de leur venue sur le site des tombeaux Ming ; elle en était malade. Elle avait l'impression de l'avoir trahi.

Li lui jeta un coup d'œil en biais. Mais elle semblait préoccupée. Loin de lui. Il se sentit soudain très déprimé. Il se retrouvait dans une impasse où il ne pouvait ni la posséder ni lui échapper. Comme si elle était morte et que son corps revienne le hanter. Ce spectre l'accompagnait partout, jetait une ombre opaque sur le souvenir des jours où ils avaient été heureux ensemble.

Il fut tiré de sa rêverie par un signal radio. La voix d'un opérateur de la Section n° 1 grésilla. Margaret entendit Li s'emporter, puis se radoucir. Il raccrocha sans rien dire, mais elle devina sa tension à la façon dont il crispait les mains sur le volant.

— Mauvaises nouvelles ? finit-elle par demander.

Il hésita un moment avant de décider si cela valait la peine ou non de la mettre au courant.

— Vous avez rencontré ma sœur l'autre soir. Au Sanwei.

Elle hocha la tête.

— Vous vous souvenez, je vous avais dit qu'elle était enceinte ?

Elle hocha à nouveau la tête. Il lui raconta alors qu'elle avait abandonné Xinxin pour partir accoucher dans le Sud, chez une amie, et que le père de la petite fille ne voulait plus en entendre parler.

— Bon sang ! s'exclama Margaret. Et comment vous débrouillez-vous ?

— Je n'y arrive pas, soupira-t-il. Vous vous souvenez de Mei Yuan ? La marchande de *jian bing* ?

— Bien sûr.

— Elle devait garder Xinxin pendant quelques jours, jusqu'à ce que je trouve un arrangement. Cet après-midi, elle a téléphoné au bureau pour dire que le mari de sa cousine devait être hospitalisé pour une opération.

— Et alors ? demanda Margaret, perplexe.

— C'est sa cousine qui fait les *jian bing* pendant qu'elle s'occupe de Xinxin. Mais si le mari est à l'hôpital, elle va devoir lui apporter ses repas, et ne pourra plus faire de *jian bing*.

— L'hôpital ne nourrit pas ses patients ? s'étonna Margaret.

— En Chine, les gens préfèrent la cuisine familiale à celle de l'hôpital. Donc, demain, Mei Yuan va devoir retourner vendre ses *jian bing* parce qu'elle a besoin d'argent pour vivre. Ce qui veut dire qu'elle ne pourra pas garder Xinxin. Je vous dépose à l'hôtel, et je vais chercher ma nièce pour la ramener chez moi.

L'énorme néon rouge du CITIC brillait dans la brume au-dessus des feux des voitures.

— J'aimerais bien la rencontrer, dit soudain Margaret.

Elle ne savait pas très bien pourquoi elle avait dit ça, mais l'idée que Li avait une nièce dont il était responsable le rendait plus humain, plus vulnérable. Elle retrouvait un peu l'homme qu'elle avait connu. Le jour où elle avait rencontré son oncle Yifu dans le parc du Lac de jade, il lui était apparu pour la première fois sous un jour différent : le policier chinois revêche, xénophobe avait cédé la place à un homme émotif, sensible aux sentiments des autres.

— Pourquoi ? demanda-t-il en fronçant les sourcils.

Elle se contenta de hausser les épaules.

Sans ajouter un mot, il fit demi-tour au premier carrefour, et retourna vers l'est, puis vers les lacs du nord et du *hutong* de Mei Yuan.

Yingdingqiao, ou pont du Lingot d'argent, était un petit pont de marbre enjambant l'étroit canal reliant les deux lacs, Houhai, au nord, et Qianhai, au sud. Les lumières d'une supérette installée dans un élégant bâtiment traditionnel se reflétaient sur l'eau. Li traversa lentement sur le pont. De la rive sud de Qianhai, ils virent le vieux restaurant Kaorouji, le favori des princes mandchous au XIXe siècle, qui servait du ragoût de mouton rôti et autres délicieux plats musulmans. Ses lumières scintillaient au bord de l'eau derrière les saules pleureurs.

Un jardinet – une bande d'herbe et de petits arbres, séparé de la rue par une clôture basse – bordait la *siheyuan* de Mei Yuan. Assises à une table, Mei Yuan et Xinxin préparaient des *jiaozi*. Mei Yuan fut ravie de voir Margaret qu'elle serra dans ses bras. C'était une démonstration d'affection très peu chinoise. Rayonnante de joie, elle les invita à s'asseoir et se répandit en excuses auprès de Li. Le mari de sa cousine ne resterait que deux jours à l'hôpital, elle pourrait donc reprendre Xinxin dès le dimanche puisqu'elle ne travaillait pas ce jour-là. Elle se tut, le temps de reprendre sa respiration, et tous remarquèrent alors Xinxin, muette d'étonnement, bouche bée devant Margaret. Si ce n'était pas la première fois qu'elle voyait une étrangère, c'était la première fois qu'elle en rencontrait une en chair et en os.

— Xinxin, voici Margaret. Elle est américaine.

Il n'était pas sûr qu'elle sache ce que cela voulait dire. Sa ville natale, Zigong, dans la province du Sichuan, se trouvait vraiment au cœur de la Chine rurale. Peu d'étrangers, sinon aucun, s'y aventuraient. Médusée, incapable de quitter Margaret des yeux, elle ne réagit pas.

— Bonjour, Xinxin, dit Margaret en lui tendant la main. Je suis très contente de te rencontrer.

Les yeux de la petite fille s'écarquillèrent encore. Elle recula devant la main tendue et jeta un regard apeuré à son oncle.

— Je ne comprends pas ce qu'elle dit. C'est du chinois ? Comme celui que tu parles quelquefois avec Mei Yuan ?

— Non, Xinxin, dit Mei Yuan. C'est une autre langue. Elle utilise des mots différents des nôtres pour décrire les choses. Il y a des Chinois qui apprennent ces mots. Et il y a des étrangers qui apprennent les nôtres.

— Qu'est-ce que ça veut dire « américaine » ?

— Le nom de ton pays, c'est la Chine, expliqua Mei Yuan. Tu es une Chinoise. Une Américaine est une personne qui vient d'un pays qui s'appelle l'Amérique.

Se sentant exclue de la conversation, Margaret demanda :

— Que se passe-t-il ?

— Mei Yuan donne une leçon de géographie et de linguistique à Xinxin.

— Je peux toucher ses cheveux ? demanda Xinxin.

Li regarda Margaret.

— Elle voudrait toucher vos cheveux.

— Bien sûr.

Elle se rappela brusquement qu'on lui avait demandé la même chose lorsqu'elle était allée dans le quartier musulman de Xian avec Michael.

Xinxin tendit une main timide vers les boucles dorées de Margaret et son visage s'éclaira d'un grand sourire désarmant.

— C'est doux ! Ils sont vrais ?

— Bien sûr qu'ils sont vrais, dit Li.

— Est-ce que... comment elle s'appelle, déjà ?

— Margaret.

— Est-ce que Mar-ga-ret peut nous aider à faire des *jiaozi* ?

— On ne peut pas rester longtemps, Xinxin. Il faut retourner à la maison.

— Oh, s'il te plaît...

— Elle veut que vous l'aidiez à faire des *jiaozi*, dit Li à Margaret.

— Avec plaisir, dit Margaret en souriant.

Ils passèrent une vingtaine de minutes à boire du thé vert tout en roulant des petites crêpes rondes. Xinxin montra à Margaret comment verser un peu de farce au centre, replier la pâte et la pincer sur les bords, pour lui donner l'allure d'un coquillage. Le secret de la réussite consistait à ramener la farce au centre du ravioli par une pression simultanée des pouces et des index. Margaret massacra les premiers et répandit toute la farce sur la table, à la grande joie de Xinxin. Son rire était tellement contagieux que les trois adultes ne purent s'empêcher de rire eux aussi.

Oubliant que Margaret ne comprenait pas un mot de chinois, Xinxin la grondait, lui expliquait comment elle devait procéder. Margaret finit par en produire quelques-uns qui, loin d'être parfaits, étaient passables.

Satisfaite, Xinxin compta les *jiaozi* qu'ils avaient faits en faisant compter Margaret avec elle. Mei Yuan les aida ; très vite, Margaret découvrit qu'il suffisait d'apprendre à compter jusqu'à dix pour composer presque tous les nombres. Dix-cinq pour quinze, cinq-dix pour cinquante, cinq-dix-neuf pour cinquante neuf. Comme ils n'avaient fait que cinquante-neuf jiaozi, elle n'apprit pas à dire cent.

— Vous allez rester pour les manger avec nous, dit Mei Yuan. Ça cuit en dix minutes.

Gêné, Li se hâta de dire :

— Une autre fois, Mei Yuan. Il faut que je ramène Xinxin à la maison. Et je ne veux pas retenir Margaret plus longtemps.

— Mar-ga-ret vient aussi ?

— Hé non, ma chérie. Nous allons la déposer à son hôtel, en passant.

Le visage de Xinxin s'assombrit, sa bouche dessina une moue boudeuse.

— J'irai pas sans Mar-ga-ret.

Li soupira.

— Qu'y a-t-il ? demanda Margaret.

— Le syndrome du petit empereur, dit Li. Elle ne veut pas s'en aller sans vous.

— D'accord, je rentre avec vous, dit-elle.

Leurs yeux se croisèrent un instant. Embarrassée, elle rougit. Li aussi.

Xinxin retrouva sa bonne humeur dès qu'elle apprit la nouvelle. Mei Yuan réunit ses affaires, et les rangea dans un sac avec les livres qu'elle lui avait apportés l'autre soir.

— Un livre est un jardin qu'on emporte dans sa poche, dit Xinxin à Li.

Surpris, Li regarda Mei Yuan qui lui expliqua, en souriant :

— Je lui ai appris quelques vieux proverbes chinois. Tu vas probablement en entendre d'autres.

— Tiens, ça me rappelle que j'ai trouvé la solution à ta devinette.

— Vraiment ?

— Tu m'as délibérément induit en erreur. Tu as semé dans ma tête des chiffres qui n'ont aucun sens.

— Quelle était cette devinette ? demanda Margaret.

Mei Yuan la lui dit.

— C'est facile. Il ne faut pas tenir compte de ces chiffres-là.

— C'est ce que je viens de dire, protesta Li.

Margaret donna quand même la solution. En partant des vingt-cinq yuans, en ajoutant trois, puis deux, on arrivait à trente. Ravie, Mei Yuan applaudit.

— Je vous donne une pierre, vous me rendez un jade.

— Moi aussi j'ai trouvé la réponse, dit Li.

— Toi, tu as mis trop longtemps. La pierre que je t'ai donnée s'est retransformée en pierre.

Margaret se mit à rire :

— OK. En voici une pour vous deux. C'est le jour de la fête nationale à Pékin. En milieu de journée. Tout le monde est dans la rue. Li Yan se rend à pied de Xidamochang à la gare de Pékin, et personne ne le voit. Comment est-ce possible ?

Li et Mei Yuan réfléchirent un moment, sans dire un mot. Puis Mei Yuan secoua la tête.

— Je vais y penser.

Elle ouvrit la porte, ébouriffa la tête de Xinxin, et se tourna vers Li :

— Tu as une amie très intelligente, Li Yan. Prends bien soin d'elle.

Li et Margaret devinrent écarlates.

Le visage détendu de Xinxin endormie était magnifique. Assise au bord du lit, Margaret écarta quelques mèches de cheveux des joues de la petite fille et la regarda. Xinxin lui avait « lu » une histoire de son livre quand ils étaient arrivés à l'appartement. Bien qu'elle ne sache pas vraiment lire, elle avait entendu Mei Yuan la lui raconter si souvent depuis deux jours qu'elle la connaissait par cœur. Elle n'avait pas très bien assimilé le fait que Margaret ne comprenait pas ce qu'elle disait.

— Il faut que tu lui apprennes à parler chinois, avait-elle demandé à Li.

Margaret la plaignait. Abandonnée par sa mère, rejetée par son père, elle avait atterri chez son oncle qui ne savait pas du tout comment s'occuper d'elle. Et elle plaignait Li en même temps. C'était une responsabilité effrayante. Surtout envers une enfant si jeune, si dépendante. Il n'avait pas choisi une telle responsabilité. Margaret sentait poindre au fond d'elle le désir de la partager avec lui. Peut-être un besoin hormonal, pensa-t-elle. Elle avait trente et un ans, elle n'avait jamais éprouvé l'envie d'avoir des enfants. Jusqu'à maintenant. C'était absurde. Déplacé. Impossible. Et pourtant, en regardant cette petite fille endormie, un instinct primitif la poussait à vouloir la serrer contre sa poitrine, la protéger des dangers de la vie.

Soudain consciente qu'elle avait du mal à respirer à cause du nœud qui lui serrait la gorge, elle leva les yeux. Debout sur le seuil de la porte, Li l'observait. Embarrassée, elle rougit, comme s'il avait pu lire le fond de sa pensée. Elle détourna la tête, et aperçut les photos du vieux Yifu sur le mur. Soudain, ses yeux se remplirent de larmes sans qu'elle sache pourquoi. Elle cligna des yeux rapidement pour les refouler, ramassa le livre d'images de Xinxin, et se leva en faisant semblant de le feuilleter. Ses yeux tombèrent sur les colonnes de gros caractères chinois alignés sur les marges droites de chaque page ; sautant sur l'occasion de dissimuler son émotion, elle demanda :

— Vous lisez vraiment de droite à gauche ?

Li lui prit le livre des mains et le referma doucement.

— Seulement quand les caractères sont écrits verticalement. Quand ils sont écrits horizontalement, on les lit de gauche à droite.

Il se tenait très près d'elle. Son odeur familière lui fit battre le cœur.

— On dit que les enfants chinois apprennent à lire de haut en bas parce qu'ils sont obéissants ; ils obéissent toujours à leurs parents, dit-il en bougeant la tête de haut en bas.

— Et que les enfants occidentaux sont très désobéissants ; ils refusent toujours de faire ce qu'on leur dit, ajouta-t-il en secouant la tête de gauche à droite.

Margaret sourit.

— Quand vous dites « on », vous voulez parler des Chinois, j'imagine.

— Bien sûr.

Il laissa tomber le livre sur le lit, et elle sentit un bras glisser autour de sa taille. Il baissa la tête pour l'embrasser. Instinctivement, elle inclina le visage vers lui. Ce n'est que le contact de ses lèvres contre les siennes qui la fit soudain s'écarter.

— Non ! s'écria-t-elle.

Se souvenant aussitôt de Xinxin, elle baissa la voix et murmura :

— Non, Li.

Ils restèrent un moment les yeux dans les yeux.

— Il vaut mieux que je m'en aille, finit-elle par dire. Je trouverai un taxi dans la rue.

Et elle se dépêcha d'aller prendre ses dossiers dans le séjour avant de se sauver en courant. Li entendit la porte claquer derrière elle, et sentit des larmes tièdes rouler sur ses joues.

IV

Margaret s'extirpa du taxi en essayant de ne pas faire tomber les dossiers qui lui encombraient les bras, et se hâta de traverser le hall de l'hôtel.

Pendant le court trajet, de l'appartement de Li au Ritan, sa détresse s'était muée en colère. Comment osait-il jouer avec ses émotions ? Elle était également furieuse contre elle-même d'avoir été à deux doigts de céder.

Juste au moment où les portes de l'ascenseur s'ouvraient, une voix l'interpella :

— Margaret !

Elle se retourna.

— Michael. Qu'est-ce que tu fais ici ?

— Je t'attendais.

Il s'approcha en regardant sa montre, avec un petit sourire amer.

— Depuis deux heures. Votre réunion a duré longtemps. Je voulais te parler, Margaret. À propos de ce matin.

— Moi aussi je voulais te parler, soupira-t-elle. Je ne sais pas comment m'excuser. Li Yan est jaloux, c'est tout. Il essaye de se venger à travers toi.

Les portes de l'ascenseur se refermèrent. Michael fronça les sourcils :

— Je croyais que c'était fini entre vous.

— Moi aussi.

— Écoute, Margaret, si jamais on me soupçonne de quoi que ce soit dans une histoire de meurtre, je suis complètement grillé en Chine.

Margaret ne put s'empêcher de rire.

— Oh, Michael, mais tu n'es soupçonné de rien. Li s'est livré à un petit jeu débile à partir d'un lien infime. Il n'est pas question que tu sois mêlé à cette affaire. Tu étais avec moi le soir où Yuan a été tué, et tu n'étais même pas en Chine quand deux des autres crimes ont été commis. Que dire de plus ? Oublie tout ça.

Il parut se détendre un peu, et sourit.

— Tu as dîné ?

Elle secoua la tête.

— Parfait. J'ai réservé une table dans un petit restaurant que je connais.

Il regarda à nouveau sa montre.

— Je pense qu'ils servent encore.

— Il faut que je me change, Michael. J'en ai pour un quart d'heure, pas plus. Promis.

— OK. Je chronomètre, dit-il en appuyant sur un bouton de sa montre.

Il l'accompagna jusqu'à sa chambre et lui tint la porte pendant qu'elle entrait avec ses dossiers sur les bras. Quand elle les lâcha sur le lit, des feuilles glissèrent et s'éparpillèrent sur le sol. Michael ébaucha le geste de les ramasser.

— Non, laisse, dit-elle. Je le ferai plus tard.

Elle sortit des sous-vêtements d'un tiroir, puis un jean et un tee-shirt jaune citron de l'armoire.

— Je prends une douche rapide. Je te promets que ce ne sera pas long.

Il sourit en tapotant sa montre.

— Les minutes passent.

Elle passa en vitesse dans la salle de bain où elle se déshabilla et se glissa avec délices sous l'eau chaude.

— Si je ne suis plus le suspect principal, qui est visé, alors ? entendit-elle Michael demander depuis la chambre.

— C'est une longue histoire.

— Raconte vite. Il ne te reste que dix minutes.

Elle rit et commença à se laver avec une grosse éponge.

— Le père de Yuan a été tué dans les années 1960 par un groupe de six Gardes rouges, pendant la Révolution culturelle.

Elle se tut, le temps de lever la tête vers le jet et laisser l'eau ruisseler sur son visage.

— Yuan faisait ses études aux États-Unis. Il

n'était pas au courant. Il l'a appris trente ans plus tard en lisant le journal de sa mère. Il serait revenu se venger.

Michael dit quelque chose qu'elle ne comprit pas.

— Comment ?

— Qui a tué Yuan, alors ? répéta-t-il en élevant la voix.

— Ça pourrait être un certain Moineau. Qui travaille au marché aux oiseaux.

— Pourquoi aurait-il voulu supprimer Yuan ?

— Parce qu'il est le dernier survivant du groupe de Gardes rouges qui a tué le père de Yuan. Il était sûr d'être sur la liste de Yuan.

Elle se rinça la tête.

— Mais attention, c'est peut-être le suspect idéal, mais vraiment médiocre. Un pauvre type, un inadapté. Qui vit tout seul avec ses oiseaux. Malade des nerfs, incapable de travailler... et d'autres choses que je te passerai.

Elle ferma les robinets, sortit de la douche les yeux fermés, en avançant le bras vers le porte-serviette. Elle poussa un cri de frayeur quand elle sentit une main la toucher. Debout devant elle, Michael lui tendait un drap de bain.

— Bon sang ! Tu m'as fait une de ces peurs.

Elle lui arracha la serviette et s'en enveloppa.

— Tu ne disais pas la même chose, hier soir, dit-il en lui entourant la taille pour l'attirer contre lui.

— Tu vas te mouiller, protesta-t-elle.

— Tant pis.

Il se pencha sur elle pour lui embrasser le cou.

Une onde de plaisir et de désir fit flageoler Margaret qui respira avec volupté l'odeur de patchouli que dégageait Michael. Elle referma ses mains sur son visage, le releva, l'embrassa sur la bouche. Ils échangèrent un long baiser passionné, et elle sentit son sexe durcir contre son ventre. Mais brusquement, elle pensa à Li. Au contact de ses lèvres. À sa peur soudaine, à sa fuite de l'appartement. Le souffle court, elle s'écarta.

— J'ai intérêt à me dépêcher si je veux respecter ma promesse, dit-elle avec un sourire un peu contraint.

Le restaurant Ya Mei était perdu dans un *hutong* peu engageant. Elle jeta un coup d'œil dubitatif vers la pénombre brumeuse.

— On va dîner là-dedans ? demanda-t-elle.

Michael hocha la tête.

— Un endroit comme celui où tu m'as emmenée à Xian ?

— Non, rien à voir.

Cinquante mètres plus loin, ils s'arrêtèrent devant une porte en bois marron entourée de murs de briques délabrés, et éclairée par deux malheureuses lanternes rouges. Michael frappa.

— C'est là ? demanda Margaret.

— Il ne faut jamais juger un livre à sa couverture, répondit-il.

Une belle femme d'une quarantaine d'années vêtue d'un tailleur en soie rose ouvrit la porte. Son visage s'éclaira quand elle reconnut Michael.

— Monsieur Zimmerman. Je suis si contente de

vous revoir, dit-elle en lui tendant la main. Vous arrivez un peu tard.

Michael leva les mains en signe d'excuse.

— Je suis vraiment désolé, Zhao Yi. Est-il *trop* tard ?

— Bien sûr que non. Jamais trop tard pour un ami.

Michael fit les présentations. À l'intérieur, le contraste avec la rue était des plus frappants. C'était un autre monde. Au centre de la cour traditionnelle, un petit pont enjambait un minuscule cours d'eau. Sur l'un des côtés, des portes donnaient sur une très grande salle à manger. En face, d'autres portes ouvraient sur un étroit couloir desservant des salons privés, derrière des paravents. Zhao Yi leur fit traverser la cour et les introduisit dans un salon privé où une table éclairée aux bougies était dressée pour deux ; de la musique classique chinoise s'échappait discrètement d'enceintes invisibles. Apparemment, ils avaient le restaurant pour eux. À 10 heures, les Pékinois avaient déjà fini de dîner.

Plusieurs filles s'empressèrent immédiatement de leur apporter eau chaude et hors-d'œuvre froids.

— Sers-toi, dit Michael. Ce ne sont que des amuse-gueule.

Il indiqua d'un signe de tête les marmites en fonte posées sur des supports circulaires.

— Tu n'as jamais mangé de fondue mongole ?

Margaret secoua la tête.

— C'est un régal, ici.

— Nous prendrons une bouteille de votre Rioja. Du « 93 », dit-il à Zhao Yi.

Celle-ci disparut aussitôt, laissant Michael et Margaret picorer les hors-d'œuvre : agneau épicé, cacahuètes sautées au piment, poisson à la sauce aigre-douce. Quand on leur servit le vin, Michael approcha son verre de celui de Margaret. La lumière des bougies se reflétait à la fois sur le vin et les yeux de Michael.

— À nous, dit-il.

— À nous.

Margaret fut irritée de se sentir à nouveau coupable. Elle avala une gorgée de vin, et décida de ne pas laisser Li lui gâcher sa soirée.

— Il y a une chose qui m'étonne, commença Michael. Non, deux, en fait.

Il marqua une pause.

— Ce Moineau... S'ils étaient six Gardes rouges et que trois ont été assassinés, comment se fait-il qu'il soit le seul survivant ?

— Déformation professionnelle, hein ? fit Margaret en riant. Rien ne t'échappe. Chaque détail a son importance.

— Je te l'ai dit. L'archéologie est un travail d'enquêteur. Une longue recherche méticuleuse dans le passé, pour découvrir et recréer un événement, ou un lieu.

— Tu aurais dû t'engager dans la police chinoise. On y adore les détails.

Elle but une gorgée de vin.

— C'était un raccourci, Michael. Il n'est pas le dernier survivant. Il y a une femme aussi. Mais elle est aveugle. Le troisième s'est fait tuer place Tiananmen.

Elle reprit un peu de poisson.

— Ce truc est génial.

Elle but encore un peu de vin et demanda :

— Et l'autre chose ?

Michael posa les coudes sur la table et se pencha vers elle en la regardant au fond des yeux.

— Si c'est fini entre l'inspecteur Li et toi, pourquoi est-il jaloux de moi ?

Margaret aurait préféré de tout son cœur que Michael ne l'évoque pas. Elle avait eu assez de mal à le chasser de ses pensées. Elle soupira. Autant être franche.

— Nous avons rompu parce que ses patrons lui ont dit que notre relation était...

Elle chercha le mot juste.

— ... déplacée pour un officier supérieur de la police chinoise.

— En d'autres termes, c'était ou toi, ou sa carrière. Et il a choisi sa carrière.

— Ce n'est pas si simple, Michael, protesta Margaret, soudain très contrariée.

— Pardon, dit-il en levant les mains. Les choses ne sont jamais simples.

— Je crois qu'il est très difficile pour lui d'assumer cette décision.

— Et toi ?

— C'était dur, je l'avoue. Mais c'est du passé. Seul l'avenir m'intéresse.

Il lui sourit affectueusement et lui serra la main.

— J'en suis heureux.

Les filles revinrent et allumèrent des grosses bougies sous les marmites qu'elles remplirent d'un bouillon épicé brûlant. Elles posèrent sur la table des assiettes de viande crue – agneau mariné, minces lamelles de porc et de bœuf – de crevettes marinées et de laitue croquante. Michael et Margaret firent cuire eux-mêmes les ingrédients dans le bouillon, avant de les tremper dans les différentes sauces.

— C'est *merveilleux,* dit Margaret. Je n'ai jamais goûté de viande ni de crevettes aussi tendres.

Elle imita Michael qui plongeait des feuilles de salade dans le bouillon pour se rincer le palais.

La bouteille de vin était vide. Michael en commanda une seconde. Margaret se sentait bien, voluptueuse, rassasiée. Il la fit beaucoup rire avec une histoire de fouilles en Égypte. Au bout d'un moment, elle se rendit compte qu'elle était un peu ivre. Michael s'était arrêté de parler. Le menton dans la main, il la contemplait.

— Je sais qu'il est trop tôt pour te dire que je t'aime, dit-il soudain. Mais je m'en fiche.

Margaret se sentit soudain dégrisée.

— Quoi ? fit-elle, le cœur battant.

Il sortit un petit écrin rouge de sa poche et l'ouvrit, révélant un brillant monté sur un anneau en or rose.

— Si on m'avait posé la question il y a une semaine, j'aurais répondu que je ne me marierais jamais. Mais je ne t'avais pas encore rencontrée.

Il se tut, les yeux brillants.

— Voilà pourquoi je voulais savoir pour Li et

toi. Je suis fou de toi, Margaret. Tu veux m'épouser ?

Pétrifiée, elle le regarda sans rien dire pendant ce qui lui parut une éternité, puis éclata de rire.

— C'est sérieux ?

— C'est sérieux.

— Eh bien, la réponse est non.

Michael rougit.

— Pourquoi ?

Elle rit à nouveau.

— Parce que je te connais à peine. Nous venons juste de nous rencontrer.

Il soutint son regard, sourit et referma l'écrin d'un coup sec.

— J'étais sûr que tu dirais ça.

— Parce que tu sais que c'est la vérité.

— Bon, si c'est le seul problème, on peut y remédier facilement. Avec du temps.

Il redevint grave.

— Je suis sérieux, Margaret. Je n'ai jamais éprouvé la même chose pour quelqu'un d'autre.

Puis il secoua la tête en riant.

— Tu me rends aussi maladroit qu'un lycéen qui essuie son premier refus.

— Oh, Michael, fit-elle en posant sa main sur la sienne. C'est trop tôt pour moi. J'ai besoin de temps. Pour oublier Li. Pour démêler mes sentiments envers toi. C'était merveilleux, la nuit dernière. Mais j'ai besoin d'être sûre qu'il n'y a pas que ça. J'ai gaspillé sept ans de ma vie en me trompant de mari. Je ne veux pas recommencer la même erreur.

— Je comprends. Je vais mettre la bague au frais, avec ta réponse. Mais je ne renonce pas, Margaret. Je ne vais pas te laisser filer si facilement. Si tu veux vraiment fermer la porte sur le passé, je suis là pour t'aider.

Chapitre 10

I

Li laissa Xinxin dans la jeep. Le garde de la sécurité chinoise en faction à la porte prit un malin plaisir à user de son autorité pour le faire attendre dehors jusqu'à l'arrivée de Sophie. Officiellement, c'était un territoire américain ; Li n'y avait aucun droit. Il était rare qu'un sans-grade puisse se payer impunément la tête d'un supérieur.

Sophie serra chaleureusement la main de Li.

— Bonjour. Nous nous sommes rencontrés l'autre jour au QG du Département des enquêtes criminelles.

— Oui, je m'en souviens.

Il se rendit compte qu'elle l'observait avec intérêt. Elle savait sans doute que Margaret et lui avaient été amants. Toute l'ambassade devait être au courant.

Elle le dirigea vers le côté du bâtiment de la Chancellerie.

— Vous êtes ici depuis longtemps ? demanda-t-il.

— Pas très, non. Un mois.

— Vous vous débrouillez en mandarin ? dit-il en chinois.

— Elle sourit.

— Je suis vietnamienne. Mais je ne parle pas très bien le vietnamien non plus.

Li lui lança un regard appréciateur.

— Vous vivez depuis longtemps aux États-Unis ?

— J'y suis née. Sinon, je n'aurais jamais pu devenir assistante d'officier de sécurité dans une ambassade.

— Évidemment.

Dakers les attendait dans la cantine, où le personnel de l'ambassade prenait son petit-déjeuner – crêpes et café noir.

— Monsieur Li, dit-il en se levant pour lui serrer la main. Ravi de vous revoir. Un café ?

Li secoua la tête.

— Prenez une chaise. Que puis-je faire pour vous ?

— Je voulais votre autorisation pour interroger quelques membres du personnel de l'ambassade sur l'emploi du temps de Michael Zimmerman dans la soirée de lundi dernier.

— Pourquoi ? demanda Sophie en rougissant.

Li fit un geste vague de la main.

— Rien de grave. La routine. Nous notons simplement où se trouvaient tous les gens qui connaissaient Yuan Tao le soir où celui-ci a été assassiné.

— Ce n'est pas vraiment une tâche de routine

pour un chef adjoint de section, remarqua judicieusement Dakers.

Li sourit.

— Je n'allais pas envoyer un subalterne s'entretenir avec l'officier de sécurité régional de l'ambassade américaine.

Dakers hocha la tête d'un air satisfait.

— Juste. Je n'y vois aucune objection. Et vous, Sophie ?

— Aucune, dit-elle avec un haussement d'épaule. Mais ce n'est pas la peine de vous donner cette peine. Je peux vous dire exactement où était Michael lundi soir - enfin, jusqu'à 2 heures du matin.

— Vous assistiez à la réception ?

— Bien sûr. C'est moi qui l'ai présenté au docteur Campbell, ce soir-là.

Li lui lança un rapide coup d'œil en se demandant si elle remuait délibérément le couteau dans la plaie. Si c'était le cas, elle n'en laissait rien paraître.

— Et après la réception... ?

— On est allé au Mexican Wave. On était une douzaine. Vous connaissez, Jon...

— Oui, oui.

— Et Zimmerman en est parti à 2 heures ?

— Non, moi je suis partie à 2 heures. Je ne sais pas jusqu'à quelle heure il est resté.

II

Margaret passa d'un pas guilleret devant les gardes de la sécurité de l'Hôtel Ritan et descendit Ritan Lu. Les marchands de fourrure avaient l'air plus heureux que d'habitude. Les affaires n'en allaient pas mieux pour autant.

Michael était parti de bonne heure, avant 6 heures, pour se rendre sur le tournage. Il avait imprégné le lit de son odeur et de sa chaleur. Elle était restée un long moment sous les draps à se demander ce qu'elle éprouvait réellement à son égard. Elle était accrochée, elle avait envie de rester avec lui. Il était beau, intelligent ; c'était un amant merveilleusement sensible. Il était bourré de talents. Elle se souvenait de la soirée au Sanwei, quand il avait joué du saxo avec la formation de jazz. Il était sexy. Si seulement elle pouvait oublier Li, ce serait plus simple. Il fallait absolument qu'elle se détache de lui.

Un coup de klaxon la fit sursauter quand elle voulut traverser la rue. Elle se retourna et vit une jeep piler devant elle. Li était au volant ; derrière lui, Xinxin agitait frénétiquement la main. Il ouvrit la portière côté passager.

Margaret contourna la voiture et monta à contrecœur.

— Vous avez essayé de me tuer ?

— Non, je ne voulais pas cabosser mon aile.

Elle fit une grimace. Sentant Xinxin, qui répétait toujours la même phrase, la tirer en arrière, elle se retourna. La petite fille lui plaqua une grosse bise sur la bouche et se mit à glousser de rire.

— Qu'est-ce qu'elle dit ? demanda Margaret.

— Bonjour, Tante Margaret, traduisit-il avec un petit sourire narquois.

— Oh mon Dieu, grommela Margaret. J'ai l'impression d'être une vieille fille.

— Elle était très déçue de ne pas vous trouver ce matin à son réveil.

— J'espère que vous l'avez prévenue, qu'elle ne s'attende pas à me revoir là-bas. Elle a été abandonnée par trop de gens pour qu'on la déçoive à nouveau.

Xinxin sautait sur place, sur la banquette arrière, en secouant ses couettes de droite à gauche.

Li se glissa dans le flot de la circulation, sans faire attention à la rafale de coups de klaxon qui l'accueillit.

— Je me rends au département d'archéologie de l'université. J'ai pensé que vous auriez envie de venir.

— Qu'est-ce qu'on va faire là-bas ? demanda Margaret d'un air suspicieux.

— Juste poser quelques questions sur Zimmerman.

— Pour l'amour du ciel, Li Yan, vous ne pouvez pas le lâcher ! s'écria-t-elle, furieuse.

Cette explosion de colère fit sursauter Xinxin.

— Zimmerman a dit qu'il avait entendu des gens du département parler de ce qui était arrivé au professeur Yue. Je voulais juste savoir combien de gens étaient au courant. J'ai déjà vérifié son emploi du temps de lundi. Il est bien allé au Mexican Wave après la réception.

— Espèce d'immonde salopard. Michael n'a rien fait. Tout le monde l'adore. Parlez aux gens qui le connaissent. Vous ne trouverez personne pour dire du mal de lui. Tout le monde vous dira que c'est quelqu'un de bien. Vous ne pouvez pas le harceler sous le simple prétexte que vous êtes jaloux.

— Je ne suis pas jaloux, dit Li très calmement.

— À d'autres !

— Oncle Li, pourquoi tante Mar-ga-ret est en colère ?

— Elle n'est pas en colère contre nous, chérie, c'est à cause de son travail.

— Qu'est-ce que vous lui racontez ?

— Je lui dis de ne pas s'inquiéter de vos cris. Que les Américaines ont un sale caractère.

— Seigneur ! siffla Margaret.

— Le problème, c'est que j'essaye de régler les points de détail. Si vous ne voulez pas y aller, ça ne fait rien. Je vous déposerai à l'ambassade.

— Certainement pas. Je vais avec vous, rien que pour m'assurer que vous n'allez pas mettre Michael dans le pétrin.

Elle sentit Xinxin tirer sa manche. Elle se retourna. La petite fille lui parla très sérieusement.

— Elle vous demande si vous avez fini de vous mettre en colère, expliqua Li.

Margaret pinça les lèvres, sourit malgré elle, et soupira.

— Répondez-lui que oui. Dites-lui surtout que

je ne suis pas en colère contre elle. Et ajoutez que la prochaine fois que son oncle laissera ses sentiments personnels obscurcir son jugement professionnel, je lui balance une gifle en pleine gueule.

Xinxin parut satisfaite des explications de Li.

— Qu'est-ce que vous lui avez dit ?

Elle se sentait frustrée d'être à la merci des autres pour comprendre ce qui se disait en chinois.

— Que vous êtes désolée, que vous ne parlerez plus jamais à son oncle sur ce ton.

Margaret plissa les yeux.

— Je plaisante, ajouta-t-il.

Ils traversèrent les quartiers de Chaoyangmen et Dongcheng pour rejoindre le Troisième périphérique. À l'arrière de la jeep, Xinxin se mit à chanter pour son panda.

Brusquement, Margaret demanda à Li :

— Qu'est-ce que vous entendiez, l'autre soir, par « syndrome du petit empereur » ?

— C'est la conséquence de la Politique de l'enfant unique. Avant, la société chinoise était fondée sur l'idée de la famille et de la communauté. Aujourd'hui, comme la plupart des familles n'ont qu'un enfant, les enfants sont trop gâtés et ne pensent qu'à eux. Ce sont des « petits empereurs ». L'avenir de la Chine est entre les mains d'individus terriblement égoïstes. Comme en Amérique.

— Peut-être que vous allez finir par rejoindre le reste du monde.

— Et remplacer cinq mille ans de culture et d'histoire par les hot-dogs et les hamburgers ?

Margaret en avait assez d'entendre parler de la culture et de l'histoire de la Chine. Même Michael n'arrêtait pas.

— Peut-être qu'il est temps de regarder l'avenir au lieu de vivre dans le passé. C'est peut-être pour ça que l'Amérique est devenu le pays le plus puissant du monde. On ne traîne pas derrière nous les chaînes de cinq mille ans de tradition. On regarde en avant, on invente.

— Et quand vous manquez d'idées, vous ne pouvez pas vous inspirer du passé, vous ne pouvez en tirer aucune leçon.

— Mon professeur d'histoire disait toujours que la seule leçon qu'on peut tirer de l'histoire, c'est qu'on ne peut jamais tirer de leçon de l'histoire.

— Il était américain.

— Hé non. Il était chinois.

— Chinois américain, bien sûr ?

— Il faut toujours que vous ayez le dernier mot, hein ?

— En général, oui.

La porte ouest de l'université de Pékin était une superbe porte chinoise traditionnelle au toit de tuile soutenu par des piliers rouge sombre. Li gara la jeep sous les arbres qui bordaient la rue, et montra sa carte de la Sécurité publique au garde posté à côté des majestueux lions de pierre. La petite Xinxin agrippait la main de Margaret comme si elle avait peur de la perdre. Le campus s'étendait derrière de hauts murs gris, au milieu de superbes jardins, à des millions de kilomètres, semblait-il, de la frénésie de la ville.

Les différents départements de l'université étaient hébergés dans de grands pavillons blancs aux élégants toits recourbés, entourés d'une végétation luxuriante.

— Quel endroit merveilleux pour étudier, s'extasia Margaret. C'est si calme. Si... chinois.

— En fait, c'est très... américain.

— Que voulez-vous dire ? dit-elle en fronçant les sourcils.

— C'était l'université américaine méthodiste Yengching. L'université de Pékin ne s'est installée ici qu'en 1952. Tous ces « merveilleux » pavillons ont été construits dans le style chinois par les méthodistes, sur les plans d'un architecte américain. À l'époque, les Américains croyaient sans doute encore qu'ils pouvaient apprendre quelque chose de nous.

Le département d'archéologie se trouvait dans un long pavillon à un étage, au bout d'une pelouse fraîchement tondue et bien arrosée. Tout le rez-de-chaussée était occupé par un musée d'art et d'archéologie Arthur M. Sackler. L'administration et les salles de cours se trouvaient au premier étage. Li les entraîna vers l'entrée principale. Dans le hall, ils se retrouvèrent face à deux reproductions grandeur nature de guerriers de terre cuite qui montaient la garde. Surprise, Margaret se revit à Xian, dans la fosse où elle avait dégagé avec tant de soin un visage que personne n'avait contemplé depuis deux mille ans. Un concierge chauve et ratatiné au visage constellé de taches leur indiqua le chemin du bureau du directeur du département.

— Le professeur Chang n'est pas là, leur annonça avec désinvolture un jeune homme à l'épaisse tignasse noire, en chemise blanche et pantalon foncé.

Il semblait plus intéressé par le contenu d'un meuble à classeurs que par les trois visiteurs.

— Pouvez-vous me dire où il est ? demanda Li.

— Non. Je suis occupé.

Il n'avait pas l'air d'apprécier qu'on le dérange.

Li lui fourra sa carte de la Sécurité publique sous le nez.

— Comment vous appelez-vous ?

À la vue de la carte, le jeune homme changea d'attitude. Ses petits yeux de lapin effrayé se mirent à cligner à toute vitesse.

— Je suis désolé, inspecteur, je...

— Comment vous appelez-vous ?

— Wang Jiahong.

— Que faites-vous ici ?

— Je suis assistant de laboratoire, au pavillon des Arts.

— Vous parlez toujours de cette façon aux visiteurs ?

— Non, inspecteur.

— Ravi de l'apprendre. Vous allez peut-être me dire, maintenant, où je peux trouver le professeur Chang ?

— Au laboratoire de conservation.

— Où est-ce ?

— Dans le pavillon des Arts.

Le pavillon des Arts, en face du collège des Sciences de la vie, était plus vieux et moins somptueux. L'intérieur paraissait assez miteux ; une odeur d'urine s'échappait des toilettes.

Wang Jiahong les conduisit jusqu'au laboratoire de conservation où il les laissa en compagnie du professeur Chang. C'était une vaste pièce en désordre, entourée de vieilles bibliothèques et d'armoires en bois. Au milieu trônait une très grande table en bois sur laquelle étaient éparpillés des petits morceaux de terre cuite, des outils, et des armes – deux poignards et un sabre en bronze coincé dans la mâchoire d'un étau. Le sol était jonché de copeaux de bois, de poussière, de tessons de poterie. La peinture verte des murs s'écaillait entre les affiches, les cartes et les notes de service vieilles de cinquante ans. La lumière du jour filtrait à travers les lamelles des stores.

Le professeur Chang travaillait sur le sabre en bronze dont il enlevait patiemment les couches de vert-de-gris accumulées au fil des siècles. Il portait une blouse blanche dégoûtante et des gants de caoutchouc.

— Désolé pour la pagaille, dit-il en anglais lorsque Li fit les présentations.

Il dévisagea Margaret par-dessus ses lunettes demi-lune.

— Nous restaurons ici les trésors antiques de la Chine depuis des dizaines d'années. Je crois que personne n'a jamais éprouvé la nécessité d'y faire le ménage.

— Il y a beaucoup de monde dans le département ? demanda Li.

— Deux cents étudiants, soixante-sept maîtres assistants, douze professeurs, dix-neuf maîtres de conférences.

— Et combien sont au courant des circonstances de la mort du professeur Yue ?

Le professeur Chang se concentra sur le grattage du vert-de-gris, et répondit :

— Probablement tout le monde.

Du coin de l'œil, Li vit Margaret tourner la tête dans sa direction. Il l'entendait presque dire : *Satisfait ?*

— J'avais cru comprendre que seuls quelques membres du département étaient dans le secret.

Chang leva les yeux vers Li.

— Oui, c'est vrai. Mais vous savez ce que c'est. Une histoire aussi épouvantable. Les gens en raffolent. Les archéologues sont comme les autres. Ça a fait le tour du département en quelques heures. Et sûrement de toute l'université.

Li ramassa l'un des poignards, en évitant soigneusement de croiser le regard de Margaret.

— Connaissez-vous l'archéologue américain Michael Zimmerman ?

Le professeur Chang posa ses outils et retira ses lunettes.

— Qu'est-ce qu'il vient faire là-dedans ?

— Rien, dit Li. Je me demandais juste si vous le connaissiez.

— Oh, oui, je le connais.

Il prit le poignard des mains de Li et le reposa sur la table.

— Il est venu ici quand il faisait des recherches pour son documentaire sur Hu Bo. Le professeur Yue avait été un protégé de Hu. Yue et Zimmerman sont devenus très amis.

Quelque chose dans son ton intrigua Li.

— Vous ne semblez pas l'approuver.

— Je n'aime pas Michael Zimmerman, dit le professeur Chang sans prendre de gants.

Margaret sentit le rouge lui monter aux joues.

— Pourquoi ? demanda Li.

— Parce que sous tout ce charme superficiel, chef de section adjoint, se cache un arriviste. Je ne sais pas ce qui le motive. L'ambition. La cupidité. En tout cas, il se sert des gens, il les manipule pour parvenir à ses propres fins.

— C'est ce qu'il a fait avec le professeur Yue ?

— Je ne sais pas.

Il réfléchit un instant, puis ajouta :

— Mais Yue avait l'air envoûté. Ils sont devenus très proches. Trop proches. Je n'aimais pas ça. Je ne trouvais pas cela très sain.

Ils n'avaient pas échangé un mot depuis qu'ils avaient quitté l'université, et se retrouvaient maintenant coincés dans les embouteillages.

Li jeta un coup d'œil à Margaret. Le visage encore empourpré, elle regardait droit devant elle. À l'arrière, Xinxin se livrait à un jeu très compliqué avec son panda en peluche.

— Je croyais que personne ne pensait de mal de

lui. Tout le monde vous dira que c'était quelqu'un de bien, avez-vous affirmé, finit-il par dire.

Margaret le regarda d'un air dégoûté.

— Une seule critique suffit à vous forger une opinion.

Jamais elle n'avouerait à quel point elle avait été choquée par la description que le professeur Chang avait faite de Michael. Ce n'était pas le Michael qu'elle connaissait. Elle avait eu l'impression d'entendre parler de quelqu'un d'autre. Ça faisait mal.

— Tout le monde l'adore. Demandez à ceux qui le connaissent. Eh bien, c'est ce que nous avons fait, insista Li.

— Vous savez quoi ? Vous êtes minable. Pourquoi êtes-vous allé à l'université ? Pour découvrir si les détails de la mort du professeur Yue étaient connus dans le département. Et qu'est-ce que vous avez appris ? Que tout le monde était au courant. Normal, donc, que Michael en ait entendu parler. Ça vous suffit ? Oh, non. Quelqu'un ne l'aime pas. Et à quoi ça nous mène, putain ? Sinon à découvrir que vous êtes un sinistre imbécile jaloux.

Xinxin avait abandonné son panda et fixait Margaret d'un air très inquiet.

— Putain, dit-elle en singeant Margaret. Putain, putain !

— Merci. Vous venez d'apprendre à ma nièce son premier mot d'anglais.

Soudain, la radio se mit à grésiller. Li décrocha brutalement le récepteur.

Tournée vers la vitre, Margaret se mordit les lèvres pour refouler ses larmes. Elle ne voulait surtout pas pleurer. Pas devant lui, en tout cas. Comment pouvait-on penser autant de mal de Michael ? Était-elle aveugle ? Ses amis, ses collègues étaient-ils aveugles, eux aussi ? Bien sûr que non. Ce n'était que le point de vue d'un individu tordu. Qui savait ce qui se cachait derrière ?

Li raccrocha et dit d'une voix très calme :

— C'était Sang.

Elle se retourna vivement et lui jeta un regard de défi.

— Apparemment, l'alibi de Moineau ne tient pas. Il ne jouait pas aux échecs à Xidan le soir où Yuan a été tué. Nous demandons au bureau du procureur de délivrer un mandat d'arrêt contre lui.

III

Sans ses oiseaux, Moineau était perdu. Il paraissait nu, vulnérable. L'homme qui leur faisait face donnait l'impression d'une enveloppe charnelle vide – d'un homme qui aurait perdu son âme. Assis sur le bord de sa chaise, les épaules tombantes, les mains molles, posées sur ses genoux, il les regardait avec des yeux effrayés. Son visage était strié des larmes qu'il avait versées en apprenant qu'il ne pouvait pas emmener ses oiseaux. Son costume Mao bleu, sale et chiffonné, pendait sur son corps squelettique. La pièce était chaude, étouffante, dépourvue de confort – des murs crème lépreux sur lesquels des milliers d'individus avaient gravé leur nom. Un rayon de soleil tombait en oblique d'une lucarne percée en haut du mur ; la fumée des cigarettes tourbillonnait lentement autour. Sur la table, le magnétophone bourdonnait. On entendait le bruit de la circulation sur Dongzhimennei Jie, et, plus proche, celui, incongru, d'enfants jouant dans le *hutong*.

Un filet de sueur coula sur le front de l'inspecteur Sang. Penché en avant, il était tendu, concentré. Puisqu'il tenait à participer à l'interrogatoire, Li l'avait chargé de le mener pendant que lui-même observerait, en s'efforçant de conserver la plus grande objectivité. Sang avait adopté une attitude brutale, agressive. La confusion apparente de Moineau sur son emploi du temps du lundi soir l'agaçait. Moineau était certain d'avoir joué aux échecs avec Lune, mais si Lune disait le contraire, c'est qu'il avait fait autre chose. Il ne se souvenait plus. D'habitude, il restait seul chez lui, le soir. Parfois, il regardait la télévision, mais il n'avait aucun souvenir des programmes du lundi soir. En général, il se couchait tôt, dès que ses oiseaux se mettaient la tête sous l'aile. Le matin, il se levait de bonne heure. Il allait toujours au parc avant de se rendre au marché aux oiseaux.

— OK, dit Sang. Donc on est d'accord. Tu n'as pas d'alibi ? Découragé, Moineau secoua la tête.

— J'ai pas besoin d'alibi. J'ai rien fait.

— Tu dis que tu ne sais rien sur les meurtres ?

— Non. Je vous l'ai dit. J'en ai seulement parlé avec Misère.

— Tu reconnais donc que tu savais que trois anciens membres de la Brigade de la-révolte-jusqu'au-bout avaient été assassinés ?

— Je vous ai dit qu'on en a entendu parler.

— Et tu as entendu dire comment on les avait tués ? Moineau tressaillit.

— On a entendu dire qu'ils avaient été... exécutés.

— Comment ça « exécutés » ?

— Que...

Mal à l'aise, il s'agita sur sa chaise.

— ... on leur avait coupé la tête.

— Qui vous l'a dit ?

Moineau haussa les épaules.

— Je sais pas. Des gens.

— Quels gens ? insista Sang.

— Une femme, à l'usine de Zéro.

— Zéro, c'est Bai Qiyu ?

— Oui.

— Quelle femme ?

— Je sais pas. Peut-être celle qui l'a trouvé. Misère pourrait vous le dire. Elle en savait plus que moi. Elle parle aux gens, elle entend des choses.

— Donc, Misère et toi avez pensé que quelqu'un liquidait les membres de la Brigade de la-révolte-jusqu'au-bout, et que tôt ou tard vous seriez les suivants ?

— C'est ce que pensait Misère.

— C'est toujours Misère qui pense pour toi ?

C'est Misère qui a eu l'idée de tuer Yuan Tao avant qu'il ne vous tue ?

Moineau se balançait lentement d'avant en arrière, en se tordant les mains.

— On a pas tué Poulet ! s'écria-t-il d'une voix implorante. On savait même pas qu'il était à Pékin. On a jamais pensé à lui.

— Inutile de mentir, Moineau, dit Sang, d'une voix posée. Nous finirons bien par découvrir la vérité.

Moineau le regardait fixement.

— Comment as-tu su que Poulet était de retour ? Quelqu'un l'a vu ? Il t'a contacté ? Il a fallu qu'il s'organise pour rencontrer les autres. C'est ça ? Il est venu te voir au marché aux oiseaux pour arranger une rencontre ?

— Non !

— Qu'est-ce qu'il t'a dit ? Qu'il voulait te parler de ce qui était arrivé dans les années 1960 ? Que c'était du passé, mais qu'il voulait savoir pourquoi ? Qu'il voulait comprendre ? C'est pour ça que les autres ont accepté de le rencontrer ? Parce qu'ils se sentaient coupables ? Même au bout de trente ans ?

— Je sais pas, protesta Moineau. Comment je pourrais savoir ce qu'il leur a dit ?

Mais Sang sentait qu'il avait le vent en poupe. Il n'allait pas rater l'occasion d'impressionner Li.

— Tu as dû avoir peur, Moineau. Tu savais qu'il allait te tuer, toi aussi.

— Non !

— Qu'est-ce que tu as fait ? Tu l'as suivi ? C'est

comme ça que tu as découvert l'appartement de Tuan Jie Hu Dongli ?

— Quel appartement ?

— Tu es allé là-bas ce soir-là, et tu l'as attendu. Comment savais-tu qu'il fallait chercher sous le plancher ?

Moineau bafouilla des protestations d'innocence, mais, sans l'écouter, Sang continua sur sa lancée.

— Quelle ironie du sort d'y trouver le sabre. L'occasion de le tuer avec son propre sabre, exactement comme il avait exécuté les autres, exactement comme il voulait te tuer.

— Non... non... !

Mais, les yeux pleins de larmes, Moineau protestait de plus en plus mollement.

— Qu'est-ce que tu as trouvé d'autre sous le plancher ? La liste des victimes, peut-être. Le cordon de soie avec lequel tu lui as attaché les poignets, le même que celui qu'il voulait utiliser sur toi ? Qu'est-ce qu'il a dit quand tu l'as affronté ? Il a avoué ?

Sang se pencha encore un peu plus et continua d'une voix presque douce :

— Pourquoi l'as-tu tué, Moineau ? Tu aurais pu aller trouver la police. Que s'est-il passé ? Il s'est mis en colère ? Il t'a craché à la gueule ? Ou bien ta culpabilité t'a-t-elle poussé à agir ? C'était la seule manière de te débarrasser du fantôme du passé ? De cette horrible journée du printemps 1967 ? Tu te rappelles ? Quand tu as humilié, battu, harcelé à mort le père de Poulet, dans la cour de l'école, devant tout le monde, devant sa femme ? Un vieil homme malade du cœur. Tu as dû te sentir fier de toi.

Moineau avait cessé de se tordre les mains. Elles pendaient à nouveau mollement le long de son corps tandis qu'il continuait à se balancer d'avant en arrière en sanglotant. Il regardait fixement Sang et Li sans les voir, la figure baignée de larmes de regret.

— C'est aussi pour ça que tu as tué Poulet ? C'est pour ça que tu l'as obligé à se mettre à genoux, que tu as levé le sabre au-dessus de sa tête, que tu l'as coupée d'un seul coup ?

Moineau poussa un hurlement animal, un hurlement profond, venu du ventre. Les deux inspecteurs en frissonnèrent.

— Je ne voulais pas ! cria-t-il.

Li et Sang échangèrent un coup d'œil.

— Pas quoi ?

— Tuer le professeur Yuan.

Moineau se griffa le visage.

— Je ne voulais pas. Je ne voulais pas. Je ne voulais pas.

— C'est de Poulet que nous sommes en train de parler, Moineau, intervint Li avec douceur. Comment saviez-vous ce qu'il avait fait aux trois autres ?

Mais Moineau secouait la tête avec acharnement tout en continuant à se balancer d'avant en arrière.

— Je ne sais pas. Je ne sais pas, répéta-t-il.

— La pancarte autour de son cou. Comment

avez-vous su ? Le nom à l'envers, barré d'une croix ?

Moineau arrêta de se balancer et fixa Li à travers ses larmes.

— Vous parlez du professeur Yuan. C'est ce qu'on lui a fait pendant la Révolution culturelle.

Et puis, brusquement, il frappa du poing sur la table.

— Combien de fois je devrai payer pour ça ? hurla-t-il. Combien de fois on peut mourir dans sa vie ? On n'était que des gamins. On ne savait pas ce qu'on faisait. Seulement ce que le président Mao nous disait. Il était le soleil rouge, rouge de nos cœurs.

Plutôt la haine rouge, rouge de vos âmes, pensa Li.

Ils montèrent l'escalier en silence. À plusieurs reprises, Sang regarda Li avec appréhension.

— Vous n'avez pas l'air trop content, patron. Pour un homme qui vient de résoudre une affaire.

— Nous n'avons rien résolu, grogna Li. Loin de là.

— Mais il a avoué, s'étonna Sang.

— Non. Il est confus. Il ne fait pas la différence entre Yuan et son père.

— Mais, patron, il avait à la fois le mobile et l'occasion. Il a reconnu être au courant des autres meurtres, il n'a pas d'alibi – il a même menti.

Dans le couloir du dernier étage, Sang accéléra le pas pour rester à la hauteur de Li.

— La solution réside toujours dans le détail, Sang.

Les paroles de son oncle Yifu avaient jailli tout naturellement de sa bouche.

— Et il y a quelque chose qui cloche. Où Moineau s'est-il procuré le flunitrazepam ? Comment était-il au courant de la pancarte autour du cou ? Du cordon de soie autour des poignets ?

— Il a probablement obligé Yuan à le lui dire. Peut-être qu'il y avait du flunitrazepam sous le plancher, avec tout le reste.

Soudain, Li s'arrêta et se tourna vers Sang.

— Dites-moi franchement, inspecteur Sang, Moineau vous paraît-il capable de menacer quelqu'un ? Et même s'il avait réussi à extirper de Yuan tous ces renseignements, pourquoi aurait-il écrit « Fouilleur » au lieu de « Poulet » sur la pancarte ? Pourquoi cette erreur ?

Sang ne trouva rien à répondre.

Quand ils entrèrent dans la salle des inspecteurs, Margaret et Xinxin jouaient aux cartes, entourées d'une demi-douzaine d'inspecteurs qui se dépêchèrent de regagner leur place.

— Qian ! aboya Li.

Qian sauta sur ses pieds.

— Oui, patron.

— Va me chercher un mandat de perquisition pour l'appartement de Moineau.

— Pourquoi fouiller son appartement si vous pensez que ce n'est pas lui ? demanda Sang qui faillit trébucher sur les talons de Li quand celui-ci se retourna.

— Procédure policière, Sang. On ne vous a rien appris à l'université de la Sécurité publique ? Nous suivons la piste jusqu'au bout. Je ne m'attends pas à trouver de pièces à charge. Je veux l'éliminer de notre enquête.

IV

Cinq véhicules de police emmenèrent Li, Margaret, Qian, Wu, Zhao, Sang et six agents en uniforme jusqu'à Dengshikou Jie d'où partait la ruelle où habitait Moineau, au neuvième étage d'un immeuble des années 1970. C'était au cœur du quartier commerçant de Pékin, juste à côté de Wangfujing et de ses hôtels et magasins de luxe. Des vestiges du passé subsistaient encore dans des petits coins comme celui-là.

L'arrivée de la police fit sensation dans la ruelle sale et défoncée. Une foule se forma rapidement, ravie de cet événement venant rompre la monotonie de la vie quotidienne.

Ils pénétrèrent dans une cour fermée par une porte en fer. Sur trois côtés, des bicyclettes étaient soigneusement rangées sous des abris. Des ordures jonchaient les marches conduisant à l'entrée. La jeune fille préposée à l'ascenseur eut peur en voyant débarquer les policiers. Elle était affalée sur un siège, une pile de magazines bon marché sur les genoux, un transistor crachant de la musique pop à côté d'elle, et un pot de thé vert posé par terre. Li, Margaret, Wu et Qian s'entassèrent dans la cabine. Les autres prirent l'escalier.

— Tu connais M. Ge ?

La fille regarda Li d'un air étonné et secoua la tête.

— Il habite au neuvième, avec ses oiseaux.

Elle fit une grimace de dégoût.

— Oh, le mec aux oiseaux. Je le déteste. Il est toujours avec ses bestioles qui puent. Lui, il est habitué. Mais leur odeur dégueulasse reste des heures après son passage.

— Fais-nous monter, s'il te plaît.

Elle haussa les épaules et appuya sur le bouton du neuvième. L'ascenseur commença sa lente ascension chaotique et grinçante.

— Tu te souviens à quelle heure il est rentré, lundi soir ?

— Vous rigolez ? Vous savez combien il y a de locataires dans ce bâtiment ? Vous croyez que je fais attention à eux ? Je les regarde même pas.

— Mais l'homme aux oiseaux, c'est différent, non ? Tu les sens, ses oiseaux.

— Il entre, il sort. De toute façon, j'oublie d'un jour à l'autre. Si vous voulez ma place, je vous la donne.

— Tu ne sais pas s'il a reçu des visites, récemment ? insista Li.

— Pfff, lâchez-moi un peu.

Margaret observait l'échange d'un œil distrait. Visiblement, la fille se fichait pas mal de les aider.

Elle se demandait encore pourquoi elle avait

accepté de venir. Depuis la visite à l'université, l'enquête avait perdu tout intérêt pour elle. Elle était fatiguée de souffrir tantôt à cause de Li, tantôt à cause de Michael. Cela ne menait nulle part. Et, si elle était honnête avec elle-même, elle se foutait pas mal de savoir qui avait tué Yuan. Quel espoir avait-elle de jamais comprendre cette histoire de vendetta vieille de trente ans ancrée dans une autre culture et une autre époque ?

L'ascenseur s'immobilisa avec une secousse et la porte s'ouvrit. Li les précéda dans un couloir aux murs blancs percé de fenêtres aux encadrements verts qui donnaient sur la cour. Ils franchirent une porte à moitié vitrée et se retrouvèrent dans une entrée sombre. Margaret aperçut le chiffre 905 au-dessus d'une porte que protégeait un volet cadenassé. Li se poussa sur le côté pour laisser Qian ouvrir avec les clés de Moineau. Au bout d'un moment, Qian recula :

— La serrure est cassée. On n'avait pas besoin de clé.

— Qu'est-ce que vous espérez trouver ici ? demanda Margaret à Li.

— Rien.

— Si c'est lui, il y a de fortes chances pour qu'il y ait quelque chose. Une tache de sang, un cheveu. Ou davantage. Du carton blanc, de l'encre rouge.

— Si c'est lui.

— Vous ne le croyez pas coupable ?

— Je suis sûr que ce n'est pas lui.

Sang, Zhao et les policiers en uniforme arrivèrent en nage et hors d'haleine. Li tira une paire de gants blancs ; tous les autres l'imitèrent.

— Emballez les vêtements dans des sacs, ordonna Li. Propres ou sales. Et les chaussures aussi. Ne dérangez rien sans nécessité, mais fouillez l'appartement dans ses moindres recoins.

Il fit signe à Qian de pousser la porte. Aussitôt le bruit et l'odeur les assaillirent.

— Bon sang !

Qian se plaqua un mouchoir sur le nez avant d'entrer. Il tâtonna à la recherche d'un interrupteur ; un tube au néon suspendu au plafond de l'entrée clignota, bourdonna et jeta enfin une lumière froide sur des murs qui n'avaient pas vu un pinceau depuis vingt ans.

— Merde alors ! s'exclama Margaret.

Sidérée, elle regarda les douzaines de cages en bambou accrochées au plafond sur une sorte de séchoir à linge équipé d'une poulie permettant de les monter et de les descendre en même temps. Chaque cage était pleine d'oiseaux qui, affolés par cette intrusion étrangère, battaient frénétiquement des ailes en poussant des cris. Le bruit était assourdissant. Il y avait, sur la gauche, une cuisine crasseuse en désordre, et, juste après, un cabinet de toilette malodorant où du linge séchait sur un fil. Dans le couloir, un réfrigérateur et une machine à laver laissaient à peine la place d'accéder à la chambre à coucher. D'autres cages étaient accrochées au plafond ou posées sur les meubles :

bureau, armoire, commode. Le vacarme et la puanteur étaient insupportables. Margaret se demanda comment quelqu'un pouvait vivre là.

Une porte donnait, à droite, sur un minuscule séjour. Encore des cages, encore des oiseaux, certains en liberté ; les inspecteurs se baissèrent pour esquiver les coups d'ailes des volatiles paniqués. Il y avait des fientes partout. De l'autre côté de la porte moustiquaire, le balcon vitré était presque noir d'oiseaux volant dans tous les sens. Moineau avait arrangé des vieilles branches et des bouts de bois pour tenter d'y recréer un semblant d'habitat naturel.

— Mon Dieu ! s'écria Margaret. C'est complètement dément. Ce mec est cinglé !

Li hocha la tête d'un air sombre. Moineau avait en effet perdu les pédales, le sens des réalités. Son amour des oiseaux était devenu une obsession à laquelle se résumait toute sa vie. Qu'est-ce qui le fascinait tant dans ces créatures ? Était-ce l'illusion de liberté produite par leur capacité à voler ? Et pourtant, de quelle liberté jouissait un oiseau en cage ? En leur prenant leur liberté, il se libérait peut-être un peu lui-même. Du passé. De la culpabilité. De la réalité.

Les policiers commencèrent à entasser vêtements et chaussures dans de grands sacs en plastique, vidant tiroirs et placards. Ils soulevèrent le linoléum pour vérifier le plancher.

— Je vous attends sur le palier, dit Margaret en se bouchant le nez.

Elle se précipita dehors, mais une exclamation de surprise venue de l'intérieur de l'appartement excita sa curiosité et la fit revenir très vite. L'inspecteur Wu brandissait, comme un trophée, un sabre en bronze.

— Il était planqué au fond de l'armoire, patron.

Margaret se faufila dans la chambre pour mieux voir. Il mesurait environ un mètre de long, avec une poignée en bois verni incrustée de nacre. On ne voyait pas de traces de sang sur la lame. Elle était propre et affûtée.

Sang jeta un coup d'œil triomphant à Li.

— Voilà un détail qui me paraît plutôt imposant, patron, dit-il sur un ton légèrement suffisant.

Il faisait très clair. La lumière des néons se reflétait sur le carrelage blanc. De chaque côté du couloir, des vitres laissaient voir l'intérieur des laboratoires. Des laboratoires qui ressemblaient à tous les laboratoires de police scientifique que Margaret connaissait, avec leurs pièces à convictions couvrant les murs. Dans celui du microscope électronique étaient exposés les agrandissements photographiques d'un monstrueux insecte poilu. Un autre montrait le bout d'un tournevis à côté de la blessure qu'il avait provoquée. À travers une autre vitre, elle vit une série de draps blancs, chacun percé d'un petit trou cerné de suie noire. Dans une autre pièce, une table était chargée de toute la quincaillerie de la mort – pistolets, fusils, carabines – chacun muni de son étiquette. Dans une autre encore, tout l'attirail du drogué – petites cuillers tordues et noircies, seringues, flacons de pilules.

Comme la plupart des techniciens de la police scientifique, M. Qi, aimait le macabre. C'était un petit homme au crâne dégarni et à l'air joyeux. Sa blouse trois fois trop grande pour lui aurait eu besoin d'un lavage. De sa poche dépassait une panoplie colorée de crayons, stylos et règles. Ravi de pouvoir pratiquer son anglais, il leur annonça, en montrant un labo, sur leur gauche :

— Une querelle domestique dans le quartier de Chongwen. Ils aperçurent, derrière la vitre, un chemisier étalé sur une paillasse recouverte de papier. Il était constellé de déchirures et de trous, taché de sang séché d'un brun-gris.

— Le mari a trouvé sa femme par terre en rentrant chez lui. Trente-sept coups de couteau. On a d'abord pensé qu'elle avait surpris un cambrioleur. En fait, c'était le mari. Il avait une autre femme dans sa vie et voulait se débarrasser de son épouse. J'adore cette nouvelle vague de crimes chinois. C'est très intéressant.

Il colla son postérieur sur le détecteur de la porte de son laboratoire, et la carte magnétique d'identification rangée dans sa poche revolver débloqua la serrure. La porte s'ouvrit avec un bruit sourd.

— Pratique quand on a les mains pleines, observa-t-il avec un grand sourire. Bienvenue dans mon laboratoire.

Vêtus de la blouse blanche qu'on leur avait remise à l'entrée, Margaret, Li, Qian et Sang le suivirent. Ils avaient soigneusement essuyé et gratté les semelles de leurs chaussures pour les débarrasser de la poussière et de la saleté de l'extérieur.

Le microscope comparateur était installé sur une table. Un socle supportait deux platines d'une quinzaine de centimètres carrés chacune où les objets à étudier et comparer étaient exposés à la lumière de fortes lampes. Au-dessus, un ensemble de miroirs et lentilles fixés sur deux tourelles renvoyaient les images vers deux oculaires permettant d'examiner les images côte à côte. Les oculaires étaient connectés à un grand moniteur placé sur une table voisine.

Les sections de vertèbres prélevées sur le cou de chaque victime attendaient dans quatre bocaux remplis de formol. L'assistant les sortit l'une après l'autre pour les laver afin que les vapeurs ne brûlent pas le nez et les yeux de M. Qi pendant qu'il les examinerait au microscope.

Pendant ce temps-là, M. Qi installa le sabre en bronze découvert chez Moineau sur un tapis roulant. Il avait déjà été examiné par les techniciens, et n'avait révélé ni empreintes ni traces de sang. Il avait été méticuleusement nettoyé. Mais sa lame n'avait été affûtée que sur un côté, et un seul côté avait été utilisé pour couper.

M. Qi baissa le store de la fenêtre du couloir et éteignit les lumières. La pièce se retrouva plongée dans l'obscurité, mis à part la lueur du moniteur et les lampes du microscope qui éclairaient les blouses blanches du petit groupe rassemblé autour.

L'assistant découpa la première vertèbre avec

une scie de joaillier, et posa la lamelle sur la platine gauche. M. Qi fit avancer le sabre sur la platine droite, de façon à pouvoir examiner la portion de la lame dont Margaret avait parlé pendant l'autopsie. Il colla ses yeux sur les oculaires et procéda à la mise au point. Pour le moment, l'image apparaissant sur le moniteur était floue. Les inspecteurs piétinaient d'impatience. Margaret savait que cela prendrait un certain temps.

Centimètre par centimètre, M. Qi fit bouger la platine sur laquelle reposait le sabre, en se concentrant sur les infimes ébréchures et striations visibles au microscope, et en les comparant aux marques laissées sur la vertèbre.

— Ah, ah ! s'exclama-t-il soudain.

Tout le monde sursauta.

— Nous avons une correspondance.

Il procéda à une nouvelle mise au point afin d'améliorer la netteté de l'image du moniteur. Côte à côte, les vues de la vertèbre et de la lame révélaient un motif identique de marques verticales, de hauteur et de largeur variables.

— Ce sabre a coupé cette tête, déclara M. Qin avec un grand sourire.

Il sortit un feutre rouge de la poche de sa blouse, marqua soigneusement la partie de la lame correspondant à la vertèbre, et inscrivit le numéro de l'échantillon.

— Au suivant, dit-il joyeusement.

Il examina une par une les autres vertèbres. Les marques de la lame correspondant aux trois premières vertèbres étaient plus ou moins concentrées au même endroit. Celles qui correspondaient à la quatrième étaient beaucoup plus proches de la poignée. M. Qi marqua chacune avec un feutre de couleur différente.

Expert en sabre, Yuan Tao avait chaque fois frappé avec une précision remarquable. Son propre assassin n'avait pas la même maîtrise de l'arme. Mais c'était là, sans l'ombre d'un doute, celle qui l'avait tué. Perplexe, Li regardait fixement les marques rouge, jaune, verte et bleue avec une intensité soucieuse.

Sang jubilait.

— Vous pensez toujours que Moineau n'est pas notre homme, patron ?

Chapitre 11

I

Là-haut, on avait la sensation de se trouver dans un monde magique au-dessus des nuages. Hors d'atteinte. En montant, Margaret avait dépassé les derniers touristes qui s'en allaient ; le jour déclinait. Elle s'était assise sur les marches chaudes du pavillon couronnant le sommet de la Colline de charbon, avec Pékin à ses pieds, et, au loin, vers le nord, les vastes espaces du désert de Gobi. À l'ouest, l'énorme sphère cramoisie du soleil sombrait lentement derrière les montagnes violettes. Le parfum des pins embaumait l'air tiède, et les oiseaux chantaient une dernière fois avant de dormir.

Li l'avait emmenée ici, trois mois plus tôt. Il aimait venir réfléchir ici, lui avait-il dit. Ici, il pouvait s'isoler tout en restant au cœur de cette ville de onze millions d'habitants.

Elle aussi était venue réfléchir, essayer de voir clair dans sa vie, tenter de prendre des décisions sur son avenir. Elle croyait l'avoir déjà fait moins d'une semaine auparavant. Mais la terre avait tourné, de nouveaux événements avaient changé sa vie, ses idées, pour toujours peut-être. Elle avait rencontré Michael. Sérieux, sensible, intelligent. Michael qui lui avait demandé de l'épouser. S'il était ici, maintenant, il ne pourrait pas s'empêcher de lui raconter que la colline sur laquelle elle était assise avait été créée artificiellement, avec la terre des fossés entourant la Cité interdite, juste en bas. Cette idée la fit sourire.

Ce qu'elle ressentait pour Michael n'avait rien à voir, elle le savait, avec la passion ardente qu'elle avait connue avec Li. Fruit de circonstances extraordinaires : peur, haine, amour, un véritable chaudron de passions d'où était née une relation extraordinaire. Mais c'était Li qui avait éteint la flamme. Il l'avait mouchée entre le pouce et l'index, il s'était brûlé, et la douleur du regret ne cessait de le torturer.

Michael était si différent. Pour commencer, lui et elle parlaient la même langue, partageaient la même culture. Il ne pouvait y avoir entre eux aucun malentendu culturel, aucun fossé politique à combler, aucun besoin de défendre ou critiquer un pays par rapport à l'autre, le capitalisme par rapport au communisme.

Margaret savait que, malgré son amour croissant pour ce pays et ses habitants, elle n'avait pas d'avenir en Chine. Elle devait rentrer chez elle. « Chez elle », ce mot aurait dû désigner un endroit familier, où elle se sentait bien, avec des gens qu'elle aimait. Or cet endroit n'existait pas. Pour elle, ce n'était que le souvenir lointain d'une enfance heureuse, ou des années partagées avec un homme qui était mort aujourd'hui. Elle avait trente et un ans. Dans dix ans, elle entrerait dans la quarantaine. Encore dix ans, et elle en aurait cinquante. C'était proche, trop proche. La vie passait en un clin d'œil.

En bas, sous les nuages, Li était confronté à un fantôme d'homme en possession de l'arme du crime qu'il avait utilisée pour ôter la vie à quatre autres hommes. Les gens vaquaient à leurs occupations, rentraient chez eux, préparaient le dîner, faisaient l'amour, vieillissaient, mouraient. De toute façon, le voyage finissait toujours trop tôt.

Elle sentit le désespoir l'envahir.

En disparaissant derrière les montagnes, le soleil baignait la ville d'une lumière rouge. Soudain, un éclair et un coup de tonnerre la firent sursauter. De gros nuages violets affluaient de l'est. Elle sentit l'odeur de la pluie qui précédait l'orage, et comprit qu'il était temps de partir.

II

Le sabre était posé sur la table. Moineau le fixait sans comprendre.

— C'est pas à moi.

— Oh, nous savons à qui il est, dit Sang. Ce que nous voulons savoir, c'est ce qu'il faisait chez toi.

Moineau secoua la tête.

— Non, pas chez moi.

— Il était dans ton armoire. On l'a trouvé cette après-midi, dans ton appartement.

Moineau détourna les yeux de la lame et regarda Li d'un air suppliant, troublant - comme s'il avait compris que Li doutait, et pourrait peut-être le défendre.

— Non, dit-il. Je veux rentrer chez moi, s'il vous plaît. Il faut que je donne à manger à mes oiseaux. Il n'y a personne d'autre pour leur donner à manger.

Li revit l'appartement rempli d'oiseaux jacassant dans leurs cages, les sacs de graines entassés dans un coin du séjour. Il se demanda ce qu'ils deviendraient s'ils retenaient Moineau plus longtemps, s'ils l'envoyaient à la Section n° 7 pour y être cuisiné par des interrogateurs professionnels. Il faudrait peut-être demander à deux agents d'emmener tous les oiseaux au marché de Guanyan.

— C'est malheureusement impossible, dit-il.

Sang refusait de se laisser distraire. Il se leva et prit le sabre en main.

— Voici l'arme que Poulet a utilisée pour trancher les têtes de Macaque, Zéro et Goret. Et toi, tu l'as utilisée pour trancher celle de Poulet.

— Non !

— À quoi bon le nier, Moineau ? Nous savons que c'est la vérité. Nous savons que tu es allé dans son appartement, que tu as trouvé le sabre sous le plancher. Nous savons que tu as drogué Poulet, que tu l'as attaché, et que tu lui as coupé la tête. Nous savons que tu l'as fait parce que tu as caché le sabre dans ta propre chambre à coucher. Pourquoi tu n'avoues pas ? Libère-toi. Nous savons que tu te sens coupable à cause du professeur Yuan. Ça fait trente-trois ans que tu trimballes cette culpabilité. Tu ne veux pas y ajouter celle de la mort de Poulet par-dessus le marché, hein ? Tu veux avoir la conscience tranquille. C'est tellement plus facile de ne pas avoir ce poids à porter. Tu pourras dire au juge que c'était de la légitime défense. Après tout, nous savons que Yuan allait te tuer.

Il reposa le sabre sur la table, se pencha vers Moineau, et rapprocha son visage à quelques centimètres du sien.

— Avoue, Moineau, murmura-t-il. Allez, dis-le. Tu sais que tu te sentiras mieux après.

Le visage de Moineau ruissela à nouveau de larmes. Silencieuses cette fois. Il avait le regard perdu au loin, au-delà de Sang, dans le passé. *C'est la politique du Parti d'être indulgent avec ceux qui confessent leurs crimes, et sévères avec ceux qui refusent*, lui avaient-ils dit, et quand il avait refusé de se confesser, ils l'avaient roué de coups jusqu'à lui faire perdre connaissance.

— Les masses révolutionnaires expriment leur dévouement au président Mao de toutes les façons imaginables à cause des sentiments profonds qu'ils éprouvent pour leur dirigeant, récita-t-il à Sang, interloqué.

— De quoi tu parles, Moineau ?

— Tu es aussi perfide et fuyant qu'une bite de chien graisseux ! hurla ce dernier.

Puis il se cacha le visage dans les mains et recommença à sangloter en se balançant d'avant en arrière.

Li se leva, écarta Sang de la table.

— Assez, fiston.

Il ne savait pas exactement pourquoi, mais il se sentait profondément triste devant le spectacle affligeant de cette épave qui avait été un homme, autrefois. Il personnifiait la génération entière de ceux qui avaient perdu leur jeunesse, parfois leur vie, en douze années de folie et d'horreur. Moineau avait perdu son âme. Il avait été à la fois bourreau et victime.

Assise sur le bureau de Li, dans le cercle de lumière de la lampe articulée, Xinxin triait les pièces de son puzzle. Elle serrait dans sa main gauche un carton de jus d'orange à moitié vide. Les inspecteurs l'avaient gâtée, en lui offrant toutes sortes de friandises, en jouant aux cartes avec elle, en l'aidant à faire son puzzle. Maintenant, la plupart étaient repartis chez eux. Debout devant la fenêtre, Li attendait le retour de Margaret avant de ramener Xinxin chez Mei Yuan. Il n'avait aucune idée de l'endroit où elle était allée. Depuis la visite à l'université de Pékin, elle était restée sombre et silencieuse. Il savait que l'affaire ne l'intéressait plus. Après avoir obtenu la confirmation que le sabre était bien l'arme du crime, elle lui avait dit qu'elle avait des choses à faire, qu'elle reviendrait plus tard.

Il ne comprenait pas pourquoi, mais Xinxin avait jeté un pont entre eux, un pont que ni l'un ni l'autre n'avait trouvé l'occasion de franchir avant qu'il ait eu le malheur de le détruire en l'emmenant avec lui à l'université. Il maudit la jalousie qui l'avait poussé à tenter de discréditer Zimmerman. Il avait essayé de se justifier avec son histoire de procédure policière. Mais il savait pertinemment que c'était faux. Il ne supportait pas qu'un autre homme puisse avoir Margaret. Ce n'était ni bien ni juste de sa part. Était-il si faible ? Pas étonnant qu'il ait lu tant de haine dans son regard le matin même.

Ses pensées revinrent à la silhouette pathétique de Moineau emmené en cellule de garde-à-vue, au sous-sol. Li n'était toujours pas convaincu que Moineau ait pu avoir la présence d'esprit ni l'intelligence de suivre Yuan jusqu'à l'appartement qu'il louait, qu'il ait été capable d'imiter si parfaitement le *modus operandi* des meurtres précédents, qu'il ait pu faire passer Yuan pour la quatrième victime avec autant de succès. Et il restait toutes ces questions sans réponse, toutes ces incohérences : la vodka bleue, les bouteilles de vin rouge, la poussière d'argile bleu-noir, le mauvais surnom.

Pourtant, il avait à la fois le mobile, l'occasion, et, encore plus accablant, l'arme du crime trouvée dans l'appartement. Ou Moineau les dupait avec un aplomb étonnant, ou le véritable assassin avait planqué le sabre chez lui. Pour que l'assassin puisse faire ça, il fallait qu'il sache que Moineau était le suspect principal. Or, en dehors de la Section n° 1, personne ne le savait.

Un éclair illumina brièvement le ciel, suivi d'un roulement de tonnerre lointain. En se retournant, Li trouva Margaret qui l'observait depuis le seuil de la porte. Absorbée par son puzzle, Xinxin ne l'avait pas encore vue. Ils restèrent un moment à se regarder dans la pénombre, dans un silence douloureux qui les séparait comme un gouffre infranchissable. Puis Xinxin s'aperçut de la présence de Margaret. Elle poussa un cri de joie et dégringola du bureau pour se jeter sur elle. En sentant la chaleur de ce petit corps, son frémissement d'excitation, Margaret regretta la décision qu'elle venait de prendre une heure plus tôt. Un flot de paroles incompréhensibles se déversait de la bouche de la petite fille.

— Qu'est-ce qu'elle dit ? demanda-t-elle à Li.

— Elle veut que vous l'aidiez à terminer son puzzle.

— Bien sûr. Si ce n'est pas trop long.

Il leur fallut moins de dix minutes pour le finir. Xinxin protesta quand Li la fit monter dans la jeep, mais elle retrouva le sourire en apprenant qu'ils allaient chez Mei Yuan.

Une chaleur humide était tombée sur la ville avec l'arrivée des nuages lourds de pluie venus de l'est. Le rush du soir une fois passé, les voitures circulaient plus vite, comme des insectes affolés par l'approche de l'orage. En prévision, des toiles et des parapluies avaient été déployés au-dessus des braseros fumants, et les marchands protégeaient par des auvents leurs étalages en plein air. Les cyclistes se dépêchaient de rentrer chez eux avant que le ciel ne se déverse sur leur tête.

Dès qu'elle ouvrit la porte, Mei Yuan souleva Xinxin dans ses bras pour l'amener à table.

— Ce soir, dit-elle à Li et Margaret, vous restez dîner. Il y a trop de *jiaozi* pour Xinxin et moi.

Pendant qu'elle s'activait autour de la cuisinière, Li et Margaret s'installèrent. Xinxin lut une fois de plus une histoire de son livre à Margaret. Li s'aperçut, en lui jetant un coup d'œil en biais, qu'elle n'écoutait pas. Pas seulement parce qu'elle ne comprenait pas, mais parce qu'elle était à des kilomètres. Les yeux dans le vague, elle souriait pour ne pas montrer à la petite fille qu'elle était distraite. Interceptant le regard de Li, elle concentra aussitôt son attention sur le livre, comme si elle avait peur qu'il puisse lire ses pensées.

Mei Yuan servit des *jiaozi* frits, épicés qu'ils trempèrent dans un bol de sauce soja au piment. Leur saveur et leur consistance rappelèrent à Margaret le petit restaurant où Michael l'avait emmenée à Xian, dans le quartier musulman, et elle repensa à la décision qu'elle venait de prendre sur la Colline de charbon.

Mei Yuan ne comprenait pas ce qui se passait. Elle faisait de son mieux pour détendre l'atmosphère.

— Alors, Margaret, dit-elle sur un ton jovial. J'ai beaucoup réfléchi à votre devinette, mais je n'ai pas encore trouvé la réponse. Et toi, Li Yan ?

Li émergea de ses pensées. Il avait complètement oublié la devinette, et allait l'avouer quand la réponse lui traversa subitement l'esprit. Il sourit en secouant la tête.

— Je crois savoir. Mais seul un étranger pouvait la poser.

— Comment ça ? fit Margaret, sur la défensive.

— Vous vouliez savoir comment je pouvais me rendre à pied de Xidamochang à la gare de Pékin, le jour de la fête nationale, sans être vu. La réponse que vous attendez est que je suis descendu dans la ville souterraine et que j'ai suivi les tunnels jusqu'à la gare.

— Et alors ?

— Tu lui dis, Mei Yuan ?

Mei Yuan posa une main consolatrice sur celle de Margaret.

— Les tunnels ne conduisent pas à la gare de Pékin, dit-elle en souriant.

— Pourtant, j'ai vu un panneau indiquant « La gare ».

— C'est l'ancienne gare de Pékin. À l'angle sud-est de la place Tiananmen. Plus tard, on en a construit une nouvelle, un peu plus à l'est.

— OK, je ne pouvais pas savoir qu'on l'avait changée de place, dit Margaret de mauvaise grâce.

— C'est ce que je disais. Seul un étranger pouvait poser cette devinette.

Un silence tendu s'installa. Mei Yuan leur demanda s'ils voulaient de la bière. Margaret secoua la tête. Il était temps qu'elle parte. Li proposa de la raccompagner à son hôtel. Ils se levèrent. Perplexe, Xinxin les regarda à tour de rôle.

— Qu'est-ce qu'il y a ?

— Margaret doit partir.

— Je la verrai demain ? demanda-t-elle, très déçue.

Li posa la question à Margaret qui parut en proie au supplice avant de déclarer soudain :

— Dites-lui que, demain matin, je l'emmènerai jouer au parc, de l'autre côté du pont. Pour lui dire au revoir.

— *Au revoir ?*

Mei Yuan n'en revenait pas.

— Je pars lundi, dit Margaret.

Dehors, de l'autre côté des arbres, une légère brise ridait la surface du lac. Les premières gouttes de pluie s'écrasèrent sur le pare-brise de la jeep où elles creusèrent des cratères dans la poussière. Li attrapa le bras de Margaret au moment où elle allait ouvrir la portière côté passager.

— Pourquoi partez-vous si tôt ? L'enquête n'est pas terminée.

Cette fois, elle le regarda dans les yeux.

— Pour moi, elle l'est. Tout est fini, Li Yan. Vous, moi, la Chine.

— Et Zimmerman ?

Elle eut un sourire triste.

— Michael m'a demandé de l'épouser.

Elle vit la douleur assombrir son regard.

— Je lui ai répondu non. Mais l'offre tient toujours. Je rentre chez moi pour réfléchir. Très sérieusement. Loin de vous. Loin de lui. Loin d'ici. Pour toujours.

Un éclair et un coup de tonnerre presque simultanés précédèrent le déluge. Un rideau de pluie s'abattit sur eux et les trempa en quelques secondes. Mais ni l'un ni l'autre ne bougea. Li vit se dessiner le contour des seins de Margaret sous le coton mouillé. Ses cheveux se collèrent sur son visage pâle aux taches de rousseur si séduisantes. Il ne savait pas s'il voyait des larmes ou des gouttes de pluie rouler sur ses joues. Elle avait l'air si triste à la lueur des éclairs qui déchiraient le ciel. Il savait que c'était la fin. Elle se dressa sur la pointe des pieds pour l'embrasser doucement sur les lèvres. Il sentit ses doigts suivre légèrement la ligne de sa mâchoire. Puis elle s'enfuit en courant dans le *hutong* où elle fut avalée par l'obscurité et la pluie. Il ne la reverrait plus jamais ; tous les moments de peur, de passion étaient perdus à jamais.

Du bar de l'Hôtel Ritan, Margaret vit Michael descendre d'un taxi, traverser rapidement le hall de marbre, et venir à sa rencontre. Elle le regarda, puis fondit aussitôt en larmes. Déconcerté, il la prit dans ses bras. Elle était trempée, échevelée, avec des traces de mascara sur les joues.

— Pour l'amour du ciel, Margaret, qu'est-ce qui t'arrive ?

— Rien, marmonna-t-elle contre sa poitrine. Rien du tout, Michael. Serre-moi fort.

III

Margaret lui tournait le dos. Il vit Michael s'approcher d'elle. Il tenait quelque chose à la main, mais il ne voyait pas ce que c'était. Elle se retourna au moment où il levait le bras ; la lame d'un poignard brilla dans la lumière quand il frappa. Li cria, mais aucun son ne sortait de sa bouche. Il essaya de bouger, il avait les mains attachées dans le dos ; il aperçut alors la pancarte accrochée autour de son cou. C'était son nom qui y était inscrit, à l'envers. Il releva la tête et vit que ce n'était pas un poignard mais un sabre, que ce n'était pas Michael mais Margaret qui le tenait. Un étrange sourire tordit son visage quand elle abattit l'arme sur lui.

Son propre cri le tira des profondeurs de son rêve ; il en entendait encore le lointain écho. Haletant, couvert de sueur, le cœur battant à tout rompre, il regarda le réveil posé sur sa table de nuit. Il était 1 heure du matin. Il avait à peine dormi une demi-heure.

Il balança les jambes hors du lit et attrapa ses cigarettes. À peine en avait-il allumé une qu'il entendit frapper à sa porte.

— Hé ! Il y a quelqu'un ? cria une voix de femme.

Il traversa en courant l'appartement plongé dans le noir et ouvrit la porte. Sa voisine de palier, haut fonctionnaire au ministère de la Sécurité de l'État, une femme très laide, avec du poil au menton, se tenait sur le palier. Son imposante personne était enveloppée d'une robe de chambre rose, et son visage couvert de crème blanche.

Li lui jeta un regard stupéfait.

— Que se passe-t-il ?

— J'ai entendu quelqu'un crier.

Il poussa un soupir de soulagement.

— Ce n'est rien, j'ai fait un cauchemar.

Voyant qu'elle s'obstinait à le fixer au-dessous de la ceinture, il réalisa soudain qu'il était nu comme un ver.

— Autre chose ? demanda-t-il.

Elle mit fin à son observation et le foudroya du regard.

— Espèce de dégoûtant ! Vous exposer ainsi au milieu de la nuit devant une femme sans défense.

Mais elle n'avait pas vraiment l'air dégoûté.

— J'ai bien envie de vous dénoncer.

— Dénoncer quoi ? Que je ne bande pas ? Il suffira à la cour de vous regarder pour m'acquitter, camarade.

Elle rougit.

— Merci de votre sollicitude, ajouta-t-il en lui refermant la porte au nez.

Il voulut prendre une bière dans le réfrigérateur, mais il n'en restait plus. Il enfila un pantalon de jogging et alla s'asseoir dans le séjour avec ses cigarettes. La pluie avait cessé de tomber. Les feuilles luisantes des arbres gouttaient encore dans la lumière des réverbères. Il pensa à Margaret et se l'interdit aussitôt. C'était trop facile. Il avait passé la soirée à ça. Il n'allait pas rester assis à s'apitoyer sur lui-même. Il se leva, sortit sur le balcon et s'obligea à penser à autre chose.

L'image de Moineau dans sa cellule, pathétique, triste, recroquevillé en fœtus sur les planches dures du bas flanc lui traversa l'esprit. Une idée la remplaça, une idée qu'il avait déjà écartée. Puis une image, celle d'une silhouette se faufilant en douce, dans le noir, chez Moineau pour cacher un sabre au fond de l'armoire. Il entendait les oiseaux dérangés dans leur sommeil pousser des cris, affolés par les mouvements qu'ils ne pouvaient pas voir. Et soudain, il se souvint de Qian devant le cadenas du volet. *La serrure est cassée. On n'avait pas besoin de clé*. Li se maudit. Il n'avait même pas pris la peine de la regarder. Était-elle simplement cassée, ou forcée ? Il alluma une autre cigarette et se passa la main dans les cheveux. Sur le moment, le problème ne s'était même pas posé. Personne n'aurait pu soupçonner que quelqu'un se soit introduit chez Moineau pour y cacher l'arme du crime. Il vérifia l'heure. 1 heure et demie. Il retourna dans sa chambre enfiler un tee-shirt et une paire de tennis. Il n'avait pas la patience d'attendre jusqu'au matin pour demander à Qian.

Les rues désertes sentaient la terre humide et les feuilles mouillées. Tout en pédalant vers le nord de la ville, il se demanda si sa résolution de vérifier la serrure de l'appartement de Moineau était simplement un moyen de chasser Margaret de ses pensées. Il baissa la tête puis appuya sur les pédales pour accélérer et essayer de faire le vide dans son esprit.

Le policier de service à la Section n° 1 alla chercher les clés de Moineau dans la salle des pièces à conviction et les tendit à Li.

— Il a demandé de l'encre, une plume et du papier, il y a environ deux heures. Depuis, je l'ai pas entendu moufter.

La ruelle était déserte et les fenêtres de l'immeuble toutes noires. Li entra avec son vélo dans la cour où il fit peur à un rat en train de fouiller dans les ordures entassées sur les marches. La bête fila dans la nuit. Li rangea son vélo sous la lampe de la porte et entra. Des profondeurs du bâtiment montait un bourdonnement lointain. À part ça, régnait un silence de mort. Les portes de l'ascenseur étaient fermées, le bouton d'appel éteint. Li se dirigea vers la cage de l'escalier et sortit les clés pour ouvrir la porte. Mais la porte s'ouvrit avec un grincement sous sa poussée. Il sortit une lampe stylo de sa poche pour éclairer la serrure. Elle était complètement grippée, depuis longtemps sans doute. N'importe qui pouvait donc avoir accès à l'immeuble après 10 heures du soir quand l'ascenseur n'était plus en service. Il commença la lente ascension des étages.

En arrivant au neuvième, il regretta amèrement de ne pas avoir arrêté de fumer – et alluma aussitôt une cigarette. La faible lueur provenant des réverbères de la rue éclairait vaguement le couloir. Il le suivit jusqu'au palier sombre sur lequel donnait la porte 905. Le volet était entrebâillé ; Li s'emporta contre le manque de sérieux des policiers qui l'avaient laissé comme ça. Il s'accroupit, souleva le cadenas au bout de sa chaîne. L'arceau entrait et sortait librement du boîtier, sans résistance. Li braqua le faisceau de sa lampe sur le trou de la serrure et vit de fines rayures, brillantes, sur le métal. La serrure avait été forcée. Récemment. Et par quelqu'un qui savait ce qu'il faisait. Il se releva et le lâcha ; le cadenas heurta le volet avec un bruit métallique. Quelqu'un était entré par effraction dans l'appartement de Moineau pour y planquer le sabre. Choqué par cette révélation, il resta un moment sans bouger. Ça semblait à peine croyable.

Il tourna la poignée de la porte intérieure, entra, et entendit aussitôt des battements d'ailes, un concert de cris affolés. Puis quelque chose vola vers lui dans le noir. Quelque chose de gros, de sombre qui le frappa violemment à la poitrine. Surpris, le souffle coupé, il chancela en arrière. Quand la forme surgit de l'ombre, il reconnut la silhouette d'un homme, un peu plus petit que lui, svelte et mince. Mais il eut juste le temps de l'apercevoir avant qu'un autre coup de pied lui défonce la poitrine, et qu'un poing de fer s'écrase sur sa figure. Sa tête heurta le mur avec un craquement épouvantable ; il glissa sur le sol, du sang jaillit de sa bouche et de son nez. Son assaillant sauta lestement par-dessus lui et s'enfuit dans le couloir. Li entendit ses pas sur le ciment, le claquement d'une porte, puis ses pas s'éloignant dans l'escalier.

Pendant plusieurs minutes, il resta assis, le dos au mur, à essayer de reprendre sa respiration. Il avait mal aux côtes ; le sang qui lui coulait dans la gorge l'étouffait à moitié. Il se sentait complètement idiot.

Qian contempla le sang qui avait séché sur le devant du tee-shirt blanc de Li et secoua la tête en voyant l'état du visage de Li : lèvre inférieure fendue, enflée, narines bourrées de mèches de coton imbibées de sang.

— Il devait être balèze pour te mettre dans cet état, patron.

Li secoua la tête.

— Ce n'est pas une question de taille. Il m'a eu par surprise, c'est tout. Je ne m'attendais pas à trouver quelqu'un.

Tout l'immeuble était éclairé maintenant. En entendant approcher les sirènes hurlantes des voitures de police, les habitants s'étaient précipités sur les paliers et dans la cour. Les voisins aussi avaient été réveillés, et une foule de plusieurs centaines de personnes s'était rapidement formée dans la rue.

Tiré de son lit par l'appel du policier de service de la Section n° 1, Qian venait juste d'arriver. Il avait le visage encore bouffi de sommeil.

— Qu'est-ce qu'il faisait ici, à ton avis ?

Et, montrant d'un signe de tête les policiers en uniforme qui paraissaient démonter tout l'appartement :

— Et eux, qu'est-ce qu'ils font là ?

— La même chose. Ils cherchent. La seule différence, c'est que lui savait ce qu'il cherchait. Pas nous.

Qian fronça les sourcils et se gratta la tête.

— Je ne te suis plus, patron. Tu veux dire que tu sais qui c'est ?

— Oui. Celui qui a forcé la serrure et planqué l'arme du crime dans l'armoire de Moineau.

Qian tombait des nues.

— *Planqué* l'arme du crime ? Tu veux dire que tu ne crois pas que c'est Moineau qui l'a cachée ?

— Je ne l'ai jamais cru. La seule raison pour laquelle ce type est revenu, c'est pour rechercher quelque chose qu'il a perdu la première fois. Quelque chose qui pourrait le compromettre.

— Et tu crois qu'il l'a trouvé avant d'être dérangé ?

Li haussa les épaules et grimaça de douleur. L'infirmier lui avait bandé les côtes, mais ça faisait quand même très mal.

— Qui sait. Mais s'il y a quelque chose, je veux le trouver.

Il était presque 5 heures quand Qian émergea de l'appartement avec un petit sachet en plastique transparent. Li attendait dans le couloir, assis sur ses talons, entouré de petits tas de cendre et de mégots. Il se remit péniblement sur ses pieds. L'effet des analgésiques commençait à se dissiper.

— Qu'est-ce que tu as trouvé ?

Qian secoua la tête d'un air découragé.

— C'est peut-être rien du tout.

Le ciel lavé par la pluie de la veille commençait à s'éclaircir. Les nuages avaient disparu. Li prit le sachet pour examiner son contenu, et vit un petit clou en diamant à peine plus gros qu'une tête d'épingle.

— Qu'est-ce que c'est que ce truc ?

— Une boucle d'oreille. Le genre de machin que les gens mettent sur une oreille percée pour empêcher le trou de se refermer. Je ne pense pas que ça appartienne à Moineau.

— Tu veux dire que ce serait une femme qui m'aurait arrangé comme ça ?

— Non, je ne crois pas, patron, répondit Qian en souriant. Beaucoup de jeunes mecs ont les oreilles percées aujourd'hui. Une sale habitude venue d'Occident.

Déçu, Li tourna la tête vers l'appartement.

— Rien d'autre ?

— Bien peur que non. Enfin, pas de quoi fouetter un chat. On a eu de la chance de trouver ça au milieu de ce bordel. S'il n'avait pas brillé dans la lumière...

Qian voulut reprendre le sachet, mais Li ne le lâcha pas.

— Ça pourrait être au Docteur Campbell, elle est entrée dans l'appartement hier. C'était dans quelle pièce ?

— La chambre.

Li hocha la tête d'un air pensif. Sous son air impassible, il avait le cœur qui cognait douloureusement contre ses côtes. Enfin une bonne raison de la revoir. C'était stupide, il le savait. Il en souffrirait encore plus. Mais c'était une bonne raison.

— Je lui demanderai.

Les étalages des marchands de fourrure et de jouets alignés sur le trottoir ouest de Ritan Lu étaient fermés. En face, dans le parc, des groupes d'hommes et de femmes dansaient le fox-trot ou pratiquaient le *tai qi*. Li entendait la musique nasillarde d'un radiocassette se mêler au son plaintif d'un violon et à la voix lancinante d'une femme qui chantait un air de l'opéra de Pékin. Les premiers rayons du soleil filtraient à travers les feuilles.

Bien qu'il ne fût guère plus de 6 heures du matin, les rues étaient déjà pleines de cyclistes se rendant à l'usine ou au bureau. Quelques vendeurs ambulants proposaient des patates douces sautées, des *jian bing*, des châtaignes grillées.

Li pédala lentement vers le nord. Chaque tour de pédale lui faisait mal aux côtes. Il avait une migraine épouvantable et sa lèvre inférieure l'élançait. Mais il oublia presque tout cela en apercevant la façade blanche de l'hôtel Ritan se dresser derrière les arbres. Arrivé à la grille, il freina et descendit de vélo. Un taxi le dépassa en klaxonnant, contourna un massif de fleurs et s'arrêta sous la verrière rouge de l'entrée. Li s'apprêtait à le suivre quand il vit une silhouette familière sortir très vite de l'hôtel et monter dans la voiture. C'était Michael Zimmerman, l'air heureux, détendu, guilleret. Sa vue agressa Li encore plus violemment que ne l'avait fait son assaillant dans l'appartement de Moineau. Zimmerman pouvait être content de lui. Il avait Margaret.

Li recula aussitôt derrière une voiture garée le

long du trottoir, et observa le taxi sortir de l'allée. Zimmerman ne le remarqua pas. Pourquoi l'aurait-il remarqué, d'ailleurs ? Li n'était qu'un Chinois parmi les onze millions de Chinois de Pékin. Il se rendit compte que les deux gardes de la sécurité qui fumaient dehors lui jetaient des regards suspicieux. Il hésita un long moment. Il ne pouvait pas entrer maintenant. Elle saurait qu'il avait croisé Michael. Il ne voulait pas affronter cette réalité.

Lentement, il tourna son vélo dans l'autre sens et l'enfourcha. Plus tard dans la journée, il enverrait Sang lui demander si la boucle d'oreille lui appartenait. Ce n'était pas à lui de s'en occuper.

IV

Dès qu'il tourna dans Beixinqiao Santiao et vit une douzaine de policiers en uniforme fumer à l'ombre des arbres, il sut qu'il était arrivé quelque chose. Il y avait une ambulance garée devant l'entrée latérale de la Section n° 1. Dès que les policiers aperçurent Li, le murmure de leurs conversations cessa. Il posa son vélo et se précipita à l'intérieur du bâtiment.

Un groupe de policiers bloquait l'extrémité du couloir, en haut de l'escalier qui descendait aux cellules. Il les poussa pour se frayer un passage et dévala les marches deux par deux.

Des agents en civil et en uniforme avaient envahi la cellule. Deux infirmiers étaient accroupis à côté d'une forme prostrée sur le sol. Moineau avait la tête bizarrement tordue. Ses yeux grands ouverts fixaient le mur, le bout de sa langue dépassait de ses lèvres bleues. Une corde sale gisait par terre ; on en voyait encore l'empreinte sur la peau écorchée de son cou.

— Il s'est pendu, patron. Pendant la nuit.

Li se retourna. C'était Wu qui venait de parler.

— Comment s'est-il procuré cette corde, bon Dieu ! s'écria Li, furieux.

— Elle tenait son pantalon. Comme il portait sa tunique par-dessus, personne n'a rien vu... Et personne n'a vérifié.

La colère de Li se mua en désespoir. Il baissa la tête et appuya ses pouces et ses index sur ses yeux en poussant un long soupir de frustration. Puis il regarda à nouveau Moineau. Malgré ses traits grotesques, déformés par la strangulation, ses yeux reflétaient une certaine paix. Il s'était échappé, au bout de trente-trois ans, libéré de sa culpabilité. Libre, comme les oiseaux qu'il avait aimés toute sa vie.

— Il a laissé une confession, patron.

Li se tourna vers Wu en fronçant les sourcils.

— Une confession ?

— C'est le chef qui l'a.

Chen lui tendit les deux feuilles de papier pelure couvertes de caractères maladroits, enfantins.

— On va avoir de sacrés ennuis, Li Yan. Le

ministère n'aime pas du tout que les prisonniers se tuent en détention provisoire. Il va y avoir une enquête.

Li hocha la tête. Le cœur serré, il lut la confession de Moineau.

— Enfin, nous avons sa confession. L'affaire est réglée, la pression politique va se relâcher. Vous n'avez pas idée de la pression contre laquelle je vous ai protégés, vous et vos hommes.

Il ne l'imaginait que trop bien.

— Dommage que sa « confession » ne tienne pas debout, lança-t-il en secouant la tête.

— Que voulez-vous dire ? demanda Chen en lui jetant un regard noir.

Li agita les feuilles de papier avec un geste de dédain.

— Tout ce qu'il a fait, chef, c'est répéter mot pour mot les accusations de Sang. Écoutez la bande. Il nous dit exactement ce qu'on voulait entendre. Exactement comme les autocritiques qu'on l'a obligé à écrire pendant la Révolution culturelle. On ne voulait qu'une chose, que les gens se confessent, quel que soit le crime. C'est ce qu'il a fait. La confession est la voie de la moindre résistance – même quand vous n'avez rien fait.

— Foutaises ! s'écria Chen, en colère. Il nous a donné un faux alibi, il avait un mobile idéal et nous avons trouvé l'arme du crime dans son appartement.

— Le mobile n'est pas une preuve de culpabilité, chef. Vous le savez. Il ne savait plus où il était lundi dernier, c'est tout. Et l'arme du crime a été planquée par quelqu'un d'autre dans son appartement.

— Quelle preuve en avez-vous ?

Li pointa le doigt vers son visage.

— Et ça, à votre avis ?

— Vous avez le nez éclaté parce que vous avez surpris un cambrioleur chez Ge Yan. Qu'est-ce que ça prouve ?

Li resta un moment sans voix. Même s'il en était persuadé, il n'avait bien sûr aucune preuve que le sabre avait été planqué à dessein dans la chambre de Moineau,

— Il y a une douzaine d'autres incohérences, chef. Le surnom, le vin...

Chen lui coupa la parole :

— Je ne veux pas en entendre parler, Li. Suffit.

— Mais, chef...

Chen le coupa à nouveau pour déclarer d'une voix basse et menaçante :

— Pour moi, chef de section adjoint Li, nous avons prouvé indubitablement que Yuan Tao a tué les victimes connues sous les noms de Macaque, Zéro et Goret. Il a commis ces actes pour venger les persécutions subies par son père pendant la Révolution culturelle. Nous avons maintenant la confession d'un individu qui croyait être la prochaine victime sur la liste, et qui a tué Yuan avant que Yuan ne le tue. Sa confession est accréditée par le fait que l'arme du crime a été retrouvée dans son appartement. Fin de l'histoire. Fin de l'affaire.

Il marqua une pause, puis ajouta :

— Vous me comprenez ?

Les deux hommes s'affrontèrent du regard pendant de longues secondes. Li écumait de rage. Il avait envie de jeter la confession de Moineau à la tête de Chen en lui criant ce qu'il pouvait faire avec. Mais il mesurait aussi la futilité de son geste.

Finalement, il se contenta de répondre :

— Oui, chef.

Chapitre 12

I

Margaret s'étira paresseusement sur le lit, s'abandonnant avec délices à la sensation de liberté. La décision avait été extrêmement pénible à prendre, mais elle se sentait maintenant soulagée d'un énorme fardeau. La veille, elle était restée longtemps immobile entre les bras de Michael, lovée contre lui pour en retirer le réconfort dont elle avait besoin ; puis ils avaient fait l'amour, et elle avait dormi comme un bébé. Elle s'était réveillée vers 6 heures du matin en l'entendant partir.

— Où vas-tu ?

— Le dimanche n'est pas un jour de congé en Chine, avait-il répondu en souriant et en l'embrassant sur le front. Il n'y a pas de repos pour les mécréants. On a besoin de moi sur le tournage. Je te verrai plus tard.

Elle se retourna pour regarder l'heure. Elle avait promis à Xinxin de l'emmener au parc. Ce souvenir éveilla en elle une pointe de douleur, un écho d'une autre vie. Elle regretta sa promesse. Elle l'avait faite avant sa confrontation avec Li, avant de lui révéler la demande en mariage de Michael, sa décision de rentrer chez elle. Elle aurait préféré une rupture nette. Ce retour dans le passé, même pour une heure, serait forcément douloureux. Mais elle avait promis, elle ne pouvait pas laisser tomber la petite fille. Trop de gens l'avaient déjà abandonnée.

Elle prit une douche et se lava les cheveux. En les séchant, elle se regarda dans la glace et se trouva vieillie, les traits tirés, la mine défaite. Elle avait maigri. Elle appréciait d'être mince, mais pas maigre. Elle avait vu des femmes qui, passé la trentaine, voulaient tellement rester séduisantes qu'elles suivaient des régimes draconiens et vieillissaient prématurément. Un peu de rondeur donnait l'air plus jeune. Tout ce qu'elle souhaitait maintenant, c'était rentrer dans son pays ; un peu de suralimentation ne lui ferait pas de mal.

Au moment de s'habiller, elle réalisa qu'elle devait faire sa valise dans la journée. Elle ne s'attarda pas sur les vêtements pendus dans le placard. Certains étaient trop chargés de souvenirs ; ils la feraient toujours penser à lui. Elle les donnerait à l'Armée du Salut. Elle enfila un jean, un tee-shirt et chercha une paire de tennis au milieu de ses chaussures. Elle en trouva une paire blanche avec un liseré rose pâle, et se figea sur place en apercevant de la poussière bleu-noir sur le plancher, à l'endroit où elle venait de les prendre. Elle resta au moins trente secondes sans bouger, ses tennis à la main, les yeux fixés sur la poussière, le cœur battant. Lentement, elle se baissa pour en prélever une pincée. La couleur et la texture étaient identiques à celles de l'échantillon que Li lui avait montré. Elle retourna ses tennis et vit la même poussière sur les semelles. Elle en eut le souffle coupé. Elle essaya de se souvenir de la dernière fois où elle les avait portées, de l'endroit où elle avait pu ramasser cette étrange poussière. Elle refit dans sa tête les différents déplacements des derniers jours et réalisa, avec un choc, qu'elle ne les avait pas remises depuis le jour où elle avait visité l'armée de terre cuite avec Michael. Dans les fosses, avec la terre et les gravats accumulés au cours des siècles, les guerriers brisés avaient déposé leur propre poussière de céramique, une argile cuite qui était devenue bleu-noir sous l'effet de la chaleur intense des fours. Et elle l'avait piétinée.

Mais cela n'avait aucun sens. Quel rapport pouvait-il y avoir entre les salles souterraines de Xian où des guerriers de terre cuite vieux de deux mille ans montaient la garde autour de leur empereur, et une série de meurtres à Pékin ? Une affaire criminelle d'ailleurs pratiquement résolue.

Elle retrouva son calme aussi vite qu'elle avait laissé son imagination s'emballer. D'abord, rien ne prouvait que cette poudre bleue était la même. Pourtant, et elle le regretta aussitôt, elle voulait en avoir le cœur net. Soudain, sans s'y attendre le moins du monde, elle se retrouvait plongée dans un monde qu'elle voulait fuir. Une force irrésistible l'attirait. Elle était à nouveau dévorée d'une curiosité à peine tempérée par un soupçon d'appréhension.

M. Qi travaillait le dimanche. Les criminels restaient en activité le week-end, pourquoi pas les criminalistes ? Il regarda l'échantillon que Margaret lui avait apporté dans une enveloppe blanche de l'hôtel et se gratta le menton d'un air pensif. Ses chaussures, dans un sac en plastique, étaient posées sur la table.

— On dirait bien la même poussière. Probablement soixante-dix pour cent d'argile cuite. Le reste est organique, minéral, et artificiel.

Il leva les yeux vers Margaret :

— Où avez-vous trouvé ceci, doctah Cambo ?

— Je l'ai ramassé sous la semelle de mes chaussures dans les fosses de l'armée de terre cuite, à Xian.

— Ha ha ! fit M. Qi, le visage rayonnant. Alors, c'est certainement la même poussière. Nous avons analysé les composants minéraux de l'argile. Courante dans la région de la province du Shaanxi, à l'ouest de la ville de Xian. Si vous l'avez ramassée dans les fosses, ce doit être l'argile utilisée pour fabriquer les guerriers de l'armée de terre cuite il y a plus de deux mille ans.

Margaret se souvint d'avoir lu dans les rapports de la police scientifique que l'argile provenait en effet de la province du Shaanxi. Mais elle n'avait jamais fait le rapprochement avec Xian. Elle n'avait eu aucune raison de le faire.

— Quand pourrez-vous me dire s'il s'agit de la même que celle de l'affaire Yuan Tao ?

— Oh, c'est calme aujourd'hui, répondit-il joyeusement. Pas de problème. Dans deux heures, peut-être. Je peux faire une analyse au microscope stéréo, peut-être un gradient de densité. Même un profil minéralogique, si vous voulez. Vous voulez attendre ?

Margaret jeta un coup d'œil à sa montre.

— Non, je ne peux pas.

Elle réfléchit un instant.

— Pourriez-vous téléphoner les résultats au chef de section adjoint Li ?

— Bien sûr, pas de problème.

Et il ajouta avec un grand sourire :

— Vous êtes une femme très intelligente, doctah Cambo. Vous devriez travailler pour la police chinoise.

Compte-là dessus, pensa-t-elle.

Le taxi la laissa au pont du Lingot d'argent. L'épicerie du coin faisait de bonnes affaires et les allées bordant les lacs étaient pleines de couples et de familles venus se promener. Certains Pékinois se reposaient quand même le dimanche, pensa Margaret en longeant à grandes enjambées la rive sud de Qianhai. Elle dépassa des maisons en briques assez décaties et s'engouffra dans les allées tranquilles qui menaient au marché aux fleurs – où la foule du dimanche se pressait sans doute déjà autour des cuisines ambulantes proposant des barquettes d'intestins de porc à la coriandre. Mais

Margaret bifurqua avant et entra sous le porche de la *siheyuan* de Mei Yuan. Elle était obsédée par cette poussière antique qui avait imprégné les semelles de ses chaussures, qu'on avait trouvée dans l'appartement d'un mort, sur les vêtements de la victime d'un autre meurtre. Si les échantillons correspondaient, leur seul lien était l'argile utilisée pour fabriquer la huitième merveille du monde – les milliers de guerriers fabriqués en 220 av. J.-C. pour garder les chambres funéraires souterraines du premier empereur de Chine. C'était déconcertant. Margaret n'y comprenait rien.

Xinxin poussa un hurlement de joie en se précipitant sur elle. Elle l'attendait à la porte depuis le petit-déjeuner. Margaret la serra dans ses bras, la prit par la main, et entra dans la maison où Mei Yuan l'accueillit avec un grand sourire.

— Elle est très impatiente. J'ai eu du mal à la faire dormir, hier soir, elle était tellement excitée à l'idée d'aller au parc avec vous aujourd'hui.

Puis, elle ajouta, l'air grave :

— Vous ne quittez pas réellement Pékin ?

— Malheureusement, si.

— Il y a un problème entre Li Yan et vous, je crois.

Margaret hocha la tête sans rien dire. Elle n'avait pas envie d'entrer dans les détails. Puis, comme Xinxin lui tirait le bras, elle se retourna vers la petite fille qui, les yeux brillants, lui racontait quelque chose.

— Elle vous demande de vous dépêcher, dit

Mei Yuan avec le sourire. Elle dit qu'elle vous attend depuis des heures.

Margaret lui prit la main.

— Eh bien, viens alors.

— Une minute, dit Mei Yuan. Elle est encore en chaussons. Ses tennis sont à la porte. Elle a besoin d'aide pour les lacer.

— Je m'en occupe, dit Margaret en s'asseyant sur un tabouret bas.

Les tennis de Xinxin étaient minuscules. En les soulevant, elle remarqua des traces de poussière bleue sur le sol, un bleu sombre sur le vert pâle du linoléum ; un frisson lui parcourut la nuque et les bras.

Xinxin s'installa sur les genoux de Margaret en la pressant de se dépêcher, mais Margaret avait à peine conscience de sa présence. Elle retourna la petite chaussure, vit de la poussière bleu-noir incrustée dans la semelle. Même chose sur l'autre chaussure. Elle ne savait plus quoi penser. Non, tout cela n'avait aucun sens. Xinxin n'était pas allée à Xian.

— Qu'est-ce qui ne va pas ? demanda Mei Yuan, inquiète.

— Quand Xinxin a-t-elle mis ces chaussures pour la dernière fois ?

Étonnée par cette question, Mei Yuan fronça les sourcils.

— Hier. Ce sont celles qu'elle avait aux pieds quand elle était avec vous et Li Yan.

Margaret essaya de remettre ses idées en ordre. Où étaient-ils allés ? Elle regarda les semelles de ses propres chaussures. Quand elle avait découvert les traces de poussière bleue sur ses tennis, elle avait remis les chaussures qu'elle portait la veille. Elles ne portaient aucune trace de bleu. Puis elle se souvint. Le déluge du soir précédent. Elle avait couru dans la rue en quête d'un taxi. Ses semelles avaient été lavées par la pluie. Où étaient-ils donc allés ? Elle essaya de se concentrer. Ils étaient montés dans la jeep. La Section n° 1. Puis l'université...

— Merde, dit-elle tout fort.

Xinxin et Mei Yuan la dévisageaient d'un air inquiet. À l'université, ils étaient entrés dans le laboratoire de conservation, dans cette pièce sale, poussiéreuse où l'on restaurait et conservait les objets anciens. Le professeur Chang s'était excusé du désordre. *Nous restaurons ici les trésors antiques de la Chine depuis des dizaines d'années. Je crois que personne n'a jamais éprouvé la nécessité d'y faire le ménage.* Le professeur Yue y travaillait lui aussi. Et c'était sur son pantalon et ses chaussures que les premiers résidus de poussière bleue avaient été découverts.

Margaret se rendit compte que Xinxin lui tirait la main avec insistance en pleurnichant. Elle laissa tomber les tennis, fit glisser la petite fille de ses genoux et se leva, le visage rouge de confusion et d'excitation.

— Je suis désolée, Mei Yuan. Il faut demander à Xinxin de me pardonner, mais je ne peux pas l'emmener maintenant. Je reviendrai plus tard. Il faut que j'aille à l'université.

Les lions de pierre de la porte ouest semblèrent darder des yeux furieux sur Margaret quand elle descendit du taxi. Des trois portes monumentales cloutées, seule celle du centre était ouverte. Les autres étaient solidement fermées. Le garde en uniforme regarda Margaret ; elle se demanda comment elle allait expliquer qu'elle devait absolument entrer. Mais, en se rapprochant, elle reconnut celui de la veille, qui la reconnut également. Peut-être se souvenait-il qu'elle était accompagnée d'un officier supérieur de la police, car il lui fit signe de passer. Elle sourit et, comme Alice à travers le miroir, glissa d'un monde dans un autre.

Les jardins, les lacs et les allées du campus étaient déserts. Elle traversa un pont de pierre et aperçut le pavillon blanc du département d'archéologie, au bout de sa pelouse ombragée. Elle était certaine que l'assistant de laboratoire les avaient emmenés vers l'est, qu'ils avaient contourné un lac, mais il y avait tellement de chemins qu'elle ne savait plus lequel prendre.

Il lui fallut un bon quart d'heure pour trouver enfin le bâtiment qu'elle cherchait. Tous les chemins et les pavillons se ressemblaient. Pourtant, elle reconnut le bâtiment en briques grises. C'était bien le collège des Sciences de la vie. Donc, le pavillon des Arts, où se trouvaient les laboratoires d'archéologie, était juste en face. La cour, remplie, la veille, de bicyclettes et d'étudiants, était vide, d'un silence presque inquiétant, et l'air lourd du bourdonnement des insectes. Elle entendit, au loin, une fille crier quelque chose à un garçon qui lui répondit. Le collège des Sciences de la vie paraissait fermé. Le pavillon des Arts aussi.

Margaret gravit les trois marches de l'entrée et poussa le battant droit de la porte. Il était verrouillé. Elle essaya de pousser l'autre qui s'ouvrit sur l'obscurité. Elle avança lentement tout en accommodant sa vue à la pénombre. Le couloir qui traversait le centre du bâtiment n'avait pas de fenêtres. Il y faisait très sombre. Seule la lumière du soleil qui s'infiltrait par les impostes de la porte d'entrée y jetait une faible lueur. Vers le milieu, cependant, un rai de lumière vive provenant d'une porte ouverte le barrait en diagonale. En se rapprochant, Margaret reconnut la porte du laboratoire de conservation où ils avaient rencontré le professeur Chang.

— Hello ! cria-t-elle.

Sa voix lui parut extraordinairement forte quand elle résonna dans le couloir. Aucune réponse. Elle poussa la porte qui s'ouvrit complètement en grinçant. La lumière du soleil filtrait en zigzags sur la pièce à travers les lamelles des stores vénitiens.

— Hello ! cria-t-elle à nouveau.

Il n'y avait personne. Le sabre que le professeur Chang était en train de restaurer se trouvait toujours coincé entre les mâchoires de l'étau, sur la grande table centrale. La pièce était sale, en désordre, telle qu'elle s'en souvenait. Elle posa son sac sur la table, en sortit un petit sachet en plastique transparent, et s'accroupit pour examiner le sol. Il était jonché de copeaux de bois et de sable. Plus, loin, sur une surface dégagée, elle aperçut une couche épaisse de poussière bleue. Elle s'accroupit à nouveau, en fit couler une pincée entre ses doigts. À première vue, c'était la même que celle qui s'était collée aux semelles de Xinxin. Elle en remplit le sachet et se releva.

En faisant le tour de la grande table, elle se rendit compte que celle-ci avait été déplacée. On l'avait fait glisser sur une sorte de rail boulonné au sol pour dégager une trappe qui était soulevée. Margaret s'approcha avec une certaine appréhension et jeta un coup d'œil ; un escalier en bois descendait vers un sous-sol éclairé.

— Hello ! cria-t-elle pour la troisième fois.

Aucune réponse ne lui parvint, juste une odeur d'humidité froide, comme celle, fétide, des tunnels de la ville souterraine.

Elle hésita longtemps. Puis sa curiosité finit par l'emporter sur la raison. Elle glissa le sachet dans sa poche, tâta du pied la première marche pour vérifier sa solidité, et descendit jusqu'au bas de l'escalier. Elle se retrouva dans une sorte de cave carrée.

Le crépi des murs était taché par l'humidité. Une porte métallique entrouverte donnait accès à un tunnel éclairé tous les quinze ou vingt mètres par une ampoule suspendue à un câble électrique. Margaret appela encore, et encore. Personne ne répondit.

Elle allait faire demi-tour, remonter dans le laboratoire pour sortir retrouver au plus vite la chaleur et la lumière du soleil, quand son œil fut attiré par une traînée brune sur le sol. Elle s'accroupit pour la regarder de plus près. C'était du sang. Du sang qui avait séché en virant au brun gris. Vieux de plusieurs semaines. La trace s'enfonçait dans le tunnel, comme si on y avait traîné un corps ensanglanté. L'appréhension de Margaret se mua en peur. Elle frissonna. Le froid la pénétrait jusqu'aux os. Mais elle se sentait inexorablement poussée, à la fois par la peur et la curiosité, vers l'intérieur du tunnel, le long de cette traînée de sang séché. Elle avança prudemment, en gardant une main sur le mur. Il faisait de plus en plus froid, de la buée s'échappait maintenant de sa bouche. Une espèce de brume humide l'empêchait de voir à plus de trois ou quatre mètres. Elle avait l'impression de se retrouver dans les tunnels de la ville souterraine, quand ils avaient pris la direction de l'ancienne gare de Pékin. Plus elle avançait, plus la traînée de sang s'épaississait ; elle comprit qu'elle se rapprochait de l'endroit crucial.

Les yeux toujours fixés sur la trace brune, elle s'aperçut soudain que le tunnel débouchait sur une vaste salle au milieu de laquelle s'étalait une large flaque de sang et elle reconnut les éclaboussures caractéristiques provoquées par la lame qui avait asséné le coup fatal. En relevant la tête, elle poussa un petit cri de frayeur à la vue des silhouettes qui l'observaient en silence dans la pénombre. Puis les lumières s'éteignirent, et elle fut plongée dans le noir total.

II

Li fumait devant la fenêtre. L'esprit engourdi, paralysé par une sorte d'inertie mentale. Une part de lui-même ne voulait penser à rien : la « confession » de Moineau, la preuve insuffisante, l'intrus qui l'avait attaqué dans l'appartement de Moineau, la décision de Chen de clore l'affaire. Et surtout, il ne voulait pas penser à Margaret, à son départ, à l'éventualité de son mariage avec Zimmerman. Il préférait se remplir la tête de fumée en fixant, sans les voir, les arbres qui faisaient de l'ombre à la Fédération chinoise des Chinois d'outre-mer de retour en Chine.

Qian frappa et passa la tête par l'entrebâillement de la porte.

— Patron, j'ai quelqu'un que tu devrais voir dans la salle des interrogatoires.

Li ne se retourna même pas.

— Je n'ai envie de voir personne pour l'instant.

— Je crois que tu auras envie de voir ce type, insista Qian. C'est Lune, le copain de Moineau. Celui qui n'a pas pu confirmer son alibi.

Lune était un petit homme rabougri à la figure ronde et au crâne complètement chauve, vêtu d'un costume gris en piteux état sur une chemise blanche au col élimé et crasseux. Pâle, nerveux, il était assis sur la chaise où, pas plus tard que la veille, Moineau avait plaidé son innocence. Une cigarette roulée à la main menaçait de brûler ses doigts tachés de nicotine.

— Eh bien ? aboya Li en entrant dans la pièce.

Lune jeta un regard paniqué à Qian qui hocha la tête :

— Répétez-lui simplement ce que vous m'avez dit.

Lune paraissait effrayé. Il tira une dernière bouffée de sa cigarette, l'écrasa et commença à s'en rouler une autre. C'était toujours mieux que de regarder Li dans les yeux.

— J'ai appris ce qui est arrivé. Si seulement j'étais venu hier soir. Maintenant, c'est trop tard.

— Trop tard pour quoi ?

— Je me suis planté. Je sais pas pourquoi. On jouait toujours aux échecs le mardi soir, avec Moineau. Et on avait changé pour le lundi une fois parce que mon cousin venait de la campagne le mardi. Je sais pas pourquoi, j'ai cru que c'était la semaine d'avant. J'en étais sûr.

Il finit par relever la tête et jeta sur Li un regard humide, implorant.

— Je sais pas... j'oublie les choses. C'est quand mon cousin m'a téléphoné hier que j'ai réalisé. Si j'avais su...

Sa voix s'étrangla ; il rabaissa la tête pour cacher ses larmes.

— Qu'est-ce que vous dites ? demanda Li.

Lune alluma sa cigarette.

— C'est lundi dernier qu'on a joué, comme Moineau l'a dit. En bas, à Xidan, sur le mur. Tard. Après, il est venu boire une bière chez moi. Il est pas parti avant le petit matin. Alors, je sais pas ce que vous croyez qu'il a fait, mais ça peut pas être lui. Je le jure sur la tombe de mes ancêtres.

Qian courut après Li dans le couloir du dernier étage.

— Comment ça, tu ne vas rien faire ?

— Chen ne veut rien savoir.

— Et ça te suffit ?

— Non ! s'écria Li, ennuyé que ce flic plus âgé que lui, mais sous ses ordres, puisse penser une chose pareille. L'alibi de Lune ne fait que confirmer ce que je savais déjà. Chen ne voulait rien savoir avant, il ne va pas changer d'avis maintenant.

Qian le regarda en secouant la tête.

— En attendant, celui qui a tué Yuan court toujours. Et tu vas laisser tomber ?

Li laissa échapper un cri de frustration. Il savait que Qian avait raison.

— Non, dit-il, découragé.

Son sens de la justice se révoltait. Mais s'il voulait continuer, il devrait se battre, et il ne s'en sentait pas le courage.

— Li !

La voix de Chen le fit se retourner. Le chef de section se précipitait à leur rencontre.

— Prenez deux hommes et allez à l'aéroport.

— Chef, dit-il avec une certaine lassitude, il y a du nouveau dans l'affaire Yuan Tao.

— Immédiatement, Li ! insista Chen comme s'il n'avait rien entendu. C'est urgent.

— Désolé, chef. Je n'irai nulle part avant de vous avoir parlé de l'affaire Yuan Tao.

Chen ne pouvant plus ignorer ce défi direct à son autorité, Li se hâta d'ajouter :

— Il y a eu une confusion sur l'alibi de Moineau. Le type avec lequel il disait avoir joué aux échecs ? Celui qui a dit qu'ils n'avaient pas joué ensemble ? Il s'est mélangé les pédales dans les semaines. Il vient juste de nous dire qu'il s'est rendu compte qu'il était avec Moineau ce soir-là. Moineau n'a pas pu tuer Yuan.

En présence de Qian, Chen ne pouvait pas ignorer cette révélation. Il foudroya Li du regard sans rien dire, puis finit par déclarer :

— Nous en reparlerons quand vous reviendrez de l'aéroport.

La colère de Li déborda.

— Mais qu'est-ce que je vais foutre à l'aéroport, bon Dieu ? C'est du ressort de la police de l'air !

Chen se maîtrisa et annonça :

— Une grosse cargaison de guerriers de l'armée de terre cuite, destinée à une exposition itinérante aux États-Unis, était en cours d'embarquement dans les soutes d'un cargo, ce matin, quand il y a eu un accident de chariot élévateur. Une caisse contenant un guerrier est tombée sur le tarmac ; elle s'est ouverte, et le contenu a été brisé.

Li fronça les sourcils.

— Je ne comprends toujours pas en quoi ça nous concerne ?

— Il y avait deux guerriers dans la caisse.

— Et alors ?

— Elle n'était supposée en contenir qu'un seul, soupira Chen.

À l'aéroport, l'homologue de Li était un homme de taille moyenne aux cheveux plaqués en arrière, enduits d'une huile parfumée. Le chef de section adjoint Wei avait dans les trente-cinq ans. Il portait une chemise blanche, un jean et des tennis, arborait trois bagues à chaque main, une grosse gourmette au poignet droit, et empestait l'after-shave. Avec un sourire mielleux, il serra la main de Li, puis le présenta à ses subordonnés dont l'un était en uniforme. À son tour, Li présenta Wu et Qian. Une fois les formalités accomplies, Wei les invita à monter dans un monospace Toyota pour les conduire sur le tarmac.

L'aire de stationnement du cargo était assez éloignée des terminaux. En approchant, ils aperçurent, à proximité de la soute ouverte de l'avion, un camion, un chariot élévateur, plusieurs véhicules de police et au moins deux douzaines de policiers en uniforme et en civil. Le vent chaud qui balayait les pistes faisait claquer le ruban noir et jaune tendu autour du cargo. Le monospace s'arrêta à côté ; les inspecteurs en descendirent et enjambèrent le ruban pour s'approcher de l'objet de leur intervention – une grosse caisse en bois qui avait éclaté sous le choc de la chute. L'épais rembourrage protégeant son contenu s'était échappé et des débris de terre cuite avaient volé tout autour, Au bout de deux mille ans, les guerriers finissaient en miettes sur le tarmac de l'aéroport de Pékin. Deux têtes étaient encore nettement visibles, dont l'une fendue en deux.

— Qui est le responsable ? demanda Li.

Un homme d'âge moyen en costume et lunettes de soleil s'avança pour serrer la main de Li. Il se présenta :

— Jin Gang. Chef de la sécurité du musée de l'Armée de terre cuite de Xian.

— C'est vous qui avez surveillé l'emballage ?

Jin hocha la tête.

— Nous sommes cinq à accompagner l'exposition. Mon adjoint, un archéologue et deux chercheurs, tous du musée. Nous étions présents lorsque les guerriers ont été emballés.

— Et un par caisse, seulement ?

— C'est exact.

— Alors, comment se fait-il qu'il y en ait deux dans celle-ci ?

Jin s'accroupit près de la caisse brisée et enleva plusieurs planches.

— Voyez vous-même. Il y a un double-fond. Le deuxième guerrier était déjà à l'intérieur quand la caisse a été fermée. Nous avons vérifié les autres.

Il leva le menton vers la pile de caisses attendant d'être chargées.

— Toutes pareilles. Deux s'en vont. Un seul revient.

Li se baissa à côté de lui, examina la caisse éclatée et ramassa un morceau de terre cuite.

— Ils sont authentiques ? demanda-t-il en fronçant les sourcils.

Jin leva les yeux vers un homme plus âgé qui les observait.

— Je m'appelle Yan Shu, dit ce dernier en tendant la main. Archéologue en chef du musée. Ce sont tous des guerriers authentiques de l'armée de terre cuite. Cela ne fait aucun doute.

Li regarda les visages qui l'entouraient.

— Eh bien, d'où viennent-ils alors ?

Personne ne répondit. Le vent commençait à forcir et sifflait autour du train d'atterrissage de l'énorme oiseau de métal dressé au-dessus de leur tête.

— Qui a fabriqué ces caisses ?

— Une entreprise d'emballage de Pékin, dans le district de Haidan, dit Jin en se redressant avec peine. Mais elles ont été commandées par les organisateurs de l'exposition, pas par le musée.

Li se releva à son tour.

— Et qui sont ces organisateurs ?

— Une société américaine. The Art of War, Inc. Une société sérieuse, chargée par les Américains d'organiser l'exposition qui marche avec les documentaires.

— Quels documentaires ?

Li nageait dans une mer d'ignorance. Tout le monde avait l'air au courant, sauf lui. Il lança un coup d'œil interrogateur à Qian qui haussa les épaules.

— *The Art of War*, de Michael Zimmerman. Le premier est diffusé le mois prochain aux États-Unis.

Malgré la chaleur, Li fut secoué d'un frisson.

— Qu'est-ce que Michael Zimmerman vient faire là-dedans ?

— Mais, c'est lui qui organise l'exposition. La société The Art of War, Inc est à lui.

Les tours jumelles du World Trade Center chinois où Michael Zimmerman avait un appartement, au vingt-deuxième étage, dominaient l'est de la ville et reflétaient la chaude lumière du soleil d'automne. Le responsable de la sécurité avait minutieusement épluché le mandat de perquisition délivré par le bureau du procureur général avant de monter avec Li, Wu, Qian et plusieurs agents en uniforme. Le personnel avait confirmé que Michael n'avait pas passé la nuit chez lui. Mais ça, Li le savait déjà.

Le responsable de la sécurité déverrouilla la porte et l'ouvrit sur un univers d'un luxe que la plupart des policiers présents n'auraient jamais pu imaginer. D'épais tapis étalés les uns sur les autres recouvraient entièrement le sol de cette suite de trois pièces toutes blanches. Un gigantesque poste de télévision en couleurs trônait sur une table demi-lune, avec un magnétoscope posé en dessous, sur une étagère basse. Il y avait des cassettes vidéo empilées sur le sol, tout autour. De superbes gravures décoraient les murs et une baie vitrée offrait une vue spectaculaire sur la ville. Aux fenêtres, des rideaux aux motifs raffinés pouvaient être tirés sur un monde où, quelque cent mètres plus bas, des familles vivaient à trois ou quatre dans une seule pièce. Une porte entrebâillée donnait sur une cuisine à l'occidentale dotée de tous les équipements les plus modernes et les plus chers. Une autre menait à une salle de bain, avec baignoire circulaire, cabine de douche indépendante et robinets plaqués d'or. La chambre à coucher, meublée d'un lit monumental et d'une armoire assortie, possédait un dressing-room attenant.

Les inspecteurs en restèrent bouche bée. Il était difficile de croire qu'un tel luxe coexistait avec la pauvreté relative des gens qui habitaient autour. Li se demanda ce qu'en pensaient ceux qui nettoyaient et assuraient le service de ces appartements, avant de retourner, le soir, dans les *hutong* délabrés ou les petits appartements des immeubles construits par l'État où le chauffage ne fonctionnait jamais avant la mi-novembre, quand les trottoirs étaient déjà gelés.

Il demanda au responsable de la sécurité de les attendre dehors, puis confia à ses policiers :

— Nous ne savons pas ce que nous cherchons. Donc nous regarderons partout. Mais allez-y avec précaution, nous nous trouvons sur un terrain diplomatiquement sensible.

Un saxophone avait été jeté sur le lit. L'armoire regorgeait de costumes italiens, de jeans de couturiers, de chaussures, et les tiroirs de tee-shirts et caleçons de marque. L'armoire de la salle de bain contenait des produits de toilette de luxe : Yves Saint-Laurent, Paco Rabanne.

Dès qu'il avait mis le pied dans cet appartement, Li avait senti, presque inconsciemment, une odeur qui planait dans l'air. Elle était très ténue ; ce n'est qu'en entrant dans la salle de bains, où elle était plus présente, plus forte que celle des savons et shampooings, qu'il y fit vraiment attention. Il en trouva l'origine dans un petit flacon rangé dans un coin de l'armoire. Il dévissa le bouchon, renifla le parfum doux et âcre de l'huile essentielle qu'il contenait, et regarda l'étiquette. Patchouli. Il se rendit subitement compte que c'était cette odeur qu'il avait remarquée dans les deux appartements de Yuan Tao. Très discrète, à peine perceptible. Et il comprit, en même temps, que l'impression de familiarité qui le hantait chaque fois qu'il rencontrait Zimmerman était justement cette odeur de patchouli. Il se maudit pour ne pas avoir identifié plus tôt l'origine du malaise qu'il ressentait en sa présence.

Il savait, maintenant, que Zimmerman s'était rendu dans les deux appartements de Yuan, celui de l'ambassade, et l'autre, loué en secret sur Tuan Jie Hu Dongli. Probablement le soir où Yuan avait été assassiné. Un déclic se fit soudain dans son esprit ; il réalisa avec horreur que Margaret courait probablement un grand danger.

Il revint dans la pièce principale au moment où ses policiers passaient au crible les effets personnels de Zimmerman. Wu, lunettes noires repoussées sur le sommet du crâne, examinait les piles de cassettes entassées au pied de la télévision.

— Ce mec devait passer un putain de temps à regarder des films.

Li en prit une et regarda l'étiquette.

— Ce sont des rushes.

— Des quoi ?

— Des copies VHS du truc que tourne Zimmerman. Il doit les regarder quand il rentre le soir.

— *Quand* il rentre le soir, fit Wu en levant les sourcils. Personne n'était au courant des relations entre Margaret et Zimmerman, mais Li ne put s'empêcher de rougir.

Wu ne remarqua rien. Il était trop occupé à essayer de visionner une cassette. Il finit par voir apparaître à l'écran des figurants costumés en paysans prenant d'assaut l'esplanade du pavillon de la Stèle, à Ding Ling ; Li reconnut l'endroit où il était deux jours plus tôt. Une grosse tête barbue sous une casquette de baseball surgit en premier plan.

— OK, coupez, dit l'homme en glissant un doigt en travers de sa gorge.

L'image bougea, balaya l'esplanade au hasard, se stabilisa sur une vue du sol, et devint noire.

Li ne savait pas ce qu'il espérait trouver. Il n'avait aucune idée du degré d'implication de Zimmerman dans l'affaire. Il ne s'attendait pas qu'une pièce à conviction lui tombe tout d'un coup du ciel. Il se dirigea vers le bureau sur lequel étaient posés une minichaîne et une douzaine de CD. Curieux de connaître les goûts de l'archéologue en matière de musique, il y jeta un coup d'œil. Surtout du jazz, quelques classiques – Verdi, Mozart, Bach – et, bizarrement, des chansons sentimentales de Lionel Ritchie. Li s'interrogea sur ce qui avait pu attirer Margaret chez cet homme. Pour sa part, il avait éprouvé une antipathie instinctive à son égard dès qu'il l'avait vu au Sanwei.

Mais c'était sans doute la jalousie qui l'aveuglait. Maintenant que Zimmerman était devenu un suspect, à la fois dans une affaire de meurtre et une affaire de contrebande d'œuvres d'art d'une valeur inestimable, il le jugeait d'un point de vue froidement professionnel.

— Hé, patron. Regarde ça, dit Wu en lui tendant une cassette.

Li s'approcha pour regarder.

— Qu'est-ce qu'il fait avec une vidéo de sécurité de l'université de Pékin, à ton avis ? C'est quoi, cette Quatrième Chambre ?

Li lui arracha la cassette des mains et examina l'étiquette. C'était un enregistrement d'un système de vidéosurveillance interne de l'université. On avait écrit dessus, à la main, les mots : *Quatrième Chambre*, et une date : *14 septembre*.

— 14 septembre... ça te dit quelque chose ?

Wu haussa les épaules.

— On a trouvé le corps du professeur Yue le 15, intervint Qian.

Li rendit la cassette à Wu :

— Passe-la.

Qian alla tirer le rideau de la fenêtre placée derrière eux afin de masquer la lumière du jour qui se reflétait sur l'écran, et tous les policiers se rassemblèrent devant le poste de télévision. L'image vacilla, sauta ; une image floue en noir et blanc apparut. Il y avait peu de lumière – on ne voyait pas grand-chose – et pas de son. Puis, au fond, apparurent des silhouettes sombres, immobiles. Presque immédiatement, un personnage arriva dans le plan, en provenance du bas de l'écran – un homme courbé en avant qui titubait ; derrière lui, un autre homme l'obligeait à avancer. Lorsqu'ils furent au centre de l'écran, le deuxième homme força le premier à se retourner et à se mettre à genoux.

— Merde, fit Wu. C'est Yue Shi, le professeur Yue. Regardez, il a les mains attachées dans le dos.

Et ils virent aussi, accrochée à son cou, la pancarte sur laquelle le nom « Macaque » était écrit à l'envers, barré d'une croix, au-dessus du chiffre 4. Le professeur avait l'air de pleurer. L'autre homme, dont on ne distinguait pas bien le visage, semblait lui parler tout en regardant autour de lui. Puis il se retourna, presque face à la caméra. Li avait compris, dès le début, de qui il s'agissait. Mais il reçut tout de même un choc en voyant l'expression de jubilation, de triomphe de Yuan Tao. La dernière fois que Li avait vu son visage, c'était sur la table d'autopsie.

Yuan leva la main droite ; elle tenait le sabre, la réplique de bronze commandée à M. Mao, à Xian. Le professeur essaya de se remettre sur ses pieds. Yuan l'en empêcha sans mal : grâce au flunitrazepam, il opposait peu de résistance. Yuan posa la main sur le dos de la tête de Yue, la poussa en avant, et se recula. Il se campa jambes écartées, un peu en retrait et à gauche de sa victime. Il appuya brièvement la lame du sabre sur la nuque du professeur, puis, d'un mouvement rapide parfaitement maîtrisé, la releva très haut avant de l'abattre ; la tête du professeur roula sur le sol.

Dans l'appartement de Zimmerman, un hoquet de stupeur général secoua les six hommes horrifiés par le spectacle du corps sans tête s'effondrant sur le côté tandis que le sang giclait des carotides sectionnées. Yuan fit un pas en arrière, sortit un mouchoir de sa poche, et essuya rapidement la lame. Il parut, ensuite, regarder les témoins silencieux, debout contre le mur.

— Pas étonnant que les crimes aient pu être copiés. Tout était enregistré sur vidéo.

L'un des agents en uniforme se précipita vers la salle de bains, une main plaquée sur la bouche.

— Qu'est-ce qu'il fait ? demanda Wu en retenant son souffle. Qu'est-ce que c'est que toutes ces silhouettes qu'on voit au fond ?

Li saisit la télécommande et appuya sur pause. L'image tremblota un moment puis s'immobilisa. Il se pencha en avant, en essayant de comprendre.

— Merde ! s'écria-t-il. Ce sont des guerriers de l'armée de terre cuite.

Margaret tremblait de tous ses membres devant les silhouettes silencieuses. Elle ne savait pas trop si c'était de froid ou de peur. À la lueur du point de lumière rouge qui s'allumait brièvement, à intervalles réguliers, les visages de ses compagnons émergeaient de l'obscurité. Mais ces visages étaient aussi froids que la pierre, et leurs yeux sans vie. Elle ne savait pas combien il y en avait. Des douzaines, peut-être – debout, en rangs serrés, l'un derrière l'autre, dans le froid et l'obscurité épouvantables de cette salle souterraine. Ils avaient eu le temps de s'y habituer. Pas Margaret.

Au début, quand les lumières s'étaient éteintes, elle avait entendu un lointain claquement métallique ; elle avait appelé, dans l'espoir que quelqu'un l'entendrait. Terrifiée, elle avait essayé de refaire le chemin en sens inverse, centimètre par centimètre, une main sur le mur du tunnel, l'autre devant elle pour sonder les ténèbres. Jamais elle ne s'était trouvée plongée dans un noir aussi complet. Elle avait l'impression d'être enveloppée par quelque chose qui avait une forme, une substance. Elle se demanda si c'était ce que ressentaient les aveugles ; elle repensa à Misère perdant lentement la vue, d'abord d'un œil puis de l'autre. Quand celle-ci leur avait raconté l'histoire du lever de soleil rouge sur la mer Jaune, embrasant la ville de Chongqing, Margaret avait pu le visualiser très clairement. Maintenant elle ne voyait plus rien, même pas dans sa tête.

Sa main avait soudain touché quelque chose de froid et humide ; elle la retira en poussant un petit cri. Au bout d'un moment, elle avança à nouveau la main et comprit que c'était le métal de la porte d'entrée du tunnel. Son soulagement ne fut que passager, car la porte était fermée. À clé. Elle ne pouvait plus se faire d'illusions. Elle n'avait pas été enfermée par accident. Sa peur se mua en terreur et elle retourna le plus vite qu'elle put dans la chambre où les guerriers de terre cuite l'attendaient, comme si leur destin commun était de partager les ténèbres de cet endroit abominable.

Elle mit un moment à comprendre que la lumière rouge clignotante grâce à laquelle elle pouvait avoir de brefs aperçus de ses compagnons était celle d'une caméra de surveillance fixée au mur, au-dessus de l'entrée du tunnel. Était-ce une caméra à infrarouge ? Y avait-il quelqu'un, quelque part, qui la voyait sur un écran, qui observait tous ses mouvements ? Rien que le fait d'y penser la rendait malade.

Elle décida de se cacher et se glissa avec précaution au milieu des guerriers ; elle s'accroupit, serra ses genoux dans ses bras pour se protéger du froid ; elle avait envie de pleurer. Elle ne savait pas depuis combien de temps elle était là. Mais elle avait l'impression que cela faisait une éternité.

III

Li raccrocha violemment le téléphone.

— Wu !

Celui-ci apparut aussitôt à la porte. Derrière lui, la salle des inspecteurs était en pleine effervescence.

— Patron ?

— File au bureau du procureur général et ramène le mandat pour Zimmerman.

— C'est comme si c'était fait.

Wu disparut, Qian le remplaça à la porte.

— Personne ne semble savoir où se trouve Zimmerman, patron. Il n'est ni sur le tournage ni au bureau de la production. Il n'est pas à l'ambassade américaine...

Le téléphone sonna. Li s'empara du combiné.

— Une minute, aboya-t-il avant de plaquer sa main sur l'appareil.

— Essaye le bar où il était le soir de l'assassinat de Yuan, dit-il à Qian. Le Mexican Wave. Je crois que c'est sur Dongdaqiao Lu.

Puis, dans le téléphone :

— Chef de section adjoint Li.

Il ouvrit en même temps l'épais dossier posé sur son bureau ; deux feuilles s'en échappèrent et volèrent jusqu'au sol. Il se pencha pour les ramasser.

— Qi, à l'appareil. Du Centre de détermination des preuves matérielles. J'espère que je ne vous tire pas du lit, chef de section adjoint.

— Qu'est-ce que vous voulez ? demanda Li, agacé par la désinvolture de Qi.

Il reposa les deux feuilles sur son bureau.

— J'ai les résultats demandés par le docteur Campbell. Elle voulait que je vous les téléphone.

Li fronça les sourcils.

— Quels résultats ?

Au même moment, ses yeux tombèrent sur les feuilles imprimées qu'il venait de ramasser. Elles étaient en anglais. C'étaient deux des pages imprimées par Margaret à partir du site Internet de la *North California Review of Japanese Sword*.

— La poussière bleu-noir qu'elle m'a apportée ce matin. Elle voulait une comparaison avec les échantillons trouvés sur le professeur Yue et dans l'appartement officiel de Yuan Tao.

— Elle vous a apporté un échantillon ? Ce matin ?

— Oui. Il s'agit bien de la même poussière.

Li lui accordait toute son attention maintenant.

— Vous a-t-elle dit où elle l'avait trouvée ?

— Oui. Sur les semelles des chaussures qu'elle portait quand elle est descendue dans les fosses de l'armée de terre cuite, à Xian.

Li eut à peine le temps d'enregistrer l'information qu'un nom imprimé sur l'une des pages qu'il avait sous les yeux lui sauta à la figure. Un nom qui revenait à plusieurs reprises sous celui de Yuan, dans la liste des lauréats d'une compétition mineure de tameshi giri, à San Francisco. Il ne comprenait pas comment ils ne l'avaient pas vu plus tôt. Il en eut la nausée.

— Allô... Allô... répéta Qi. Vous êtes toujours là ?

— Oui, oui, répondit-il, la gorge serrée.

Il savait maintenant qui avait tué Yuan.

— Merci, monsieur Qi.

Il raccrocha et resta assis sans bouger. Un millier de supputations contradictoires assaillirent son esprit avant que l'une d'elles ne s'impose brutalement et le fasse frissonner de la tête aux pieds. Il se rendit compte que la feuille tremblait dans sa main.

Il sauta brusquement sur ses pieds, attrapa son blouson sur le dossier de son fauteuil, sortit du bureau et demanda à Qian de lui lancer le téléphone mobile qu'il rattrapa adroitement et accrocha à sa ceinture.

— Tiens-moi au courant de tous les développements. Je vais essayer de retrouver le docteur Campbell. J'ai peur qu'elle ne soit en danger.

Le parc à jeux était presque désert. Quelques bambins jouaient dans le bac à sable sous l'œil de leurs mères qui bavardaient en fumant. Une légère brise agitait les feuilles des arbres environnants. Un Donald géant, face à un petit dinosaure, dominait les balançoires et les manèges immobiles. Le vent chaud ridait légèrement la surface du lac. Li jeta des regards inquiets autour de lui. Margaret et Xinxin auraient dû se trouver là. Il ne les voyait pas. Au bord de l'eau, un petit kiosque vendait des cigarettes et des sodas. La propriétaire, plongée dans la lecture d'un magazine, secoua la tête quand il lui demanda si elle avait vu une *yangguizi* avec une petite fille chinoise. Non. Elle était là depuis le matin et n'avait rien remarqué.

Li traversa en courant un petit jardin où une femme en blouse blanche massait un gros homme allongé sur une table. Quelques vieux étaient assis sur des bancs, autour d'un parterre de fleurs, les yeux dans le vague. Il remonta dans sa jeep et se rendit chez Mei Yuan qui fut très surprise de le voir. Quant à lui, il fut soulagé de voir Xinxin.

— Où est Margaret ? demanda-t-il en s'attendant à la voir surgir d'une autre pièce.

— Elle n'a pas voulu m'emmener au parc, se plaignit Xinxin, fâchée. Elle avait promis pourtant.

— Elle a dit qu'elle reviendrait plus tard, lui dit Mei Yuan. Tu le sais.

Furieuse, Xinxin croisa les bras.

— J'en ai marre d'attendre.

— Bon. Tu sais où elle est allée ? demanda Li avec impatience.

Mei Yuan répondit, en indiquant de la tête les tennis de Xinxin, à la porte :

— Elle a paru très excitée en découvrant une poudre bleu foncé sur les semelles de Xinxin.

Li se pencha aussitôt pour les examiner et reconnut la poussière de terre cuite bleu-noir trouvée sur le professeur Yue et dans l'appartement de son meurtrier. Il fronça les sourcils, sans comprendre, et interrogea du regard Mei Yuan qui se contenta de hausser les épaules.

— Elle a dit qu'elle allait à l'université.

IV

Margaret sentait ses doigts et ses articulations s'engourdir. Elle frissonnait sans pouvoir se contrôler, sa lèvre inférieure tremblait à chaque inspiration. Elle reconnut les premiers signes de l'hypothermie. Elle avait perdu le sens du temps et savait que, bientôt, elle tomberait dans un état comateux. Si elle se laissait gagner par le sommeil, elle ne se réveillerait jamais.

Raidie par l'immobilité, elle se mit debout avec beaucoup de mal, puis tapa des pieds par terre en faisant de grands moulinets avec les bras pour activer la circulation du sang et produire assez de chaleur pour rester en vie. Elle avait d'abord eu très peur de voir arriver quelqu'un. Maintenant, elle le souhaitait ardemment. Tout valait mieux que de mourir de froid dans le noir. Le froid et l'obscurité étaient des ennemis insidieux, intangibles. On ne pouvait pas se battre contre eux. Leur patience était infinie, et se prolongerait bien au-delà de sa mort. Quelle ironie de se retrouver ici alors que, à quelques mètres au-dessus de sa tête, le soleil brillait et répandait sa chaleur sans qu'elle puisse s'en rapprocher. Une fois de plus, elle eut envie de pleurer, mais ravala ses larmes. Cela ne servait strictement à rien.

Elle n'essayait même plus de comprendre ce qui lui arrivait. Ses pensées et ses sens s'étaient mobilisés sur la nécessité de rester en vie. Deux fois elle était retournée jusqu'à la porte en métal dans l'espoir de trouver le moyen de forcer la serrure. Il n'y avait rien à faire.

Elle s'était faufilée avec précaution entre les rangs des guerriers pour explorer le fond de la salle. Là, elle se rétrécissait, et deux marches descendaient vers un autre tunnel. Mais le bref espoir de Margaret avait été très vite déçu : ce tunnel était fermé par une porte, verrouillée elle aussi.

Elle avait compté les guerriers un par un. Il y en avait soixante-sept, dont dix-huit archers agenouillés. Elle avait touché leur visage, comme si elle pouvait en tirer un réconfort. Or ils étaient durs et froids, d'un contact encore plus glacial que les morts qu'elle avait disséqués sur sa table d'autopsie. Elle sentait qu'elle perdait le contrôle de son corps et de son esprit. La peur de la mort cédait progressivement la place à l'acceptation de la mort.

Mais soudain, la frayeur la saisit à nouveau quand elle se retrouva aveuglée par la lumière. L'éclat des ampoules lui parut beaucoup plus puissant après cette longue période de ténèbres. Elle plissa les yeux jusqu'à ce que ses pupilles se rétrécissent et qu'elle puisse voir à nouveau distinctement. La salle lui sembla plus petite que dans l'obscurité. Les guerriers muets, impassibles, demeuraient insensibles à sa détresse.

Elle entendit, au loin, le son métallique de la porte qui raclait le ciment du sol en s'ouvrant. Elle se dissimula à nouveau au milieu des guerriers, sa seule protection. Un bruit de pas résonna dans le couloir. Il s'approchait. Suffoquant de panique, elle chercha à voir qui allait surgir dans la salle. Elle avait souhaité la venue de quelqu'un. C'était ce qu'elle s'était dit. Tout plutôt que de mourir d'hypothermie, seule, dans le noir et le froid. À présent, elle n'en était plus si sûre.

L'ombre d'un homme bougea dans le halo de lumière projetée par la lampe du tunnel, fixée juste au-dessus de l'entrée ; c'était une ombre floue, sans consistance, spectrale. Margaret voulut crier ; aucun son ne sortit de sa bouche. Puis elle vit une silhouette s'avancer au milieu de la salle, et ses jambes flageolèrent de soulagement quand elle reconnut le visage souriant de Michael.

— Michael, souffla-t-elle.

Les yeux de Michael se promenèrent sur les guerriers avant de s'arrêter sur le visage pâle, effrayé, caché au milieu des faces viriles de ses protecteurs. Mais le soulagement de Margaret fut de courte durée. Un frisson, qui ne devait rien au froid ambiant, la traversa subitement.

— Qu'est-ce que tu fais là, Michael ? demanda-t-elle d'une voix dont le calme la surprit.

Michael secoua la tête, avec un sourire plein de regret :

— Ce serait plutôt à moi de te poser cette question.

Il fit un pas vers Margaret qui se replia aussitôt derrière les guerriers.

— Ne t'approche pas !

— Bon sang, Margaret, tu ne crois quand même pas que je vais te faire du mal !

À l'entendre, il semblait blessé qu'elle pût penser une chose pareille.

— Je t'aime, Margaret.

Elle le regarda fixement, frappée par la sincérité de son expression.

— Qu'est-ce qu'on fait là, Michael ? C'est ici que le professeur Yue a été tué, n'est-ce pas ? Exactement à l'endroit où tu te tiens. Avant que tu ne transportes son corps dans son appartement.

Michael baissa les yeux vers la flaque de sang séché à ses pieds. Il hocha lentement la tête.

— Pourquoi ? Pour l'amour du ciel, pourquoi ?

Il dirigea à nouveau son regard sur Margaret. Une lueur étrange brillait dans ses yeux.

— C'est la dernière partie de l'histoire. La seule que je ne peux pas raconter. Enfin, pas encore.

Margaret haletait. À sa peur et sa panique se mêlaient la désillusion, la frustration, la colère.

— De quoi parles-tu ?

— Du plus grand exploit de Hu Bo.

Michael enfonça les mains dans ses poches et traversa la salle, tête baissée, comme perdu dans ses pensées. Quand il la releva, son expression traduisait une grande excitation.

— Le bâtiment qui est au-dessus de nous, le pavillon des Arts, abritait le département d'archéologie pendant la Révolution culturelle. Hu Bo et plusieurs de ses collègues y trouvèrent un refuge contre la folie. C'est ici qu'ils courbèrent la tête en attendant que tout soit fini. Puis, en 1974, ils entendirent parler d'une découverte extraordinaire à Xian. Des guerriers en terre cuite, grandeur nature, enterrés pour protéger la tombe du premier empereur. Certains avaient été déterrés et restaurés par le centre culturel local. Mais les autorités de Pékin ne le savaient pas encore.

Michael sortit les mains de ses poches et les tendit vers Margaret comme s'il faisait appel à son imagination, pour qu'elle comprenne bien ce qu'il était en train de lui raconter.

— Imagine, Margaret, ce qu'ils ont éprouvé. En apprenant cette découverte, sans doute l'une des plus extraordinaires de ce siècle, exhumée alors que les Gardes rouges écumaient encore la Chine, saccageaient les musées, détruisaient les vestiges de l'Antiquité.

Margaret comprit que ce n'était pas à elle qu'il s'adressait, mais à son public. Il avait probablement répété cette histoire un millier de fois dans sa tête. Elle jeta un coup d'œil vers la caméra de surveillance en se demandant si son numéro était enregistré pour la postérité.

— Hu et deux de ses collègues sortirent en douce de Pékin pour se rendre à Xian et voir de leurs propres yeux.

Michael était totalement absorbé par son récit.

— C'était vrai. Ils parlèrent avec les gens du centre culturel, avec les paysans qui avaient creusé les puits. Une fois de retour à Pékin, ils persuadèrent le chef du département d'entreprendre des fouilles. Mais il fallait le faire dans la plus grande discrétion pour ne pas attirer l'attention. Personne ne fit attention à eux, en effet. Ce n'était qu'un groupe de vieillards creusant des trous au milieu de nulle part, avec l'aide de quelques paysans.

Les yeux de Michael étincelaient. Il serra le poing d'un air triomphant.

— Or ces trous descendaient directement dans ce qu'on nomma plus tard la « quatrième chambre ». Et, tout comme les archéologues qui la visitèrent peu après, ils ne trouvèrent rien. Rien que du sable et de la vase.

Il s'arrêta ; les petits nuages blancs de son haleine s'élevaient en volutes autour de lui.

— Mais ils tombèrent sur une antichambre pleine à craquer de guerriers – il y en avait cent trente. Peut-être avaient-ils été rangés là en attendant d'être déployés plus tard. On ne le saura jamais. Hu et ses collègues comprirent l'importance de leur découverte. Ils savaient aussi que les autorités ne mettraient plus longtemps à découvrir ce qu'ils faisaient.

Michael arpentait sa scène comme s'il s'adressait aux guerriers dont il parlait justement. Mais ses yeux ne quittaient pas Margaret, l'imploraient de partager sa passion, tellement il était avide de la faire participer à son histoire, de lui faire comprendre ce qu'il ressentait, comment tout cela était arrivé.

— Les guerriers qu'ils trouvèrent avaient été sévèrement endommagés par l'effondrement du toit et des murs. Mais Hu craignait par-dessus tout que les Gardes rouges ne viennent détruire, au nom de l'éradication de la « vieille culture », ces preuves du passé de la Chine « impérialiste royaliste ». Alors, ils firent venir une excavatrice mécanique et vidèrent toute l'antichambre, remplissant, les unes après les autres, des caisses de terre et de morceaux de guerriers. Ces caisses furent expédiées à Pékin, et stockées à Haidan, dans un entrepôt qui appartenait à l'université. De là, elles furent transférées à l'université et cachées ici, dans cet abri que leurs prédécesseurs avaient creusé dans les années 1960.

Michael poussa un grand soupir et sourit à Margaret.

— Tu vois, ils pensaient les sauver pour la postérité. Mais, à la surprise générale, les autorités donnèrent le feu vert à des fouilles officielles, et en moins d'un an, on exhuma les milliers de guerriers de la fosse n° 1. Hu Bo et les autres se retrouvèrent pris au piège de leurs bonnes intentions. Avouer qu'ils avaient retiré les guerriers de la quatrième chambre revenait à s'accuser de vol, ou pire. Alors, ils firent un pacte. Ils passèrent les vingt-cinq années suivantes à restaurer en secret les guerriers de Xian, morceau par morceau, ici, dans ce qu'ils finirent par appeler leur quatrième chambre, et en haut, dans leur laboratoire. Peu de gens connaissaient l'existence de cet abri antiaérien. Les autorités de l'université, en place dans les années 1960, avaient depuis longtemps été purgées. Officiellement, cet endroit n'existait pas. Il n'existe toujours pas, d'ailleurs. C'était la cachette idéale pour les guerriers.

Malgré elle, malgré sa situation, sa peur et sa colère, Margaret ne pouvait s'empêcher d'être fascinée par l'histoire de Michael.

— Quel était ce pacte ? demanda-t-elle.

Michael sut qu'il l'avait reconquise.

— Il fut convenu que celui qui survivrait aux autres révélerait l'existence des guerriers avant de mourir afin qu'ils puissent être rendus à la nation, retrouver leur place dans la quatrième chambre d'où ils avaient été enlevés. En 1998, Hu Bo, le dernier survivant du groupe, apprit qu'il avait un cancer. Il ne lui restait que quelques semaines à vivre ; il confia le secret de la quatrième chambre à son protégé, ici, à l'université.

— Le professeur Yue, dit Margaret.

Michael hocha la tête.

— Je devine la suite. La cupidité a été la plus

forte, n'est-ce pas ? Je veux dire, en bas, avec tous ces guerriers de terre cuite dont personne ne connaissait l'existence. S'il pouvait les sortir du pays, c'était le jackpot. Ça cherchait dans les combien, en Occident ?

Michael écarta les bras.

— Ils n'ont pas de prix, Margaret. Des millions. Pour l'ensemble, des dizaines de millions, peut-être des centaines. Et il n'y en avait pas trop pour inonder le marché et faire baisser les prix. Là-bas, des douzaines de milliardaires, des hommes qui ont tout, sont capables de payer des sommes extraordinaires pour le plaisir de posséder un authentique guerrier de l'armée de terre cuite de Qin Shihuang dans leur salon ou leur bibliothèque.

— Si je comprends bien, toutes tes belles idées sur les merveilles de l'histoire et la science de l'archéologie se sont envolées dès que tu as entrevu l'opportunité de te remplir les poches vite fait.

Margaret s'était avancée au premier rang des guerriers. Elle se souvenait de sa rencontre avec Michael à la résidence de l'ambassadeur. *La vérité n'est jamais ennuyeuse*, lui avait-il dit. *Cet extraordinaire mélange de passion et de faiblesse humaine, et aussi de ténèbres parfois, qui pousse à commettre un crime.* Non, pensait-elle maintenant, elle n'est pas ennuyeuse. Juste sordide.

Michael parut choqué par le mépris qu'il sentit dans la voix de Margaret.

— Tu ne comprends pas. Ce n'est pas du tout ça. Yue Shi ne pouvait pas les sortir du pays. Quand il s'est confié à moi, j'ai réalisé que j'étais le seul à en avoir la possibilité. J'avais déjà organisé des expositions, ma réputation médiatique me donnait du poids. Mais ce n'était pas comme si nous les volions. Personne ne connaissait leur existence. Ils seraient aussi en sécurité, sinon plus, chez des collectionneurs privés. Et cet argent m'offrait la possibilité de faire beaucoup de choses, Margaret. De réaliser des projets sans aller quémander auprès des universités, des organismes caritatifs et des chaînes de télévision. Il y a dans le monde entier des chantiers de fouille qui attendent des fonds.

— Quelle grandeur d'âme. Et cet argent, ces fouilles... valent la peine de tuer ? D'ôter la vie à des hommes ?

Michael secoua la tête en avançant vers Margaret.

— Bon Dieu, Margaret, ça ne s'est pas passé comme ça.

— Ne t'approche pas ! cria-t-elle.

Il s'arrêta net, surpris par la peur que trahissait sa voix et la haine qu'il lisait dans ses yeux. Il l'avait reperdue. Il soupira.

— On a installé un système de surveillance par vidéo. Pour qu'aucun de ceux qui étaient au courant ne puisse trahir les autres.

— Les voleurs n'ont plus de code d'honneur ?

Il ignora sa pique et continua :

— J'ai reçu un coup de fil de l'assistant de laboratoire. Le professeur et lui organisaient le déplacement des guerriers, un par un, vers un atelier que nous louons à Haidan. Il était dans tous ses états. Le professeur Yue avait été assassiné en bas, dans la quatrième chambre. Tout était enregistré sur la bande vidéo. Je me suis précipité ici, et nous avons découvert le corps étendu par terre, décapité.

Il baissa les yeux vers la flaque de sang séché.

— Si nous ne le sortions pas d'ici, nous risquions d'être découverts. Nous l'avons enveloppé dans des couvertures et du plastique pour le transporter chez lui. C'était vraiment sanglant. Jamais je n'avais vu une telle quantité de sang.

Il blêmit en repensant à la tête détachée, à l'étrange forme du corps sans tête.

— Quand j'ai regardé la vidéo, j'ai reconnu Yuan Tao. Dieu sait pourquoi le professeur l'avait amené ici. Il essayait peut-être de l'acheter, de racheter sa vie. Qui sait ? Toujours est-il que Yuan Tao avait vu les guerriers. Il savait qu'ils étaient là. Nous courions un grand danger.

— Et vous avez utilisé la bande vidéo pour copier le meurtre du professeur Yue, pour essayer de faire croire qu'ils avaient été tués tous les deux par la même personne.

Michael hocha la tête d'un air sombre.

— Nous n'étions pas au courant des autres crimes avant de nous trouver confrontés à lui, dans l'appartement de Tuan Jie Hu Dongli. C'est là que nous avons appris qu'il avait déjà tué deux autres personnes.

Margaret n'en revenait pas. Elle pensait connaître Michael. Jamais, dans son pire cauchemar, elle aurait pu le rêver capable de ça.

— Et tu n'avais pas le moindre scrupule ?

— Bien sûr que si, protesta Michael. Mais il faut que tu comprennes. Nous n'avions pas le choix. La contrebande d'objets d'art est punie de mort en Chine. Si les autorités nous attrapaient, nous étions sûrs d'être exécutés. Et nous n'avions aucune raison d'avoir de la sympathie pour Yuan Tao. C'était un assassin, après tout. Il venait de tuer trois personnes. Si les flics l'avaient arrêté, il aurait été bon pour une balle dans la tête.

La logique de Michael était irréprochable, mais Margaret ne pouvait pas la cautionner. Elle relégua sa peur derrière un étrange détachement professionnel.

— Comment savais-tu que la quatrième victime porterait le numéro trois ?

— Nous n'en savions rien. Dans l'appartement, avec l'épée, nous avons trouvé quatre cordons en soie, et trois pancartes déjà numérotées – un, deux, trois. Il avait donc commencé par le numéro six.

— Et la drogue ?

— Sous le plancher, avec le reste.

— Et comment l'as-tu forcé à les sortir ?

Michael haussa les épaules.

— C'est bizarre. Je crois qu'il a compris qu'il n'y avait aucune issue pour lui. Il a paru presque heureux, comme si nous le soulagions de la responsabilité d'avoir à tuer encore. C'est lui qui a suggéré la vodka. Il a dit que la drogue était plus efficace mélangée à de l'alcool.

— Et tu n'as pas trouvé bizarre qu'elle devienne bleue ?

Michael fronça les sourcils :

— Comment le sais-tu ?

— C'est mon boulot, Michael. Tu n'as pas pensé que ça se verrait quand on lui ouvrirait l'estomac ? Tu t'imaginais que ses victimes s'étaient laissées duper par une boisson d'un bleu vif ?

Elle eut un petit rire méprisant.

— Il nous a laissé un message. Un indice. Et nous ne l'avons pas compris. Pareil pour le surnom. D'où vient-il ?

Michael avait l'air perplexe.

— Il y avait un surnom autour du cou de Yue, il fallait en mettre un autour de celui de Yuan.

— Et tu l'as cru quand il t'a dit que c'était Fouilleur ?

— Pourquoi pas ?

Margaret secoua la tête de frustration. Ils n'avaient rien vu. Des aveugles. Quelle était déjà la phrase du Vieux Yifu que Li aimait citer ? *La réponse est toujours dans le détail.*

— Fouilleur. C'est toi. L'archéologue. Un autre indice que nous sommes trop stupides pour avoir vu ! Et qui s'est chargé de la sale besogne ? Qui est-ce qui a frappé le cou de cet homme pour le décapiter ?

— Ce n'est pas moi, Margaret. Jamais je n'aurais pu faire une chose pareille.

— Non, bien sûr. Tu prends l'argent mais tu ne verses pas le sang. Et comment l'arme a-t-elle trouvé le chemin de l'appartement de Moineau ?

Mal à l'aise, il s'agitait sur place, en frottant ses semelles sur le sol.

— C'est toi qui m'as parlé des développements de l'enquête, dit-il en haussant les épaules, et en évitant de croiser son regard. C'est toi-même, Margaret, continua-t-il, qui m'as dit que Moineau était le suspect numéro un.

Il se tut un instant avant d'ajouter :

— Et son adresse était sur les papiers qu'on a pris chez Yuan...

En relevant la tête, il vit Margaret détourner la sienne. Elle avait les larmes aux yeux. Sa désillusion était complète. Elle avait eu totalement confiance en Michael. Comme elle avait fait confiance à l'autre Michael de sa vie. Et les deux l'avaient trahie. Elle ne s'était jamais sentie si vide. Si elle devait mourir maintenant, elle échapperait au moins à son extraordinaire stupidité.

Li traversa en courant le campus, désert, de l'université. Les premières feuilles commençaient à tomber des arbres, portées par la brise chaude de l'automne. Le garde de l'entrée se souvenait de l'arrivée de Margaret. Mais il ne l'avait pas revue depuis le matin.

Li avait d'abord essayé le département d'archéologie ; le pavillon était fermé à clé. Il suivait maintenant le chemin qu'elle avait emprunté quelques heures plus tôt en cherchant le pavillon des Arts.

Le soleil de l'après-midi tombait en oblique sur la cour du bâtiment en briques grises, allongeant les ombres sur le sol. Un battant de la porte était entrebâillé. Lorsque Li grimpa les marches, un jeune homme surgit du hall et faillit le renverser.

C'était Wang Jiahong, l'assistant de laboratoire revêche qui les avait guidés la veille. Il sursauta, devint écarlate sous sa tignasse de cheveux noirs et, du dos de sa main sale, essuya la sueur de son front.

— Qu'est-ce que vous foutez là ? aboya-t-il d'une voix plus sûre que ne le laissaient présager ses yeux de lapin effrayé.

— L'Américaine avec qui je suis venu hier, vous l'avez vue ? Wang secoua la tête.

— Ici ?

— Non, à Shanghai, putain !

— Non ! fit-il d'un ton agressif.

— Vous en êtes sûr ?

— Évidemment. Il n'y a personne ici, à part moi. Je suis resté là toute la journée. Je vais bientôt fermer. Allez jeter un coup d'œil si vous voulez.

Li regarda sa montre. Si Margaret était venue, elle devait être repartie depuis longtemps.

— Non, pas la peine.

Wang le regarda s'éloigner en direction de la porte ouest du campus. Le vent ridait les reflets des saules pleureurs à la surface du lac. Un oiseau descendit en piqué sur l'eau, poussa un cri, puis changea brusquement de direction et repartit vers le ciel. Li se sentait découragé et inquiet. Où Margaret était-elle allée ? Elle était venue sur le campus, c'était certain. Serait-elle sortie par une autre porte ? Il tira un petit carnet de sa poche revolver, chercha un numéro de téléphone et détacha le mobile de sa ceinture. Il appela le voisin de Mei Yuan pour lui demander de vérifier si la *yangguizi* était revenue. Au bout d'un long moment, Mei Yuan vint elle-même au téléphone : elle n'avait aucune nouvelle de Margaret. Li soupira et gagna la porte ouest ; le garde était certain de ne pas avoir revu Margaret. Elle avait dû emprunter une autre porte.

Li allait remonter dans sa jeep quand il aperçut un véhicule familier garé en travers, un véhicule qu'il avait vu deux jours plus tôt devant le QG du Département des enquêtes criminelles. Le caractère *shi*, en rouge sur la plaque d'immatriculation le remplit d'un soudain sentiment de terreur. Il sut alors avec certitude que Margaret était encore là et que sa vie était en danger.

Il arriva en nage et hors d'haleine au pavillon des Arts. La porte était toujours entrebâillée. Wang ne l'avait pas fermée comme il l'avait dit. Li se glissa à l'intérieur du bâtiment, longea le couloir sombre barré par le rayon de lumière provenant de la porte ouverte du laboratoire de conservation. En s'approchant, il entendit un bruissement d'étoffe et vit une ombre masquer la lumière. Il n'eut pas le temps de faire un geste que Wang lui sautait dessus et le repoussait violemment contre le mur. Une douleur insupportable lui transperça les côtes. Le souffle coupé, il resta un instant paralysé. Wang en profita pour se sauver en courant. Li entendit le bruit de ses semelles de caoutchouc s'éloigner dans le couloir. Tout en reprenant sa respiration, il envisageait de le poursuivre quand, sur la longue table du laboratoire, il aperçut le sac de Margaret.

Margaret avait le visage baigné de larmes.

— Tous ces mensonges. Toutes ces belles paroles dont tu m'as abreuvée. Et moi qui ai tout avalé. Quelle imbécile !

Elle entendait sa voix résonner sur les murs comme un blâme, et commença à sentir qu'elle perdait le contrôle d'elle-même.

Michael la prit par les épaules et la secoua. Elle n'avait plus la force de résister. Elle se moquait de ce qui pouvait lui arriver.

— Ce n'est pas vrai, implora-t-il. J'étais sincère. Tu dois me croire, Margaret. Je t'aime. Je veux t'épouser.

Elle se libéra et le regarda avec dégoût.

— Ne me fais pas cet affront, Michael. Ne me prends pas pour plus idiote que je ne le suis.

Le désespoir de Michael était évident.

— Margaret, tout ça ne doit pas forcément finir mal. Non. Près de la moitié des guerriers sont déjà sortis du pays. On pourrait être riches, toi et moi. Au-delà de toutes nos espérances les plus folles.

Elle faillit lui cracher à la figure.

— Tu me donnes envie de vomir ! Tu m'as prouvé que je ne te connaissais pas du tout. Et tu ne me connais pas davantage, hein ?

Il fit un pas en avant ; elle recula.

— Je t'ai dit de ne pas m'approcher !

— Qu'est-ce que tu crois ? Que je vais te tuer ?

— Non. C'est sans doute un de tes amis qui s'en chargera, dit-elle sur un ton acide, plein de mépris.

Il secoua la tête.

— Je ne laisserai personne te faire du mal.

Il tendit une main vers elle.

— Viens avec moi. On prend l'avion et on s'en va. Tant pis pour eux, déclara-t-il en faisant un geste vers les guerriers. Il n'y a que toi qui m'importes.

— Ah, vraiment ? fit-elle en reculant au milieu des guerriers de Qin.

Elle appuya de toutes ses forces sur la lourde forme d'un général. Le guerrier d'argile bascula sur sa base et se fracassa sur le sol, aux pieds de Michael.

Celui-ci tressaillit presque de douleur.

— Mon Dieu, Margaret ! Tu es folle ? Ils valent une fortune !

— Je croyais que tu t'en moquais.

Et elle poussa un archer debout qui connut le même sort que son général, en se brisant en mille morceaux.

Michael essaya d'attraper Margaret, mais elle se dissimula derrière les personnages silencieux.

— Non, Margaret. Je t'en prie. Ces objets ont plus de deux mille ans. Ils font partie des plus belles réalisations de l'humanité. Arrête. Ne les abîme pas.

Elle reconnut dans cette déclaration sincère ce qui l'avait attirée vers Michael. Mais elle savait qu'il avait été corrompu par la cupidité et le crime, par cette passion humaine, cette faiblesse et ces ténèbres dont il avait parlé le soir où ils s'étaient rencontrés. La faiblesse avait été son péché. La faille était trop profonde. La rédemption impossible.

— J'abandonne le tournage. Retournons en Amérique. Une fois là-bas, je raconterai ce qui s'est passé ici, je parlerai des guerriers de la quatrième chambre. Peu importe qu'ils soient dans un musée ou dans le bureau d'un milliardaire. Mais nous devons les protéger. À tout prix.

Il jeta un regard consterné aux éclats des deux guerriers brisés qui gisaient autour de lui.

— Très touchant, vraiment.

La voix sortie de la brume les surprit tous les deux. Michael pivota sur lui-même. Sophie surgit de l'ombre du tunnel, un pistolet à la main. Elle avait le visage pâle et sévère.

— Depuis quand es-tu là, Sophie ? s'empressa de demander Michael.

— Depuis assez longtemps. Wang m'a appelée, tout de suite après t'avoir téléphoné. J'ai pu assister à la presque totalité de ton petit numéro.

Elle adressa à Margaret un sourire hautain et très amer.

— Pas mal, hein ?

Margaret la regarda avec un mélange de peur et de désarroi.

— Mais lui, il n'est pas bon du tout, continua Sophie. Il m'a impliquée là-dedans. C'est lui qui est venu me demander mon aide. J'aurais fait n'importe quoi pour lui, et il le savait, le salaud.

Elle rit de sa propre stupidité.

— C'est *vous* qui avez tué Yuan, dit Margaret.

Sophie lui jeta un regard rapide.

— Pas mal pour quelqu'un qui a l'air d'avoir l'âge de passer en cours moyen, hein ? Amusant, non ? J'ai participé à la même compétition de tameshi giri que lui, en Californie. Il ne se souvenait pas de moi, bien sûr. Je n'étais pas dans le même cours. Mais j'ai quand même réussi à lui couper la tête. J'ai fait la sale besogne de Michael. J'ai même planqué le sabre pour lui.

Elle marqua une pause.

— Vous croyez que c'est vous l'imbécile ? Non, c'est moi la plus grande imbécile de tous. Parce que j'ai cru que je réussirais à me faire aimer. C'est moi qui ai suggéré à Dakers de vous confier l'autopsie. Je vous ai présentée à Michael pour que nous puissions suivre l'évolution de l'enquête.

Elle leva le bras et pointa son arme en direction de Michael.

— Seulement ce putain de salaud est tombé amoureux de vous. Et maintenant, il veut vous prendre par la main et se tirer avec vous pour me laisser toute seule dans ce merdier.

Ses yeux se remplirent de larmes.

— Jamais, putain !

Et elle tira un unique coup de feu qui l'atteignit à la gorge.

La détonation assourdissante se répercuta tout autour de la chambre secrète de Hu Bo. Michael bascula en arrière en entraînant plusieurs de ses guerriers bien-aimés dans sa chute. Margaret hurla et plaqua ses mains devant sa bouche en voyant le sang bouillonner sur les lèvres de Michael et jaillir de sa gorge où la balle avait sectionné les carotides et traversé la trachée. Il avait les yeux écarquillés par la panique, les doigts désespérément crispés sur sa gorge, la bouche ouverte, comme s'il voulait parler, mais aucun son n'en sortait.

Margaret vit le bras armé de Sophie se déplacer vers elle, et les larmes briller dans ses yeux. Sophie tira et la rata, certainement à cause de ces larmes qui lui brouillaient la vue. La tête du guerrier le plus proche de Margaret explosa ; des éclats coupants comme des rasoirs se plantèrent dans son cou. Elle recula vers le fond le plus obscur de la salle en renversant d'autres guerriers sur son passage. Un coup de feu retentit ; Margaret entendit, sur sa gauche, un guerrier se briser en mille morceaux. Puis elle glissa sur le sol visqueux et tomba violemment sur un coude. Suffoquant de douleur, elle se retourna ; Sophie se dressait au-dessus d'elle.

Soudain, la sonnerie électronique d'un téléphone mobile se déclencha. Surprise, Sophie se retourna. Li se tenait à trois mètres, armé du sabre qu'il avait pris dans le laboratoire. Sa main gauche cherchait à tâtons le téléphone accroché à sa ceinture. Mais il était trop tard. Le visage de Sophie s'éclaira d'un sourire sauvage. Elle tira. Li pivota sur lui-même avant de s'effondrer au milieu des débris des guerriers.

Margaret cria et se releva en se cramponnant le bras, aveuglée par ses larmes, paralysée par la terreur. Elle tituba en direction du tunnel du fond. Elle savait que c'était sans espoir. Elle savait que la porte était fermée à clé. Comment aurait-elle pu échapper à Sophie, de toute façon ? Elle attendait l'impact de la balle dans son dos, priant presque pour être libérée de cet enfer. Mais rien ne se passa. Lorsqu'elle atteignit la porte, elle se mit à la secouer comme si quelqu'un allait lui ouvrir en entendant le bruit. Elle se retourna ; Sophie s'avançait lentement vers elle. Un étrange sourire fixe étirait ses lèvres. Elle avait le visage d'une enfant démente. Elle regarda longuement Margaret dans les yeux avant de lui écraser de toutes ses forces le canon de son pistolet sur la figure.

Aveuglée par la douleur et la lumière fulgurante qui semblait lui déchirer les rétines, Margaret sentit ses jambes se dérober ; elle s'affaissa par terre. Sentant l'ombre de Sophie sur son visage, elle releva la tête, et vit devant elle l'orifice du canon du pistolet.

— Salope ! cria Sophie.

En même temps, elle ouvrit démesurément les yeux et la bouche, comme sous l'effet d'une grande surprise.

Elles virent toutes les deux la lame d'un sabre de bronze jaillir de la poitrine de Sophie qui fit mine de la retenir un instant entre ses mains avant qu'elle ne se retire. La jeune fille s'effondra sur le sol comme une poupée de chiffon. Margaret vit alors la silhouette agenouillée de Li qui s'appuyait sur le sabre. Sa chemise blanche était trempée de sang.

Elle poussa un hurlement, et se précipita vers lui à genoux, juste à temps pour le recevoir dans ses bras quand il s'écroula. Elle tomba avec lui, puis parvint à se redresser un peu pour lui poser la tête sur ses genoux. Elle déchira alors rapidement sa chemise, la roula en boule et la pressa fortement contre la blessure, juste sous la clavicule. Les larmes ruisselaient sur son visage tandis qu'elle le berçait doucement dans ses bras.

— Pardon, Li Yan, murmura-t-elle. Pardon. Je suis désolée. Je m'en veux tellement.

Les paupières de Li frémirent. Il ouvrit les yeux, la regarda.

— C'est ma faute, dit-il. J'ai été stupide de ne pas écouter mon cœur. La prochaine fois...

Il toussa, tressaillit de douleur, ferma les yeux.

Margaret releva la tête et vit, au milieu des débris des guerriers, le corps sans vie de Michael. Pauvre imbécile de Michael. Elle savait ce qui l'avait corrompu le plus. C'était son innocence. Sa conviction que, comme dans ses histoires, tout était aussi simple qu'il le souhaitait. Que voler une chose dont personne ne connaissait l'existence n'était pas du vol. Que tuer un homme qui en avait tué d'autres n'était pas un meurtre. Que l'amour pouvait s'obtenir avec une bague et une demande en mariage. Elle se rappela ses propres paroles, le soir où ils étaient allés dîner dans le quartier musulman de Xian ; elle lui avait dit : *Personne ne s'embarquerait pour le voyage si on ne pensait qu'à sa fin*. Aucun d'eux n'aurait pu imaginer une fin aussi tragique à l'histoire de Hu Bo, la mort parmi les débris des guerriers de la quatrième chambre.

Elle regarda Li, sans forces entre ses bras, le souffle court, irrégulier. Elle l'avait toujours aimé. Elle avait toujours désiré son amour.

— Tu sais quoi ? dit-elle en sanglotant.

Il rouvrit les yeux.

— Non. Quoi ?

— Il va encore falloir que j'annule mon vol pour toi.

Il sourit.

— Pas la peine d'annuler un vol pour assister à mon enterrement.

Elle rit à travers ses larmes.

— Idiot. Tu ne vas pas mourir. Je ne te laisserai pas mourir. Mais si je ne suis pas là, qui va t'apporter à manger, à l'hôpital ?

Remerciements

Beaucoup de gens m'ont apporté une aide inestimable au cours de mes recherches. J'aimerais, en particulier, exprimer mes remerciements sincères aux personnes suivantes :

Dr Richard H. Ward, doyen du Centre de justice pénale de la Sam Houston State University, Texas ; Dr Steven C. Campman, médecin légiste, San Diego, Californie ; professeur Dai Yisheng, ex-directeur du Quatrième Institut pour l'élaboration de la politique policière, Pékin ; commissaire Wu He Ping, ministère de la Sécurité publique, Pékin ; professeur Yu Hongsheng, secrétaire général de la Commission de littérature policière, Pékin ; professeur He Jiahong, docteur en droit, professeur de droit à l'université populaire de Pékin ; professeur Yijun Pi, vice-directeur de l'Institut recherche sur la sociologie et la délinquance juvénile, université des Sciences politiques et juridiques de Chine ; Chai Rui, département d'archéologie de l'université de Pékin ; Stanley J. Harsha, bureau des Affaires culturelles, ambassade des États-Unis,

Pékin ; Zhang Qian, université des Langues étrangères, Xian ; M. Qiang, directeur du musée de l'Armée de terre cuite, Lintong, Shaanxi ; Zhao Yi pour sa merveilleuse fondue mongole ; Shimei Jiang et sa famille pour leur amitié et leur hospitalité.

Achevé d'imprimer par N.I.I.A.G.
en mars 2007
pour le compte de France Loisirs, Paris

N° d'éditeur : 48214
Dépôt légal : Avril 2007
Imprimé en Italie